mtb

Der Preis dieses Bandes versteht sich einschließlich der gesetzlichen Mehrwertsteuer.

Umwelthinweis:
Dieses Buch wurde auf chlor- und säurefreiem Papier gedruckt.

Danielle Stevens

Im Tal der Kolibris

Roman

MIRA® TASCHENBUCH
Band 25829
1. Auflage: Mai 2015

MIRA® TASCHENBÜCHER
erscheinen in der Harlequin Enterprises GmbH,
Valentinskamp 24, 20354 Hamburg
Geschäftsführer: Thomas Beckmann

Originalausgabe
Dieses Werk wurde vermittelt durch die Literaturagentur Scriptzz, Berlin

Konzeption / Reihengestaltung: fredebold&partner GmbH, Köln
Umschlaggestaltung: pecher und soiron, Köln
Redaktion: Daniela Peter
Titelabbildung: Thinkstock / Getty Images, München
Satz: GGP Media GmbH, Pößneck
Druck und Bindearbeiten: CPI books GmbH, Leck – Germany
Printed in Germany
Dieses Buch wurde auf FSC®-zertifiziertem Papier gedruckt.
ISBN 978-3-95649-170-2

www.mira-taschenbuch.de

Für Tasha
Dein Lächeln ist mein Sonnenschein

PROLOG

Hamburg, zweite Hälfte des 19. Jahrhunderts

Die blonde junge Frau stand an der Reling des großen Segelschiffs und ließ den Blick über den Hafen von Hamburg schweifen. Sie atmete tief durch und versuchte ruhig zu bleiben, obwohl ihr das Herz bis zum Hals hinauf schlug.

Unten auf dem Hafenkai ging es hektisch zu. In wenigen Minuten würden sie in See stechen.

Minuten, die der jungen Frau wie eine kleine Ewigkeit erschienen.

Du hast es geschafft, sagte sie sich. Er kann dich jetzt nicht mehr aufhalten. Du bist frei. Endlich frei!

Das so lange ersehnte Gefühl von Erleichterung wollte sich trotzdem nicht einstellen. Zu viel hatte sie aufgeben, zu viel zurücklassen müssen, an dem sie mit jeder Faser ihres Herzens hing.

Ihr Blick verschwamm. Seltsam, sie hatte geglaubt, keine Tränen mehr übrig zu haben, doch nun spürte sie die salzigen Tropfen heiß auf ihren Wangen. Die Kehle wurde ihr eng, und sie stieß ein unterdrücktes Schluchzen aus.

„Anker liiichten!", erklang die Anweisung vom Deck des Schiffes her. „Taue lööösen!"

Die Segel flatterten knatternd, als die Matrosen sie in den Wind drehten. Die letzten Mannschaftsmitglieder eilten an Bord und zogen den schmalen Landungssteg ein. Das Schiff nahm Fahrt auf.

Zuerst ging es nur langsam voran, doch dann wirkte der Hafenkai schnell kleiner und kleiner, bis die junge Frau ihn schließlich nur noch als undeutlichen Fleck wahrnahm.

Sie holte tief Atem und sog die salzige Luft der See in ihre Lunge. Dabei dachte sie zurück an den Mann und die beiden Kinder, die sie niemals wiedersehen würde.

Um den Mann tat es ihr nicht leid. Seinetwegen hatte sie diesen verzweifelten Schritt getan und das Land verlassen. Er war ein herrschsüchtiger Tyrann, der ihr das Leben zur Hölle gemacht hatte. Die Kinder aber … Es tat ihr in der Seele weh, sie zurücklassen zu müssen. Ihren Jungen und das hilflose kleine Mädchen, das sie erst vor wenigen Monaten geboren hatte.

Ob die beiden eines Tages verstehen würden, warum sie nicht anders hatte handeln können? Tief in ihrem Innern wusste sie, dass ihr Mann alles tun würde, um die Erinnerung an sie auszulöschen wie einen hässlichen Makel in seiner Vergangenheit.

Einen Moment lang verspürte sie den überwältigenden Drang, umzukehren und ihre Entscheidung rückgängig zu machen. Sie konnte das nicht tun. Sie durfte nicht alle Brücken hinter sich abbrechen, auch wenn es bedeuten würde, ein Leben in eisiger Kälte an der Seite eines Mannes zu führen, für den sie nur Abscheu empfand.

Doch dann schloss sie die Augen, und ihre Finger griffen unwillkürlich nach dem Medaillon, das sie stets um den Hals trug. Erst als sie es nicht ertastete, fiel ihr ein, dass sie es zurückgelassen hatte.

Auf der blütenweißen Decke in der Wiege ihrer kleinen Tochter.

Sie schloss die Hände um die Reling und umklammerte sie so fest, als wolle sie sie niemals wieder loslassen, doch dann, nach einer Zeitspanne, die sich wie eine Ewigkeit anfühlte, entspannte sie sich. Die Würfel waren gefallen. Es war zu spät, um jetzt noch umzukehren.

Sie wandte sich um und schaute zum Horizont, dorthin, wo schon bald ihr neues Leben beginnen würde.

Chile, dachte sie, und allein der Name klang exotisch und verheißungsvoll in ihren Ohren. Ein bittersüßes Lächeln umspielte ihre Lippen, als sie die Vergangenheit hinter sich zurückließ und stattdessen nach vorn blickte.

In eine Zukunft voller Ungewissheit, aber auch voller Hoffnungen und Träume.

Teil 1

Achtzehn Jahre später

1. KAPITEL

Bremerhaven

Wie ein Gigant aus Eisen lag die *Güstrow* am Kai im Hafen. Der stählerne Leib des Schiffes war gut einhundertzehn Meter lang und verfügte über fünf Schornsteine, die in den strahlend blauen Himmel ragten.

Auf dem Pier herrschte emsige Betriebsamkeit. Über Holzplanken wurden Gepäck, Proviant und Unmengen an Kohle in den Bauch des Schiffes geladen. Obwohl es so kalt war, dass den Hafenarbeitern der Atem vor den Lippen kondensierte, arbeiteten sie zum Teil mit barem Oberkörper, auf dem der Schweiß schimmerte. Über einen Aufgang betraten die ersten Passagiere die *Güstrow* und wurden von Mitgliedern der Mannschaft in adretten weißen Uniformen in Empfang genommen.

Das galt zumindest für diejenigen, die ein Billett für Kabinen der ersten oder zweiten Klasse besaßen. Die zahllosen Männer, Frauen und Kinder, die eine Fahrkarte für die dritte Klasse ihr Eigen nannten, betraten die *Güstrow* auf demselben Weg, den auch der größte Teil der Ladung nahm. Und sie alle mussten, ehe sie sich an Bord begeben durften, eine gründliche Untersuchung ihrer Kleidung und Haare über sich ergehen lassen, um sicherzustellen, dass sie keine Flöhe oder Läuse einschleppten.

Eine Prozedur, die Charlotte von Grünau zu Meersberg, die jetzt noch neben ihrem Vater in der Familienkutsche saß, selbstverständlich erspart bleiben würde. Von der Tochter eines Barons erwartete man schließlich nicht, dass sie Ungeziefer an Bord brachte.

„Brrrrrr!“ Heinrich, der achtzehnjährige Gärtnersohn, der oben auf dem Kutschbock saß, hielt die Pferde an. Dann kletterte er hinunter und öffnete den Wagenschlag für sie.

Betont elegant stieg Charlotte aus, wobei sie sich von Heinrich helfen ließ, was ihrem Vater, der ihr den Vortritt überlassen hatte, gar nicht gefiel. Das jedenfalls verriet sein verkniffener

Gesichtsausdruck – so weit, das Verhalten seiner Tochter zu kommentieren, ließ er sich jedoch nicht herab. Umso süßer war das Lächeln, das sie Heinrich schenkte, dessen Wangen vor Verlegenheit regelrecht zu glühen begannen.

Sie wusste, dass er insgeheim schon lange aus der Ferne für sie schwärmte, doch für den etwas pummeligen Jungen, der sein sandbraunes Haar stets mit viel Pomade zurückkämmte, war sie unerreichbar. Und das wusste er ebenso gut wie sie, von daher hatte sie ihm auch nie irgendwelche Hoffnungen gemacht.

Dass sie heute einmal eine Ausnahme machte, lag daran, dass sie einander ohnehin nie wiedersehen würden. Denn im Gegensatz zu Heinrich würde sie an Bord der *Güstrow* sein, wenn das Schiff in ein paar Stunden mit Ziel Südamerika ablegte.

„Das genügt jetzt", wies Richard Baron von Grünau zu Meersberg seine Tochter in einem Tonfall zurecht, der keinen Widerspruch duldete. Die eisblauen Augen in seinem schmalen, fast schon asketisch wirkenden Gesicht blitzten warnend, als er sich Heinrich zuwandte: „Sorg dafür, dass unser Gepäck an Bord gebracht wird. Ich bezahle dich fürs Arbeiten, nicht fürs Gaffen!"

Heinrich zuckte merklich zusammen, senkte den Blick und murmelte eine Entschuldigung. Dann eilte er zur Rückseite des Wagens. Kurz darauf war Gepolter zu hören.

Charlotte keuchte unterdrückt auf, als ihr Vater sie grob am Oberarm packte.

„Nimm dich zusammen", fauchte er sie an. „Was soll dein zukünftiger Ehemann denken, wenn du ein solches Benehmen an den Tag legst? Auf der Überfahrt werden sich sicher einige Passagiere befinden, die mit den Duartes bekannt sind. Ich warne dich – bring mich nicht in Verlegenheit!"

Ehe sie etwas erwidern konnte, tauchte ein Mann in der Uniform der Reederei auf. Mit einem professionellen Lächeln wandte er sich an ihren Vater. „Ich darf Sie herzlich im Namen der Reederei willkommen heißen. Benötigen Sie Hilfe beim Verladen Ihres Reisegepäcks, Herr …?"

„Baron“, korrigierte ihr Vater ihn mit einer Überheblichkeit, zu der nur Angehörige des echten alten Adels imstande waren. „Baron von Grünau zu Meersberg. Ich gehe jetzt mit meiner Tochter an Bord. Mein Bursche wird Ihnen zeigen, was alles mitbefördert werden muss.“

Damit war das Thema für ihn erledigt, und er wandte sich wieder Charlotte zu, ohne den irritiert wirkenden Mann eines weiteren Blickes zu würdigen, und reichte ihr seinen Arm.

Sie näherten sich dem stählernen Koloss. Charlotte hatte noch nie ein so imposantes Schiff gesehen. Das Landgut ihrer Familie befand sich im äußersten Süden Oberschlesiens, weitab von den Ufern der Ostsee. Doch es war nicht die schiere Größe der *Güstrow*, die ihr weiche Knie bereitete, sondern vielmehr die Tatsache, dass sie sich mit jedem Schritt einer fremden, ungewissen Zukunft näherte.

„Ich kann mich hoffentlich darauf verlassen, dass du dich an unsere Verabredung hältst?“, griff Richard von Grünau zu Meersberg das Thema wieder auf.

Er sprach, ohne sie dabei anzusehen. In seinem dunklen Gehrock, unter dem er ein schlichtes weißes Hemd trug, war er der gängigen Männermode entsprechend gekleidet. Das Haar unter dem Hut hatte er streng zurückgekämmt. Wie stets wirkte er nach außen hin vollkommen ruhig und gelassen, doch niemand wusste besser als Charlotte selbst, dass sich hinter der kühlen, emotionslosen Fassade ein Despot verbarg, der mit eiserner Hand ebenso über seinen Haushalt wie auch über seine Ländereien herrschte – und über seine Tochter.

„Natürlich, Papa“, erwiderte sie, ganz das gehorsame junge Mädchen, das er von ihr zu sein erwartete. Im Laufe der Jahre hatte sie gelernt, dass man auf diese Weise seinem Zorn am ehesten entging – was nicht bedeutete, dass es ihr immer gelungen war, ihr vorlautes Mundwerk zu zügeln.

Entsprechend fiel ihr die Vorstellung, ihr Leben auf Schloss Meersberg zurückzulassen und in einem fernen Land noch einmal von vorn anzufangen, auch alles andere als schwer. Wäre ihre

Mutter noch da gewesen, hätte das wohl ganz anders ausgesehen. Doch ihr herrschsüchtiger Vater und ihr älterer Bruder Johannes, der ihrem Vater in nichts nachstand, waren die einzigen Verwandten, von denen sie sich verabschieden musste.

„Vergiss nie, wie wichtig deine Verbindung mit den Duartes für unsere Familie ist", setzte der Baron erneut zu der Litanei an, die sie in den vergangenen Monaten schon so oft gehört hatte, dass sie sie mühelos aufsagen konnte. „Wie du weißt, ist der Name von Grünau zu Meersberg das einzige Kapital, das wir zurzeit in die Waagschale zu werfen haben. Wir sind bis unter den Dachfirst verschuldet, und unsere Ländereien gehören längst nur noch dem Anschein nach uns. Doch wenn es mir gelingt, das Handelsmonopol für Salpeter im Deutschen Bund zu erhalten, während du Miguel Duarte heiratest, um die Verbindung zwischen unseren Familien zu festigen, ist der Fortbestand unserer Linie für die kommenden Generationen gesichert."

Charlotte nickte stumm. Nichts von alledem berührte sie wirklich. Sie scherte sich nicht um das Schicksal irgendwelcher nebulöser Nachfahren, die sie höchstwahrscheinlich ohnehin niemals kennenlernen würde. Zudem stand zu befürchten, dass die zukünftigen Kinder ihres Bruders zu ebenso arroganten und selbstherrlichen kleinen Scheusalen heranwachsen würden, wie er selbst eins war.

Für Charlotte gab es daher wahrlich wenig Anlass, so etwas wie Loyalität oder Pflichtgefühl ihrer Familie gegenüber zu empfinden. Dass sie sich trotzdem bereit erklärt hatte, sich den Plänen ihres Vaters zu beugen, hatte gänzlich andere Gründe.

Unauffällig tastete sie nach dem goldenen Medaillon, das sie unter ihrem hochgeschlossenen Oberteil an einer feinen Kette um den Hals trug. Sie wagte nicht, es offen zu zeigen. Zumindest nicht, solange ihr Vater es sehen konnte. Sie zweifelte nicht daran, dass er es erkennen würde. Schließlich hatte dieses Medaillon, das die Form eines in der Mitte zerbrochenen Herzens aufwies, einmal seiner Gemahlin gehört, Frederike von Grünau zu Meersberg – eine Frau, über die Charlotte so gut wie nichts wusste.

Ihre Mutter.

Sofort spürte sie, wie ihr das Herz schwer wurde. Dass sie inzwischen doch ein paar Dinge über Frederike erfahren hatte, verdankte sie keineswegs ihrem Vater. Der Baron hatte sich, was die Mutter seiner Kinder betraf, stets äußerst zugeknöpft gezeigt. Kein Wort zu diesem Thema war je über seine Lippen gedrungen, da hatte Charlotte noch so sehr betteln und jammern können.

Nun, zumindest der Grund dafür war für sie nun kein Rätsel mehr. Falscher Stolz hatte ihren Vater dazu veranlasst, Stillschweigen über die Vergangenheit zu wahren. Indem er so tat, als hätte seine Frau niemals existiert, versuchte er den Schleier des Vergessens über eine Angelegenheit auszubreiten, die ihn in seiner männlichen Ehre gekränkt hatte. Denn Frederike von Grünau zu Meersberg war weder im Kindbett gestorben noch, wie Charlotte es sich als junges Mädchen ausgemalt hatte, von einem Riesen aus dem Märchen entführt oder in einem hohen Turm gefangen gehalten worden.

Nein, sie war kurz nach der Geburt ihrer Tochter vor ihrem despotischen Gemahl davongelaufen. Und zwar – wenn man den Gerüchten unter der Dienerschaft glauben durfte – nach Chile, wo sie entfernte Angehörige hatte.

Dies war der wahre Grund, weshalb Charlotte sich auf das Abenteuer Südamerika eingelassen hatte. Nicht wegen ihres zukünftigen Ehemanns Miguel Duarte, den sie nur ein einziges Mal kurz auf einem Ball kennengelernt hatte. Und schon gar nicht wegen der Ambitionen ihres Vaters, die Familie wieder zu Reichtum und Macht zurückzuführen. Nein, sie tat es ganz allein für sich selbst. Um endlich herauszufinden, was aus ihrer Mutter geworden war. Und wenn sie dafür alles, was ihr Leben bisher ausgemacht hatte, hinter sich lassen musste, dann war dies ein Preis, den sie gern zu zahlen bereit war.

Zudem würde sie ja nicht allein sein.

Ein weiteres Detail, von dem ihr Vater nichts ahnte.

Verstohlen blickte sie sich auf dem Weg zum Aufgang der *Güstrow* um, doch sie konnte Margot nirgends entdecken – was vermutlich nicht besonders ungewöhnlich war, da ihre Freundin nicht, wie sie selbst, in der ersten Klasse reisen würde. Dazu reichten die Rücklagen, die Margot sich als Zofe im Haushalt der von Grünau zu Meersbergs zusammengespart hatte, bei Weitem nicht aus.

Dass Margot sich überhaupt an Bord des Schiffes befand, hatte sie vor allem Pastor Liebig, dem Gemeindegeistlichen, zu verdanken. Der hatte ein Ansuchen von einem Kollegen aus dem fernen Chile erhalten. Einige von dessen männlichen Schäfchen, bei denen es sich zum größten Teil um deutsche Auswanderer handelte, suchten verzweifelt nach einer patenten deutschen Frau zum Heiraten.

Über ihn hatte Margot einen jungen Siedler namens Ludwig kennengelernt. Nach monatelangem Briefwechsel hatte der ihr einen Antrag gemacht, und für Margot war es keine Frage gewesen, sofort zuzusagen.

Nun würde Charlottes ehemalige Zofe auf demselben Schiff wie sie selbst nach Chile reisen, um dort einen Mann zu heiraten, den sie bisher nur aus Briefen kannte.

Im Gegensatz zu mir heiratet sie aber, weil sie zumindest glaubt, ihren zukünftigen Mann zu lieben …

„Vielleicht wäre es besser, ich würde meinen Aufenthalt in Chile bis zu deiner Vermählung mit Duarte verlängern", sagte ihr Vater unvermittelt und riss sie damit aus ihren Überlegungen. „Mir ist offen gestanden nicht recht wohl bei dem Gedanken, dir eine solche Verantwortung zu übertragen."

Seine Worte mochten für einen Außenstehenden fürsorglich klingen, Charlotte wusste es jedoch besser. Richard von Grünau zu Meersberg traute es ihr nicht zu, dass sie die ihr gestellte Aufgabe zu seiner Zufriedenheit ausführte. Zum Glück hielt er sich überall für unabkömmlich, sodass er es nicht wagte, Grünau länger als für ein paar Wochen zu verlassen. Schloss Meersberg und die dazugehörigen Güter in die Hände seines Sohnes

Johannes zu übergeben kam ihm nicht in den Sinn. Und er zog es auch jetzt nicht wirklich in Erwägung.

„Herzlich willkommen an Bord der *Güstrow*", begrüßte ein junger Mann in weißer Uniform sie und lächelte strahlend. Ein golden glänzendes Namensschild wies ihn als Hermann aus.

Charlottes Vater reichte ihm ihr Billett. „Ich möchte mir gern zunächst ansehen, wie meine Tochter und ich untergebracht sind", sagte er.

„Aber natürlich", erwiderte Hermann und winkte mit einer lässigen Handbewegung einen Jungen von allerhöchstens zwölf Jahren heran. „Mach dich nützlich, Gustav, und zeige den Herrschaften ihre Kabinen."

Gustav salutierte zackig und wandte sich an Richard von Grünau zu Meersberg: „Wenn Sie mir bitte folgen würden? Die äußere Hülle der *Güstrow*", referierte der Knirps, während er sie durch eine breite, mit kunstvollen Schnitzereien verzierte Flügeltür führte, „ist vollständig aus Stahl gefertigt und der Rumpf doppelwandig ausgeführt. Der Antrieb erfolgt über seitliche Schaufelräder und eine Heckschraube mit einem Durchmesser von gut sieben Metern. Im Bauch dieses Schiffes sorgen zwei Dampfmaschinen mit sechs Kesseln für eine Geschwindigkeit von bis zu zwölf Knoten."

Charlotte konnte ein Schmunzeln nicht unterdrücken, während die Miene ihres Vaters gewohnt eisig blieb.

„Wenn ich an einer Lehrstunde in Sachen Dampfsegelschiff interessiert wäre, hätte ich danach gefragt", sagte er kühl. „Und eine Führung durch die *Güstrow* habe ich ebenso wenig angefragt. Wie groß ist dieser verflixte Kahn eigentlich?"

Dem kleinen Gustav war deutlich anzusehen, wie sehr ihm der herablassende Tonfall des Barons gegen den Strich ging, dennoch hütete er seine Zunge.

„So, da wären wir", sagte er schließlich, öffnete die Tür zu einer Kabine und ließ sie und ihren Vater eintreten.

Charlotte staunte. Sie hatte eine relativ überschaubare Kabine erwartet, obschon die schiere Größe der *Güstrow* sie bereits daran hatte zweifeln lassen. Mit einer ganzen Zimmerflucht, bestehend aus einem geräumigen Wohnzimmer, einem Schlafzimmer und einem eigenen Bad, hatte sie nicht gerechnet.

Die Einrichtung war in dunklem Holz gehalten und, wie Charlotte fand, sehr stilvoll. Da sich die Kabine auf dem Oberdeck befand, gab es eine ganze Front von Fenstern, von denen man, wenn das Schiff erst auf hoher See war, sicher eine fantastische Aussicht hatte. Gleich mehrere Sitzgelegenheiten – ein samtbezogener Diwan, ein Ohrensessel aus Chintz und ein Sofa mit ebensolchem Bezug – luden zum Verweilen ein.

„Das ist …“, stieß Charlotte überwältigt hervor.

„Durchaus angemessen“, fiel ihr Vater ihr ins Wort. Selbstverständlich vermied er es, sich anmerken zu lassen, ob er beeindruckt war oder nicht, denn das ließe sich nicht mit seinem Bild eines deutschen Aristokraten vereinbaren.

Charlotte kannte solche Vorbehalte nicht. „Atemberaubend“, führte sie ihren Satz zu Ende. „Ich werde mich auf der Überfahrt nach Südamerika gewiss wie eine echte Prinzessin fühlen.“

Ihre lobenden Worte dankte der kleine Gustav ihr mit einem strahlenden Lächeln, aber natürlich musste ihr Vater einmal mehr das letzte Wort haben.

„Wie ich schon sagte, diese Unterbringung dürfte für die Tochter eines Barons einigermaßen angemessen sein. Ich würde mir nun gern meine Räumlichkeiten anschauen. Sie befinden sich doch hoffentlich gleich nebenan?“

Der Schiffsjunge nickte knapp. „Die Kabinen sind sogar durch eine Zwischentür im Bad miteinander verbunden.“

Er geleitete Richard von Grünau zu Meersberg hinaus – Charlotte blieb zurück, und zu ihrer Überraschung fühlte sie sich ein wenig verloren, jetzt, da es bald losgehen würde. Hatte sie sich mit dem Entschluss, alle Brücken hinter sich abzubrechen, vielleicht doch zu viel zugemutet? Noch war ihr Vater an ihrer Seite, aber er würde nach weiteren Verhandlungen mit ihrem zukünftigen Schwiegervater Carlos Duarte wieder aus Chile abreisen.

Wie sollte sie ihr Leben dort völlig auf sich gestellt hinbekommen? Sie war bisher nie gezwungen gewesen, auf eigenen Beinen zu stehen. Konnte sie das überhaupt?

Nun, sagte sie sich, es wird dir wohl nichts anderes übrig bleiben. Du hast dir diese Suppe eingebrockt, jetzt musst du sie auch auslöffeln.

Außerdem war da ja noch Margot.

Mit einem Mal verspürte Charlotte den unwiderstehlichen Drang, ihre alte Vertraute wiederzusehen, allerdings durfte ihr Vater auf keinen Fall bemerken, dass sie sich ebenfalls an Bord der *Güstrow* aufhielt. Er hatte sie entlassen und sie, ohne ihr den letzten Lohn auszuzahlen, vor die Tür gesetzt. Einfach so, nach über sechs Jahren, die Margot im Dienste der Familie gestanden hatte. Und das nur, weil …

Nein, darüber wollte sie jetzt nicht nachdenken.

Beinahe hastig verließ sie die Kabine und suchte sich ihren Weg durch das Labyrinth von Gängen und Korridoren. Hier herrschte nun deutlich mehr Betrieb als noch vor wenigen Minuten. Inzwischen waren auch die letzten Mitreisenden erschienen und wurden zu ihren Unterkünften geführt. Charlotte zwang sich, jedem, der ihr begegnete, freundlich zuzunicken.

Niemand sollte ihr anmerken, wie angespannt sie war.

Als sie endlich ins Freie trat, war ihr, als würde eine zentnerschwere Last von ihr abfallen. Tief atmete sie die frische Luft ein, die nach Salz, Meer und Abenteuer schmeckte. Sie trat an die Reling und sah die Kutsche ihres Vaters mit Heinrich auf dem Bock wenden und davonfahren. In diesem Moment erschien der Bursche ihr wie die letzte Verbindung zu Schloss Meersberg und ihrer Familie – zu ihrem alten Leben –, und sie schaute dem Gefährt so lange hinterher, bis es schließlich in eine Straße zwischen den Lagerhäusern und Kontoren abbog und verschwand.

Charlotte horchte in sich hinein und fragte sich, ob es Traurigkeit war, die sie angesichts der Tatsache empfand, dass sie ihr Zuhause und all die Menschen, die sie zurückließ, niemals wiedersehen würde. Vor allem verspürte sie jedoch eins: den drängenden

Wunsch, endlich aufzubrechen. Ganz gleich, was die Zukunft ihr auch bringen mochte, es konnte im Vergleich zu dem Leben in einem lieblosen Elternhaus nur eine Verbesserung darstellen.

„Fräulein Charlotte?“

Als sie Margots Stimme hinter sich vernahm, wirbelte sie herum und lief auf ihre ehemalige Zofe zu. Die drei Jahre ältere Margot stand in einer Nische zwischen zwei Rettungsbooten, wo sie nicht auf den ersten Blick zu sehen war.

Typisch Margot, dachte Charlotte. Immer darum besorgt, meinen guten Ruf zu wahren.

In diesem Moment war ihr völlig egal, ob sich ein solches Verhalten für eine junge Frau von Stand ziemte oder nicht – sie schloss Margot in ihre Arme und hielt nur mit Mühe die Tränen zurück.

Auch Margot war gerührt, ließ es sich jedoch kaum anmerken. Nur ihre Stimme klang etwas erstickt, als sie tadelnd sagte: „Das gehört sich aber nicht. Dennoch freue ich mich natürlich, Sie wiederzusehen.“ Nervös schaute sie sich um. „Eigentlich dürfte ich gar nicht hier sein. Für Reisende der zweiten und dritten Klasse ist der Zutritt zum Promenadendeck der ersten Klasse verboten. Ein Steward war so freundlich, mir ausnahmsweise Zugang zu gewähren, aber ...“

Charlotte riss die Augen auf. „Soll das etwa heißen, dass wir uns nicht treffen können?“

„Nein“, beruhigte Margot sie. „Es bedeutet nur, dass ich Sie nicht besuchen darf. Wenn Sie mich sehen wollen, befürchte ich, dass Sie mich im Unterdeck aufsuchen müssen – so wenig mir das auch behagt.“ Sie seufzte. „Ich meine, das ist doch kein Umgang für Sie.“

„Papperlapapp“, protestierte Charlotte. „Oberdeck, Unterdeck – was ist das schon für ein Unterschied? Macht die Tatsache, dass mein Vater sich Billetts für die erste Klasse leisten kann, mich zu einem besseren Menschen? Ich glaube kaum. Und davon abgesehen ist meine Familie längst nicht mehr so wohlhabend wie früher, das weißt du genau.“

„Trotzdem." Man konnte Margot ansehen, wie unbehaglich sie sich fühlte. „Wirklich wohl ist mir nicht bei dem Gedanken, dass Sie sich in der Gesellschaft von Bauern und Tagelöhnern aufhalten. Was würde der Baron dazu sagen?"

„Du kannst ihn ja fragen, wenn du unbedingt willst", entgegnete Charlotte schnippisch. „Er ist drinnen und schaut sich seine Kabine an."

Margot erbleichte. „Er reist mit Ihnen nach Puerto Montt?"

Charlotte seufzte. „Tut mir leid, aber ich hatte keine Gelegenheit mehr, es dir mitzuteilen. Die Entscheidung ist recht kurzfristig gefallen. In seinem letzten Brief kündigte Carlos Duarte an, noch einige Details in Bezug auf die Vereinbarung zwischen unseren Familien klären zu wollen. Mein Vater hielt es für sinnvoll, sich persönlich darum zu kümmern. Ich glaube, ihm war von Anfang an nicht wohl dabei, mich mit einer so wichtigen Aufgabe zu betrauen." Sie kicherte leise. „Vermutlich hat er schon überlegt, ob er Miguel nicht besser selbst heiraten soll."

„Das ist nicht lustig, Fräulein Charlotte", wies Margot sie zurecht. Sie war noch immer bleich, schien sich aber ein wenig vom ersten Schreck erholt zu haben. „Wenn der Baron herausfindet, dass ich ebenfalls an Bord bin, wird er …"

„… sich fürchterlich aufregen, aber ansonsten überhaupt nichts tun", fiel Charlotte ihr ins Wort. „Er kann dir nicht das Geringste anhaben. Du vergisst, dass wir nicht mehr auf Schloss Meersberg sind, Margot. Auf der *Güstrow* zählen sein Einfluss und sein guter Name nichts. Mein Vater ist nur ein Passagier unter Hunderten."

„Ihr Wort in Gottes Ohr", murmelte Margot wenig überzeugt. „Wir sollten trotzdem jedes Risiko vermeiden. Nicht nur um meinetwillen, sondern vor allem Ihretwegen."

„Vergiss doch einmal einen Moment lang meinen Vater", bat Charlotte. „Ich kann dich also auf dem Unterdeck besuchen?"

Margot zögerte kurz, nickte aber schließlich. „Ja", entgegnete sie seufzend. „Heute allerdings nicht. Ich habe gehört, dass ein paar Leute unten ein Fest organisieren, und das ist nichts für

Sie. Wenn Sie mich sehen wollen, lassen Sie mir vorher durch einen der Bootsjungen eine Nachricht zukommen. Ich werde Sie dann am Übergang zwischen erster und zweiter Klasse abholen. Sie irren mir auf keinen Fall allein auf dem Unterdeck herum, hören Sie?"

Lächelnd nahm Charlotte ihre Hand und drückte sie sanft. „Versprochen", sagte sie. „Ach, ich freue mich schon darauf, dort unten bei euch das wahre Leben kennenzulernen." Sie kicherte leise. „Als junges Mädchen habe ich mich immer in die Küche geschlichen, um der dicken Anni beim Kochen zuzuschauen, weißt du noch?"

„Allerdings", erwiderte Margot. „Und ich erinnere mich auch lebhaft daran, wer sich die Standpauke Ihres Herrn Vater anhören durfte, Fräulein."

Schuldbewusst senkte Charlotte den Blick. Es stimmte ja. Wenn sie ungezogen gewesen war, hatte fast immer Margot darunter zu leiden gehabt.

Tröstend legte sie einen Arm um die Taille der ehemaligen Zofe. „Ich weiß, und es tut mir fürchterlich leid. Ich habe dich nicht gerade selten in Schwierigkeiten gebracht, hm?"

„Das mag stimmen", entgegnete Margot. „Aber ich habe deswegen nie Groll gegen Sie empfunden. Wirklich nicht. Für mich waren Sie immer viel mehr als meine Dienstherrin."

Charlotte nickte energisch. „Ich weiß genau, was du meinst. Du bist für mich auch immer so etwas wie eine große Schwester gewesen. Und ich kann gar nicht in Worte fassen, wie froh ich bin, dass du mich auf dieser Reise begleitest."

„Danken wir Pastor Liebig dafür."

2. KAPITEL

Ich weiß nicht, gnädiges Fräulein, ob das wirklich so eine gute Idee ist", gab Marie, das Mädchen, das ihr für die Dauer der Überfahrt vom Quartiermeister als Zofe zugewiesen worden war, ängstlich zu bedenken. „Ich könnte wegen dieser Sache in Teufels Küche kommen."

„Keine Sorge", erwiderte Charlotte und warf das blonde Haar, das sie sonst stets hochgesteckt oder geflochten trug, über die Schultern zurück. „Ich weiß genau, was ich tue, Marie. Aber hör um Himmels willen endlich auf, mich gnädiges Fräulein zu nennen!"

Es war acht Uhr, und irgendwie war es ihr gelungen, das schrecklich förmliche Abendessen im Speisesaal der ersten Klasse zu überstehen. Dabei hatte sie die ganze Zeit an das Fest auf dem Unterdeck denken müssen, von dem Margot erzählt hatte.

Die Tatsache, dass ihre frühere Zofe so vehement darauf bestanden hatte, dass sie nicht an dieser Feier teilnahm, hatte sie erst recht neugierig gemacht. So war es schon immer bei ihr gewesen. Verbote bewirkten stets das Gegenteil von dem, was damit erreicht werden sollte. Und so war es ihr nur mühsam gelungen, ihre Ungeduld zu zügeln. Halbherzig hatte sie sich an der Konversation zweier älterer Damen beteiligt, bis ihr Vater dem Elend ein Ende setzte, indem er sich in seine Kabine zurückzog.

Jetzt, eine Stunde nachdem Marie bei ihr angeklopft hatte, befanden sie sich auf dem Weg zum Bereich der zweiten und dritten Klasse. Ein wenig nervös strich Charlotte den einfachen dunkelgrauen Wollrock glatt, den Marie ihr geborgt hatte. Darüber trug sie eine schlichte weiße Bluse, unter der sie das goldene Medaillon ihrer Mutter verbarg.

Es war ein ungemein befreiendes Gefühl, einmal durchatmen zu können, ohne ständig von einem engen Korsett eingeschnürt zu sein. Sie konnte sich bewegen, wie es in einem ihrer Ballkleider niemals möglich gewesen wäre. Und als sie jetzt zusammen mit Marie durch das kleine Tor trat, das die erste Klasse vom Unterdeck trennte, klopfte ihr das Herz vor Aufregung bis zum Hals.

Leicht war es nicht gewesen, Marie zu überreden, ihr zu helfen. Das junge Mädchen fürchtete Konsequenzen, weil es ihr ein paar seiner Kleidungsstücke geborgt hatte und sie nun zu der Feier im Unterdeck begleitete. Vermutlich würde es tatsächlich Ärger geben, sollte die Angelegenheit ans Licht kommen, daher mussten sie dafür sorgen, dass niemand etwas bemerkte.

Ein Lächeln umspielte ihre Lippen, als sie daran dachte, was Margot für Augen machen würde, wenn sie überraschend auf der Feier erschien. Natürlich hatte sie ihre Freundin nicht darüber informiert, dass sie kommen würde. Margot wäre niemals damit einverstanden gewesen. Aber wenn Charlotte erst einmal dort war, würde ihre ehemalige Zofe nichts dagegen tun können. Margot konnte ihr einfach nicht lange böse sein.

Schon von Weitem hörte sie die Klänge eines Klaviers und die von Fiedeln, die der Wind ihnen entgegentrug. Und als Marie sie durch eine Tür in den Bauch des großen Schiffes führte, wurde die Musik lauter und die Luft heißer und stickiger.

Schließlich erhaschte Charlotte zum ersten Mal einen Blick auf die Feier, und ihr Herz begann vor Aufregung heftig zu hämmern. Männer und Frauen tanzten ausgelassen miteinander, andere tranken und rauchten. Es wurde geredet, gegessen und gelacht. Kinder tobten zwischen den Erwachsenen herum. Das Stimmengewirr war schier ohrenbetäubend, und hin und wieder hörte man, wie ein Glas zu Boden fiel und klirrend zerbarst.

Der Raum war relativ groß – trotzdem drängten sich die Menschen dicht an dicht. Überall standen Tische, auf einer kleinen improvisierten Bühne spielten zwei Geigenspieler und ein Mann mit einem Schifferklavier auf, und die Leute griffen sich an den Händen, bildeten eine Menschenschlange und zogen ausgelassen zwischen den Tischen und um die Tanzfläche umher. Die Luft war geschwängert von Bierdunst, Qualm und Schweiß.

Charlotte fand es herrlich.

„Ich sollte Sie wirklich lieber wieder zurück in Ihre Kabine bringen, gnädiges Fräulein“, flüsterte Marie ängstlich.

Doch das kam für Charlotte überhaupt nicht infrage. „Auf gar keinen Fall!“, entgegnete sie strahlend. „Und, bitte, hör endlich auf, mich gnädiges Fräulein zu nennen! Ich heiße Charlotte.“

„Ich weiß nicht, gnä… Charlotte. Ich …“

Charlotte wurde von einem jungen Mann mit roten Wangen zur Seite gedrängt. Er hielt ein halb volles Bierglas in der Hand, seine Schiebermütze saß ihm schief auf dem Kopf, und er roch penetrant nach Alkohol – der ihm vermutlich auch den Schneid verlieh, einfach auf sie zuzutaumeln und sie an sich zu ziehen.

„Na, wie sieht's aus? Willste nicht mal mit mir das Tanzbein schwingen, Schönheit?“

Freundlich, aber bestimmt machte Charlotte sich von dem Betrunkenen los. „Vielen Dank, aber ich möchte lieber nicht tanzen“, sagte sie und wandte sich ab.

Doch der Mann war offenbar nicht bereit, so schnell klein beizugeben. Unsanft packte er sie am Arm und zog sie an sich. Dieses Mal blitzte etwas in seinen dunklen Augen auf, das sie schon oft in denen ihres Vaters gesehen hatte, wenn auch bei Richard von Grünau zu Meersberg stets nur in unterdrückter Form.

Zorn.

„Lassen Sie das!“, verlangte sie mit fester Stimme. Es bereitete ihr einige Mühe, sich ihre Beunruhigung nicht anmerken zu lassen, doch eines wusste sie aus jahrelanger Erfahrung, Schwäche zu zeigen machte es nur schlimmer.

„Hältst dich wohl für was Besseres, wie?“

Als er sich vorbeugte, um sie zu küssen, trat Charlotte hastig zurück. Er wankte, und der Rest seines Biers ergoss sich über ihren Rock.

Sie schrie auf.

„Hey, hey, was soll das werden, wenn es fertig ist?“

Ein junger Mann drängte sich zwischen sie und den Betrunkenen. Als der trotzdem nicht von ihr ablassen wollte, versetzte der Neuankömmling ihm einen Stoß vor die Brust, der ihn ins

Taumeln geraten ließ. Er stolperte gegen eine Gruppe von Leuten, fiel und landete schließlich unsanft auf dem Hosenboden. Ungelenk rappelte er sich auf und warf Charlotte und ihrem Retter bitterböse Blicke zu. Einen Moment lang schien er zu überlegen, ob er sein Glück noch einmal versuchen sollte, entschied sich dann aber dagegen und trollte sich fluchend.

„Danke." Charlotte wandte sich dem jungen Mann zu, der ihr zu Hilfe geeilt war.

Er war allerhöchstens ein paar Jahre älter als sie, Anfang, eventuell Mitte zwanzig. Seine dunklen Locken hingen ihm ins Gesicht, das vom Tanzen und Trinken gerötet war. Er hatte hohe Wangenknochen, fein geschwungene Lippen und dichte Brauen, was ihm, wie Charlotte fand, einen leicht überheblichen Ausdruck verlieh. Das alles nahm sie aber nur am Rande wahr, denn sie war gefesselt vom Anblick seiner Augen.

So etwas hatte sie nie zuvor gesehen.

Sie waren weder blau noch grün noch grau, sondern changierten im Schein der Gaslampen zwischen diesen Schattierungen.

Fasziniert schaute Charlotte ihn an.

„… immer so ungeniert an?"

Blinzelnd kehrte sie in die Realität zurück. Sie hatte gesehen, dass sich seine Lippen bewegten, die Worte aber nicht wirklich wahrgenommen. Jetzt zog sie die Brauen zusammen. „Wie bitte?"

Er grinste verschmitzt. „Ich habe gefragt, ob Sie alle Männer, die zu Ihrer Rettung eilen, so ungeniert anstarren."

Charlotte spürte, wie ihr das Blut ins Gesicht schoss. Ihre Wangen brannten vor Verlegenheit. „Ich … habe Sie nicht angestarrt", wies sie ihn scharf zurecht. „Jedenfalls lag das nicht in meiner Absicht. Vermutlich war es der Schreck."

„Aber sicher", entgegnete er schmunzelnd. „Ganz wie Sie meinen." Er streckte ihr seine Hand entgegen. „Leander Markowitz."

„Charlotte vo…" Sie hielt inne, als ihr klar wurde, dass sie im Begriff stand, sich zu verraten. „Einfach nur Charlotte."

„Nun, Einfach-nur-Charlotte – es freut mich, Sie kennenzulernen. Möchten Sie vielleicht etwas trinken?"

Wieder zögerte sie. Es war vermutlich keine gute Idee, mit einem wildfremden Mann auf eine Feier zu gehen, auf der sie eigentlich nichts zu suchen hatte. Falls Margot sie zusammen sähe, würde sie vom Glauben abfallen!

Dieser Gedanke zauberte ein Schmunzeln auf ihr Gesicht. Sie blickte sich nach Marie um, doch die hatte mittlerweile ebenfalls einen Kavalier gefunden und beachtete sie überhaupt nicht mehr.

Also schön, dachte sie, warum eigentlich nicht? Sie hatte ja gesehen, wohin es führte, wenn sie sich als junge Frau allein hier aufhielt. Ein starker Beschützer, der auf sie aufpasste, konnte daher auf keinen Fall schaden.

„Ja", sagte sie. „Gerne."

„Wunderbar." Er ging zu einem der Tische und nahm zwei Gläser mit dunklem Bier, von denen er ihr eins überreichte. „Prost!", sagte er und hielt sein Glas hoch.

Lachend stieß Charlotte mit ihm an. „Prost!"

Sie hatte noch nie Bier getrunken, das ihr Vater stets abfällig als das Getränk des Proletariats bezeichnete. Umso gespannter war sie auf den Geschmack, doch angesichts der herben Bitterkeit, die auf ihrer Zunge explodierte, verzog sie das Gesicht. „Großer Gott!"

„Alles in Ordnung?" Leander musterte sie besorgt.

„Ja", erwiderte Charlotte und nahm einen zweiten, tiefen Zug, der ihr warm die Kehle hinunterrann, ehe sie das Glas auf dem Tisch abstellte. „Alles bestens! Kommen Sie", sagte sie und griff nach seiner Hand. „Lassen Sie uns tanzen!"

Gemeinsam bahnten sie sich einen Weg durch die Menge. Doch als Charlotte kurz darauf Leander auf der Tanzfläche gegenüberstand, umringt von anderen Paaren, verließ sie der Mut auch schon wieder. Sie kannte die Schritte dieses Tanzes überhaupt nicht. Auf den Bällen, die sie bisher besucht hatte, wurde züchtig der Walzer getanzt. Dies hier war anders.

Vollkommen anders.

Das Herz klopfte ihr bis zum Hals, als Leander dicht an sie herantrat, beide Arme um ihre Taille legte und anfing, sich im Rhythmus der Musik zu wiegen. Plötzlich ging alles wie von selbst. Eng an ihn geschmiegt wirbelte sie über die Tanzfläche. Ihre Füße schienen sich eigenständig zu bewegen, und Leander tat ein Übriges, um sie alle Befangenheit vergessen zu lassen. Sie sprangen und hüpften im Takt, und Charlotte war, als würde sie fliegen.

Die Welt drehte sich um sie, doch Leander hielt sie fest umfangen. In seinen Armen fühlte sie sich so sicher und behütet wie noch nie zuvor in ihrem Leben. Sie lachte hell auf. Ihr Herz hämmerte wie verrückt und ihr war schwindelig vor lauter Aufregung und Glück.

Das war es also, was normale Menschen darunter verstanden, sich zu amüsieren. Es war in nichts mit dem vergleichbar, was sie von zu Hause kannte. Und als die Musik mit einem Paukenschlag endete, wünschte Charlotte sich, einfach weitertanzen zu können. Immer weiter und weiter, bis ans Ende aller Tage.

Im Nachhinein konnte sie selbst nicht mehr sagen, welcher Teufel sie geritten hatte, ihre gute Kinderstube derart zu vergessen, doch als sie zu Leander aufblickte und in seine eindrucksvollen Augen schaute, war es um sie geschehen. Sie ließ alle Regeln der Vernunft und des Anstands beiseite, stellte sich auf die Zehenspitzen und presste ihre Lippen auf seinen Mund.

Die Zeit schien stillzustehen.

Charlotte sah, wie Leanders Pupillen sich vor Überraschung weiteten. Er stieß ein unterdrücktes Stöhnen aus, und im nächsten Moment schlang er die Arme noch fester um sie und zog sie an sich, sodass kein Blatt Papier mehr zwischen ihre erhitzten Körper gepasst hätte.

Charlotte hatte bisher nur in den unanständigen Romanen, welche die Köchin Anni regelrecht verschlang, von Küssen gelesen. Dass es sich so anfühlen würde, damit hatte sie nicht gerechnet.

Es war überwältigend.

Ihr Herz hämmerte, und das Blut rauschte ihr in den Ohren. Flüssiges Feuer pulsierte durch ihren Körper, schoss in ihre Adern und setzte sie innerlich in Flammen.

„Fräulein Charlotte, was tun Sie denn da! Und was machen Sie überhaupt hier?"

Margots entsetzte Stimme beendete das Ganze so abrupt, wie es begonnen hatte. Leander ließ plötzlich von ihr ab und taumelte einen Schritt zurück, während Charlotte schwer atmend an Ort und Stelle blieb.

Ihre Wangen brannten. Das Bier, das ihren Bauch bisher mit wohliger Wärme erfüllt hatte, weckte mit einem Mal Übelkeit bei ihr. Sie schluckte hart. Schluckte noch einmal.

Die Musik war ebenso verstummt wie sämtliche anderen Geräusche. Man hätte eine Stecknadel fallen hören können, und Charlotte hatte das Gefühl, dass alle Blicke auf sie gerichtet waren. Jeder Moment schien sich zu einer kleinen Ewigkeit auszudehnen. Irgendwann hielt sie es nicht mehr aus.

Sie wirbelte auf dem Absatz herum, stürmte die Treppe hinauf und durch die offen stehende Tür nach draußen aufs Deck, ohne auf Leander zu achten, der ihr nachrief.

Schwer stützte sie sich auf die Reling. Das Meer tief unter ihr war schwarz, die Wellenkämme schimmerten silbrig im Mondschein. Eine kühle Brise wehte ihr ins Gesicht, während sie durchatmete.

Als sie Schritte hinter sich hörte, drehte sie sich langsam um.

Es war Margot.

„Fräulein Charlotte!" Die ehemalige Zofe trat auf sie zu. „Was ist da unten passiert? Was, um Himmels willen, ist in Sie gefahren, dass Sie … Wieso sind Sie überhaupt hier? Habe ich mich denn nicht klar ausgedrückt?"

„Margot, bitte!" Charlotte barg das Gesicht in den Händen. „Eine Strafpredigt ist wirklich das Letzte, was ich jetzt gebrauchen kann. Ich weiß, dass ich einen Fehler gemacht habe."

„Allerdings, das haben Sie! Sie hätten niemals entgegen meinem ausdrücklichen Rat hier herunterkommen dürfen. Ich habe

Ihnen doch gesagt, dass dieser Umgang nichts für Sie ist. Warum konnten Sie nicht ein einziges Mal auf mich hören, Fräulein?"

Charlotte senkte den Blick.

Sie wusste, dass Margot recht hatte. Aber das änderte nichts daran, dass sie nicht wirklich bereuen konnte, was geschehen war.

Nicht die Feier und auch nicht den Tanz mit Leander.

Und schon gar nicht den Kuss.

Es war absurd, doch sie hatte noch nie etwas so sehr genossen wie diesen kurzen Augenblick in Leanders Armen. Und selbst wenn er sich als der größte Fehler in ihrem Leben herausstellen sollte – sie wollte ihn um nichts in der Welt missen.

„Sie fahren nach Chile, um zu heiraten", erinnerte Margot sie sanft. „Vergessen Sie das bitte nicht."

Charlotte seufzte. Wie könnte sie das vergessen? Schließlich hatte sie sich auf dieses Arrangement eingelassen, um etwas über ihre Mutter zu erfahren. Unwillkürlich umfasste sie das goldene Medaillon, das sie seit dem Tag, an dem sie es in der Kiste auf dem Dachboden entdeckt hatte, bei sich trug. „Es hat sich nichts an meinen Plänen geändert", antwortete sie. „Du kannst ganz unbesorgt sein, Margot."

Doch ihre ehemalige Zofe wirkte nicht überzeugt. Sie ergriff Charlottes Hand.

„Sie dürfen diesen jungen Mann niemals wiedersehen, hören Sie? Sonst geschieht am Ende noch ein Unglück!"

Charlotte atmete tief durch. „Es ist wohl besser, wenn ich jetzt gehe", sagte sie.

„Ja", entgegnete Margot leise. „Ja, das ist es. Und passen Sie lieber auf, dass Ihr Vater Sie nicht in diesem Aufzug sieht. Ich glaube nicht, dass er dafür Verständnis aufbringen würde."

Ohne ein weiteres Wort raffte Charlotte ihren Rock und lief zurück zum Tor, durch das man in die erste Klasse gelangte. Ehe sie den Korridor betrat, blickte sie sich vorsichtig um.

Es war tatsächlich besser, niemandem über den Weg zu laufen. Nicht in diesem Aufzug. Es würde nur unnötig Fragen aufwerfen. Margot hatte recht: Wenn ihr Vater sie so sähe … Sie wollte lieber gar nicht daran denken.

Sie huschte zurück auf ihr Zimmer, schloss die Tür hinter sich und legte die Stirn an das kühle Holz. Was für ein Abend!

Rasch schlüpfte sie aus den geliehenen Kleidungsstücken und faltete sie ordentlich zusammen, was angesichts des Bier- und Qualmgeruchs, der ihnen anhaftete, wenig sinnvoll erschien. Doch sie musste einfach etwas tun, um ihre Hände zu beschäftigen. Mit ihren Gedanken war sie ohnehin ganz woanders.

Sie konnte nichts dagegen tun: Jedes Mal, wenn sie die Augen schloss, sah sie Leanders Gesicht vor sich. Dann fühlte sie wieder einen Nachhall dessen, was sie empfunden hatte, als er sie geküsst …

Als du ihn geküsst hast …

Es fiel ihr schwer zu begreifen, dass die Initiative tatsächlich von ihr ausgegangen war. Margot hatte jedes Recht, sie für ihr Verhalten zu schelten. Was war bloß in sie gefahren? Sie hatte sich mitreißen lassen von einem Strudel, der stärker, viel stärker gewesen war als sie selbst. Und für einen Moment hatte sie beinahe vergessen, wer sie war und – noch schlimmer – wohin sie unterwegs war.

Anders als Margot, die in Ludwig im fernen Chile einen Seelengefährten gefunden zu haben schien, konnte sie für ihren zukünftigen Gatten keine Zuneigung empfinden. Wie auch? Er hatte sich nicht im Geringsten darum bemüht, sie für sich zu gewinnen. Hätte er wenigstens einen einzigen ihrer Briefe beantwortet, vielleicht hätten sich die Dinge vollkommen anders entwickelt. Doch so existierte Miguel für sie nur als eine verschwommene Erinnerung von jenem Ball, bei dem sie allenfalls ein paar Worte miteinander gewechselt hatten.

Leander hingegen …

Vergiss ihn, riet ihr die Stimme der Vernunft, Margot hat recht, es kann nicht gut gehen.

Niemals.

Doch das hielt sie nicht davon ab, von ihm zu träumen.

Und auch als sie etwas später in ihrem geräumigen Bett lag, die Augen schloss und verzweifelt den Schlaf herbeisehnte, schlich Leander sich wieder in ihre Gedanken. Erst als sie das Medaillon ihrer Mutter mit den Fingern umschloss, stellte sich endlich ein wenig innere Ruhe bei ihr ein.

Sie atmete tief durch und sank in leichten traumlosen Schlaf.

„Wir haben letzte Nacht den Ärmelkanal hinter uns gelassen und befinden uns jetzt auf dem Atlantik", erklärte Harald Brunner und lächelte selbstzufrieden. Ihm und seinem Bruder gehörte die Reederei, unter deren Flagge die *Güstrow* fuhr. „Das bedeutet, dass der Kapitän ab heute auch den zweiten Kessel unter Dampf setzen und das Schiff somit volle Geschwindigkeit aufnehmen kann."

Während die anderen Personen am Tisch – selbst ihr Vater – angemessen interessiert zu sein vorgaben, starrte Charlotte gedankenverloren auf die blütenweiße Damasttischdecke vor ihr. Das Klimpern und Klirren des Silberbestecks auf feinem Porzellan erfüllte die Luft und vermischte sich mit dem Gemurmel gedämpfter Unterhaltungen. Hin und wieder lachte jemand gekünstelt, doch sogar das nur so leise, dass es sich am Rande des Hörbaren bewegte.

Der Saal, der dafür ausgelegt war, dass bis zu sechzig Menschen gleichzeitig ihre Mahlzeit darin einnehmen konnten, nahm gut ein Drittel des gesamten Oberdecks ein. Die runden Tische, die Platz für jeweils acht Erste-Klasse-Passagiere boten, waren in großzügigem Abstand zueinander aufgestellt, sodass sich niemand eingeengt oder gar beobachtet fühlen musste. Über jedem Tisch hing ein wuchtiger Kronleuchter, dessen Kristalle im Schein der Gaslampen funkelten.

Bei der Ausstattung des Speisesaals war das Augenmerk auf größtmöglichen Komfort und Luxus gelegt worden. An jede erdenkliche Bequemlichkeit hatte man gedacht. Unwillkürlich erinnerte Charlotte sich daran, wie karg und spartanisch im Vergleich dazu das Gemeinschaftsdeck der zweiten und dritten

Klasse eingerichtet war. Funktionalität statt Behaglichkeit war es, was dort zählte, doch wieso wunderte sie das eigentlich? Sie kannte schließlich die Dienstbotenquartiere im Haus ihrer Familie. Abgesehen von Joseph, dem persönlichen Diener ihres Vaters, und Frau Sander, der Hausdame, teilten sich immer mindestens zwei Angestellte ein winziges Zimmer. Und von ihren Streifzügen durch die Umgebung von Grünau wusste sie, dass viele Bauern mit ihren Familien beengt in kleinen Katen lebten, teilweise mit mehr als einem halben Dutzend Kinder.

Als Tochter des Barons war sie vielleicht nicht in so großem Luxus aufgewachsen, wie man ihn von einer Person ihres Standes erwarten mochte, aber im Vergleich zum gewöhnlichen Volk war es ihr doch gut ergangen. Sie hatte nie Hunger leiden müssen, ganz gleich, wie schlecht die Ernte gewesen war, und auch wenn man Schloss Meersberg niemals wirklich warm bekam – sie hatte selbst im tiefsten Winter nicht frieren müssen.

Margot war ein dürres Kind gewesen, viel zu klein für ihre damals vierzehn Jahre, als sie in den Haushalt des Barons gekommen war. Die Zofe war nie müde geworden, ihr vorzuschwärmen, wie wunderbar sie das Leben im Schloss fand.

Leander kannte Hunger und Kälte vermutlich ebenso gut wie Margot und die meisten Menschen, die auf den unteren Decks der *Güstrow* reisten.

Leander …

Zwei Tage waren seit ihrer Begegnung mit ihm vergangen – sie nannte es „Begegnung", weil sie es nicht wagte, das Kind beim Namen zu nennen, nicht mal sich selbst gegenüber –, und sie konnte trotzdem kaum an etwas anderes denken als an ihn.

Selbstverständlich wusste sie, dass es besser war, sich von ihm fernzuhalten, um sicherzustellen, dass so etwas wie am Abend, an dem die *Güstrow* in See gestochen war, nicht noch einmal geschah. Dass sie seitdem mindestens zweimal am Tag Margot auf dem Unterdeck besuchte, hatte natürlich absolut nichts mit ihm zu tun. Ebenso wenig wie die Tatsache, dass sie immerzu nach jemandem Ausschau hielt, wenn sie mit ihrer Freundin umherspazierte.

Wem versuchst du hier eigentlich etwas vorzumachen?

„... nicht wahr, Fräulein Charlotte?"

Als Charlotte ihren Namen hörte, blinzelte sie überrascht. „Entschuldigung, wie bitte?"

Frau von der Naulitz, eine ältere Dame, die ihr silbergraues Haar stets zu einem strengen Knoten im Nacken zusammengefasst trug, lächelte milde. „Sie sind heute Abend wohl nicht ganz bei der Sache, Kindchen. Geht es Ihnen gut?"

Charlotte nickte hastig, denn sie spürte sofort den stechenden Blick ihres Vaters auf sich ruhen. Innerlich rief sie sich zur Ordnung. Kein Mensch durfte je erfahren, was wirklich in ihr vorging – schon gar nicht Richard von Grünau zu Meersberg.

Zum Glück hatte sie bei ihrer Stippvisite auf dem Unterdeck niemand erkannt – es war tatsächlich, wie man sagte: Kleider machen Leute. Die Menschen erwarteten nicht, dass eine junge Frau in der einfachen Kleidung eines Dienstmädchens in Wahrheit der höheren Gesellschaft angehörte. So erntete sie, wenn sie Margot besuchte, zwar eine Menge neugieriger Blicke, doch kein Mensch schien auf den Gedanken zu kommen, dass sie und das Mädchen vom Abend der Feier ein und dieselbe Person sein könnten.

Und das war gut so, denn Margot hatte recht: Wenn auch nur der Hauch eines Zweifels auf ihre Ehrenhaftigkeit fiele, bedeutete dies eine Gefahr für ihre Hochzeitspläne in Chile. Miguel Duarte würde mit Sicherheit keine Frau heiraten, deren Tugendhaftigkeit er sich nicht gewiss sein konnte. Und zweifellos würde ihr Vater ihr das nie verzeihen.

Niemals.

Nein, das durfte auf keinen Fall geschehen. Nicht, weil sie etwas für Miguel empfand oder weil ein solcher Skandal Schande über ihre Familie bringen konnte. Auch nicht aus Furcht davor, dass ihr Vater ihr das Leben zur Hölle machen würde. Sie dachte dabei vor allem an ihre geheimen Pläne. Und eines stand fest:

Sollte die Hochzeit platzen, würde man sie sofort nach Hause schicken. Damit verlöre sie die einzige Chance, herauszufinden, was wirklich mit ihrer Mutter geschehen war.

Insgeheim hoffte Charlotte, dass Frederike von Grünau zu Meersberg noch lebte.

Sie hatte die Wahrheit von Margot erfahren. Unabsichtlich. Es war der Zofe herausgerutscht, als Charlotte ihr das Medaillon zeigte, das sie auf dem Dachboden gefunden hatte. Margot wiederum wusste es von anderen Dienstboten. Wie es schien, waren alle auf Schloss Grünau eingeweiht, nur sie nicht.

Es war dumm von ihr gewesen, gleich zu ihrem Vater zu laufen, um ihn damit zu konfrontieren. Ein unverzeihlicher Fehler, den sie auch heute noch bedauerte. Der Baron war außer sich gewesen vor Wut, und Margot hatte die Zeche für Charlottes Unbedarftheit zahlen müssen. Er hatte der Zofe fristlos gekündigt und sie noch in derselben Nacht des Schlosses verwiesen.

Zum Glück war es Margot gelungen, eine Anstellung als Küchenhilfe im Gasthof von Meersberg zu ergattern, ansonsten wäre es ihr schlecht ergangen. Charlotte war sehr froh darüber.

Seitdem sie erfahren hatte, dass ihre Mutter kurz nach ihrer Geburt vor ihrem despotischen Ehemann davongelaufen war, träumte sie davon, ihr eines Tages zu begegnen. Es gab so viele Fragen, die ihr auf der Seele brannten. Warum hatte Frederike ihre hilflose kleine Tochter zurückgelassen? Wieso hatte sie nie wieder von sich hören lassen? Hatte sie ihr Glück gefunden im fernen Chile? Vielleicht sogar mit einer neuen Familie, neuen Kindern?

Dieser Gedanke ließ Charlottes Herz schwer werden. Sie wollte nicht daran denken, dass ihre Mutter sie für ein anderes Leben eingetauscht hatte. Nein, bestimmt war alles ganz anders. Etwas musste vorgefallen sein, das es ihr unmöglich gemacht hatte, länger bei ihrem Ehemann auszuharren.

Es musste einfach so sein. Denn alles andere erschien Charlotte einfach unvorstellbar.

Und wenn sie ihre Pläne weiter verfolgen wollte, durfte so etwas wie mit Leander nicht noch einmal geschehen.

„Es ist wirklich ein sehr … prachtvolles Schiff", sagte sie in der Hoffnung, dass sich das Gespräch nach wie vor um die *Güstrow* drehte. „Wie lange wird die Überfahrt bis nach Puerto Montt denn dauern?"

Frau von Naulitz, Herr Brunner und die anderen am Tisch – ein älteres Hamburger Händlerehepaar und sein Sohn, der etwas älter war als Charlotte und ihr auf ziemlich unverschämte Weise schöne Augen machte – musterten sie ein wenig überrascht. Offenbar hatte sie einen größeren Teil der Unterhaltung verpasst.

Ihre Wangen wurden heiß.

„Ich meine, das ist es doch wirklich", sprach sie weiter. „Ich habe noch nie ein so großes Schiff gesehen. Wie viele Passagiere befinden sich eigentlich an Bord?"

Brunner schmunzelte. „Oh, wenn wir jeden verfügbaren Raum ausnutzen, kann die *Güstrow* nahezu eintausend Menschen aufnehmen. Die Überfahrt wird alles in allem nicht einmal vierzehn Tage dauern – sehr viel weniger also, als die Atlantiküberquerung mit einem gewöhnlichen Segelschiff dauert."

„Für meinen Geschmack dürfte es ruhig noch ein bisschen schneller gehen", konstatierte Charlottes Vaters, der wie immer eine kritische Bemerkung nicht zurückhalten konnte. „Ein viel beschäftigter Mann wie ich kann es sich nun einmal nicht erlauben, seine Zeit unnütz zu verschwenden. Aber was tut man nicht alles für die Familie."

Nur mit Mühe gelang es Charlotte, ein ungläubiges Auflachen zu unterdrücken. Es war ein seltsames Gefühl, ihren Vater so reden zu hören. Ausgerechnet ihn, der sich nie auch nur ansatzweise um das Wohlergehen seiner Kinder geschert hatte. Doch sie zwang sich, lieber nichts zu sagen. Es brachte nichts, seinen Zorn auf sich zu ziehen.

Zwar dauerte es einen Moment, aber dann kam die Unterhaltung wieder in Gang, und Charlotte konnte erleichtert aufatmen. Ihre Tischnachbarn überschlugen sich schier in ihren Begeisterungsbekundungen, was die *Güstrow* betraf, während sie kaum zuhörte. Zumindest bis zu dem Augenblick, in dem sich die Tür des Speisesaals öffnete und jemand zu ihnen an den Tisch trat.

Charlotte stockte der Atem, als sie aufblickte.

Das war ja ... Aber wie war das möglich?

Es war Leander. Auch wenn er vollkommen anders aussah als am Abend der Feier, konnte daran kein Zweifel bestehen.

Er trug eine dunkelblaue Uniform, dazu ein weißes Hemd und auf Hochglanz polierte schwarze Schuhe. Die dunklen Locken hatte er zurückgekämmt und unter einer marineblauen Schirmmütze verborgen, was ihn strenger und erwachsener erscheinen ließ. Er schaute sie nicht direkt an, doch sie spürte, dass er sie aus dem Winkel seiner erstaunlichen Augen musterte, die im Schein der Gaslichter des Speisesaals grünlich grau schimmerten.

Als er neben Harald Brunner stand, beugte er sich vor und flüsterte dem Eigner etwas ins Ohr. Der ältere Mann runzelte die Stirn, nickte dann aber.

„Danke, Sie können sich zurück auf Ihren Posten begeben."

Leander entfernte sich, ohne noch einmal zu Charlotte zu blicken, und Brunner erhob sich seufzend. „Ich bitte um Verzeihung – die Pflicht ruft. Wir werden, bevor wir unser Ziel erreichen, sicher noch ausreichend Gelegenheit haben, unsere Unterhaltung fortzusetzen."

Er nickte in die Runde und machte Anstalten zu gehen.

Charlotte konnte nicht mehr an sich halten. Ohne sich dessen, was sie tat, bewusst zu sein, fragte sie: „Herr Brunner, wer war das gerade?"

Harald Brunner hob überrascht eine Braue, und Charlotte merkte, wie ihr Vater sich neben ihr versteifte.

„Charlotte, was soll denn das?", sagte der Baron mit schneidender Stimme.

„Sie meinen den jungen Matrosen?", fragte Brunner nach. „Er ist Maat hier auf der *Güstrow*. Leander Markowitz. Ein guter Mann, soweit ich das einschätzen kann. Wieso fragen Sie?"

Das Herz klopfte ihr bis zum Hals, doch sie schaffte es, sich nicht anmerken zu lassen, was wirklich in ihr vorging, und zauberte sogar ein Lächeln auf ihre Lippen. „Er kam mir nur irgendwie bekannt vor. Vielleicht kommt er ja aus der Umgebung von Grünau."

„Das kann ich mir nicht vorstellen", erwiderte Brunner. „Soweit ich weiß, stammt er aus einer armen Bauernfamilie aus dem tiefsten Ostpreußen und ist der erste Nachkomme, der das heimische Dorf je verlassen hat."

„Dann ... habe ich mich vermutlich geirrt."

„Sie entschuldigen mich jetzt?"

Charlotte atmete tief durch. „Aber natürlich."

Sie spürte den scharfen Blick ihres Vaters, der auf ihr ruhte, reagierte jedoch nicht darauf. Trotzdem war sie nervös. So sehr, dass sie erschrocken zusammenzuckte, als der Kellner an ihren Tisch trat.

„Was ist denn los mit dir?", zischte Richard von Grünau zu Meersberg ihr zu. „Du benimmst dich vollkommen unmöglich!"

„Nichts", sagte sie. „Alles ist in bester Ordnung. Mach dir meinetwegen keine Gedanken."

Als ob er das jemals getan hat ...

Das Abendessen wurde auf silbernen Tabletts aufgetragen und auf Tellern aus feinstem Porzellan serviert. Das Rindfleisch war zart und saftig, duftete herrlich und schmeckte köstlich, doch wirklich genießen konnte Charlotte die Mahlzeit nicht. Ihre Gedanken schwirrten die ganze Zeit um Leander.

Sie hatte geglaubt, dass er sich als Reisender der zweiten oder dritten Klasse an Bord der *Güstrow* befand. Dass er zur Mannschaft des Dampfseglers gehörte, war eine Überraschung.

Ob er sie auch erkannt hatte? Den verstohlenen Blicken nach zu urteilen, mit denen er sie gemessen hatte, konnte daran kaum ein Zweifel bestehen.

Was er jetzt wohl von ihr denken mochte? Er musste ebenfalls erstaunt gewesen sein, sie hier zu sehen. Gekleidet nach der neuesten Pariser Mode und elegant frisiert, ähnelte sie dem

Mädchen, mit dem er auf dem Fest auf dem Unterdeck getanzt hatte, nur noch sehr entfernt.

Warum kümmert es dich überhaupt, was er von dir denkt? fragte sie sich. Bist du dir nicht gerade eben erst erneut darüber klar geworden, dass du nicht riskieren darfst, ihn jemals wieder zu treffen?

Das stimmte – doch es hinderte ihr Herz nicht daran, bei dem Gedanken an Leander heftiger zu schlagen. Dass sie ihn wiedergesehen hatte, machte es für sie nicht leichter.

Mechanisch brachte sie das Essen hinter sich und entschuldigte sich, sobald es die Regeln von Anstand und Höflichkeit zuließen – erneut, ohne auf ihren Vater zu achten, der ärgerlich die Stirn runzelte. Charlotte eilte nach draußen, weil sie das Gefühl hatte, im Inneren des Schiffes nicht mehr atmen zu können. Alles erschien ihr plötzlich so eng, so erdrückend.

Sie lief bis ganz ans Ende des Hecks, wo sich ein kleines Promenadendeck mit Sonnenstühlen befand, das die Passagiere der ersten Klasse zum Verweilen einlud. Zu dieser späten Stunde bestand kaum Gefahr, dass ihr jemand begegnete. Und das war gut so, denn was sie im Augenblick brauchte, war Ruhe. Ruhe, um gründlich über alles nachdenken zu können.

Charlotte atmete tief durch. Mittlerweile war es dunkel geworden, und der Nachthimmel verschmolz mit der Schwärze des Wassers am Horizont. Über ihr funkelten die Sterne, und der Mondschein ließ die Schaumkronen der Wellen geheimnisvoll schimmern.

Sie merkte selbst erst, dass sie weinte, als ihre Sicht verschwamm und sie sich mit dem Handrücken über das Gesicht wischte. Das war ganz und gar untypisch für sie. Sie hatte nie zu den Mädchen gehört, die beim kleinsten Anlass in Tränen ausbrachen. Die strenge Erziehung ihres Vaters hatte sie gelehrt, dass Jammern und Schluchzen sie nicht weiterbrachten. Wenn man etwas erreichen wollte, musste man unbeirrt und konsequent an der Umsetzung seines Traumes arbeiten und sein Ziel niemals aus den Augen verlieren.

Und genau das würde sie ab sofort beherzigen.

Ihr Ziel war es, möglichst viel über das Schicksal ihrer Mutter herauszufinden, und nichts und niemand würde verhindern, dass sie das am Ende auch erreichte.

Dass sie einen Mann heiraten sollte, den sie im Grunde genommen nicht kannte, bereitete ihr dabei wenig Kopfzerbrechen. In den Kreisen, in denen ihre Familie verkehrte, kamen arrangierte Ehen nicht eben selten vor. Und viele von ihren Cousinen und Schulfreundinnen waren mit den Ehemännern, die man für sie ausgesucht hatte, äußerst glücklich.

Natürlich gab es auch Negativbeispiele. Ihre eigene Mutter war wohl der eindeutige Beweis dafür, dass solche Arrangements nicht immer funktionierten. Sie war mit Richard von Grünau zu Meersberg verheiratet worden, weil er als einziger Nachkomme eines alten Adelsgeschlechts eine gute Partie zu sein versprach. Der Charakter ihres zukünftigen Mannes war bei der Vereinbarung, die Frederikes Eltern mit ihm geschlossen hatten, nicht relevant gewesen.

Miguel Duarte jedoch schien, zumindest auf den ersten Blick, ein recht passabler Heiratskandidat zu sein. Die paar Minuten, die sie einander auf dem Ball im Hause ihres Vaters gesehen hatten, waren natürlich nicht ausreichend gewesen, sich wirklich kennenzulernen. Immerhin war er ein ansehnlicher, wenn auch ein wenig langweiliger junger Mann, der mit seiner oliv getönten Haut, dem dunklen Haar und den schwarzen Augen die Aufmerksamkeit der meisten Mädchen auf sich zog.

Im Grunde hatte sie schon immer gewusst, dass ihr Vater eines Tages versuchen würde, den größten Nutzen aus ihr zu schlagen. Für sie als Tochter kam hier im Grunde nur eine in wirtschaftlicher Sicht vorteilhafte Verheiratung infrage. Ihr Bruder Johannes würde die Baronie und alle dazugehörigen Vorteile und Verpflichtungen erben.

Charlotte war froh darüber, nicht an seiner Stelle zu sein, denn die Verpflichtungen überwogen die Vorteile in beträchtlichem Maße. Der Titel von Grünau zu Meersberg mochte klangvoll und mit großem gesellschaftlichem Ansehen verbunden sein, doch die Tage, in denen die Familie auch finanziell gut dagestanden hatte, lagen lange zurück. Burg Meersberg, ihr Herrensitz, war ein alter zugiger Kasten, der im Winter nur schwer warm zu bekommen war. Die Einrichtung stammte zum Teil noch aus dem Mittelalter. Der gesamte Südflügel stand vollständig leer und verfiel von Jahr zu Jahr zusehends, weil das Geld für notwendige Reparaturen fehlte. Durch ihre Einheirat in die Familie Duarte hoffte der Baron nun, sich wirtschaftlich gesundstoßen zu können. Und zwar durch den Handel mit Salpeter.

Chilesalpeter war eine Substanz, die in weiten Gebieten Südamerikas, vor allem aber in Chile vorkam, wo man ihn in fünfzehn Zentimeter bis dreieinhalb Meter dicken Schichten, sogenannten Caliches, im Boden fand.

Charlotte hatte einiges über Chile als Nation und die Gewinnung von Salpeter gelesen. Wenn sie schon in ein fremdes Land ging, dann wollte sie zumindest wissen, was da auf sie zukam.

Und so wusste sie, dass der Chilesalpeter, nachdem er von Sand, Gips und anderen Salzen gereinigt worden war, hauptsächlich als Düngemittel diente. Anders als Kalisalpeter war er nicht ohne Weiteres für die Herstellung von Schwarzpulver geeignet.

Egal, zu welchem Zweck man ihn benutzte – Chilesalpeter war ein begehrtes Gut, sowohl in der Neuen als auch in der Alten Welt. Und die Duartes besaßen große Ländereien, im Süden ebenso wie in den wüstenreichen Regionen im Norden, in denen Salpeter in großen Mengen vorkam. Charlottes Vater hoffte, sich durch die Verbindung seiner Familie mit den Duartes ein Handelsmonopol für Salpeter in Europa aufbauen zu können.

Sie selbst interessierte sich weder für die chilenischen Salpetervorkommen noch für die wirtschaftlichen Vorteile für ihre Familie, falls die den europäischen Markt unter ihre Kontrolle brachte. Ihr ging es nur um ihre Mutter.

„Sie sehen so verändert aus, dass ich Sie vorhin beinahe nicht erkannt hätte."

Charlotte atmete tief ein. Leanders Stimme hätte sie unter Dutzenden wiedererkannt. Sie spürte, wie ihr Puls sich beschleunigte und ihre Knie weich wurden. Langsam drehte sie sich um.

Im Sternenglanz schimmerten seine erstaunlichen Augen jetzt graublau. Er hatte seine Schirmmütze abgenommen, und ein paar seiner widerspenstigen Locken umspielten sein scharf geschnittenes Gesicht.

„Dasselbe könnte ich wohl von Ihnen behaupten", entgegnete sie mit leicht zittriger Stimme. „Die Uniform steht Ihnen wirklich gut."

„Und Sie würden vermutlich selbst in Lumpen wunderschön aussehen."

Charlottes Wangen glühten. Das unerwartete Kompliment ging ihr durch und durch, ohne dass sie etwas dagegen tun konnte. Sie hielt die Luft an. Hatte sie sich nicht gerade erst vorgenommen, sich von Leander fernzuhalten? Auf diese Weise würde ihr das wohl kaum gelingen.

Nervös strich sie über den sündhaft teuren Stoff ihres Überrocks. Ihr Vater hatte sich in Unkosten gestürzt, um ihr die Ausstattung angedeihen zu lassen, die ihrem Stand entsprach. Nicht etwa, weil er seiner Tochter damit etwas Gutes tun wollte – nein: Es ging ihm einzig und allein darum, den äußeren Schein zu wahren. Niemand sollte sehen, in welchen Schwierigkeiten die Baronie wirklich steckte.

„Bitte lassen Sie die Schmeicheleien", sagte sie. „Das ist mir unangenehm."

Er neigte den Kopf etwas zur Seite. „Als wir auf der Feier miteinander getanzt haben, waren Sie aber nicht so schüchtern." Auf seine Lippen legte sich ein dreistes Lächeln. „Ganz im Gegenteil sogar."

Unwillkürlich tauchten die Bilder vor ihrem inneren Auge auf, die sie so lange unterdrückt hatte. Einen winzigen Moment lang glaubte sie wieder seine Lippen auf ihrem Mund zu spüren, und ihr wurde heiß und kalt zugleich. Sie musste sich an die Reling lehnen, weil sie der Standfestigkeit ihrer Beine nicht länger vertraute.

„Das mag sein“, gab sie mit heiserer Stimme zu. „Aber das bedeutet nicht, dass mein Verhalten auch korrekt gewesen ist. Ich bereue, was an dem Abend geschehen ist. So weit hätte es niemals kommen dürfen.“

„Verstehe“, entgegnete er und verzog andeutungsweise das Gesicht. „Ein einfacher Kerl wie ich ist nicht gut genug für Sie, das wollten Sie damit doch sagen, oder?“ Er schüttelte den Kopf. „Wie sollte der zweitälteste Sohn eines Bauern aus Angerburg für Sie auch der richtige Umgang sein?“

Die Bitterkeit in seiner Stimme versetzte ihr einen Stich. „Nein, so meinte ich das nicht“, beeilte sie sich, ihm zu widersprechen. Dabei entsprach das, was er sagte, durchaus den Tatsachen. Sie sollte sich nicht mit ihm abgeben. Er stand gesellschaftlich weit unter ihr, und sie würde nach ihrer Ankunft in Puerto Montt den Sohn eines chilenischen Grundbesitzers heiraten. Sie durfte nichts riskieren, was ihrer Eheschließung mit Miguel Duarte im Wege stehen könnte. So weit die Theorie.

Ihr heftig hämmerndes Herz hingegen wollte etwas vollkommen anderes.

3. KAPITEL

Leander stand einfach nur da und schaute sie an. Er war in seinem Leben schon so mancher hübschen Frau begegnet, doch Charlotte übertraf alles, was er je gesehen hatte.

Ihr goldblondes Haar war am Oberkopf kunstvoll geflochten, während es sich vom Hinterkopf an wie ein Wasserfall über ihren Rücken ergoss. Ihr Teint war makellos und frisch, ihre Hände schlank und gepflegt. Ihm war gleich aufgefallen, dass sie keine gewöhnliche Zofe oder Magd sein konnte. Dafür war ihre Haut zu weich und zart. Ihre feingliedrigen Finger hatten keine Schwielen, und ihre Schultern waren zu schmal, zu zierlich, als dass sie an harte körperliche Arbeit gewöhnt gewesen wäre.

Trotzdem hätte er nicht damit gerechnet, sie ausgerechnet im Speisesaal der ersten Klasse wiederzusehen. Herausgeputzt wie eine leibhaftige Prinzessin. Oder zumindest so, wie er sich eine Prinzessin vorstellte, denn er hatte natürlich noch nie eine gesehen – und würde es vermutlich auch niemals.

Dass er sich hier befand, an Bord der *Güstrow*, war schon ein unglaublicher Erfolg, wenn man bedachte, woher er kam.

Die Erträge des Hofes, den seine Familie seit Generationen bewirtschaftet hatte, waren nicht mehr ausreichend gewesen, um ihren Lebensunterhalt zu sichern. Im Zuge der Agrarreformen und der Abschaffung der Leibeigenschaft waren sie nun dem Gesetz nach zwar nicht mehr abhängige Untertanen eines Feudalherrn, doch sie hatten dem Gutsbesitzer für den Verlust seines Landes eine Entschädigung zahlen müssen, die sie am Ende zwang, ihre Hofstelle aufzugeben.

Seitdem wanderte seine Familie umher und verdingte sich, wenn die Zeiten gut waren, als Landarbeiter. In schlechten Zeiten indes lebten sein Vater, seine Mutter und seine Brüder und Schwestern von der Hand in den Mund – und er war ihre einzige Chance, dass sich daran jemals etwas änderte.

Schon als kleiner Junge hatte er davon geträumt, eines Tages zur See zu fahren und die weite Welt zu entdecken. Zwar waren diese Wünsche für seinen Vater nichts als Träumereien gewesen, dennoch hatte er es seinem Sohn ermöglicht, die Schule zu besuchen, während seine Geschwister von Anfang an auf dem Hof hatten mit anpacken müssen.

Als die Familie ihr Zuhause verlor, hatte er sich mit gerade einmal vierzehn Jahren auf den Weg nach Rostock gemacht und dort auf dem ersten Schiff angeheuert, das nach einem Bootsjungen suchte. Die erste Zeit auf See war hart gewesen. Die Umgangsformen der Matrosen waren sogar noch rauer als die der Bauern auf dem Feld. Einige der Männer hatten in jedem Hafen eine Braut, oder sie versoffen den Sold einer ganzen Tour an nur einem Wochenende. Leander hatte sich nie zu solchen Lastern hinreißen lassen, sondern schickte den größten Teil des Geldes, das er verdiente, zur Unterstützung an seine Familie. Zunächst brachte ihm das den Spott seiner Kameraden ein, schließlich, aufgrund seiner Zuverlässigkeit und seiner unbedingten Loyalität, aber deren Anerkennung.

Allmählich war er aufgestiegen, und als sich ihm die Gelegenheit bot, auf der *Güstrow* anzuheuern, hatte er nicht lange gezögert. Auf einem echten Dampfsegler zu dienen war sein Traum gewesen, seit er zum ersten Mal mit eigenen Augen einen gesehen hatte. Er war jetzt dreiundzwanzig, und diese eindrucksvolle Mischung aus Anmut und Stärke fesselte ihn auch heute noch jedes Mal aufs Neue.

Im Augenblick faszinierte ihn allerdings etwas ganz anderes.

Er machte einen Schritt auf Charlotte zu und sah, wie sich ihre Brust unwillkürlich schneller hob und senkte. Und das, obwohl dieses Korsett, das sie trug, so eng geschnürt war, dass es ihr schier die Luft zum Atmen nehmen musste.

Zugleich, das gestand er sich ein, zauberte es eine unglaublich aufregende Silhouette mit vollen Brüsten, ausladenden Hüften und einer Wespentaille, so schlank wie das schmale Mittelstück einer Sanduhr.

Nicht, dass Charlotte ein solches Hilfsmittel wirklich nötig hatte. Unwillkürlich spürte Leander, wie sein Puls sich beschleunigte. Er erinnerte sich gut daran, wie wunderbar weich sich ihr Körper unter der einfachen Kleidung angefühlt hatte. So gut, dass er sie am liebsten in seine Arme ziehen wollte, um beide Erfahrungen miteinander zu vergleichen.

Doch das war natürlich unmöglich.

Es war eine Sache gewesen, auf dem Unterdeck mit einer Passagierin der zweiten oder dritten Klasse zu schäkern. Einer jungen Frau aus der ersten Klasse zu nahe zu treten würde ihn die Stellung kosten. Dieses Risiko durfte er auf gar keinen Fall eingehen.

„Außerdem – was wissen Sie denn schon über mich?“, fragte sie nun und schaute ihn herausfordernd an. „Sie kennen mich doch überhaupt nicht. Wie können Sie es sich erlauben, ein Urteil über mich zu fällen?“

Er breitete in einer Geste der Kapitulation die Arme aus. „Was soll ich sagen? Sie haben recht, ich kenne Sie nicht. Aber Sie können nicht leugnen, dass ein einfacher Junge wie ich kaum der richtige Umgang für Sie ist.“

„Wer oder was der richtige Umgang für mich ist, entscheide ich immer noch selbst“, entgegnete sie, stemmte die Hände in die Hüften und reckte das Kinn. „Geben Sie es doch zu, Sie halten mich für eines dieser verwöhnten kleinen Mädchen aus feiner Gesellschaft, die bei jeder Gelegenheit in Tränen ausbrechen.“

„Sind Sie das denn?“

„Ich …“ Sie errötete. „Diese Frage ist vollkommen absurd.“

„Ziehen Sie es deshalb vor, sie nicht zu beantworten?“

Jetzt war er am Zug. Und er genoss es mehr, als es angesichts der Tatsache, dass er als Besatzungsmitglied der *Güstrow* den Passagieren mit Respekt begegnen sollte, vernünftig erschien.

„Sie … Sie …“ Ihre kleinen Hände ballten sich zu Fäusten, und ihr hübsches Gesicht mit dem Porzellanpuppenteint wirkte erbost. „Was bilden Sie sich eigentlich ein, wer Sie sind?“

„Oh“, entgegnete er schmunzelnd, „nur ein einfacher Junge, der es nicht wert ist, dass man sich seinetwegen echauffiert.“

Nun war sie es, die unvermittelt einen Schritt auf ihn zumachte. „Sie sind unverschämt“, stellte sie fest. „Vielleicht sollte ich Ihr impertinentes Verhalten Ihrem Vorgesetzten melden.“

„Das könnten Sie natürlich, und ich würde deswegen vermutlich in Teufels Küche geraten. Aber irgendwie kann ich mir nicht vorstellen, dass Sie das wirklich wollen.“

„Ach nein? Und warum nicht?“

Mit einem großen Schritt schloss er endgültig die Lücke zwischen ihnen und zog Charlotte in seine Arme. Im ersten Moment versteifte sie sich, doch schon nach wenigen Sekunden erlahmte ihre Gegenwehr, und sie schlang nun ihrerseits die Arme um seine Taille.

Großer Gott, Leander, was tust du da? fragte er sich. Bist du von allen guten Geistern verlassen? Willst du alles aufs Spiel setzen, was du bisher erreicht hast – nur für eine Frau?

Doch als er so dastand und zu ihr hinabblickte, in diese kornblumenblauen Augen, die ihn erwartungsvoll anschauten, konnte er einfach nicht anders. Er beugte sich zu ihr hinab und küsste sie.

Es war ein sanfter, behutsamer Kuss, so, als müsse er fürchten, sie könne zerbrechen, wenn er zu stürmisch vorginge. Aber natürlich tat sie nichts dergleichen. Stattdessen erwiderte sie seinen Kuss mit einer Leidenschaft, die er einer jungen Dame aus gutem Hause nicht zugetraut hätte.

Die einzigen Frauen, mit denen Leander bisher Erfahrungen gesammelt hatte, waren leichte Mädchen gewesen, die sich bei den Matrosen in den Hafenkneipen herumtrieben. Zu mehr als ein paar flüchtigen Küssen war es jedoch nie gekommen. Nicht, weil die Frauen nicht interessiert gewesen wären. Nein, er hatte es nie dazu kommen lassen. Weil er nicht riskieren wollte, sich eine dieser Krankheiten einzufangen, an denen schon so mancher leichtsinnige Mann elendig zugrunde gegangen war. Er war die einzige Chance, die seine Familie hatte.

Und nun? Was tust du jetzt?

Er beendete den Kuss und strich Charlotte übers Haar. „Wir sollten das vermutlich lieber nicht tun."

„Nein", erwiderte sie mit heiserer Stimme. „Das sollten wir tatsächlich nicht."

Ein paar Minuten, die Leander wie eine Ewigkeit erschienen, standen sie einfach nur da und schauten einander in die Augen. Es war ein seltsames Gefühl. Warum schlug sein Herz schneller, wenn sie in seiner Nähe war? Und wieso schien die Luft zwischen ihnen zu knistern wie kurz vor einem heftigen Sommergewitter?

Na, weil du dich in sie verguckt hast, so einfach ist das.

„Nein!", stieß er entsetzt hervor. „Nein, das kann nicht sein!"

Charlotte blinzelte irritiert. „Was kann nicht sein?"

„Nichts", erwiderte er ausweichend und schüttelte den Kopf. Sie war die letzte Person, mit der er darüber sprechen konnte. Wenn sie erfuhr, wie er für sie empfand, würde sie ihn doch nur auslachen. Ein einfacher Maat und eine junge Frau aus höheren Kreisen. Allein die Vorstellung war so absurd, dass es ihm verrückt erschien, auch nur darüber nachzudenken.

Er trat an die Reling und blickte starr hinaus aufs Meer.

Die See war seine erste große Leidenschaft gewesen und würde es auch immer bleiben. Für andere Liebeleien gab es in seinem Leben keinen Platz. Er musste an seine Familie denken.

Noch ein paar Überfahrten an Bord der *Güstrow*, und er hätte genug angespart, um ihre Not ein für alle Mal zu lindern. Sie konnten sich irgendwo ein Stück Land kaufen und noch einmal ganz von vorn anfangen. Vielleicht tatsächlich mit der Pferdezucht, von der sein Vater immer geträumt hatte, seit er als junger Bursche in Trakehnen auf einem solchen Hof gearbeitet hatte.

„Charlotte, ich … Heißen Sie überhaupt so? Charlotte?"

Sie nickte. „Charlotte Sofie von Grünau zu Meersberg."

Er konnte ein überraschtes Auflachen nicht unterdrücken. „Na, wenn das kein eindrucksvoll klingender Name ist!"

Ihre Wangen röteten sich leicht. „Charlotte reicht für den

Mann, der mich vor der Zudringlichkeit eines Betrunkenen bewahrt hat, vollkommen."

„Wenn Sie das so sagen, fühle ich mich beinahe wie Sir Lancelot, der Lady Guinevere zur Rettung geeilt ist."

„Sie kennen die Artussage?"

„Natürlich", antwortete er. „Sie halten mich wohl für einen dummen Bauerntrampel, wie?"

Sie schüttelte den Kopf. „Nein", entgegnete sie. „Ganz und gar nicht."

Die Art und Weise, wie sie es sagte, ließ ihn nicht an ihren Worten zweifeln. Er nahm ihre Hand. „Kommen Sie. Gehen wir ein Stück."

„Aber ... was, wenn uns jemand zusammen sieht?"

„Sie haben recht." Er ließ sie los. „So sollte es unverfänglich aussehen."

Ein paar Minuten gingen sie schweigend nebeneinanderher. Das Geknatter der eingeholten Segel im Wind war das einzige Geräusch weit und breit.

„Was verschlägt ein junges Fräulein wie Sie nach Südamerika?", fragte er schließlich, um die Stille zu beenden. „Ein Verwandtschaftsbesuch?"

Sie blieb abrupt stehen und schüttelte den Kopf. „Ich reise nach Chile, weil dort mein zukünftiger Ehemann lebt", sagte sie leise.

Ungläubig starrte Leander sie an. Er konnte nicht fassen, was er da hörte. Charlotte würde nach ihrer Ankunft in Puerto Montt heiraten? Noch dazu einen Chilenen?

„Ich kenne ihn kaum", sprach sie weiter. „Wir haben uns nur ein einziges Mal gesehen. Auf einem Ball, den mein Vater veranstaltet hat. Miguel ist der Sohn eines einflussreichen Großgrundbesitzers. Von der Verbindung unserer beiden Familien erhofft mein Vater sich Einfluss auf den europäischen Handel mit Chilesalpeter."

„Sie sagen das so, als würde es Sie gar nichts angehen. Lieben Sie diesen Mann denn?"

„Liebe ist ein großes Wort. Ich bin mir nicht sicher, ob es so etwas überhaupt wirklich gibt."

Sie klang traurig. Leander war davon überzeugt, dass mehr dahintersteckte. „Wer hat Sie so verletzt, dass Sie nicht an die Liebe glauben?"

Überrascht schaute sie ihn an und blinzelte. „Sie denken, ich wäre verliebt gewesen und enttäuscht worden?" Sie schüttelte den Kopf. „Nein, darum geht es nicht."

„Sondern?"

„Es geht um meine Mutter. Sie verließ meinen Vater kurz nach meiner Geburt. Sagt man nicht, dass Mutterliebe die größte und stärkste Liebe von allen ist? Nun, wenn sie wirklich existiert, dann frage ich mich, wie meine Mutter mich einfach so im Stich lassen konnte."

Leander spürte, wie eine Woge des Mitgefühls über ihn hinwegrollte. „Sie hatte sicher ihre Beweggründe."

„Ja, die hatte sie ganz bestimmt", entgegnete Charlotte traurig. „Mein Vater ist nicht gerade ein besonders liebevoller Mensch. Vermutlich hat sie es nicht länger bei ihm ausgehalten. Ich begreife nur nicht, wie sie mich einfach so zurücklassen konnte. Wenn sie mich wirklich geliebt hat, hätte sie mich dann nicht mitnehmen müssen?"

Leander schwieg. Was sollte er darauf auch erwidern? Er kannte weder Charlottes Mutter noch wusste er etwas über die Situation, die sie damals zu ihrem Handeln bewogen hatte. Was er jedoch wusste, war, dass man im Leben nicht immer alles beeinflussen konnte. Manche Dinge stießen einem einfach zu. Und er nahm an, dass genau solch eine Unwägbarkeit Charlottes Mutter gezwungen hatte, ihre Tochter zurückzulassen. Dennoch … Die bloße Vorstellung, einem so bezaubernden Geschöpf wie Charlotte etwas Derartiges anzutun, war unvorstellbar für ihn.

Charlotte atmete tief durch und zwang sich, den Gedanken an ihre Mutter zu verdrängen. „Wie war das bei Ihnen?", fragte sie daher. „Sie sagten, Ihre Familie stammt aus der Nähe von Angerburg?"

Er nickte. „Mein Vater hat den Hof eines Gutsherrn bewirtschaftet, so wie sein Vater und sein Großvater vor ihm. Bei der Abschaffung der Leibeigenschaft wurden sie zwar freie Staatsbürger, aber nach Abzug der Entschädigungsleistung für unseren früheren Gutsherrn konnte mein Vater nach ein paar schlechten Ernten den Lebensunterhalt der Familie nicht mehr sichern. Ihm blieb nichts anderes übrig, als die Hofstatt aufzugeben."

Charlotte blinzelte. Sie hatte ihren Vater schon oft über die Agrarreformen wettern hören, hatten die doch dazu geführt, dass die Einkünfte der Baronie stark rückläufig waren. Für ihn bedeutete der Wegfall der Leibeigenschaft die Veränderung eines seit Jahrhunderten funktionierenden Systems. Die Nachteile und Schwierigkeiten, die es für die Bauern mit sich brachte, sah er gar nicht. Und auch sie selbst war sich darüber bislang nicht im Klaren gewesen.

„Und was macht Ihre Familie jetzt?", erkundigte sie sich.

„Meine Eltern und meine Geschwister wandern von Dorf zu Dorf und von Stadt zu Stadt auf der Suche nach einer Anstellung. Doch gerade im Winter werden nur selten Leute benötigt. Und meine Familie steht mit ihrem Schicksal ja auch nicht allein. Es ist ein Glück, dass ich ihnen regelmäßig etwas Geld schicken kann. Auf diese Weise kommen sie auch in den kalten Monaten über die Runden, selbst wenn sie es nicht geschafft haben, sich im Sommer etwas zur Seite zu legen."

Charlotte nickte. „Und Sie? Wie kommt es, dass Sie zur See gefahren sind?"

Seine Augen fingen an zu glänzen, als das Thema zur Sprache kam. „Ich habe schon als kleiner Junge davon geträumt, eines Tages auf einem Schiff Dienst zu tun. Das Meer hat mich seit jeher fasziniert, und als ich noch klein war und der Hof meiner Familie noch lief, hat mein Vater es mir ermöglicht, eine Schule zu besuchen – obwohl er meine Träume für verrückte Spinnereien hielt."

„Ich kann verstehen, dass das Meer auf Sie einen großen Reiz ausübt. Diese unendliche Weite. Man hat das Gefühl, als Mensch ganz unbedeutend und klein zu sein."

„Sie könnten in meinen Augen niemals unbedeutend sein", sagte er leise, und ihr Herz machte einen aufgeregten Satz. „Dieser Chilene, den Sie heiraten wollen, muss ein sehr glücklicher Mann sein."

Sie blieb stehen und schaute ihn einfach nur an. Sie hatte ihm sagen wollen, dass er aufhören sollte, ihr solche Komplimente zu machen, doch jetzt, wo sie in seine Augen blickte, fehlten ihr die Worte.

„Ihnen ist kalt", stellte er fest, als sie fröstelte.

Er zog seine Uniformjacke aus und legte sie ihr um die Schultern. Dabei kam er ihr so nah, dass sie die Wärme seines Körpers spüren konnte.

„Besser so?"

Sie nickte hastig, unfähig, einen zusammenhängenden Satz zu formulieren.

Was war bloß mit ihr los? Was hatte dieser junge Mann an sich, dass er sie alle Regeln von Sitte und Anstand vergessen ließ, die man ihr das ganze Leben lang eingebläut hatte? In seiner Gegenwart wurde sie zu einer völlig anderen Person. Sie erkannte sich selbst kaum wieder – doch sie war unfähig, etwas dagegen zu tun. Es fühlte sich gut, es fühlte sich richtig an. Auch wenn sie wusste, dass sie sich mit ihrem Verhalten in Teufels Küche bringen konnte.

Er stand ihr gegenüber, seine Hände lagen auf ihren Schultern. Sie blickte zu ihm auf. Das Herz klopfte ihr bis zum Hals, und als er sich zu ihr herabbeugte, schloss sie die Augen und öffnete erwartungsvoll die Lippen.

„Charlotte? Charlotte, wo steckst du?"

Erschrocken zuckte sie zusammen. „Das ist mein Vater!", stieß sie heiser hervor. Hastig packte sie Leander am Arm und zog ihn mit sich in eine kleine Nische zwischen zwei Rettungsbooten, die durch Planen vor Regen geschützt wurden. „Um Gottes willen, er darf uns auf keinen Fall zusammen sehen!"

Leander reagierte sofort. Er hob die Plane eines der Boote an und kletterte hinein. Dann beugte er sich hinab und reichte

Charlotte seine Hand. „Kommen Sie. Hier drin findet er uns gewiss nicht."

Charlotte klopfte das Herz bis zum Hals hinauf. Sie ergriff die ihr angebotene Hand und ließ sich von ihm helfen. Einige Male rutschte sie mit den glatten Sohlen ihrer Schuhe ab, doch Leander hielt sie, und schließlich hockte sie neben ihm im Ruderboot.

Leander zog die Plane wieder zurück, und es wurde dunkel. Schwere Schritte näherten sich. Charlotte hielt den Atem an. Ihr Herz hämmerte nun so heftig, dass sie glaubte, es müsse auf dem ganzen Schiff zu hören sein. Als die Person draußen direkt vor ihrem Versteck stehen blieb, ergriff sie Leanders Hand und drückte sie fest. Er reagierte, indem er einen Arm um sie legte und sie schützend an sich zog.

Schließlich entfernten sich die Schritte, bis nichts mehr zu hören war. Charlotte atmete erleichtert auf. „Sie haben mir soeben das Leben gerettet", flüsterte sie atemlos.

Ihre Augen hatten sich inzwischen einigermaßen an die Dunkelheit gewöhnt, und sie konnte sehen, dass Leander sie anschaute.

„Keine Ursache", entgegnete er leise.

Die Luft zwischen ihnen schien zu prickeln. Es war warm, und sie waren einander ganz nah. Dort, wo Leander sie berührte, brannte ihre Haut. Und ehe sie sich versah, hatte sie die Arme um ihn geschlungen und schmiegte sich an ihn.

Er zögerte kurz; dann erwiderte er die Umarmung. Sein Mund fand ihren, und sie küssten sich. Es lag eine solche Zärtlichkeit in seinem Kuss, dass es Charlotte den Atem raubte. Die Zeit schien stillzustehen, und für diesen Augenblick gab es nur noch sie beide. Der Rest der Welt – ihr Vater, Miguel Duarte, der chilenische Salpeter – war bedeutungslos. Alles, was zählte, war Leander.

Als er seine Lippen von ihren löste, seufzte sie bedauernd.

Leander strich mit einer Hand sanft über ihr Haar. „Ich weiß nicht, ob das wirklich eine gute Idee ist", flüsterte er.

Sie blickte zu ihm auf. Natürlich hatte er recht, sie wusste das, doch sie wollte es nicht sehen. Ihr Herz sehnte sich danach, bei ihm zu sein. Am liebsten wollte sie einfach alles hinwerfen und mit ihm ein neues Leben beginnen.

Doch ihr war klar, dass das undenkbar war. Ihr Vater würde es niemals zulassen. Und, was noch viel schlimmer war, sie würde die einzige Möglichkeit verlieren, herauszufinden, was aus ihrer Mutter geworden war.

Unwillkürlich umfasste sie das Medaillon, das sie unter ihrer Bluse verborgen trug.

Ihr Herz klopfte nach wie vor heftig, doch langsam kehrte die Stimme der Vernunft zurück. „Sie haben recht", sagte sie. Es fiel ihr schwer, diese Worte auszusprechen, und sie atmete tief durch. „Glauben Sie, mein Vater ist noch in der Nähe?"

„Nein", sagte er. „Aber ich sehe trotzdem sicherheitshalber nach. Wir sollten kein Risiko eingehen."

Er wollte sich aus dem Boot schwingen, doch Charlotte hielt ihn zurück. „Danke", sagte sie. „Ich meine das ernst. Vielen Dank. Auch dafür, dass Sie mich davon abgehalten haben, eine Dummheit zu begehen."

„Schon gut", erwiderte er und schenkte ihr ein schwaches Lächeln. „Schon gut." Er kletterte aus dem Rettungsboot und verschwand. „Die Luft ist rein", flüsterte er, als er kurz darauf wieder zurückkehrte. „Kommen Sie, ich helfe Ihnen."

Er umfasste ihre Taille und hob Charlotte aus dem Boot. Die Berührung sandte Hitzewellen durch ihren Körper, und sie löste sich hastig von ihm, sobald er sie auf dem Boden absetzte.

„Vielen Dank noch mal", sagte sie. „Gute Nacht."

Sie wollte sich abwenden, doch etwas hielt sie zurück. Sie wusste selbst nicht, was genau es war, doch etwas an ihm zog sie magisch an. Es war verrückt, vollkommen verrückt, aber sie konnte nicht einfach so gehen. „Werden wir uns wiedersehen?"

Er schaute ihr direkt in die Augen. „Ich glaube, dass das sehr unvernünftig wäre", erwiderte er, und ihr Herz sank. „Aber gleichzeitig kann ich mir auch nichts Schöneres vorstellen."

Sofort fing ihr Herz wieder an, schneller zu schlagen. Sie verspürte den dringenden Wunsch, sich in seine Arme zu werfen, doch sie widerstand. Mit einem Lächeln, das noch auf ihren Lippen lag, als sie kurz darauf ihre Kabine betrat, eilte sie davon.

Noch nie in ihrem Leben hatte sie sich so lebendig, so voller Energie gefühlt. Es mochte falsch sein. Falsch und unvernünftig, aber sie konnte nicht anders empfinden.

Und sie wollte es auch gar nicht.

Zur selben Zeit stand Baron Richard von Grünau zu Meersfeld auf dem obersten Deck der *Güstrow* und umklammerte die weiß getünchte Laufschiene der Balustrade so fest, dass die Knöchel seiner Finger hervortraten.

Das Verhalten seiner Tochter im Speisesaal war ihm gleich merkwürdig vorgekommen. Als sie diesen Burschen erblickte, der gekommen war, um Harald Brunner zu holen, hatten ihre Augen zu leuchten begonnen wie zwei strahlende Sterne. Zwar hatte sie sich bemüht, es sich nicht anmerken zu lassen, und mochte damit alle anderen am Tisch getäuscht haben – ihn jedoch nicht.

Das Verhältnis zwischen Charlotte und ihm war zweifellos nie besonders innig gewesen, aber er kannte seine Tochter. Und als sie kurz darauf praktisch aus dem Speisesaal geflohen war, hatte er sicher gewusst, dass etwas nicht stimmte.

Er war ihr gefolgt. Da sie nicht in ihrer Kabine war – er hatte die Verbindungstür im Bad benutzt, um sich davon zu überzeugen –, war er nach draußen gegangen. Er hatte sie überall gesucht, doch sie war wie vom Erdboden verschluckt gewesen. Gerade als er kurz davor gewesen war, sein Vorhaben aufzugeben, waren leise Stimmen an sein Ohr gedrungen.

Eine davon hatte eindeutig zu seiner Tochter gehört – die zweite zu einem Mann. Um die beiden in Sicherheit zu wiegen, hatte er sich still verhalten. Etwas, das ihm angesichts der Situation alles andere als leichtgefallen war.

Zuerst hatte er nur den jungen Mann gesehen. Es war der Maat von vorhin, nur dass er jetzt seine Uniformjacke nicht mehr trug. Kurz darauf war Charlotte in seinem Blickfeld erschienen – sie hatte sich die Jacke des Burschen um die Schultern gelegt.

Zwar konnte Richard nicht verstehen, was gesprochen wurde, doch auch so bestand für ihn kein Zweifel daran, dass die beiden sehr vertraulich miteinander umgingen. Sie sahen sich heute nicht zum ersten Mal, das stand für ihn fest. Aber es würde das letzte Mal sein, wenn er, Baron Richard von Grünau zu Meersfeld, in dieser Angelegenheit auch nur das Geringste zu sagen hatte.

Wie konnte Charlotte es wagen, alles aufs Spiel zu setzen, was er so sorgsam und mit Bedacht geplant hatte? Das Wohl der Familie hing davon ab, dass sie ihrer Bestimmung gerecht wurde. Und für ein Mädchen konnte diese Bestimmung nur darin bestehen, eine für ihn, ihren Vater, möglichst nützliche Verbindung einzugehen.

Die Ehe mit Miguel Duarte war eine solche Verbindung. Ja, sie war sogar besser als alles, wovon er in den zurückliegenden Jahren je zu träumen gewagt hatte.

Wenn es ihm gelang, den europäischen Salpetermarkt zu beherrschen, würde das Haus von Grünau zu Meersberg endlich zu alter Stärke zurückfinden. Er hätte nicht länger nur einen klangvollen Titel, dessen einstiger Glanz im Laufe der Zeit stumpf und unansehnlich geworden war.

Er nickte entschlossen. Dieses ungezogene Gör würde ihm das alles nicht zerstören. Er würde seine Tochter zur Vernunft bringen, und wenn es das Letzte war, was er tat!

4. KAPITEL

Im Gegensatz zum nachmittäglichen Tee und dem Dinner, das jeden Abend aufs Neue wie ein Festakt im prunkvollen Speisesaal der ersten Klasse zelebriert wurde, nahmen sie die anderen Mahlzeiten im privaten Rahmen ein.

Baron Richard von Grünau zu Meersfeld erwartete seine Tochter am nächsten Morgen bereits im Esszimmer ihrer Suite, das, nach Margots Beschreibung zu urteilen, etwa dreimal so groß war wie eine Unterbringung in der zweiten Klasse, die man sich zudem mit drei Mitreisenden teilen musste.

Ihr Vater rührte gerade Zucker in seinen Tee und blickte nicht auf, als sie den Raum betrat. Seine Miene zeigte nicht die geringste Regung, doch aus irgendeinem Grund spürte Charlotte trotzdem, dass er ungehalten war.

Sofort kamen ihr mindestens ein halbes Dutzend Katastrophenszenarien in den Sinn, die erklärten, womit sie seinen Unmut auf sich gezogen haben könnte, doch sie schob diese Gedanken beiseite.

Sie kannte ihren Vater. Schon die kleinste Abweichung von seinem tagtäglichen Rhythmus konnte ausreichen, um ihm den Tag zu verderben. Vermutlich hatte seine schlechte Laune nicht einmal etwas mit ihr zu tun.

„Guten Morgen, Vater“, grüßte sie ihn strahlend und setzte sich auf den Platz ihm gegenüber, bemüht, sich nicht anmerken zu lassen, wie angespannt sie war. Der Tisch war herrlich gedeckt, und es gab alles, was das Herz begehrte: weißes Brot und verführerisch duftende Wecken, Marmeladen und Honig, verschiedene Käsesorten und geräucherten Schinken.

Der Baron streifte seinen Teelöffel sorgsam am Rand der Tasse ab, ehe er ihn auf dem Unterteller ablegte. Als er dann zu ihr aufschaute, lag ein Ausdruck in seinem Blick, bei dem sie sofort innerlich zusammenzuckte.

Sie hatte sich getäuscht – das hier war ihretwegen. Und das gefährliche Glitzern in seinen Augen ließ sie erahnen, dass es sich nicht lediglich um eine Lappalie handelte.

Sofort musste sie an Leander denken und spürte, wie ihr das Blut aus dem Gesicht wich. Ihr Herz hämmerte, und ihre Kehle war wie zugeschnürt. „Vater, was …?"

Er stand auf und versetzte ihr eine schallende Ohrfeige, die Charlotte vor Überraschung und Schmerz aufschreien ließ.

„Wage es nicht", sagte er gefährlich leise. „Wage es nicht, dich meinen Plänen in den Weg zu stellen! Ich warne dich, du würdest es bitter bereuen."

Charlotte war wie versteinert. Sie fühlte sich, als wäre sie fest mit dem Stuhl verwurzelt. Ihre Brust hob und senkte sich ruckartig, und sie konnte nicht klar denken.

„Aber … wovon sprichst du?", stieß sie heiser hervor. „Ich verstehe nicht …"

Er stützte die Hände auf den Tisch und beugte sich drohend zu ihr herüber. „Du wirst diesen jungen Mann nicht mehr wiedersehen, hörst du? Wenn ich dich noch einmal zusammen mit ihm sehe, wirst du dein blaues Wunder erleben." Damit wandte er sich ab und verließ mit steifen Schritten das Esszimmer.

Ein paar Sekunden lang saß Charlotte regungslos da, dann entrang sich ein Schluchzen ihrer Kehle, und ihre Schultern fingen an zu beben.

Die schlimmste Katastrophe war eingetreten: Ihr Vater musste sie zusammen mit Leander gesehen haben. Und sie zweifelte nicht einen Augenblick daran, dass er seiner Drohung Taten folgen lassen würde.

Tränen strömten ihr über die Wangen, und sie zitterte unkontrolliert. Ihre Knie waren so schwach, dass sie sich kaum auf den Beinen halten konnte, als sie aufzustehen versuchte. Dabei stieß sie ihre Tasse um, die klirrend vom Tisch fiel und zersprang.

Charlotte sank auf den Boden und fing an, unbeholfen die Scherben aufzusammeln, als Marie den Raum betrat.

„Lassen Sie nur, Fräulein Charlotte", sagte sie, schob die Hände unter ihre Schultern und half ihr hoch. „Ich kümmere mich darum."

„Es tut mir leid." Charlotte schluchzte. „Das ist alles meine Schuld. Ich wollte nicht …"

„Machen Sie sich keine Gedanken, ich räume das hier schon weg."

Charlotte stand auf und atmete tief durch. Dann machte sie auf dem Absatz kehrt und eilte aus dem Esszimmer.

Mitleidig schaute Margot auf ihren ehemaligen Schützling herab, der schluchzend vor ihr saß, das Gesicht in den Händen geborgen.

„Was soll ich jetzt bloß tun?", stieß Charlotte unter Tränen hervor. „Oh Gott, Margot, ich weiß nicht mehr weiter!"

Beruhigend legte sie dem Mädchen eine Hand auf die Schulter. Sie war sofort losgeeilt, als der Bootsjunge sie mit der Nachricht erreicht hatte, dass eine feine junge Dame sie unbedingt sprechen wollte. Sie hatte geahnt, dass etwas nicht stimmte. Und ihre Befürchtungen bewahrheiteten sich, als sie Charlotte am Übergang von der ersten zur zweiten Klasse sah.

Charlotte war vollkommen aufgelöst gewesen, hatte geweint und kaum einen zusammenhängenden Satz hervorgebracht. Und so hatte Margot sich mit ihr ein stilles Plätzchen in der Nähe des Schiffshecks gesucht, an dem sie in Ruhe miteinander reden konnten.

Die Sonne über dem tiefblauen Atlantischen Ozean strahlte, doch wegen des kräftigen Winds, der von Süden her wehte, war es trotzdem nicht warm. Seit Tagen hatten sie nun schon kein Land mehr gesehen. Um sie herum nichts als die endlose Weite des Meeres. Fast kam es einem vor, als würde man sich ganz allein auf der Welt befinden. Dass irgendwo da draußen Menschen waren, Städte, ja ganze Königreiche, erschien einem beinahe unwirklich.

Für die Passagiere war die *Güstrow* zu einem eigenen kleinen Kosmos geworden. Doch sie würden nicht für alle Zeit so isoliert vom Rest der Welt bleiben. Und Margot befürchtete, dass dies für Charlotte ein böses Erwachen mit sich bringen würde.

Was sie von ihr erfahren musste, hatte sie für einen Moment sprachlos gemacht. Dass ihr Schützling sich weiter mit diesem jungen Mann getroffen hatte, obwohl sie ihr versprochen hatte, es nicht zu tun, war ein kleiner Schock für sie gewesen. Doch dass der Baron seiner Tochter auf die Schliche gekommen war, machte alles noch schlimmer.

Er war ein strenger, kaltherziger Mensch, doch sobald er wütend wurde, verwandelte er sich in einen Feuer speienden Vulkan. Margot wusste das gut, sie hatte ihn mehr als einmal so erlebt, ihr gegenüber oder gegenüber anderen Dienstboten. Sie hatte angenommen, dass er bei seinen eigenen Kindern Milde an den Tag legte. Was für eine absurde Vorstellung, wenn man bedachte, wie gleichgültig er Charlotte immer behandelte.

Sicher, als Mädchen kam sie nicht dafür infrage, seine Nachfolge in der Erbreihe anzutreten. Doch Margot konnte sich noch gut daran erinnern, dass ihr leiblicher Vater, als er noch am Leben war, jedes seiner Kinder, auch die Mädchen, auf geradezu abgöttische Weise geliebt hatte. Richard von Grünau zu Meersberg hatte keine derartige Veranlagung. Für ihn waren seine Kinder schon immer kleine Erwachsene gewesen, von denen er erwartete, dass sie funktionierten – und zwar genau so, wie er es verlangte.

Margot konnte sich gut vorstellen, wie der Baron reagierte, wenn ausgerechnet seine Tochter seinen Plänen in die Quere kam.

Sie nahm Charlottes Hand. „Sie dürfen diesen jungen Mann nie, nie wiedersehen, hören Sie?“ Eindringlich schaute sie ihren ehemaligen Zögling an. „Ich meine das ernst, Fräulein Charlotte. Sie bringen sich in allergrößte Gefahr!“

Doch als ihr früherer Schützling sie anschaute, wusste sie, dass es so leicht nicht werden würde. Charlotte war weit über den Punkt hinaus, an dem sie einfach so den Kontakt zu diesem Besatzungsmitglied abbrechen konnte. Margot erkannte es sofort. Das war mehr als nur eine harmlose Tändelei.

Charlotte hatte sich in den jungen Mann verliebt.

Dieser besondere Blick war Margot nicht fremd. Sie hatte ihn schon oft gesehen – bei Hausmädchen, Küchenhelferinnen und anderen Frauen, mit denen sie zusammengearbeitet hatte. Und sie wusste, dass Charlotte nicht so einfach von ihm lassen würde, ganz gleich, was die Stimme der Vernunft ihr auch sagte.

Seufzend strich sie ihren grauen Wollrock glatt und überlegte fieberhaft, was sie tun konnte, um Charlotte zu helfen. Denn egal, ob sie es für einen Fehler hielt oder nicht – sie wollte vor allem eines: dass Charlotte glücklich war.

Nur wenige Menschen wussten, wie das Leben auf Schloss Meersberg wirklich gewesen war. Charlotte war keineswegs mit dem goldenen Löffel im Mund aufgewachsen. Sicher, sie hatte nie hungern müssen. Ihre Familie mochte nicht mehr so vermögend sein, wie sie es noch ein Jahrhundert zuvor gewesen war, doch am Hungertuch nagten die von Grünau zu Meersbergs gewiss nicht.

Eines jedoch hatten weder Charlotte noch ihr Bruder Johannes je erfahren dürfen: menschliche Wärme und Liebe. Die eisige Kälte, mit der der Baron seine Kinder behandelte, war ein häufiges Gesprächsthema unter den Hausangestellten gewesen, aber nur wenn Wolfgang, der Hausvorsteher, nicht zugegen war. Der hätte niemals geduldet, dass in seiner Gegenwart schlecht über den Schlossherrn gesprochen wurde.

Charlottes Schicksal, mit einem jungen Mann vermählt zu werden, den sie so gut wie gar nicht kannte, war im Grunde nicht einmal ungewöhnlich. Viele Mädchen wurden von ihren Familien verheiratet, und nur die wenigsten wurden zuvor nach ihrer Meinung gefragt. Doch den Familien lag in der Regel das Wohl ihrer Lieben am Herzen – etwas, das man von Richard von Grünau zu Meersberg nicht behaupten konnte.

Manchmal fragte Margot sich, ob dieser Mann überhaupt so etwas wie ein Herz besaß. Ihm ging es immer nur darum, seine

Ziele zu verwirklichen. Was aus seiner Tochter wurde, schien ihn dabei nicht zu interessieren. Für ihn zählte nur das Erbe der Familie, und er war darauf fixiert, dem Namen von Grünau zu Meersberg wieder zu altem Glanz zu verhelfen.

Niemals käme es ihm in den Sinn, Charlotte selbst die Wahl ihres Ehemanns zu überlassen. Und er würde zu verhindern wissen, dass die Gefühle seiner Tochter seinen Plänen in die Quere kamen. Zur Not auch mit Gewalt.

Mit einem Mal rollte eine heftige Woge des Mitgefühls über Margot hinweg. Sie schob alle Regeln von Sitte und Anstand beiseite, nahm Charlotte in die Arme und drückte sie. „Kommen Sie", sagte sie und strich ihr übers Haar. Auch wenn Charlotte keinen Laut von sich gab, Margot konnte fühlen, wie ihre Schultern bebten. „Es wird alles wieder gut", murmelte sie, um ihren Schützling zu beruhigen. „Alles wird wieder gut."

„Glaubst du wirklich?" Charlotte machte sich los und blickte sie aus vom Weinen geröteten Augen an. Das Mädchen wirkte so unglücklich, dass es ihr schier die Kehle zuschnürte, also nickte sie bloß.

„Wenn ich doch nur wüsste, wie." Charlotte schluchzte und barg das Gesicht an Margots Schulter. „Wenn ich doch nur wüsste, wie."

Nachdem es Margot gelungen war, sie ein wenig zu beruhigen, führte sie sie zum Tor, durch das man zurück in die erste Klasse gelangte. „Passen Sie auf sich auf, mein Fräulein. Geben Sie Ihrem Vater keinen Anlass, wütend auf Sie zu werden."

Sie drückte Charlotte noch einmal kurz an sich, dann öffnete sie das Tor und scheuchte die junge Frau hindurch. „Gehen Sie", wies sie sie an. „Rasch, ehe uns am Ende noch der Baron zusammen sieht."

Charlotte atmete tief durch und eilte die Treppe hinauf, die zum Oberdeck führte.

Margot wandte sich ab und machte sich auf den Weg zurück zu ihrer kleinen Kajüte, die sie sich mit drei anderen Frauen – zwei davon Holländerinnen, die nur gebrochen Deutsch sprachen – teilte. Als sie sie schon fast erreicht hatte, änderte sie ihre Meinung jedoch und kehrte um.

Sie musste nicht lange umherstreifen, um auf ein Besatzungsmitglied zu treffen. Der Junge in der dunkelblauen Uniform – er konnte kaum mehr als fünfzehn oder sechzehn Jahre alt sein – war gerade damit beschäftigt, die Planken zu schrubben.

Nun blickte er auf. „Kann ich irgendwas für Sie tun?“

„Ich bin auf der Suche nach einem Kameraden von Ihnen“, sagte Margot. „Sein Name ist Leander – den Nachnamen kenne ich leider nicht. Können Sie mir sagen, wo ich ihn finde?“

„Leander?“ Argwöhnisch krauste der Junge die Stirn. „Was wollen Sie denn von ihm? Er steckt doch nicht in Schwierigkeiten, oder?“

„Nein“, beeilte Margot sich zu versichern. „Es geht um eine private Angelegenheit, die ich gern persönlich mit ihm besprechen würde. Also, wo ist er?“

„Er macht mit ein paar Mann die Segel klar. Es weht ein günstiger Wind. Der Kapitän hat entschieden, dass wir ihn nutzen sollten, solange es möglich ist.“ Er deutete ihr den Weg. „Dort entlang, Fräulein. Sie können ihn gar nicht verfehlen.“

Margot erreichte die Männer, als die gerade dabei waren, das Hauptsegel zu setzen. Mit einem lauten Knall, der an den Schlag einer Peitsche erinnerte, blähte sich der schwere Stoff auf. Die Männer mussten all ihre Kraft aufbringen, um den Quermast in die richtige Position zu schwenken. Margot konnte die brachiale Gewalt, mit der der Wind an den Segeln zerrte, körperlich fühlen.

Sie erkannte den jungen Mann sofort wieder – und er sie ebenfalls. Als er in ihre Richtung blickte, wechselte er ein paar Worte mit seinen Kameraden, verließ dann seinen Posten und kam auf Margot zu.

Nun, da sie Gelegenheit hatte, ihn genauer zu betrachten, wurde ihr klar, warum Charlotte sich in ihn verliebt hatte: Er sah genauso aus wie die Helden aus den Büchern, die Anni, die Köchin, so geliebt hatte. Einmal hatte Margot sich einen dieser Romane ausgeliehen und ihn gemeinsam mit Charlotte gelesen.

Es war eine einmalige Sache geblieben, denn sie konnte die Flausen, die diese Geschichten jungen Mädchen in den Kopf setzten, nicht gutheißen.

Sie wusste, dass das Leben nicht so spielte wie in diesen romantischen Erzählungen. Nur sehr wenigen Menschen wurde das große Glück zuteil, ihrer wahren Liebe zu begegnen. Den meisten blieb nichts anderes übrig, als sich mit den Gegebenheiten des Lebens zu arrangieren. Im Gegensatz zu ihr hatte Charlotte quasi in einem goldenen Käfig gelebt. Sie kannte nur das relativ behütete Leben auf Schloss Meersberg. Die Sorgen und Nöte des gemeinen Volkes waren ihr zum größten Teil fremd.

Bei ihrem Leander verhielt es sich sicherlich anders. Wie sie von Charlotte erfahren hatte, war der junge Mann als Spross einer Bauernfamilie aufgewachsen. Mit harter Arbeit und viel Fleiß hatte er es geschafft, das Leben auf der elterlichen Scholle hinter sich zu lassen. Die Heuer, die er als Matrose an Bord der *Güstrow* erhielt, überstieg das Einkommen seiner Familie mit Sicherheit. Ihm musste eigentlich klar sein, dass Charlotte ein vollkommen anderes Leben gewohnt war.

Sie hatte noch nie in ihrem Leben auch nur einen Tag lang arbeiten müssen. Hunger und Durst waren ihr ebenso fremd wie die meisten Krankheiten, die durch Mangel an Nahrung und sauberem Wasser entstanden. Wie konnte er annehmen, dass Charlotte auch nur ansatzweise auf das Leben einer einfachen Frau aus dem Volk vorbereitet war? Und nichts anderes drohte ihr, wenn der Baron sie in seiner Wut verstieß.

„Sie sind Charlottes Freundin, nicht wahr?“ Er musterte sie mit einer Mischung aus Neugier und Besorgnis. „Hat sie Sie geschickt?“

Margot schüttelte den Kopf. „Nein, Charlotte weiß nicht, dass ich mit Ihnen spreche.“ Streng blickte sie ihn an. „Ich nehme an, Ihnen ist nicht klar, was Sie angerichtet haben, oder?“

„Angerichtet?“, fragte er. „Ich habe keine Ahnung, was Sie damit andeuten wollen.“

Doch der schuldbewusste Ausdruck in seinen Augen strafte seine Worte Lügen.

„Oh, ich glaube, das wissen Sie ganz genau", entgegnete sie entsprechend vehement. „Charlotte ist nicht wie andere Frauen, denen Sie bisher begegnet sind. Trotz ihrer siebzehn Jahre besitzt sie so gut wie keine Lebenserfahrung. Sie ist behütet aufgewachsen, umringt von Dienstboten, die ihr so gut wie möglich jeden nur erdenklichen Wunsch zu erfüllen suchten. Sie hat keine Ahnung, wie die Welt dort draußen wirklich funktioniert. Und Sie haben sich diese Naivität zunutze gemacht, Leander. Sie ..."

„Nein", fiel er ihr ins Wort. Er schüttelte den Kopf. „Nein, das habe ich nicht. Als ich Charlotte zum ersten Mal sah, da war sie gekleidet wie eine Dienstmagd. Und ja, sie ist in der Tat anders als andere Frauen. Sie ist warmherzig, liebevoll, neugierig und aufgeschlossen. Nichts an ihr ist falsch oder berechnend. Insofern haben Sie völlig recht, Charlotte ist etwas ganz Besonderes. Und ich habe sie sehr gern."

„Wenn das wahr ist", entgegnete Margot eindringlich, „wenn Sie wirklich Zuneigung zu ihr empfinden, und wenn Sie auch nur ein klein wenig von dem Mann in sich tragen, den sie in Ihnen zu sehen scheint, dann beschwöre ich Sie: Kehren Sie ab von diesem Weg, der für Charlotte nur ins Verderben führen kann. Machen Sie ihr klar, dass das mit Ihnen aufhören muss. Ihr Vater, der Baron, hat Sie beide zusammen gesehen. Und wenn er erfährt, dass Sie sich weiterhin treffen ..." Sie machte eine kurze, bedeutungsschwangere Pause. „Glauben Sie mir, wenn ich Ihnen sage, dass ein gebrochenes Herz im Vergleich zu dem, was der Baron ihr anzutun vermag, ein geringer Preis ist."

Schweigend schaute er sie an. Sie zweifelte keinen Moment daran, dass er sofort begriffen hatte, was auf dem Spiel stand, denn im Gegensatz zu Charlotte kannte er die Abgründe dieses Daseins. Ihm musste klar sein, dass eine Frau wie Charlotte niemals ohne den Schutz und die Fürsorge ihrer Familie – sei es die eigene oder die ihres zukünftigen Ehemannes – in der rauen Welt dort draußen überleben würde.

Nach langem Zögern nickte er. Ihm war anzusehen, dass ihm die Entscheidung nicht leichtfiel.

„Also schön, was erwarten Sie von mir?"

Kurz schloss Margot die Augen. Der Gedanke, Charlotte so wehtun zu müssen, betrübte sie mehr, als sie in Worte fassen konnte, doch es musste sein. Sie hatte gar keine andere Wahl. „Machen Sie ihr klar, dass es für Ihre Liebe keine Zukunft gibt. Je eher sie das begreift, umso besser."

Er nickte erneut. Seine Miene wirkte versteinert. „Sie entschuldigen mich? Ich habe zu arbeiten."

„Natürlich", murmelte Margot. „Und … vielen Dank."

Charlotte wusste, dass es ein Fehler war. Sie ging ein großes Risiko ein, indem sie das direkte Verbot ihres Vaters – seine Warnung – in den Wind schlug, doch an diesem Abend konnte sie einfach nicht mehr anders.

Sie musste Leander unbedingt wiedersehen.

Drei Tage lang hatte sie versucht, ihn zu vergessen. Sie lenkte sich ab, indem sie las, nähte oder mit einer älteren Dame aus Lübeck, die der Familie ihres Sohnes nach Chile folgte, Schach spielte. Bei allem, was sie tat, spürte sie den durchdringenden Blick ihres Vaters auf sich ruhen. Und wenn er einmal nicht persönlich anwesend war, um sie im Auge zu behalten, gab es da einen jungen Steward, der ganz offensichtlich von ihm bezahlt wurde, sie zu beobachten.

Nachts jedoch, wenn sie in ihrem Bett lag und dem leisen Stampfen der Dampfmaschine tief unter ihr im Bauch des Schiffes lauschte, drifteten ihre Gedanken in gefährliche Regionen ab. Sie dachte an Leander und daran, wie es sich angefühlt hatte, ihn zu küssen, in seinen Armen zu liegen und sich davontragen zu lassen von einem Strudel der Leidenschaft, der stärker war als alles, was sie sich je hätte erträumen können.

Sie wünschte sich, Margot wäre da. Wenn sie sich doch bloß mit ihr aussprechen könnte. Aber auch das war zu gefährlich. Ihr Vater durfte auf keinen Fall herausfinden, dass sie sich ebenfalls an Bord der *Güstrow* befand. Jetzt noch weniger denn je. Es wäre der Tropfen, der das Fass zum Überlaufen brächte.

Dennoch. Margot würde ihr mit Sicherheit davon abraten, Leander zu treffen, auf die große Gefahr hinweisen und ihr die Sache ausreden. Trotzdem war ihre ehemalige Zofe vermutlich der einzige Mensch auf der ganzen Welt, der sich vorstellen konnte, wie es im Moment in ihr aussah.

Du hast doch immer auf eigenen Beinen stehen wollen, Charlotte! Jetzt ist es an der Zeit, dass du auch deine eigenen Entscheidungen triffst, sagte sie sich. Also, was willst du? Bist du die brave Tochter, die das tut, was ihr Vater von ihr erwartet, oder lebst du dein eigenes Leben und stehst für das ein, was du möchtest?

Sie atmete noch einmal tief durch, dann verließ sie ihre Kabine, in der sie die letzten Stunden dumpf vor sich hin brütend verbracht hatte. Als sie in den hellen Sonnenschein hinaustrat, war es, als würde sich tief in ihrem Innern ein Knoten lösen, und sie genoss die frische Seeluft. Auf ihrem Weg über das Promenadendeck grüßte sie die Passagiere, die sie bereits kannte, und nickte denen freundlich zu, die ihr bisher noch nicht vorgestellt worden waren.

Als sie das niedrige Tor, das den Übergang zur zweiten Klasse markierte, erreichte, blickte sie über ihre Schulter zurück. Auf keinen Fall durfte ihr Vater sie dabei ertappen, wie sie den Bereich der ersten Klasse verließ. Sie mochte sich gar nicht ausmalen, wie wütend er darauf reagieren würde.

Sie fand Leander, als der sich gerade mit einem anderen Besatzungsmitglied unterhielt. Er bemerkte sie zwar, reagierte aber nicht und führte das Gespräch zu Ende. Die Unterhaltung dauerte einige Minuten, und ihre Ungeduld wuchs und wuchs. Schließlich wandte er sich ihr zu. Er zog seine Schirmmütze ab, strich sich übers Haar und setzte sie wieder auf.

Sie waren allein, und Charlotte ließ alle Vorsicht fahren, trat auf ihn zu und schlang die Arme um seinen Nacken. „Leander, endlich!", stieß sie hervor. „Die vergangenen drei Tage kamen mir wie eine Ewigkeit vor."

Anstatt zu antworten, machte er sich sanft, aber bestimmt von ihr los. „Fräulein Charlotte“, sagte er. „Was kann ich für Sie tun?“

Irritiert runzelte sie die Stirn. Was war mit ihm los? Warum redete er so seltsam mit ihr?

„Stimmt etwas nicht?“, fragte sie. „Haben Sie mich denn überhaupt nicht vermisst?“

Er seufzte. „Charlotte, ich … Es tut mir leid, aber wir sollten uns besser nicht mehr sehen. Das mit uns kann nicht funktionieren.“

Seine Worte trafen sie wie ein Schlag. „Aber Leander!“ Sie schluckte hart, Tränen verschleierten ihren Blick. „Warum sagen Sie das? Habe ich etwas falsch gemacht?“

Er umfasste ihre Oberarme und schaute ihr tief in die Augen. „Nein, es ist nicht Ihre Schuld. Aber ich kann das Risiko einfach nicht eingehen. Ich wäre meine Stellung an Bord der *Güstrow* auf einen Schlag los, wenn irgendjemand herausfände, was zwischen uns vorgefallen ist.“

„Sie schicken mich also fort?“, fragte sie mit tränenerstickter Stimme. Ihr war, als würde ihr das Herz in der Brust zerspringen. Eisige Kälte breitete sich in ihr aus.

Konnte er das wirklich ernst meinen? Wie brachte er es über sich, das alles so kühl, so gefühllos auszusprechen? Empfand er denn gar nichts für sie? Hatte sie sich so in ihm getäuscht?

„Sie sollten jetzt gehen“, sagte er. „Es ist besser, wenn man uns nicht zusammen sieht.“

Schluchzend wandte Charlotte sich von ihm ab. Sie wollte sich gerade entfernen, da hielt er sie noch einmal zurück.

„Charlotte?“

Wie angewurzelt blieb sie stehen. Ohne sich umzudrehen, fragte sie: „Ja?“

„Leben Sie wohl.“

Sie lief davon.

5. KAPITEL

Charlotte rannte.

Sie rannte so schnell, wie ihre Füße sie trugen. Vorbei an Passagieren der ersten Klasse, die die laue Abendbrise für einen Spaziergang auf dem Promenadendeck nutzten, und schließlich durch das Tor, das hinunter zu den Decks der zweiten und dritten Klasse führte.

Die Sohlen ihrer Schuhe hämmerten auf die rohen Planken, der Wind wehte ihr ins Gesicht und trocknete die Tränen, die ihr über die Wangen strömten. Ihr Herz schlug wie wild. Sie konnte nicht mehr klar denken. In ihrem Kopf herrschte ein schreckliches Durcheinander.

Vor ein paar Tagen noch, ehe sie an Bord der *Güstrow* gegangen war, hatte sie genau gewusst, was sie wollte. Sie war unterwegs nach Chile gewesen, um das Schicksal ihrer Mutter zu erforschen, um herauszubekommen, wie es ihr nach ihrer Flucht nach Südamerika ergangen war. Und um Antworten zu finden. Antworten auf all die Fragen, die ihr auf der Seele brannten, seit sie von Margot erfahren hatte, dass ihre Mutter nicht im Kindbett gestorben war.

Das war ihr Antrieb gewesen. Es war das, was sie sich auf der Welt am allermeisten ersehnte. Grund genug für sie, sich dafür in ihr Schicksal zu fügen und einen Mann zu heiraten, den sie so gut wie gar nicht kannte.

Doch jetzt schien ihr all das plötzlich gar nicht mehr so schrecklich wichtig zu sein. Sicher, sie wollte noch immer wissen, was aus ihrer Mutter geworden war, aber nicht mehr mit diesem tiefen, alles verzehrenden Verlangen, das ihr keine andere Wahl ließ, als ihm nachzugeben. Dieses Gefühl war noch immer da – doch es hatte eine neue Form angenommen. Und es galt einem anderen Menschen.

Leander.

Es war verrückt. Und es war riskant.

Sie verstand ihn, keine Frage. Er wollte nicht riskieren, seine Anstellung zu verlieren, von der nicht nur seine eigene, sondern auch die Existenz seiner Familie abhing. Wie konnte sie von ihm erwarten, dass er das Glück der Menschen aufs Spiel setzte, die er liebte?

Die Antwort war so einfach wie schmerzhaft: Sie durfte es nicht. Und doch wünschte sie sich nichts sehnlicher, als dass er ihre Gefühle erwiderte – genug, um alles für sie zu tun. So, wie sie bereit war, alles zu tun, um bei ihm sein zu können.

Als es schließlich nicht mehr weiterging, weil sie den Bug des Schiffes erreicht hatte, sank sie schluchzend an der Reling zu Boden und barg das Gesicht in den Händen.

Warum nur durfte sie nicht ein einziges Mal einfach nur glücklich sein? Niemand hatte sie jemals gefragt, ob sie all diese Verpflichtungen, die das Leben als Tochter eines Aristokraten mit sich brachte, überhaupt wollte. Ständig erwartete man von ihr, dass sie das Richtige tat. Aber das Richtige für wen? Für sie selbst ganz sicher nicht. An den guten Ruf der Familie sollte sie denken und an die Pläne ihres Vaters. Daran, dass die gehobene Gesellschaft es kaum akzeptieren würde, wenn sie sich in einen einfachen Jungen verliebte.

Dabei war ihr das alles vollkommen egal. Nur ein einziges Mal wollte sie etwas nur für sich selbst tun.

Als sie schwere Schritte hörte, wischte sie sich mit dem Handrücken über die Augen und erhob sich schwerfällig. Sie wollte nicht, dass irgendjemand sie so sah.

Und dann erblickte sie Leander.

Er stand nicht weit von ihr entfernt, den Blick gesenkt und die Arme hinter dem Rücken verschränkt.

„Es tut mir leid. Das vorhin … Ich habe das nicht so gemeint. Natürlich bedeutest du mir etwas. Du …" Zum ersten Mal duzte er sie, und es klang so echt, so wahrhaftig und richtig, dass ihr beinahe das Herz brach. Er räusperte sich angestrengt, ehe er weitersprach. „Du und ich, wir leben in zwei unterschiedlichen Welten, Charlotte. Ich könnte dir niemals das Leben ermöglichen, an das du gewöhnt bist." Er blickte auf und schaute sie eindringlich an. „Ich bin Seemann, und ich weiß nicht, ob du dir wirklich darüber im Klaren bist, was das bedeutet. Du würdest oft Monate auf meine Rückkehr warten müssen. Auf dich allein gestellt. In ständiger Sorge, dass mein Schiff irgendwo auf ein Riff gelaufen und gesunken sein könnte. Ich würde natürlich nicht mehr an Bord der Güstrow dienen. Vermutlich müsste ich auf irgendeinem abgehalfterten Kahn arbeiten, dessen Kapitän mich am Ende um ein Drittel meiner Heuer betrügt." Er machte noch einen Schritt auf sie zu und ergriff ihre Hand. „Bist du sicher, dass es das ist, was du willst? Du hast etwas Besseres verdient. Mehr, als ich jemals in der Lage sein werde, dir zu bieten."

„Ich will nur dich", stieß Charlotte mit tränenerstickter Stimme hervor. „Nur dich allein."

Leander schloss sie in seine Arme und hielt sie fest.

Als sie sich dieses Mal küssten, war es ein Versprechen.

„Sie sind ja verrückt!", stieß Margot hervor. „Alle beide!"

Charlotte und Leander, die Hand in Hand vor ihr im Mondlicht standen, senkten die Blicke.

Früh am Morgen hatten sie das berüchtigte Kap Hoorn an der Südspitze Chiles umrundet. Es war stürmisch und neblig gewesen. Hohe Wellen und starke Strömungen erschwerten das Navigieren, und es bestand jederzeit Gefahr, mit einem Eisberg zu kollidieren. Man hatte den Männern der Besatzung ihre Anspannung deutlich anmerken können. Doch nun befanden sie sich in Höhe der stark zerklüfteten Küste von Feuerland in relativ gemäßigtem Klima, nur noch knapp eine Tagesreise von Puerto Montt entfernt. Die Stimmung war gelöst, und sowohl auf dem Unterdeck als auch im Speisesaal der ersten Klasse wurde gefeiert.

Margot aber sah nicht so aus, als wäre ihr zum Feiern zumute, und das betrübte Charlotte.

Sie wusste, dass ihre ehemalige Zofe vermutlich recht hatte, mit dem, was sie sagte, dem glücklichen Strahlen auf ihren Lippen konnte dies jedoch nichts anhaben. Sie hatte ihren Entschluss gefasst – und ganz gleich, was die Zukunft bringen mochte, sie war froh darüber, diesen Schritt gemacht zu haben. Sie spürte, dass er richtig war.

„Wir lieben uns, Margot", entgegnete sie lächelnd. „Kannst du das nicht verstehen?"

Margot barg das Gesicht in den Händen und atmete tief durch. „Herrje, was soll ich bloß mit Ihnen machen? Ist Ihnen wirklich bewusst, was Sie da tun, Fräulein Charlotte? Ihr Vater wird Ihre Entscheidung nicht so einfach akzeptieren. Er hat alles auf diese eine Karte gesetzt, und die Duartes werden wohl kaum an einer Zusammenarbeit mit ihm interessiert sein, wenn die Heirat zwischen Ihnen und Miguel Duarte platzt."

„Ich weiß." Charlotte nickte. „Für Leander steht mindestens genauso viel auf dem Spiel wie für mich. Er unterstützt seine Familie mit seiner Heuer. Wenn er die Anstellung auf der *Güstrow* meinetwegen verliert, steht ihre Existenz ebenfalls auf dem Spiel."

„Umso mehr sollten Sie noch einmal darüber nachdenken, was Sie tun!" Beschwörend hob Margot die Hände. „Um Himmels willen, es geht doch nicht nur um Ihrer beider Leben! Machen Sie sich klar, welche Konsequenzen Ihr Handeln für andere haben könnte. Überstürzen Sie in Gottes Namen nichts!"

Obwohl Charlotte mit dieser oder zumindest einer ganz ähnlichen Reaktion gerechnet hatte, verspürte sie einen leisen Stich von Enttäuschung. Irgendwie hatte sie gehofft, dass sich Margot auf ihre Seite stellen würde. Dass sie verstand, wie viel Leander ihr bedeutete und wie wichtig es für sie war, diesen Schritt zu tun.

Andererseits war da auch die Stimme der Vernunft, die ihr riet, auf Margot zu hören. Nicht nur um ihrer selbst willen und auch nicht wegen der ehrgeizigen Pläne ihres Vaters. Ihr ging es vorrangig um Leanders Familie, die es ohnehin schon schwer genug hatte, auch ohne dass die Unterstützung durch ihren Sohn ausblieb.

Es widerstrebte ihr, die folgenden Worte auszusprechen, doch sie fühlte, dass sie es tun musste. „Vielleicht hat Margot recht", sagte sie und drückte Leanders Hand sanft. „Was soll aus deinen Eltern und deinen Geschwistern werden, wenn du ihnen kein Geld mehr schicken kannst? Ich kann nicht einfach so tun, als ginge mich das nichts an. Es ist deine Familie. Menschen, die du liebst. Ich bringe es nicht übers Herz, sie ins Unglück zu stürzen."

Leanders Augen hatten die Farbe von dunklem Schiefer angenommen. Er wirkte bedrückt, aber gefasst, als er nickte.

„Die *Güstrow* wird nach dem Eintreffen in Puerto Montt gleich ihre Ladung löschen, um dann neue Passagiere und Waren für die Alte Welt an Bord zu nehmen. Wir werden allerhöchstens zwei Tage im Hafen bleiben, dann stechen wir in See." Er atmete tief durch. „In spätestens einem Monat bin ich wieder bei dir. Meine Eltern werden verstehen, warum ich so handeln muss, davon bin ich überzeugt. Aber ich muss es ihnen persönlich sagen. Das ist nichts, was ich ihnen in einem Brief mitteilen könnte."

„Ich werde auf dich warten", erwiderte Charlotte. Bei dem Gedanken, Leander wochenlang nicht zu sehen, wurde ihr schwer ums Herz. „Ganz gleich, wie lange es auch dauert."

Margot atmete hörbar erleichtert auf. Sie schien zu glauben, dass ein wenig Zeit, in der sie noch einmal über alles nachdenken konnte, reichen würde, um sie von ihrem Entschluss abzubringen.

„Ihr Vater wird, wenn ich es recht verstanden habe, nur für ein paar Tage zu Besuch bei den Duartes bleiben?", fragte die ehemalige Zofe.

Charlotte nickte. „Er will einige geschäftliche Details mit Miguels Vater, Carlos Duarte, besprechen. Meine Hochzeit mit Miguel soll erst in einigen Wochen stattfinden, wenn ich mich ein wenig in meiner neuen Heimat eingewöhnt habe. Aber ... ich weiß nicht, ob ich das schaffe. Wie kann ich bei diesen Menschen leben? Unter einem Dach mit dem Mann, den ich heiraten soll? Zusammen mit seiner Familie, die mich in ihrem Kreis aufnimmt, als wäre ich eine von ihnen?" Sie barg das Gesicht in den Händen. Ihr ganzes Leben war mit einem Mal völlig durcheinander. Die

Gefühle, die sie für Leander hatte, änderten alles. Sie fühlte sich schrecklich bei dem Gedanken, bis zu seiner Rückkehr im Haus der Duartes zu bleiben. „Ich müsste ihnen ins Gesicht sehen und sie belügen." Entschlossen schüttelte sie den Kopf. „Nein, ich muss von Anfang an reinen Tisch machen, ganz gleich, was danach mit mir geschieht."

„Charlotte, bitte, sei doch vernünftig", beschwor Leander sie. „Warte wenigstens ab, bis ich zurück bin. Ich will auf keinen Fall, dass du am Ende auf der Straße stehst!"

„Ich kann nicht, versteh mich doch." Sie zwang ein Lächeln auf ihre Lippen. „Mach dir keine Sorgen um mich. Ich komme zurecht."

„Nein." Margot schüttelte den Kopf. „Ihr Vater lässt niemals zu, dass Sie seine Pläne durchkreuzen. Er wird Mittel und Wege finden, Sie zum Gehorsam zu zwingen. Sie müssen durchhalten, Fräulein. Wenigstens so lange, bis der Baron abgereist ist." Eindringlich schaute Margot sie an. „Und ich lege Ihnen dringend ans Herz, sich auch danach noch mit der Wahrheit zurückzuhalten. Bedenken Sie: Chile ist für Sie ein vollkommen fremdes Land mit fremden Sitten und Gebräuchen. Wo wollen Sie hin, wenn die Duartes Sie verstoßen? Was soll aus Ihnen werden, wenn Sie völlig auf sich allein gestellt sind?"

Charlotte seufzte. Die bloße Vorstellung, mutterseelenallein durch eine Stadt zu irren, in der sie sich nicht auskannte, war ihr ein solcher Graus, dass sie fröstelte. Aber was war die Alternative? So lange lügen, bis ein günstiger Zeitpunkt gekommen war, um die Wahrheit ans Licht zu bringen?

Nein, das kam für sie nicht infrage. Sie würde nur warten, bis ihr Vater außer Landes war, ehe sie die Duartes vor vollendete Tatsachen stellte. Und was ihren Lebensunterhalt betraf, brauchte sie sich im Grunde gar keine Gedanken zu machen. Dafür konnte sie die Mitgift verwenden, die für ihre Heirat vorgesehen war. Die Duartes hatten keinen Anspruch darauf, wenn sie und Miguel nicht vor den Traualtar traten. Ihr Vater würde mit Sicherheit toben, wenn er davon erfuhr, aber was sollte er tun? Wenn es so weit war, würde er mindestens zwölftausend Kilometer von Chile entfernt sein.

Natürlich hatte sie Angst und fürchtete sich vor dem, was die Zukunft ihr bringen mochte, denn eines stand fest: Ihr Leben würde nie wieder so sein wie zuvor. Sie würde die Sorgen und Nöte der Frauen aus dem gemeinen Volk teilen. Mehr als das – sie wäre, sobald sie alle Brücken hinter sich abgebrochen hätte, ein Mitglied des gemeinen Volkes.

Aber war das nicht sogar ein Grund zur Freude? Was würde das Leben als Charlotte Duarte wohl für sie bereithalten? Eine Ehe ohne Gefühle, nur geschlossen, um die Familien beider Eheleute miteinander zu vereinen.

Sie kannte Margots Ansicht. Für ihre ehemalige Zofe war Liebe ein zartes Flämmchen, das im Laufe von Jahren durch gegenseitigen Respekt und Achtung zu einem wärmenden Feuer heranwuchs. Und bis sie Leander kennengelernt hatte, war auch Charlotte bereit gewesen, so zu denken.

Jetzt aber wusste sie es besser. Das, was sie für Leander empfand, war wie eine Feuersbrunst, die alles verzehrte, das sich ihr in den Weg stellte. Es war, als könnte sie nicht mehr leben, nicht mehr denken ohne ihn. Sie brauchte ihn wie die Luft zum Atmen. Er war ihr Fels in der Brandung. Allein die Vorstellung, ihn zu verlieren, schnürte ihr die Kehle zu.

„Ich bin nicht mehr das naive kleine Mädchen, das ich war, als du zu uns gekommen bist, Margot“, sagte sie sanft. „Wenn wir Puerto Montt erreichen, werden unsere Wege sich trennen – vielleicht für immer. Du kannst nicht mehr auf mich aufpassen, so wie du es all die Jahre getan hast. Ich muss lernen, auf eigenen Beinen zu stehen und meine eigenen Entscheidungen zu treffen.“

Margots Augen schimmerten feucht, als sie nickte. „Ich weiß. Und ich bin sicher, dass Sie stets der Stimme Ihres Herzens folgen werden, Fräulein Charlotte.“

„Einfach nur Charlotte, bitte.“ Sie nahm Margots Hand. „Du bist nicht mehr meine Zofe, schon vergessen?

„Nein“, sagte Margot, und Tränen rollten ihr über die Wangen. „Das habe ich nicht vergessen – aber ich werde wohl nie aufhören, mich für Sie verantwortlich zu fühlen, Fräu…“ Sie hielt inne, holte tief Luft und sagte dann: „Charlotte.“

Die beiden Frauen umarmten sich leise schluchzend.

„Du kannst jederzeit zu mir kommen, sollte dein Ludwig sich wider Erwarten als Enttäuschung entpuppen“, sagte Charlotte.

„Und meine Tür wird ebenfalls immer für Sie offen stehen“, entgegnete Margot.

„Da kommt jemand“, unterbrach Leander die rührselige Szene. „Es tut mir leid, aber ich halte es für besser, wenn man uns nicht zusammen sieht.“ Er umarmte Charlotte. „Du musst jetzt gehen, mein Herz.“

„Wir treffen uns doch noch einmal, ehe wir Puerto Montt erreichen, oder?“

Leander drückte sie an sich. „Natürlich“, sagte er. „Und jetzt geh, Charlotte. Bitte.“

Sie stellte sich auf die Zehenspitzen und küsste ihn noch einmal sanft. Dann wandte sie sich ab und eilte davon.

Puerto Montt schmiegte sich in das sanft zum Meer hin abfallende Tal zwischen der Bucht von Reloncaví und dem Vulkan Calbuco, der wie ein schneebedeckter Riese über Puerto Montt thronte.

Die Luft fühlte sich anders an – irgendwie schwerer als zu Hause. Charlotte atmete tief durch. Sie stand an der Reling und beobachtete, wie die *Güstrow* majestätisch langsam in den Hafen einlief. All die Fischerboote und Jollen, die sie passierten, wirkten dagegen geradezu zwergenhaft klein.

Das Herz klopfte ihr bis zum Hals. Das war es also, das Land, in dem ihr neues Leben beginnen sollte.

Die Heimat des Mannes, dem sie zur Frau versprochen war.

Miguel Duarte.

Ein mulmiges Gefühl machte sich in ihr breit. Wie sollte sie ihm, wie sollte sie seiner Familie gegenübertreten? Sie wusste doch ganz genau, dass sie Miguel niemals heiraten würde. Sie konnte es schlichtweg nicht mehr. Ihr Herz gehörte Leander, und es gab nichts, was sie dagegen tun konnte.

Viele Passagiere nutzten das schöne Wetter, um das Anlegen des großen Dampfseglers von Bord aus zu beobachten. Und so bemerkte Charlotte den jungen Mann, der sich neben sie stellte, zunächst gar nicht. Er schien den Anlegevorgang ebenso zu verfolgen wie all die anderen Menschen um sie herum. Erst als er sich leise räusperte und sie sich zu ihm umwandte, erkannte sie, wen sie vor sich hatte.

„Leander!“, stieß sie überrascht hervor.

„Psst“, machte er und legte sich einen Finger an die Lippen. „Entschuldige, ich wollte schon früher nach dir sehen, aber bisher hatte ich keine Gelegenheit dazu. Es gab so viel zu tun, bevor wir den Hafen erreichten.“

Verstohlen tastete sie nach seiner Hand, die auf der Reling lag. Als ihre Finger sich berührten, war es, als würde ein Kribbeln durch ihren Körper rasen.

„Schon gut“, flüsterte sie. „Ich bin froh, dass du jetzt da bist. Ich … ich habe Angst.“ Sie sah ihn leise lächeln.

„Natürlich hast du das – und ich würde dich für unbesonnen halten, wenn du keine Angst hättest. Das, was wir vorhaben, ist vollkommen unvernünftig. Es ist verrückt und riskant, und wir sollten vermutlich besser umkehren, solange es noch möglich ist, aber …“ Er schüttelte den Kopf. „Ich kann es nicht. Ich kann es einfach nicht.“

Charlotte verstand gut, wie er sich fühlte, denn ihr ging es genauso. Sie fürchtete sich vor dem, was die Zukunft ihr bereithielt, und gleichzeitig freute sie sich auch wahnsinnig darauf. Sie konnte es kaum erwarten, endlich mit Leander zusammen zu sein. Ein neues Leben mit ihm zu beginnen.

„Wir schaffen das“, sagte sie und drückte seine Hand. „Nur ein paar Wochen noch, und wir beide können ganz von vorn anfangen. Gemeinsam.“

Eine Weile standen sie einfach nur so da. Der Wind spielte mit Charlottes Haar, und sie spürte die wärmenden Sonnenstrahlen auf ihrer Haut. In diesem Moment vergaß sie all ihre Sorgen und Ängste und war einfach nur glücklich.

Nein, dachte sie, nicht einfach nur glücklich. Ich bin der glücklichste Mensch auf der ganzen Welt.

Ihre Stimmung schlug um, als sie ein paar Minuten später in ihre Kabine zurückkehrte, um Marie beim Zusammenpacken der letzten Sachen behilflich zu sein. Überrascht fand sie statt der jungen Frau ihren Vater vor. Er stand mit dem Rücken zu ihr am Fenster, die Hände hinter sich verschränkt. Seine ganze Haltung drückte Anspannung, ja unterdrückten Zorn aus. Etwas, das sie nur zu gut von ihm kannte. Aber warum? Was war passiert?

Die Antwort sollte sie sogleich bekommen.

„Habe ich dir nicht klar und deutlich zu verstehen gegeben, dass du diesen Jungen nicht wiedersehen sollst?"

Er drehte sich zu ihr um, und Charlotte erschrak, als sie das gefährliche Glitzern in seinen Augen sah. Instinktiv wich sie zurück, doch der Baron war mit zwei ausgreifenden Schritten bei ihr und packte sie unsanft am Arm.

„Dachtest du wirklich, du könntest mich ungestraft hintergehen, mein Kind? Hast du geglaubt, ich würde nicht herausfinden, dass du dich weiterhin heimlich mit ihm triffst?"

Charlotte wurde es eiskalt. Sie hatte Angst. Angst vor dem, was nun folgen würde. Sie kannte ihren Vater. Ungehorsam war nichts, womit er gut umgehen konnte.

„Vater, ich …"

Er hob die Hand und versetzte ihr eine Ohrfeige, die ihren Kopf zur Seite schleuderte. Überraschung und Schock waren so groß, dass sie den Schmerz im ersten Moment gar nicht spürte, doch als er kam, war er umso heftiger.

Tränen schossen ihr in die Augen, und ein stummer Schrei schnürte ihr die Kehle zu. Ihre linke Wange brannte wie Feuer; für einen Augenblick drohte die Welt um Charlotte herum schwarz zu werden. Sie blinzelte heftig und klammerte sich an den erstbesten Gegenstand, der ihr unter die Finger kam: den Rand der Frisierkommode.

Ihr Blick fiel in den Spiegel, und sie sah ihr kreidebleiches Gesicht. Auf der Wange zeichnete sich die Hand ihres Vaters wie eine feuerrote Blüte ab, ihre Lippen schimmerten bläulich.

Richard von Grünau zu Meersberg war schon oft wütend geworden. Unzählige Male hatte er sie mit zornigen Schimpftiraden überschüttet, doch geschlagen hatte er sie bisher nur sehr selten. Nun war es bereits das zweite Mal innerhalb kürzester Zeit passiert. Wie aufgebracht musste er sein, um derart die Beherrschung zu verlieren?

Ängstlich schaute sie zu ihm auf und sah, dass in seinen Augen nach wie vor dieses gefährliche Glitzern lag.

Es war noch nicht vorbei.

„Du fragst dich, woher ich es weiß, nicht wahr?“ Er lächelte kalt. „Hast wohl gedacht, ich vertraue einfach darauf, dass du dich an meine Anweisungen hältst. Aber ich lasse mich von einem ungehorsamen Gör wie dir nicht zum Narren halten! Es wird immer jemand in deiner Nähe sein, der Augen und Ohren für mich offen hält, vergiss das niemals!“

Ein eisiger Schauer rieselte Charlotte den Rücken hinunter, und als ihr Vater sich ihr näherte, zuckte sie unwillkürlich zusammen. Schützend hob sie die Hände vors Gesicht.

Doch er machte keine Anstalten, sie noch einmal zu schlagen. Er wollte sie nur einschüchtern – und das gelang ihm vortrefflich.

„Wir werden dieses Schiff verlassen, sobald es im Hafen von Puerto Montt angelegt hat.“ Er umfasste ihre Handgelenke und zwang sie nach unten. Dann ließ er sie los und strich mit einer beinahe zärtlich anmutenden Geste mit dem Handrücken über ihre heftig pochende Wange. „Du wirst diesen jungen Mann vergessen, mir eine gehorsame Tochter sein und Miguel Duarte heiraten. Haben wir uns verstanden?“

Charlotte konnte ihn nur anstarren. Sie fühlte sich wie das sprichwörtliche Kaninchen vor der Schlange. Kein Laut wollte ihre Kehle verlassen, so sehr sie sich auch darum bemühte.

„Ob wir uns verstanden haben?“, polterte ihr Vater so laut, dass sie erschrocken zurücktaumelte.

„Ja“, stieß sie hastig hervor. „Natürlich, Vater!“

Er schaute sie noch einen Moment lang durchdringend an, und in der Luft zwischen ihnen hing eine unausgesprochene Drohung.

Schließlich nickte er. „Dann ist es ja gut. Und vergiss niemals, dass ich stets über alles, was du tust, informiert bin, Charlotte. Selbst wenn ich nicht mehr hier bei dir sein sollte, werde ich Mittel und Wege finden, dich im Auge zu behalten. Und wehe dir, falls du nicht genau das machst, was ich von dir erwarte!“

Mit diesen Worten wandte er sich um und stapfte aus dem Raum. Schwer atmend blieb Charlotte noch einen Augenblick stehen, unfähig, sich zu rühren. Dann schleppte sie sich zur Chaiselongue, sank darauf nieder und barg das Gesicht in den Händen, die jetzt, wo die Anspannung von ihr abfiel, unkontrolliert zitterten.

Ihr Vater ließ sie also beobachten. Wirklich wundern konnte sie sich darüber nicht, was nichts daran änderte, dass sein Verhalten sie entsetzte. Nicht nur, dass er sie geschlagen hatte! Er drohte ihr auch ganz offen. Seiner eigenen Tochter! Offenbar war es ihm vollkommen gleichgültig, ob sie glücklich war oder nicht.

Sie musste an Leander denken. Was sollte sie jetzt bloß tun?

Am besten, du verhältst dich genau so, wie du es mit ihm abgemacht hast. Du machst gute Miene zum bösen Spiel – und wenn die Güstrow *das nächste Mal mit ihm an Bord Puerto Montt erreicht, brennst du mit ihm durch.*

Charlotte atmete tief durch. Sie hatte Angst davor, dass ihr Vater seine Drohung wahr machen und einen Weg finden würde, sie zu bestrafen, wenn sie sich gegen ihn stellte. Aber ihr blieb gar keine andere Wahl, als es zu riskieren. Auf keinen Fall würde sie zulassen, dass Richard von Grünau zu Meersberg weiterhin ihr Leben bestimmte.

Lieber wollte sie sterben.

6. KAPITEL

Die Kutsche der Duartes erwartete sie bereits am Kai. Unruhig tänzelte der eingespannte schwarze Hengst auf den Hinterbeinen, wofür er vom Kutscher, einem grobschlächtigen Mann mit einer Narbe, die sich von seinem rechten Nasenflügel bis dicht unters Auge zog, sogleich an die Kandare genommen wurde.

Dann stieg der Mann ab und kam auf Charlotte und ihren Vater zu.

„Señor und Señorita Grünau und Meersberg?", fragte er, und seine dunklen Augen glitzerten wie der Panzer eines exotischen Insekts.

„*Von* Grünau *zu* Meersberg", korrigierte ihr Vater ihn überdeutlich. „Wo ist Señor Duarte?"

„Er wurde aufgehalten", antwortete der Kutscher in gebrochenem Deutsch. „Dringende Angelegenheiten."

Zufrieden wirkte ihr Vater nicht gerade, bemerkte Charlotte, dennoch nickte er.

„Unser Gepäck wird soeben von Bord gebracht. Sorgen Sie dafür, dass alles korrekt verladen wird." Damit ging er ohne ein weiteres Wort an dem Mann vorbei, öffnete den Wagenschlag und setzte sich in die Kutsche.

Charlotte folgte ihm nach kurzem Zögern, doch ehe sie in das Fahrzeug stieg, blickte sie noch einmal zurück zur *Güstrow*.

Die Menschen, die an Bord des gewaltigen Dampfseglers zurückgeblieben waren, wirkten vom Kai aus winzig klein. Die emsig umhereilenden Gestalten zeichneten sich schwarz gegen den Hintergrund des strahlend blauen Himmels ab. Ob Leander jetzt irgendwo dort oben stand und sie beobachtete?

Plötzlich glaubte sie seinen Blick zu spüren, warm und wohlwollend. Sie atmete tief durch und unterdrückte den dringenden Wunsch, ihm noch einmal zuzuwinken.

Dann stieg auch sie ein.

Die Dunkelheit, von der sie sogleich umfangen wurde, schien ihr bezeichnend für das, was ihr nun bevorstand. Lediglich durch die winzigen Fenster in den Türen drang ein wenig Licht ins Innere der Kutsche, in der es zudem stickig und heiß war.

Sie schlug den Blick nieder. Schon in etwa einem Monat würde die *Güstrow* mit Leander an Bord erneut in Puerto Montt einlaufen. Sie verstand, dass er nicht einfach so mit ihr davonlaufen konnte, ohne seiner Familie persönlich alles zu erklären. Dennoch wünschte sie, dass es nicht so lange dauern würde, bis sie ihn endlich wiedersah. Bis dahin musste sie durchhalten und sich unauffällig benehmen. Ganz die brave, gehorsame junge Frau, wie ihr Vater es von ihr erwartete.

Ein Ruckeln ging durch das Gefährt, als ihr Kutscher damit begann, das Gepäck aufzuladen. Nach einer gefühlten Ewigkeit – Charlotte kam es beinahe so vor, als wäre die Zeit stehen geblieben – hörte sie, wie der Mann auf den Bock stieg. Gleich darauf ließ er die Peitsche knallen und trieb das Pferd an.

Die Fahrt war mehr als unangenehm. Offenbar waren die Straßen, die Puerto Montt durchzogen, nicht besonders gut befestigt. Der Wagen holperte schrecklich, und sowohl Charlotte als auch ihr Vater wurden kräftig durchgeschüttelt. Während der Baron die Tortur mit gewohnt stoischer Miene über sich ergehen ließ, spürte Charlotte, wie Übelkeit in ihr aufstieg.

Wenn sie wenigstens in einer offenen Kutsche gefahren wären, in der sie etwas von der Stadt, die sie durchquerten, hätte sehen können! Doch ihr Vater hatte auf seiner Seite den Vorhang zugezogen, und das Fenster auf ihrer Seite war zu hoch angebracht, als dass sie hindurchblicken konnte.

Du wirst Puerto Montt schon noch früh genug kennenlernen, versuchte sie sich selbst zu trösten. Daheim in Grünau hatte sie alle Informationen über Chile, derer sie hatte habhaft werden können, wie ein Schwamm in sich aufgesogen. Doch natürlich wusste sie, dass weder Bücher noch Reiseberichte einen jemals wirklich darauf vorzubereiten vermochten, wie das Leben in einem fremden Land sich tatsächlich gestaltete.

Charlotte konnte nicht abschätzen, wie lange sie unterwegs waren. Ihr kam es wie eine kleine Ewigkeit vor, aber aufgrund der schlechten Straßenverhältnisse war auch nur ein sehr langsames Vorankommen möglich, sodass sie sich womöglich immer noch in der Nähe des Hafens befanden, als der Kutscher das Pferd zügelte.

„Brrrrrr ...“

Ungeduldig wartete sie darauf, dass sich der Wagenschlag öffnete. Als es endlich so weit war, blinzelte sie gegen das Sonnenlicht an, das ihr nach der langen Dunkelheit unglaublich grell, beinahe schmerzhaft erschien.

„Richard“, erklang die tiefe, volltönende Stimme eines Mannes, dessen Gesicht sie zunächst nur als verwaschenen hellen Fleck wahrnahm. „Was bin ich froh, Sie wohlbehalten zu sehen. Und das Fräulein Tochter – eine wahre Augenweide!“

Sein Deutsch klang ein wenig holprig, aber sehr viel flüssiger als das des Kutschers. Er verstand es, sich auszudrücken. Vermutlich kam er einfach nur zu selten dazu, seine Sprachkenntnisse zu nutzen.

Charlotte nahm sich vor, so schnell wie möglich die Sprache ihrer neuen Heimat zu erlernen. Wenn sie erst einmal mit Leander zusammenlebte, würde sie gewiss nicht mehr auf besonders viele Menschen stoßen, die des Deutschen mächtig waren. Und sie wollte nicht davon abhängig sein, sich nur mit diesen Leuten zu umgeben. Nein, sie wollte sich ihre Freunde und Bekannten selbst aussuchen. Ihr Vater hatte lange genug in jeglicher Hinsicht ihr Leben kontrolliert. Jetzt würde sie lernen, auf eigenen Beinen zu stehen.

„*Hola,* Señor“, sagte sie, um ihren guten Willen zu demonstrieren, und machte einen kleinen Knicks, was ihr einen kühlen Blick ihres Vaters einbrachte.

Der Fremde aber lachte erfreut auf – und als sich ihre Augen an die neuen Lichtverhältnisse gewöhnt hatten, sah sie, dass es sich um einen leicht untersetzten Mann mit schütterem dunklem Haar und hellem Teint handelte.

„*Bienvenidos*. Ich bin sehr froh, dass Sie da sind, Señorita. Und ich bin sicher, dass mein Sohn Sie nur zu gern persönlich vom Hafen abgeholt hätte, jedoch …"

Sein Gesicht nahm einen sorgenvollen Ausdruck an. „Leider ist es vor ein paar Tagen zu einem tragischen Unfall gekommen. Miguels Pferd ging durch, und er stürzte so unglücklich, dass er dabei schwer verletzt wurde."

Charlotte atmete scharf ein. „Großer Gott!", stieß sie entsetzt hervor und schlug sich mit der flachen Hand vor den Mund. „Wie geht es ihm? Er wird doch wieder gesund?"

„Wir müssen hoffen und beten", entgegnete Señor Duarte mit einem schweren Seufzen. „Der Huf des Pferds hat ihn am Kopf getroffen, und er hat bisher das Bewusstsein noch nicht wiedererlangt. Doktor Martinez sagt, dass sich die Folgen erst abschätzen lassen, wenn er aufwacht."

Richard von Grünau zu Meersberg wirkte angesichts der Neuigkeiten eher verärgert als betroffen. Vermutlich sah er bereits seine Felle davonschwimmen, obwohl sie gerade erst in Chile angekommen waren. Denn eines stand außer Frage: Ohne Miguel würde es keine Heirat geben. Und keine Heirat bedeutete, dass es auch keine Verbindung zwischen den Familien gab.

Keine Verbindung – kein Salpeterhandelsmonopol.

Charlotte hingegen empfand echtes Mitgefühl für Miguel. Er war nur wenige Jahre älter als sie – gerade mal einundzwanzig –, und es erschien ihr unvorstellbar, dass er zwischen Leben und Tod schweben sollte. Sie dachte an Leander, und ein Anflug von schlechtem Gewissen keimte in ihr auf. Lag Miguel womöglich ihretwegen so da? Weil sie sich, seit sie Leander kannte, mehr als einmal gewünscht hatte, dass es ihn nicht gäbe, einfach, um ihn nicht heiraten zu müssen?

Sie atmete tief durch. „Darf ich ihn sehen, Señor Duarte?"

„Aber selbstverständlich", erwiderte er. „Und bitte – nennen Sie mich Carlos. Ich bin schließlich praktisch bereits Ihr Schwiegervater. Kommen Sie, ich bringe Sie zu ihm." Er wandte sich dem Baron zu. „Sie haben doch nichts dagegen einzuwenden?

Geraldo wird Sie zu Ihrem Zimmer führen, nachher besprechen wir dann alles in Ruhe."

„Nein, natürlich nicht", sagte ihr Vater.

Charlotte sah ihm deutlich an, wie wenig es ihm gefiel, warten zu müssen. Er war es nicht gewohnt, die zweite Geige zu spielen. Für gewöhnlich war er es, der den Ton angab. Und dass er ausgerechnet hinter seiner Tochter zurückstehen sollte, behagte ihm ganz sicher nicht. Nun allerdings blieb ihm nichts anderes übrig, als gute Miene zum bösen Spiel zu machen. Immerhin war er ein Gast im Hause der Duartes, und er erhoffte sich von der Verbindung zu dieser Familie einiges. Deren Oberhaupt vor den Kopf zu stoßen konnte also nicht in seinem Interesse liegen.

Carlos Duarte führte sie ins Haus. Charlotte hatte bisher keine Gelegenheit gehabt, es richtig von außen zu betrachten. Die Einrichtung der Eingangshalle zeugte auf jeden Fall von großem Wohlstand. Der Boden war mit hellem Marmor ausgelegt, an den mit rauem Putz verkleideten Wänden hingen prachtvolle Porträts von Männern und Frauen mit blassen, ernsten Gesichtern – allesamt dunkelhaarig und mit Augen so schwarz wie Kohlestücke. Da die Ähnlichkeit zu Carlos Duarte unverkennbar war, nahm Charlotte an, dass es sich um die Ahnengalerie der Familie handelte.

Eine breite Treppe aus dunklem Holz führte hinauf ins obere Stockwerk zu einer Empore, die drei Seiten der großen Halle umspannte. Von hier aus gingen zahlreiche Türen ab, die vermutlich in die verschiedenen Flügel des Hauses führten. Charlotte folgte Duarte nach oben und anschließend durch eine Tür, über die sie in einen lang gestreckten Korridor gelangten. Der war mit Teppichen ausgelegt, in die herrliche Muster gewebt worden waren.

Es war unnatürlich still. Und als Señor Duarte schließlich vor einer weiteren Tür stehen blieb, begann ihr Herz so heftig zu klopfen, dass sie sicher war, er müsse es hören. Was würde sie nun erwarten?

„Sie sollten sich darauf vorbereiten, dass Ihnen kein schöner Anblick bevorsteht“, warnte der ältere Mann sie vor, als habe er ihre Gedanken gelesen. „Aber seien Sie versichert, dass die Schwellungen und Blutergüsse schlimmer aussehen, als sie tatsächlich sind. Das wahre Problem liegt leider sehr viel tiefer.“

Charlotte atmete tief durch; dann nickte sie, und Duarte öffnete ihr die Tür. Der Raum, der sich dahinter befand, war dank schwerer Vorhänge vor den Fenstern fast vollständig abgedunkelt, und die Luft, die ihr in einem Schwall entgegenkam, roch abgestanden und verbraucht. Eine einzelne Kerze auf einem Schemel neben dem Bett spendete ein wenig Helligkeit, die das Gesicht des bewusstlosen Mannes in ein seltsames Wechselspiel aus Licht und Schatten tauchte.

Señor Duarte hatte nicht übertrieben: Der Anblick, der sich ihr bot, war nichts für schwache Gemüter. Sie hatte Miguel Duarte zwar bisher nur ein einziges Mal gesehen, doch der junge Mann, der jetzt reglos in dem viel zu groß wirkenden Bett lag, schien keinerlei Ähnlichkeit mit ihm zu haben.

Sein rechtes Auge war beinahe völlig zugeschwollen und hatte ein tiefes Blauviolett angenommen. Die Braue darüber war blutverkrustet, und über die ganze Wange zog sich eine Schürfwunde, die in einem aggressiven Rot leuchtete. Um seine Stirn und seine Schläfen hatte man eine Bandage gewickelt, über der seine dunklen Locken hervorquollen. Jemand hatte ihm das Laken bis zum Kinn hochgezogen, sodass Charlotte nicht sehen konnte, ob es noch weitere, ähnlich schwere Verletzungen gab. Tatsächlich war das gar nicht notwendig, sie wusste auch so, dass es Miguel Duarte schlecht ging. Seine Brust hob und senkte sich nur schwach, und seine Atemzüge wurden von leisem Rasseln begleitet. Zeichen einer drohenden Lungenentzündung?

„Was soll das, Carlos?“

Erst jetzt bemerkte Charlotte die Frau, die im Schatten neben Miguels Bett auf einem Stuhl saß, und zuckte erschrocken zusammen. Daraufhin stand die Frau auf und kam auf Señor Duarte und sie zu. Ihre dunklen Augen funkelten zornig, und sie redete in raschem, abgehacktem Spanisch auf ihn ein, von dem Charlotte lediglich ein paar Bruchstücke verstand – und die klangen nicht eben freundlich.

„Genug, Isabella!", schnitt Señor Duarte ihr schließlich das Wort ab. Seine Stimme klang wie ein tiefes Donnergrollen, unter dem selbst der Boden zu erzittern schien. Die Frau, die er Isabella genannt hatte, verstummte abrupt. Ihre Blicke jedoch schleuderten Blitze.

Charlotte schätzte sie auf Ende dreißig. Ihr dunkles Haar, das streng im Nacken zusammengefasst war, durchzogen silberne Strähnen. Sie hielt sich kerzengerade, das Kinn störrisch vorgereckt. Das hochgeschlossene schwarze Kleid, das sie trug, schien zu einer sehr viel älteren Frau zu gehören.

„Isabella, begrüße Charlotte – die zukünftige Braut unseres Sohnes."

Señor Duartes Stimme klang nun wieder ruhig und gelassen. Nichts deutete mehr auf seinen Ausbruch von eben hin.

Seine Frau – Isabella Duarte – nickte Charlotte knapp zu, ehe sie sich wieder auf Spanisch an ihren Mann wandte.

Der schüttelte den Kopf.

„Was ist das für ein Benehmen? Von nun an wird Deutsch gesprochen, wenn unsere zukünftige Schwiegertochter im Raum ist, haben wir uns verstanden?"

Er sagte es freundlich, doch Charlotte hatte hinreichend Erfahrung mit ihrem Vater gesammelt, um zu wissen, dass eine Drohung in seinen Worten mitschwang.

Sie beschloss, der Situation ein wenig von ihrer Schärfe zu nehmen. „Es freut mich sehr, Sie kennenzulernen", sagte sie höflich. „Wenn auch die Umstände unserer Begegnung mehr als unerfreulich sind."

„Das sind sie allerdings", entgegnete die ältere Frau nun auf Deutsch, wobei ihrer Aussprache ein starker Akzent anhaftete.

Ihr Verhalten machte deutlich, dass sie sich keineswegs über Charlottes Eintreffen freute.

„Was soll sie hier?", wandte sie sich an ihren Mann. „Miguel ist schwer verwundet und ringt mit dem Tod. Diese unselige Hochzeit war deine Idee, Carlos. Ich will dieses Mädchen nicht hier haben."

„Sie bleibt", stellte Señor Duarte energisch fest. „Und sie wird Miguel heiraten, ob es dir nun gefällt oder nicht. Und als seine Verlobte ist es nicht nur ihr gutes Recht, sondern sogar ihre Pflicht, ihm in dieser Stunde der Not beizustehen!"

Señora Duarte fauchte etwas, das Charlotte nicht verstand; dann drängte sie sich an ihrem Mann und ihr vorbei und stürmte mit wehenden Röcken aus dem Zimmer.

„Nehmen Sie es meiner Frau nicht übel", bat das Familienoberhaupt und seufzte. „Gott weiß, ich habe viel zu lange tatenlos mit angesehen, wie sie Miguel mit ihrer übertriebenen Mutterliebe verweichlicht. Damit muss endlich Schluss sein!" Seine Hände ballten sich zu Fäusten, ehe er tief durchatmete und sich etwas entspannte. „Aber das ist jetzt nicht relevant. Ich lasse euch nun ein wenig allein." Er lächelte Charlotte noch einmal zu, ehe er auf den Korridor hinaustrat und die Tür hinter sich schloss.

Sofort war ihr, als würden die Wände auf sie zukommen. Es war so dunkel und so stickig, dass sie sich fragte, wie man erwarten konnte, dass ein Mensch in einer solchen Umgebung jemals gesund werden sollte.

Sie zog die schweren Vorhänge auf und öffnete die Fenster, damit frische Luft ins Zimmer strömen konnte. Als sie sich anschließend umblickte, wirkte der Raum längst nicht mehr so trostlos und bedrückend wie zuvor. Im hellen Tageslicht sah sie nun auch zum ersten Mal das volle Ausmaß von Miguels Verletzungen und erschrak.

Wie bleich er war, wenn man einmal von den Prellungen absah, die in allen Farben des Regenbogens auf seinem Gesicht zu erblühen schienen. Die Bandage um seine Stirn waren schweißdurchtränkt, seine blassen Lippen waren trocken und aufgesprungen. Sie schlug die Decke, die über seinem Körper ausgebreitet war, ein Stück zurück und musste feststellen, dass sein Oberkörper mit zahllosen Quetschungen und Blutergüssen übersät war.

Charlotte holte tief Luft und nahm auf dem Stuhl Platz, auf dem eben noch Isabella Duarte gesessen hatte. Einen Augenblick lang wusste sie nicht, was sie tun sollte, was sie überhaupt hier sollte; dann ergriff sie Miguels Hand und drückte sie sanft.

Sein Schicksal berührte sie. Ein so junger Mann, dem Tod näher als dem Leben, das war einfach nur ungerecht. Und ungerecht kam ihr auch ihr eigenes Verhalten vor. Während sie sich auf dem Schiff mit Leander vergnügt und Pläne geschmiedet hatte, wie sich die Hochzeit in Chile am besten absagen ließe, hatte Miguel einen schrecklichen Unfall gehabt. Nein, das war wirklich nicht gerecht.

Deshalb fasste sie nun einen neuen Entschluss. Sie würde für Miguel da sein und ihn so lange pflegen, bis es ihm besser ging. Das war das Mindeste, was sie für ihn tun musste, wenn sie ihn schon nicht heiraten konnte. Leander würde das verstehen, davon war sie überzeugt. Jedenfalls hoffte sie es. Vielleicht war Miguel ja auch schon wieder auf den Beinen, wenn die *Güstrow* das nächste Mal in Puerto Montt anlegte.

Zwar glaubte Charlotte nicht recht daran, doch sie fühlte, dass Miguel sie jetzt brauchte. Sie konnte ihn nicht im Stich lassen.

Nicht in dieser Situation.

Als sie später – Charlotte hatte keine Vorstellung, wie viel Zeit genau vergangen war – Miguels Krankenzimmer verließ, wusste sie nicht, wohin sie sich wenden sollte. Also ging sie einfach drauflos. Je eher sie lernte, sich in diesem Labyrinth von Haus zurechtzufinden, umso besser.

Ganz gleich, in welchen Raum sie blickte, stets war alles mit großer Eleganz eingerichtet. Völlig anders als auf Schloss Grünau, wo nur die Gebäudeteile möbliert und geheizt wurden, die man tatsächlich bewohnte. Sie erblickte kostbare Wandbehänge, die Szenen aus der kolonialen Vergangenheit des Landes zeigten, aber auch Gemälde mit andalusischen Landschaften, der ursprünglichen Heimat der Duartes. Alles zeugte von enormem Wohlstand, ja Reichtum. Es wunderte sie nicht, dass ihr Vater darauf spekulierte, ein Stück vom Kuchen abzubekommen.

In einem der Zimmer stieß sie auf ein dunkelhäutiges Hausmädchen, das beim Staubwischen war. Die junge Frau – Charlotte schätzte, dass sie nicht viel älter war als sie selbst – schrak zusammen, als sie den Gast erblickte, und vollführte im nächsten Moment eine tiefe Verbeugung.

„Ist ja schon gut", sagte Charlotte, und das Mädchen richtete sich wieder auf, wobei es tunlichst darauf achtete, den Blick gesenkt zu halten. Es murmelte etwas auf Spanisch, das sie nicht verstand, und huschte schließlich an ihr vorbei aus dem Raum.

Irritiert hob Charlotte eine Braue. Durften sich die Dienstboten nicht im selben Zimmer aufhalten wie die Familienmitglieder? Wenn es sich tatsächlich so verhielt, dann war das Regiment von Carlos Duarte sogar noch strenger als das ihres Vaters zu Hause auf Schloss Grünau.

„Señorita, Sie sich verlaufen?" Eine ältere Frau tauchte im Türrahmen auf und bedachte sie mit einem freundlichen Lächeln.

„*Sí.*" Sie erwiderte das Lächeln. „Dieses Haus ist wirklich riesig."

Die Frau nickte. „Mein Name ist Catalina. Kommen Sie, ich führe Sie zum *patrón*."

„Danke", sagte Charlotte. „*Muchas gracias.*"

„*De nada.*" Catalina nickte. „Keine Ursache."

Wie sich herausstellte, hielten ihr Vater und Señor Duarte sich ganz in der Nähe auf. Charlotte konnte die durchdringende Stimme des Barons selbst durch die geschlossene Tür deutlich vernehmen.

„… er sterben sollte, verlange ich selbstredend sowohl meine Tochter als auch ihre Mitgift unverzüglich zurück." Er machte eine kurze Pause. „Es sei denn, Sie können mir stattdessen einen besseren Vorschlag machen."

„*Perdón*, aber ich halte es noch für etwas verfrüht, sich darüber Gedanken zu machen. Miguel ist jung und stark. Er wird es gewiss schaffen."

Charlotte spürte, wie ihr das Blut in die Wangen schoss. Es war typisch für ihren Vater, sofort mit der Tür ins Haus zu fallen. Dass er so dermaßen pietätlos sein konnte, verschlug ihr regelrecht die Sprache. In Momenten wie diesen schämte sie sich, seine Tochter zu sein.

Auch ihrer Begleiterin – Catalina – war offenbar nicht entgangen, um welches Thema sich das Gespräch der beiden Männer drehte. Falls sie ebenso entsetzt darüber war wie sie, so ließ die ältere Frau es sich nicht anmerken. Ungerührt klopfte sie an die Tür, trat nach Aufforderung durch den Hausherrn ein und meldete den Gast an.

„Aber natürlich, Charlotte, kommen Sie nur, kommen Sie", forderte Carlos Duarte.

Er erhob sich aus seinem Sessel, als Charlotte den Raum betrat, anders als ihr Vater, der sich zurücklehnte. Richard von Grünau zu Meersberg sah alles andere als zufrieden aus, was nicht weiter verwunderlich war. Er hatte nach ihrer Ankunft in Puerto Montt vollkommen veränderte Umstände vorgefunden. Umstände, die sich für ihn nicht unbedingt positiv darstellten.

Señor Duarte ergriff ihre Hand und tätschelte sie. „Ich bedauere es zutiefst, Señorita, dass Ihre Ankunft in unserem Haus unter keinem glücklicheren Stern steht." Er führte sie zu seinem Sessel, wo er sie Platz nehmen ließ. „Ich wünschte, dieser verflixte Unfall wäre niemals passiert. Miguel hat sich so darauf gefreut, Sie in unserer Familie willkommen zu heißen – und nun das!"

„Ich bin sicher, dass Miguel wieder gesund werden wird", sagte sie entgegen ihrer innersten Überzeugung. Der junge Mann, den sie bewusstlos hatte daliegen sehen, schien nie mehr der Alte werden zu können.

„Sie haben natürlich recht", entgegnete der Hausherr mit einem milden Lächeln. „Trotzdem wünschte ich …"

Er wurde von seiner Frau unterbrochen, die wutentbrannt in den Raum stürmte und sofort begann, auf Spanisch auf ihren Mann einzureden. Dabei deutete sie immer wieder in ihre Richtung. Charlotte ahnte, dass sich das Streitgespräch der Eheleute um sie drehte.

„Was ist geschehen?", mischte sich ihr Vater ein.

Er wirkte irritiert und schien Isabella Duarte nicht recht einordnen zu können. Vor allem kam es ihm vermutlich sehr merkwürdig vor, denn er war es nicht gewohnt, dass eine Frau auf diese Weise mit einem Mann sprach.

Mit einer harschen Handbewegung brachte Carlos Duarte seine Ehefrau zum Schweigen. Die funkelte ihn wütend an, gehorchte aber.

„Ich darf Ihnen meine Frau vorstellen, Richard", wandte er sich nun an den Baron. „Isabella, dies ist Richard von Grünau zu Meersberg – Charlottes Vater." Als seine Frau dazu ansetzte, etwas zu entgegnen, warf er ihr einen Blick zu, der sie sogleich wieder verstummen ließ, und wandte sich nun Charlotte zu. „Sie haben im Krankenzimmer meines Sohnes die Vorhänge zurückgezogen und das Fenster geöffnet, *mi querida*. Isabella glaubt, dass ein solches Vorgehen möglicherweise seine Genesung beeinträchtigen könnte."

Charlotte nickte. „Ja, ich habe das Fenster geöffnet. Allerdings bin ich der festen Überzeugung, dass in einem dunklen, stickigen Raum niemand schnell gesund werden kann." Um ihren Worten etwas von ihrer Schärfe zu nehmen, zwang sie ein Lächeln auf ihre Lippen. „Aber die Señora hat selbstverständlich recht – ich hätte zunächst um Erlaubnis ersuchen müssen."

„*No*", entgegnete Carlos Duarte. „Keineswegs. Wenn Miguel und Sie erst einmal verheiratet sind, obliegen Ihnen derartige Entscheidungen ohnehin. Es ist äußerst ehrenwert von Ihnen, dass Sie sich schon jetzt in die Pflege meines Sohnes einbringen wollen."

Er erwiderte ihr Lächeln, während die Miene seiner Frau, die noch immer neben ihm stand, zu gefrieren schien.

„Tun Sie, was Sie für richtig halten, Charlotte. Ich werde das Personal instruieren, Ihren Anweisungen Folge zu leisten."

Mit einem erstickten Keuchen wirbelte Isabella Duarte herum und eilte mit rauschenden Röcken aus dem Raum.

Charlotte unterdrückte ein Seufzen. Sicher hatte Don Carlos es nur freundlich gemeint, doch in Doña Isabella würde sie ganz gewiss keine Fürsprecherin mehr finden. Die Tatsache, dass er sich gegen seine eigene Frau schützend vor sie gestellt hatte, stellte nicht gerade die beste Voraussetzung für eine harmonische Beziehung dar.

So tragisch war das im Grunde aber gar nicht. Charlotte hatte schließlich ohnehin nicht vor, länger als unbedingt nötig im Haus der Duartes zu bleiben. Sie würde Miguel pflegen und ihm dabei helfen, wieder gesund zu werden. Und wenn dann die *Güstrow* wieder im Hafen von Puerto Montt einlief, würde sie zusammen mit Leander ein neues Leben beginnen.

Ein Leben ohne die ständige Bevormundung durch ihren Vater – und ohne die Anfeindungen durch eine missgünstige Schwiegermutter.

„Vielen Dank", sagte sie und deutete ein Nicken an. „Ich werde mich um Miguel kümmern, so gut ich kann."

Duarte nickte zufrieden. „Das weiß ich doch, *mi querida*, das weiß ich doch."

Die Atmosphäre beim gemeinsamen Abendessen war angespannt gewesen. Señora Duarte hatte sich in eisiges Schweigen gehüllt und jeden Versuch ihres Mannes ignoriert, Konversation zu betreiben. Die Stimmung von Richard von Grünau zu Meersberg, der dumpf vor sich hin brütete, trug auch nicht unbedingt zu einer Verbesserung bei. Charlotte war froh, als diese Tortur endlich zu Ende war und sie sich auf ihr Zimmer zurückziehen konnte.

Man hatte sie direkt neben Miguels Krankenquartier untergebracht. Es handelte sich um ein geräumiges Zimmer, das mit exquisiten Möbeln aus dunklem Holz ausgestattet war. Neben dem Bett lag ein weiches Schafsfell, vor den Fenstern hingen die gleichen schweren Samtvorhänge wie nebenan bei Miguel. Es war ein gemütlicher, behaglicher Raum – und um einiges komfortabler als die Räume, die sie daheim auf Schloss Grünau bewohnt hatte.

Vollständig bekleidet legte sie sich auf das bequeme Bett und schloss die Augen, doch wirklich zur Ruhe kam sie nicht. Dazu ging ihr einfach zu viel im Kopf herum.

Sie sehnte sich nach Leander, gleichzeitig musste sie aber auch ständig an Miguel denken, der bewusstlos im Zimmer nebenan lag. Sie war verwirrt. Ihre Gefühle waren ganz und gar widersprüchlich, und sie wusste einfach nicht mehr, was richtig und was falsch war.

Schließlich setzte sie sich wieder auf und rieb sich mit den Handballen über die Augen. Sie war todmüde, zugleich wusste sie aber auch, dass sie so ohne Weiteres keinen Schlaf finden würde. Also erhob sie sich, verließ ihr Zimmer und ging nach nebenan zu Miguel.

Offenbar hatte Doña Isabella die Vorhänge wieder zugezogen, aber da es ohnehin Nacht in Puerto Montt war, machte es keinen Unterschied. Statt der Kerze stand nun eine leicht flackernde Öllampe auf dem Nachttisch und ließ Schatten über das Gesicht das Bewusstlosen tanzen. Fast wirkte es, als würden seine Züge sich bewegen, doch das war natürlich nur eine Illusion.

Charlotte zog sich den Stuhl heran, auf dem am Nachmittag Miguels Mutter gesessen hatte, und betrachtete den jungen Mann, der vor ihr lag. Er sah so schwach und verletzlich aus, und erneut spürte sie, wie eine Woge des Mitgefühls sie überkam. Sie griff unter dem Stoff ihrer hochgeschlossenen Bluse nach ihrem Medaillon und wartete, bis ihr rasender Puls sich wieder ein wenig beruhigt hatte. Schließlich nahm sie Miguels Hand, die kühl und schlaff in ihrer lag.

„Alles wird wieder gut“, wisperte sie und wiederholte dabei das Mantra, das ihr selbst so oft in ihrer Kindheit und Jugend

Trost gespendet hatte. „Ganz gleich, wie übel einem das Leben auch mitspielen mag, irgendwann wendet sich für jeden das Schicksal.“ Oder wie ihre Köchin Anni es auszudrücken pflegte: „Wenn du glaubst, es geht nicht mehr, kommt von irgendwo ein Lichtlein her.“

Dieser Spruch begleitete sie nun schon, solange sie denken konnte, und er hatte ihr bisher noch in jeder Situation Hoffnung gegeben, denn sie hatte die Erfahrung gemacht, dass es tatsächlich stimmte: Irgendwie ging es immer weiter.

Endlich spürte Charlotte, wie ihre innere Anspannung nachließ und ihr die Augenlider schwer wurden. Nur einen Moment ausruhen, sagte sie sich und schloss die Lider. Nur einen winzigen Moment …

Als sie plötzlich fühlte, wie die Hand, die in ihrer lag, leicht zuckte, riss sie die Augen wieder auf und war mit einem Schlag hellwach. „Miguel!“, stieß sie atemlos hervor. „Miguel, kannst du mich hören?“

Aufmerksam schaute sie ihn an. Hatte sie sich diese Bewegung nur eingebildet? Oder handelte es sich lediglich um ein unbewusstes Muskelzucken, das überhaupt nichts zu bedeuten hatte?

„Miguel?“, fragte sie erneut.

Und da! Da war es wieder! Ein leichtes Zittern am Rande des Spürbaren. Dann flatterte Miguels unverletztes Augenlid, und ein Stöhnen entrang sich seiner Kehle.

Charlotte war wie elektrisiert. „Miguel!“ Sie drückte seine Hand. „Kannst du mich hören?“

Er blinzelte heftig. Sein Blick war verhangen, seine Augen wirkten trüb, doch er war eindeutig wach. Einen Moment lang schien er nicht zu wissen, wen er vor sich hatte, und sie konnte es ihm nicht verübeln. Immerhin waren Miguel und sie sich nur ein einziges Mal begegnet – und auch das lag schon über ein halbes Jahr zurück.

Er räusperte sich angestrengt. „Char… Charlotte?“

Tränen stiegen ihr in die Augen. Sie war völlig überwältigt.

„Warte kurz“, stieß sie mit erstickter Stimme hervor. „Ich rufe deine Eltern.“

„Nein!“

Er umfasste ihr Handgelenk, als sie aufstehen wollte. Sein Griff war überraschend fest dafür, dass er soeben erst aus der langen Bewusstlosigkeit erwacht war.

„Bitte, bleib. Ich …“ Seine Stimme versagte, und er wurde von einem Hustenanfall geschüttelt.

„Ruhig“, sagte Charlotte und zwang sich zu lächeln. „Du solltest dich nicht so anstrengen. Immerhin warst du mehrere Tage ohne Besinnung.“

Doch Miguel beruhigte sich nicht. „Ich … ich habe die ganze Zeit an dich gedacht“, keuchte er. „Du hast mir die Kraft gegeben, stark zu bleiben, Charlotte. Nur dir habe ich es zu verdanken, dass ich noch am Leben bin.“

„Unsinn“, widersprach sie lächelnd. „Ich habe doch gar nichts gemacht. Deine Mutter war es, die Tag und Nacht an deinem Bett gewacht hat. Wenn du überhaupt jemandem danken solltest, dann ihr.“

Er schüttelte den Kopf. „Nein, du warst es, die mich zurückgeholt hat, Charlotte. Du bist mein Engel, mein Sonnenlicht. Ich habe deine Stimme gehört, während ich durch die Dunkelheit driftete. Nur der Gedanke daran, dass du bei mir sein würdest, wenn ich erwache, hat mich zurück ins Leben geholt.“

Seine Worte berührten Charlotte tief. Gleichzeitig meldete sich ihr Gewissen. Sie dachte an Leander, und sofort fing ihr Herz an, heftiger zu klopfen.

Sie liebte Leander, und sie wollte mit ihm zusammen sein. Aber was war mit Miguel? Er brauchte sie!

„Ich hole deine Familie“, sagte sie und machte sich sanft von ihm los. Dann eilte sie so überstürzt aus dem Raum, dass es schon fast einer Flucht glich. Und genau das war es im Grunde genommen auch. Sie flüchtete vor ihren eigenen Gedanken und Gefühlen, aber ganz gleich, wie schnell sie auch lief – es wollte ihr einfach nicht gelingen, ihnen zu entkommen.

Fast erschien es ihr wie ein kleines Wunder, dass sie den Salon, in den die Duartes und ihr Vater sich nach dem Abendessen zurückgezogen hatten, auf Anhieb fand. Offenbar war der Baron bereits zu Bett gegangen, Carlos und Isabella Duarte hielten sich hingegen noch dort auf, als sie hineinstürzte.

„Don Carlos, Doña Isabella, er ist aufgewacht!“, stieß sie aufgeregt hervor. „Miguel! Er ist wieder bei Bewusstsein!“

Einen Augenblick lang starrten die beiden sie wie vom Blitz getroffen an; dann presste Miguels Mutter sich eine Hand vor den Mund und unterdrückte ein erleichtertes Aufschluchzen.

„Gracias a Dios!“

Señor Duarte nickte nur. „Das wurde aber auch Zeit“, brummte er.

„Ich muss sofort zu ihm!“

Seine Frau sprang auf und eilte an Charlotte vorbei durch die Tür. Sie wartete nicht auf ihren Ehemann, der keinerlei Anstalten machte, ihr zu folgen.

„Wollen Sie denn nicht nach ihm sehen?“, fragte Charlotte ein wenig erstaunt.

„Ich werde nach dem Arzt schicken“, erklärte er. „Für alles andere bleibt auch später noch genug Zeit.“

Irritiert entschuldigte Charlotte sich mit einer angedeuteten Verbeugung und verließ das Zimmer. Dennoch war sie unsicher, was sie nun tun sollte. Ein Teil von ihr wollte sofort zu Miguel zurückkehren, doch seine Mutter war bei ihm. Und sie ahnte, dass Isabella Duarte alles andere als begeistert sein würde, wenn sie die traute Zweisamkeit störte. Aber was dann? Sie konnte natürlich zu Bett gehen – spät genug war es weiß Gott, trotzdem glaubte sie nicht, dass sie unter den gegebenen Umständen ein Auge zubekommen würde. Dazu fühlte sie sich viel zu aufgewühlt.

Auf dem Weg zu ihrem Schlafraum kam sie an Miguels Zimmertür vorbei und zögerte. Sie konnte hören, wie Señora Duarte eindringlich auf ihren Sohn einredete, verstand aber nicht, was gesagt wurde. Dann erklang Miguels Stimme, leise und schwach, woraufhin seine Mutter zu protestieren schien. Was immer die beiden dort drinnen miteinander besprechen mochten – es lief offenbar nicht so, wie Doña Isabella es sich wünschte. Schließlich hörte Charlotte das Geräusch eines Stuhls, den jemand über den Dielenboden schob, und Schritte, die sich der Tür näherten.

Als ihr klar wurde, dass es aussehen musste, als hätte sie gelauscht – was im Grunde genommen ja der Wahrheit entsprach, wenn sie auch nicht wirklich etwas verstanden hatte –, war es bereits zu spät. Die Tür öffnete sich, und Señora Duarte trat heraus. Sie blinzelte kurz, als sie Charlotte im Halbdunkel des Korridors erblickte, fing sich jedoch rasch wieder.

„Er verlangt nach Ihnen", sagte sie widerwillig. Ihr Blick war vorwurfsvoll.

Charlotte nickte. „Der Arzt wird sicher gleich eintreffen", erklärte sie, da sie nicht wusste, was sie sonst sagen sollte. Einmal mehr spürte sie deutlich die Ablehnung, mit der Isabella Duarte ihr begegnete. Ahnte die ältere Frau womöglich, dass sie ihren Sohn nicht glücklich machen würde? War es vielleicht der Instinkt einer Mutter, der ihr sagte, dass sie nicht die Richtige für ihn war?

Rasch schüttelte Charlotte den unbequemen Gedanken ab. Es war weder besonders hilfreich noch sinnvoll, sich darüber den Kopf zu zerbrechen. Ganz gleich, worin Señora Duartes Abneigung auch begründet sein mochte – das würde nur für wenige Wochen ihr Problem sein. Wenn die *Güstrow* erneut in Puerto Montt einlief, war die Zeit des Versteckspielens vorüber, und sie würde mit Leander fortgehen. Dann konnte es ihr egal sein, was Isabella Duarte oder sonst jemand von ihr dachte. Sie bezweifelte, dass sich ihre Wege jemals wieder kreuzen würden, sobald sie die Frau eines einfachen Matrosen geworden war.

Einmal mehr wurde Charlotte klar, dass sie für eine Zukunft mit Leander mit allem brechen musste, was ihr Leben bisher ausgemacht hatte. Im selben Moment wusste sie aber auch, dass es sie nicht kümmerte. Bei dem, was sie zurückließ, handelte es sich lediglich um unwichtige materielle Dinge. Das, was wirklich etwas bedeutete – Liebe und Zuneigung –, konnte nur Leander ihr geben, davon war sie fest überzeugt.

Als sie das Krankenzimmer von Miguel betrat – des Mannes, den zu heiraten sie eingewilligt hatte –, befiel sie erneut das schlechte Gewissen. Es war nicht richtig, dass sie aller Welt etwas vorspielte, aber was sollte sie tun? Ihr Vater würde niemals zulassen, dass sie sich seinen Plänen in den Weg stellte. Und Miguel – er brauchte sie im Moment. Schon allein deshalb konnte sie nicht die Wahrheit sagen. Dazu war auch später noch genug Zeit.

Miguel war schrecklich bleich, sodass seine Verletzungen umso deutlicher hervortraten. Die Augen hatte er geöffnet, zumindest jenes, welches nicht völlig zugeschwollen war. Als er sie erkannte, schien sein stumpfer Blick ein bisschen klarer zu werden. Seine aufgesprungenen Lippen verzogen sich zu einem angedeuteten Lächeln.

„Charlotte …“

„Es wäre besser, wenn du nicht zu sprechen versuchtest“, tadelte sie ihn sanft. „Du bist noch sehr schwach, du solltest deine Kräfte schonen.“ Sie setzte sich auf den Stuhl neben seinem Bett und ergriff seine Hand.

„Ich fühle mich gut“, sagte er und bekam im nächsten Moment prompt einen Hustenanfall, der seine Worte Lügen strafte.

„Du fühlst dich überhaupt nicht gut!“ Charlotte half ihm, sich ein wenig aufzurichten, sodass er leichter atmen konnte, und fixierte die Kissen so, dass sie ihn stützten. Ihm war deutlich anzusehen, dass jede noch so kleine Bewegung ihm Schmerzen verursachte, und es tat ihr in der Seele weh. „Ist es so besser?“, fragte sie besorgt.

„Sehr viel besser“, erwiderte er und deutete ein Nicken an. „Aber nicht wegen der Kissen, sondern weil du bei mir bist.“

Es schmeichelte ihr, dass er so redete, wenn sie auch wusste, dass er nicht völlig bei Sinnen war. Auf der anderen Seite musste sie sofort wieder an Leander denken, und sie schämte sich dafür, dass sie sich trotz allem so von den Worten eines anderen Mannes beeindrucken ließ.

„Du kennst mich doch überhaupt nicht", widersprach sie lahm. „Wir haben uns nur ein einziges Mal kurz gesehen. Woher willst du wissen, dass ich die bin, für die du mich hältst?"

„Ganz einfach", sagte er mit einem müden Lächeln. „Ich kann es in deinen Augen sehen."

Er schloss die Lider, und im nächsten Moment erkannte sie an seinen ruhigen, gleichmäßigen Atemzügen, dass er eingeschlafen war.

Vorsichtig, um ihn nicht aufzuwecken, entzog sie ihm ihre Hand und erhob sich. Er sollte sich ausruhen, bis der Arzt eintraf. Das würde ihm sicher guttun.

Als sie in den Korridor hinaustrat und leise die Tür hinter sich zuzog, hörte sie draußen auf dem Hof das eilige Klappern von Pferdehufen. Kurz darauf erklangen Stimmen in der Halle, und Charlotte zog sich hastig in ihr Zimmer zurück. Wenn es sich irgendwie vermeiden ließ, wollte sie Isabella Duarte lieber nicht über den Weg laufen. Die ältere Frau mochte sie nicht, so viel stand fest. Weshalb das so war, darüber konnte sie nur mutmaßen. Vielleicht war sie einfach nur eifersüchtig, weil sie fürchtete, ihren Sohn, den sie all die Jahre nur für sich gehabt hatte, zukünftig mit einer anderen Frau teilen zu müssen.

Was das betraf, hätte Charlotte sie beruhigen können. Sie hatte weder vor, länger als unbedingt nötig die Gastfreundschaft der Duartes auszunutzen, noch wollte sie Miguel heiraten. Aber wenn sie ihn schon enttäuschen musste, so wollte sie wenigstens für ihn da sein, solange er sie brauchte.

Sie klingelte nach dem Mädchen, da sie sich ohne Hilfe nicht aus ihrem Korsett zu befreien vermochte. Es dauerte nicht lange, bis eine verhuschte junge Frau, die offensichtlich kein Wort Deutsch sprach, erschien und ihr schüchtern, beinahe furchtsam zur Hand ging. Charlotte versuchte, den Namen des Mädchens in Erfahrung zu bringen, doch es schwieg beharrlich. Sie dachte an Margot und daran, wie gern sie sie jetzt bei sich gehabt hätte. Ihre ehemalige Zofe war aber inzwischen glücklich mit ihrem Ludwig vereint, der sie vom Hafen abgeholt hatte. Zumindest hoffte Charlotte, dass sie glücklich war. Margot verdiente es, einen Mann zu bekommen, der gut zu ihr war und ihr im Rahmen seiner Möglichkeiten jeden Wunsch von den Augen ablas. Sie selbst war sicher, ebendiesen Mann in Leander gefunden zu haben.

Als Charlotte umgekleidet war, knickste das Mädchen und ließ sie allein. Allein mit ihren Gedanken und den bohrenden Fragen, die in den nächsten Wochen zu ihren ständigen Begleitern werden sollten.

7. KAPITEL

Du gehst aus?" Miguel setzte sich im Bett auf. Seine Verletzungen waren in den letzten zweieinhalb Wochen schon gut verheilt.

Charlotte, die über seine Fortschritte unendlich erleichtert war, lächelte ihm zu. „Hast du vergessen, dass mein Vater heute abreist?", entgegnete sie gut gelaunt. „Als wohlerzogene Tochter betrachte ich es als meine Pflicht, ihn zum Hafen zu bringen."

Miguels Augen blitzten. „Wohl eher, um dich davon zu überzeugen, dass er auch wirklich an Bord geht, wie?"

Charlotte lachte. „Ich fürchte, damit hast du nicht ganz unrecht. Das Verhältnis zwischen meinem Vater und mir ist nicht gänzlich unbelastet. Ich konnte seinen Ansprüchen nie wirklich genügen, also habe ich irgendwann wohl einfach aufgehört, es zu versuchen."

„Ich weiß genau, wovon du sprichst", erwiderte Miguel mit einem unterdrückten Seufzen.

Natürlich wusste er das. Carlos Duarte war nicht unbedingt das, was man als einen vorbildlichen Vater bezeichnen konnte. Während seine Mutter ihn mit einer geradezu übertriebenen Zärtlichkeit umsorgte und manches Mal fast schon dazu neigte, ihn wie einen kleinen Jungen zu behandeln, begegnete sein Vater ihm mit deutlicher Herablassung. Charlotte mochte sich täuschen, aber manchmal vermittelte Don Carlos sogar den Eindruck, seinen einzigen Sohn nicht besonders leiden zu können.

Sie atmete tief durch und schüttelte den Gedanken ab. Das war nicht ihre Angelegenheit. Miguel musste allein lernen, es mit seinem Vater aufzunehmen. Sie rechnete von nun an jeden Tag damit, dass die *Güstrow* im Hafen von Puerto Montt einlief. Ihr Entschluss, mit Leander ein neues Leben anzufangen, stand nach wie vor unverrückbar fest – auch wenn sie Miguel durchaus mochte und ihm nicht wehtun wollte. Aber er würde eine andere Frau finden. Eine, die ihn wirklich verdiente und seine Gefühle auch erwiderte.

Für sie gab es, abgesehen von der Abreise ihres Vaters, die sie schon seit Tagen herbeigesehnt hatte, noch einen weiteren Grund zur Freude: Margot hatte ihr durch einen Laufburschen eine Nachricht zukommen lassen, in der sie ihr mitteilte, dass sie heute in der Stadt sein würde. Charlotte freute sich unbändig darauf, ihre ehemalige Zofe und Weggefährtin, die mit ihrem Ludwig ein paar Kilometer außerhalb von Puerto Montt lebte, endlich wiederzusehen. Nach Leander war Margot ihr der zweitliebste Mensch auf Erden.

„Ich dachte, ich könnte noch auf den Markt gehen, nachdem ich mich von Vater verabschiedet habe“, sagte sie. „Du hast doch nichts dagegen?“

Miguel zögerte. Sie wusste, dass er sie am liebsten immerzu um sich haben wollte, dabei hatte sie ihm bereits mehr als einmal deutlich klargemacht, dass sie ein wenig persönlichen Freiraum brauchte. Er fügte sich, wenn auch widerwillig.

„Ich wünschte, ich könnte dich begleiten“, sagte er, und seine Miene verdüsterte sich.

Er war im Grunde schon fast wieder auf dem Damm. Die Blessuren, die er sich bei dem Sturz vom Pferd zugezogen hatte, behinderten ihn kaum noch. Sein Gesicht war verheilt, und der Tritt vor den Kopf war glücklicherweise ohne Folgen geblieben.

Eine Verletzung allerdings würde ihn vermutlich für den Rest seines Lebens an jenen schicksalhaften Tag erinnern: Sein rechtes Bein, das er sich bei dem Sturz gleich mehrfach gebrochen hatte, war nicht wieder so gerade zusammengewachsen, wie es sich der Arzt erhofft hatte. Es bereitete Miguel Schmerzen, sodass er beim Gehen eine Krücke zu Hilfe nehmen musste.

„Hab nur ein wenig Geduld“, bat sie ihn. „Ich bin sicher, du wirst schon bald wieder ganz normal laufen können.“

Er schüttelte den Kopf. „*No*, Doktor Martinez hat ganz klar gesagt, dass mein Bein nie wieder so funktionieren wird wie zuvor. Ich werde zwar wieder reiten können, aber das Gehen wird mir ohne Krücke oder Stock wohl nicht mehr möglich sein.“

Charlotte empfand tiefes Mitgefühl für ihn. Sie wusste, wie sehr er die Vorstellung hasste, sein Leben lang auf derartige Hilfsmittel angewiesen zu sein. Doch immerhin lebte er – und das allein war schon etwas, wofür man Gott auf Knien danken musste.

Bedauerlicherweise fiel es Miguel nicht so leicht, es von dieser Seite zu betrachten. Er haderte mit seinem Schicksal, und nicht selten kam es Charlotte vor, als erginge er sich in Selbstmitleid. Doch wenn sie bei ihm war, riss er sich stets zusammen und vermied es, über sein krankes Bein zu sprechen.

Charlotte trat an sein Bett, nahm seine Hand und drückte sie sanft. Ein Laut der Überraschung entfuhr ihr, als Miguel die Gelegenheit nutzte, sie zu sich hinunterzuziehen und ihr einen Kuss auf die Lippen zu pressen.

Hastig machte sie sich von ihm los und warf ihm einen bitterbösen Blick zu.

Miguel lachte bloß darüber. „Was ist denn los mit dir, Charlotte? Wir werden doch ohnehin in ein paar Wochen verheiratet sein."

„In ein paar Wochen, vollkommen richtig", stellte sie klar. „Aber solange wir es noch nicht sind, möchte ich dich bitten, dich auch entsprechend zu verhalten!"

Ohne auf eine Erwiderung zu warten, verließ sie sein Zimmer. Vor der Tür blieb sie noch ein paar Sekunden stehen, um sich zu sammeln. Ihr Verhältnis zu Miguel war widersprüchlich. Auf der einen Seite bemühte sie sich stets, ihn aufzubauen und ermunternd auf ihn einzuwirken. Doch ein Teil von ihr blieb dabei seltsam distanziert. Und das, obwohl Miguel ihr gegenüber keinerlei Scheu an den Tag legte und immerzu versuchte, sie zu berühren oder zu küssen.

Noch einmal atmete sie tief durch, dann ging sie nach unten, wo ihr Vater sie bereits ungeduldig erwartete.

„Das wurde aber auch Zeit", sagte er missbilligend. „Können wir dann endlich los?"

Die Duartes hatten sich bereits am Vorabend von ihm verabschiedet, da Carlos zusammen mit seiner Frau in aller Früh zu einer Trauerfeier nach Valparaíso aufgebrochen war. Zwar hatte Charlotte den Gesprächen zwischen Señor Duarte und ihrem Vater nicht beigewohnt, doch die allgemein recht gute Stimmung des Barons sprach dafür, dass alles so gelaufen war, wie er es sich erhofft hatte. Es war ihm also tatsächlich gelungen, sich das Handelsmonopol für Chilesalpeter auf dem europäischen Markt zu sichern. Diese Vereinbarung würde ihn zu einem reichen Mann machen – etwas, nach dem er sich schon länger sehnte, als sie zurückdenken konnte.

Sein Gepäck befand sich bereits auf der Kutsche, und so mussten Charlotte und Richard von Grünau zu Meersberg nur noch einsteigen. Die Fahrt zum Hafen verlief schweigsam. Viel zu sagen hatten sich Vater und Tochter noch nie gehabt, und daran hatte auch die gemeinsame Zeit im Hause der Duartes nichts ändern können.

Es stimmte, was Miguel vermutet hatte: Sie war tatsächlich froh, dass der Baron endlich die Heimreise antrat. Ihr war, als bräche sie nun die letzten Brücken zu ihrer Vergangenheit ab. Ihre Zukunft würde sich grundlegend von der unterscheiden, die ihr Vater sich für sie ausgedacht hatte.

Die Verabschiedung am Kai verlief dann auch kühl und distanziert. Charlotte konnte ihrem Vater nicht vorheucheln, dass sie ihn vermissen würde, ebenso wenig wie er versuchte, ihr irgendwelche väterlichen Gefühle vorzuspielen.

„Du weißt, ich verlasse mich auf dich“, sagte er noch einmal mit Nachdruck, ehe er an Bord des Schiffes ging, das ihn zurück nach Bremerhaven bringen würde. „Ich finde es übrigens sehr vorteilhaft, dass ihr euch gut versteht, Miguel und du.“

Charlotte nickte. Sie wusste, dass es ihrem Vater niemals vorrangig darum gegangen war. Er hätte es problemlos mit seinem Gewissen vereinbaren können, sie in die Hände eines Mannes zu übergeben, den sie nicht ausstehen konnte, solange es nur seinen Zwecken dienlich war.

Es kam ihr gespielt vor, doch sie umarmte ihn kurz. „Ich wünsche dir eine gute Reise, Vater.“

Er erwiderte ihre Umarmung, wenn auch steif und förmlich, und schien froh zu sein, als der Diener der Duartes verkündete, dass sämtliches Gepäck abgeladen war.

„Ich möchte gern noch auf den Markt gehen", erklärte Charlotte ihrem Fahrer, ehe sie sich erneut – dieses Mal allein – in die Kutsche setzte. Die Fahrt dauerte nur wenige Minuten, dann hielt der Wagen auch schon wieder am Straßenrand.

Der Kutscher beugte sich vom Bock hinunter. „Wann soll ich Sie wieder abholen, Señorita?"

„Ich weiß noch nicht, wann ich zurückfahren möchte", erwiderte sie leichthin. „Ich werde einfach eine Droschke nehmen. Machen Sie sich um mich keine Gedanken, ich komme schon allein zurecht."

Wirklich wohl schien dem jungen Mann dabei zwar nicht zu sein, aber es blieb ihm kaum etwas anderes übrig, als zu gehorchen. Obwohl sie lediglich ein Gast im Hause der Duartes war, wusste doch jeder, dass sie Miguel Duarte heiraten würde, und damit gehörte sie praktisch bereits zur Familie.

Charlotte indes war froh, einmal etwas Zeit für sich zu haben. Abgesehen von den Nächten, in denen sie sich zumeist lange ruhelos umherwälzte, bis sie endlich Schlaf fand, gab es kaum eine Minute, in der nicht irgendjemand aus dem Umkreis der Familie um sie herum war.

Auf dem Marktplatz von Puerto Montt herrschte gewaltiges Gedränge, und der Lärm war geradezu ohrenbetäubend. Händler priesen lautstark ihre Waren an, Hühner, Ziegen und Schweine gackerten, blökten und grunzten in Ställen und Pferchen. Es gab sowohl fertig zubereitete Gerichte, die in transportablen Garküchen gekocht wurden, als auch frisches Gemüse und Obst, von Fliegen umkreiste Schweine- und Rinderhälften und in grobes Salz eingelegte Fische.

Der Geruch, der von all dem ausging, war so intensiv, dass er Charlotte schier den Atem raubte. Sie verspürte leichte Übelkeit, doch ihre Umgebung war viel zu faszinierend, als dass sie sich davon hätte abhalten lassen, den Markt weiter zu erkunden.

Sie sah Frauen, die ihre Einkäufe in Körben nach Hause trugen, und schmutzige Straßenkinder, die um ein paar Münzen oder etwas zu essen bettelten. Einen kleinen Jungen beobachtete sie dabei, wie er einer dicken alten Dame den Geldbeutel stehlen wollte. Ehe sie dazu kam einzugreifen, drehte das vermeintliche Opfer den Spieß um, packte den kleinen Dieb am Kragen und begann Zeter und Mordio zu schreien.

Der Junge strampelte so heftig, dass die Frau ihn schließlich nicht mehr halten konnte. Sobald sie ihn losließ, flitzte er schnell wie der Wind zwischen Ständen und Passanten hindurch, bis er – zwar ohne seine Beute, aber zumindest in Freiheit – in der Menschenmenge verschwand.

Margot hatte sich mit ihr am östlichen Ende des Marktplatzes verabredet, und dort wartete sie auch bereits, als Charlotte ihr Ziel endlich erreichte. Die ehemalige Zofe hatte sich nicht verändert, was nach nicht einmal drei Wochen, die sie einander nun nicht mehr gesehen hatten, kaum verwunderlich sein mochte. Etwas war dann aber doch anders. Margot wirkte auf eine schwer zu beschreibende Art und Weise gelassen. So, als ruhe sie in sich selbst.

Doch als sie Charlotte nun erblickte, zeichnete sich – vermutlich schon aus Gewohnheit – Besorgnis auf ihren Zügen ab. Sie kam auf sie zugeeilt und ergriff ihre Hände.

„Fräulein Charlotte, was bin ich froh, Sie wiederzusehen! Wie ist es Ihnen ergangen? Ich habe mir solche Sorgen um Sie gemacht!“

Charlotte lächelte aufmunternd. „Das war wirklich nicht nötig. Die Duartes haben mich mit offenen Armen willkommen geheißen“, sagte sie, verzog dann aber das Gesicht. „Nun, das gilt zumindest für Don Carlos. Ich glaube, seine Frau mag mich nicht besonders, doch das kümmert mich nicht allzu sehr. Schließlich habe ich ohnehin nicht vor, in ihre Familie einzuheiraten. Ich warte nur darauf, dass die *Güstrow* endlich im Hafen einläuft, damit ich zusammen mit Leander ein neues Leben anfangen kann.“

Margot wurde schlagartig bleich. „Dann wissen Sie es also noch gar nicht?"

„Wissen?" Charlotte holte tief Luft. „Was denn?"

„Die *Güstrow*, Fräulein Charlotte!", sagte Margot und schlug sich eine Hand vor den Mund. „Die Nachricht kam vor ein paar Tagen, daher dachte ich, Sie hätten längst davon erfahren. Das Schiff ist vor Kap Hoorn in einen Sturm geraten und schließlich nahe der Küste von Feuerland gekentert. So weit bislang bekannt ist, hat niemand das Unglück überlebt."

Charlotte fühlte sich, als hätte man ihr den Boden unter den Füßen weggezogen. Ihre Kehle war wie zugeschnürt, und ihr Herz hämmerte wie verrückt. Das ist nicht wahr, hallte es wie ein nicht enden wollendes Mantra in ihrem Kopf wider. Nein, das kann nicht sein. Das *darf* nicht sein!

Doch sie konnte in Margots Augen lesen, dass es sich nicht lediglich um einen bösen Scherz handelte.

Die Geräusche ihrer Umgebung traten in den Hintergrund, sodass sie nur noch wie durch Watte zu hören waren, und ihre Knie gaben nach. Sie stieß ein ersticktes Stöhnen aus, dann wurde es dunkel um sie.

Leander war tot.

Selbst drei Monate nach dem Gespräch mit Margot war diese schreckliche Wahrheit alles, woran Charlotte denken konnte, sowohl bei Tag als auch in der Nacht. Noch nie zuvor in ihrem Leben hatte sie sich so elend, allein und verlassen gefühlt.

Die ganze Zeit, seit sie die Nachricht vom Untergang der *Güstrow* erhalten hatte, hatte sie gehofft und gebangt, dass womöglich doch ein Wunder geschehen war und Leander das Unglück überlebt hatte.

Es gab tatsächlich einige wenige Passagiere und Mannschaftsmitglieder, die es schwimmend bis zu den kleineren, der Hauptinsel vorgelagerten Inseln geschafft hatten oder auf Wrackstücken von der Strömung dorthin getragen worden waren. Von Leander kam jedoch kein Lebenszeichen, und mit jedem Tag, der verging, schwand ihre Hoffnung immer mehr. Bis zu dem Punkt, an dem sie sicher war, dass Leander gestorben war.

Ertrunken in den tiefblauen Fluten des Pazifiks.

Es zerriss ihr schier das Herz. An jenen Tag, an dem sie von Margot von der Katastrophe erfahren hatte, besaß sie so gut wie keine Erinnerung mehr. Sie wusste weder, wie sie ins Haus der Duartes zurückgekehrt, noch was danach geschehen war. Die folgenden Wochen hatte sie in einer Art Dämmerzustand zugebracht. Sie war an einem mysteriösen Fieber erkrankt, das wohl weniger in körperlichen als vielmehr in seelischen Ursachen begründet gewesen war. Lange hatte sie zwischen Wachen und Träumen geschwebt, und so manches Mal war sie sicher gewesen, Leander zu sehen, der neben ihrem Bett stand und sie voller Zärtlichkeit betrachtete.

Doch er war natürlich nie dort gewesen.

Stattdessen hatte Miguel an ihrem Bett gewacht.

„Wie geht es dir heute, meine Liebe?“, fragte er, als er am frühen Nachmittag zu ihr ins Zimmer trat. „Fühlst du dich wohl genug, um mit mir einen kleinen Spaziergang im Garten zu machen?“

Obwohl Charlotte sich matt und antriebslos fühlte, wollte sie Miguel nicht enttäuschen. Er bemühte sich so rührend um sie, genauso wie sein Vater, der mindestens einmal am Tag bei ihr vorbeischaute, um sich nach ihrem Befinden zu erkundigen. Außerdem wusste sie, dass sein Bein ihn noch immer quälte – ebenso wie die Tatsache, dass er niemals wieder ohne Hilfsmittel würde gehen können.

Sie zwang ein Lächeln auf ihre Lippen. „Ja, warum eigentlich nicht?“

„Dein Vater hat übrigens geschrieben“, erklärte er, als sie etwas später in den Garten des Anwesens traten – einen wahren Garten Eden, in dem Magnolien, Lilien und farbenprächtige Bougainvilleen blühten. Vor der Nachricht vom Untergang der *Güstrow* hatte sie oft diese friedliche Atmosphäre genossen und war den verschlungenen Wegen bis in das Herz der Anlage gefolgt. Seitdem aber brachte sie nur noch selten die Energie auf, überhaupt ihr Zimmer zu verlassen. „Er richtet seine besten Wünsche aus und hofft, dass es dir bald besser geht, damit wir endlich heiraten können.“ Miguel machte eine kurze Pause, ehe er weitersprach. „Und offen gestanden hoffe ich das auch.“

Charlotte unterdrückte ein gequältes Aufstöhnen. Ihre Heirat mit Miguel war wirklich das Allerletzte, woran sie im Augenblick denken mochte. Das ganze Thema war für sie bereits erledigt gewesen, da sie ja vorgehabt hatte, mit Leander fortzugehen. Aber blieb ihr nun, wo ihr dieser Weg nicht mehr offen stand, überhaupt eine andere Wahl?

„Ich weiß, du liebst mich nicht“, sagte Miguel, als sie nichts erwiderte. „Ich sehe es in deinen Augen, *mi corazón*, auch wenn ich mir wünschte, dass es anders wäre. Aber, weißt du, das sind Gefühle, die oft erst im Laufe der Zeit erwachsen.“ Er blieb stehen, nahm ihre Hand und schaute Charlotte eindringlich an. „Ich wusste von dem Tag an, als wir uns zum ersten Mal begegnet sind, dass ich niemals eine andere Frau lieben würde. Und als ich dich sah, wie du nach dem Unfall an meinem Bett wachtest …“ Er holte tief Luft. „Du hast gewiss Besseres verdient als einen Mann, der den Rest seines Lebens als Krüppel fristen muss, aber ich versichere dir, dass es ein Leben ohne Sorgen und Nöte sein wird. Meine Familie ist wohlhabend. Sehr wohlhabend sogar. Sobald wir verheiratet sind, wird mein Vater gewiss einen Teil der Geschäfte auf mich übertragen. Er besitzt einige Farmen sowohl in der näheren Umgebung als auch im äußersten Süden Patagoniens, außerdem Häuser in Santiago und Antofagasta. Wenn er uns erst einmal unseren eigenen Grund und Boden überlassen hat, sind wir unabhängig, Charlotte. Wir können unser eigenes Leben führen, so wie es uns gefällt.“

Charlotte schwirrte der Kopf. Natürlich war ihr klar gewesen, dass Miguel mehr für sie empfand, als es umgekehrt der Fall war. Aber da hatte sie auch noch genau gewusst, dass zwischen ihnen niemals mehr sein würde, eben weil sie an eine Zukunft mit Leander geglaubt hatte. Nun jedoch …

Sie konnte sich nach wie vor nicht wirklich vorstellen, ihr Leben mit Miguel zu verbringen, doch die Alternative wäre, sich vollkommen allein in einem fremden Land, auf einem fremden Kontinent durchschlagen zu müssen. Würde sie das schaffen?

Und Miguel? Er liebte sie, und er war noch immer nicht wieder ganz auf dem Damm. Hatte sie ihm gegenüber nicht eine gewisse Verantwortung? Denn auch wenn sie nicht so viel für ihn empfand wie umgekehrt – sie mochte ihn. Er war ein guter Mann, und es rührte sie, dass er ihr solch tiefe Gefühle entgegenbrachte. War es also nicht besser für alle Beteiligten, sie fügte sich in ihr Schicksal? Dann konnte sie vielleicht tatsächlich herausfinden, was mit ihrer Mutter geschehen war.

Sie wusste es nicht – aber das war für sie im Grunde nichts Neues. Sie war inzwischen schon fast daran gewöhnt, sich ständig hin- und hergerissen zu fühlen, auch wenn es ihr nicht gefiel. Woran das wohl liegen mochte? Ging es allen jungen Frauen so? Oder lag es vor allem daran, dass es ihr von Anfang an nicht gefallen hatte, wie sehr ihr Vater seit jeher versucht hatte, über ihr Leben zu bestimmen?

„Charlotte?“ Miguels Stimme unterbrach ihre Überlegungen. „So sag doch, was hältst du davon?“

„Bitte, dräng mich nicht“, erwiderte sie ausweichend. „Du weißt, ich mag dich, Miguel. Lass mir einfach noch ein wenig Zeit.“

„Alle Zeit der Welt.“ Er lächelte traurig. „Wollen wir wieder zurück ins Haus? Du siehst erschöpft aus.“

Sie nickte. „Ja, gern, ich …“

In diesem Moment tauchte Isabella Duarte auf. „Ah, wie schön, dass ich euch treffe. Charlotte, könnte ich Sie wohl sprechen? Unter vier Augen?“

Charlotte war überrascht. Bisher hatte Miguels Mutter kein sonderliches Interesse an ihr gezeigt. Im Gegenteil. Sie hatte sie vom ersten Tag an mit kühler Herablassung behandelt und nie ein Wort mit ihr gesprochen. Die Freundlichkeit, mit der sie ihr nun begegnete, stimmte Charlotte misstrauisch. Dennoch nickte sie, als Miguel sie fragend ansah. „Geh ruhig schon vor“, sagte sie zu ihm. „Ich komme dann nach.“

Seine Mutter wartete, bis sie allein waren, ehe sie zu sprechen begann. „Charlotte, sicher haben Sie bemerkt, dass ich Sie nicht unbedingt mit offenen Armen empfangen habe. Dafür möchte ich mich bei Ihnen entschuldigen, denn es war nicht Ihre Schuld, dass Ihr Vater und Don Carlos diese unselige Vereinbarung getroffen haben.“

Irritiert runzelte Charlotte die Stirn. „Worauf wollen Sie hinaus, Doña Isabella?“

Die ältere Frau seufzte. „Nun, ich habe mir etwas überlegt, das uns allen zugutekommen würde. Ich wäre nämlich bereit, Ihnen eine angemessene Summe zu überlassen.“

Charlotte verstand nicht. „Sie bieten mir Geld an? Aber warum?“

„Nun, Sie wären dann eine wohlhabende Frau und könnten sich in diesem Land eine eigene Existenz aufbauen, ohne dass Sie gezwungen wären, dafür eine Ehe einzugehen, die für Sie doch nur ein ungewünschtes Gefängnis sein kann.“

Ungläubig starrte Charlotte die Frau an, die eigentlich ihre Schwiegermutter hatte werden sollen und ihr nun Geld anbot, damit sie ihren Sohn eben nicht heiratete. Einen Moment lang war sie tatsächlich sprachlos angesichts solcher Unverfrorenheit. Dann kochte Wut in ihr hoch, und sie funkelte Miguels Mutter wütend an.

„Wie können Sie es wagen?“, fragte sie mit vor Zorn bebender Stimme. „Glauben Sie wirklich, dass ich mich von Ihnen kaufen lasse, Señora?“

„Es ist ein Geschäft wie jedes andere“, erwiderte Doña Isabella pikiert. „Ebenso eins wie jenes, das Ihr Vater und mein Mann geschlossen haben, als sie Ihre Eheschließung mit meinem Miguel arrangierten.“

Davon wollte Charlotte nichts hören. Sie hatte es satt, herumgeschoben zu werden wie ein Bauer auf dem Spielfeld. War sie bis gerade noch unsicher gewesen, wie es mit ihr in Zukunft weitergehen sollte, so sah sie nun alles ganz klar vor sich. Leander war tot, und sie wusste mit absoluter Sicherheit, dass sie nie wieder einen Mann wie ihn finden würde. Wenn sie also nicht Miguel heiratete, würde sie niemals heiraten. Und war es da nicht besser, das Leben an der Seite eines grundgütigen Mannes zu verbringen, der sie brauchte und dem sie, wenn schon nicht Liebe, so doch zumindest Fürsorge und Geborgenheit bieten konnte? Die Alternative, ein Dasein als nutzlose alte Jungfer zu fristen, diente weder ihm noch ihr.

Ihre Wut auf seine Mutter ließ sie einen Entschluss fällen, den sie lange vor sich hergeschoben hatte. „Es tut mir leid, Sie enttäuschen zu müssen, Doña Isabella", sagte sie mit eisiger Stimme. „Aber ich werde Miguel heiraten – komme, was da wolle!"

Die Hochzeit fand an einem herrlichen Spätsommertag statt, auf den Tag genau neun Monate nach ihrer Ankunft in Puerto Montt. Die Sonne stand hoch am strahlend blauen Himmel, als Charlotte in ihrem Kleid aus weißer Spitze aus der Kutsche stieg. Don Carlos, der die Rolle des Brautführers übernahm, reichte ihr seinen Arm.

„Du siehst einfach atemberaubend aus", erklärte er schwärmerisch. „Ich wünschte, ich könnte mit Miguel tauschen – er kann mit einem herrlichen Weib wie dir doch gar nichts anfangen!"

Charlotte ging über die Spitze gegen seinen Sohn, mit dem sie in wenigen Minuten vor den Traualtar treten würde, hinweg und tat, als habe sie nichts bemerkt. Natürlich wusste sie, dass ihr Schwiegervater keine sonderlich hohe Meinung von Miguel hatte. Was auch immer zwischen den beiden in der Vergangenheit vorgefallen sein mochte, Don Carlos war zu seinem eigenen Fleisch und Blut unnachgiebiger und härter als gegenüber einem beliebigen Feldarbeiter. Fast machte es manchmal den Eindruck, als sei er eifersüchtig auf seinen Sohn, weil der jung war und sein ganzes Leben noch vor sich hatte.

Und weil Miguel es war, der sie zur Frau nehmen würde, obwohl Don Carlos sie lieber für sich selbst gehabt hätte. Doch das war natürlich vollkommen unsinnig, schließlich war er ein verheirateter Mann.

Orgelmusik erklang, als sie die Kirche betraten. Die Bänke waren bis auf den letzten Platz besetzt, und einige Gäste und Schaulustige standen sogar im hinteren Bereich des Mittelschiffs und reckten die Hälse, um einen Blick auf die Braut zu erhaschen.

Das Ganze kam Charlotte seltsam unwirklich vor. Überhaupt fühlte sie sich schon seit Wochen, als ob das alles nicht ihr selbst, sondern einer anderen, fremden Charlotte passierte. Die Anproben beim Schneider, die Vorbereitungen für die Feier, das Schmücken des Hauses mit Blumen und Bändern – irgendwie fiel es ihr schwer zu begreifen, dass all dieses Aufhebens wirklich ihretwegen gemacht wurde.

Und auch jetzt rief sie sich wieder in Erinnerung, dass sie im Begriff war, einen Mann zu heiraten, den sie nicht aus ganzem Herzen liebte. Für den sie allerhöchstens so etwas wie Freundschaft und auch ein wenig Mitgefühl empfand. Konnte sie das wirklich? War sie bereit, den Rest ihres Lebens mit Miguel zu verbringen?

Sie zauderte – jedoch nur so lange, bis sie Miguel erblickte, der am Altar stand und ihr strahlend und voller Zuversicht entgegenblickte. Doch es war vor allem der verbitterte Ausdruck im Gesicht seiner Mutter, der sie antrieb. Die hatte bis zuletzt immer wieder versucht, sie davon zu überzeugen, auf ihr Angebot einzugehen. Offenbar war ihr nicht klar, dass sie sie damit in ihrem Entschluss, Miguel zu heiraten, sogar noch bestärkt hatte.

Als Don Carlos sie seinem Sohn mit leichtem Widerstreben übergab, richtete sie all ihre Aufmerksamkeit auf den Priester, der Miguel und sie mit einem wohlwollenden Lächeln bedachte. Die Welt um sie verschwamm, und Charlotte war froh, dass der Schleier, den sie trug, ihre Tränen verbarg.

Sie musste an Leander denken. Natürlich musste sie das. Immerhin war er derjenige, mit dem sie eigentlich ihre Zukunft hatte verbringen wollen. Doch Leander war tot, und sie sagte sich, dass er bestimmt von ihr erwartet hätte, ihr Leben zu leben. Und er wäre vermutlich stolz auf sie gewesen, dass sie sich entschieden hatte, für Miguel da zu sein. Zumindest hoffte sie, dass Leander sie von dort, wo er jetzt war, mit Wohlwollen betrachtete.

Sie verstand inzwischen genug Spanisch, um die alles entscheidende Frage des Priesters zu verstehen.

„Ja, ich will", sagte sie und blickte Miguel an. „*Sí, acepto.*" Es sollte ein ergreifender Moment sein, doch Charlotte fühlte sich seltsam leer und abwesend, als würde sie neben sich stehen. Sie wünschte sich nur, dass dieser Tag endlich vorüberging.

Kurz flammten erneut Zweifel bei ihr auf. Tat sie wirklich das Richtige? Hatte sie sich gut überlegt, was es bedeutete, Miguels Frau zu sein – mit allen Rechten und Pflichten?

Aber jetzt war es ohnehin zu spät, um noch umzukehren.

Sie ließ zu, dass Miguel – ihr Bräutigam – ihren Schleier anhob. Zum ersten Mal blickten sie einander als Eheleute an, und Charlotte glaubte, in seinen braunen Augen so etwas wie Triumph aufflackern zu sehen.

Dann beugte er sich zu ihr herab und küsste sie vor aller Augen.

Es war kein zärtlicher, liebevoller Kuss, so wie einst die Küsse von Leander. Miguels Kuss war grob und ließ ein Gefühl von Übelkeit ihre Kehle emporkriechen.

So schnell es möglich war, machte sie sich von Miguel los. Sie musste sich zwingen, Haltung zu bewahren. Mit klopfendem Herzen wandte sie sich zu den Hochzeitsgästen um und rang sich ein Lächeln ab, das zu Eis gefror, als sie in der Menge ein bekanntes Gesicht erblickte.

Nein, das … das kann nicht sein! Das ist unmöglich!

Doch es gab keinen Zweifel. Der Mann, den sie so ungläubig anstarrte, als hätte sie einen Geist vor sich, wirkte erschöpft und verhärmt. Ein zottiger Bart verunstaltete sein Gesicht, und seine dunklen Locken hingen ihm in wirren Strähnen bis auf die Schultern. Und doch erkannte sie ihn sofort. Hätte ihn unter Tausenden wiedererkannt.

Es war der Mann, den sie liebte.

Leander.

Und in seinen blaugrauen Augen glomm eine so grenzenlose Enttäuschung, dass es Charlotte schier das Herz zerriss.

„Was ist los mit dir?“, fragte Miguel, dem ihre Reaktion auf Leander offenbar nicht entgangen war. „Wer ist dieser zerlumpte Kerl?“

„Niemand“, stieß Charlotte atemlos hervor, während sie beobachtete, wie Leander auf dem Absatz herumwirbelte und aus der Kirche stürmte. „Das war niemand.“

Was hätte sie auch sonst sagen sollen? Dass Leander alles für sie war? Dass er die Welt für sie bedeutete?

Nein, das durfte sie nicht. Sie war jetzt eine verheiratete Frau.

Verzweifelt versuchte sie, gute Miene zum bösen Spiel zu machen – innerlich aber schrie sie.

Leanders Welt lag in Trümmern.

Vor neun Monaten war er auf der *Güstrow* ins Deutsche Reich zurückgekehrt und hatte sich sogleich auf die Suche nach seiner Familie gemacht, nur um festzustellen, dass sie alle – seine Eltern und seine sechs jüngeren Geschwister – der Cholera zum Opfer gefallen waren. Viel Zeit zum Trauern war ihm indes nicht geblieben. Der Kapitän hatte ihm nur zwei freie Tage gewährt, da die *Güstrow* bereits wieder zum Ablegen bereit gemacht worden war. Und er musste auch an Charlotte denken. Sie wusste nicht, was sich zugetragen hatte, und sie hätte sich schreckliche Sorgen gemacht, falls er nicht an Bord wäre, wenn das Schiff in Puerto Montt anlegte.

Außerdem gab es nun nichts mehr, was ihn noch zurückhielt. Charlotte war der einzige Mensch auf der Welt, den er noch hatte.

Dieser Gedanke war es auch, der ihn wild entschlossen um sein Leben kämpfen ließ, als sie vor Kap Hoorn in einen heftigen Sturm gerieten. Die *Güstrow* lief dabei auf ein Riff auf und sank innerhalb weniger Stunden.

Die meisten Rettungsboote kenterten, kaum dass sie ins brodelnde Wasser gelassen worden waren. Leander hörte die Schreie der Ertrinkenden noch heute, wenn er nachts aus dem Schlaf schreckte.

Sofern er überhaupt einmal Schlaf fand.

Im Nachhinein konnte er selbst nicht mehr sagen, wie er es geschafft hatte, sich aus den stürmischen Fluten zu retten. Er war geschwommen, hatte gegen die Strömung angekämpft und dabei die ganze Zeit über nur an Charlotte gedacht.

Als seine Kräfte zu erlahmen drohten, hatte er plötzlich Land gesehen und noch einmal all seine Energiereserven mobilisiert. Was dann passierte, wusste er nicht, er erinnerte sich erst wieder daran, wie er in der Hütte einer Ona-Familie erwacht war. Die Ureinwohner Feuerlands hatten ihn bei sich aufgenommen und ihn gesund gepflegt, nachdem sie ihn am Ufer der kleinen Insel, auf der sie den Sommer verbrachten, halb tot auffanden.

Zwar hatte sich die Verständigung ausgesprochen schwierig gestaltet, da er die Sprache der Ona nicht beherrschte. Doch das an Naivität grenzende Zutrauen, das sie ihm gegenüber an den Tag legten, hatte ebenso wie ihre Freundlichkeit mehr gesagt als tausend Worte.

Er war ihnen unsagbar dankbar gewesen, dennoch hatte er sich auf den Weg nach Puerto Montt gemacht, sobald sein Zustand es ihm erlaubte. Charlotte war ihm die ganze Zeit nicht aus dem Sinn gegangen. Er konnte nur an sie denken und wollte sie unbedingt wiedersehen. Sie musste außer sich sein vor Sorge um ihn. Sicher hatte die Nachricht vom Untergang der *Güstrow* sie längst erreicht.

Leander hatte befürchtet, dass sie irgendwelche Dummheiten gemacht haben könnte, doch mit dem, was er erfahren musste, als er in der Stadt ankam, hatte er nicht gerechnet. Ungläubig war er auf der Stelle zur Kirche aufgebrochen, in der Hoffnung, dass sich das, was er gehört hatte, als Fehler herausstellen würde. Aber das war nicht geschehen.

Charlotte hatte einen anderen Mann geheiratet.

Außer sich vor Wut und Enttäuschung irrte er durch die Straßen und Gassen der Stadt, so lange, bis die Sonne am Horizont versank. Irgendwann fand er sich in der kleinen Wirtschaft in der Nähe des Hafens wieder, in der er schon früher oft eingekehrt war. Maria, die Tochter der Schankwirtin, begrüßte ihn mit einem lasziven Lächeln. Sie hatte seit jeher ein Auge auf ihn geworfen und schien sich auch nicht an seinem verwahrlosten Äußeren zu stören.

„Bring mir Branntwein", sagte er barsch. „Am besten gleich die ganze Flasche!"

Sie hob eine Braue, tat jedoch, was er verlangte. Leander entfernte den Korken und setzte die Flasche an die Lippen. Warm rann der Alkohol seine Kehle hinunter und brannte in seinem Magen, doch das ersehnte Gefühl des Vergessens stellte sich erst ein, nachdem Maria ihm die zweite Flasche gebracht hatte.

„Du bist heute aber sehr durstig, mein Großer." Maria war hinter dem Schanktresen hervorgetreten und schenkte ihm verlockende Blicke aus glutvollen dunklen Augen. „Übertreib es nur nicht – ich habe nämlich noch einiges mit dir vor ..."

Spielerisch rollte sie sich eine seiner Locken um den Finger.

Leander spürte, wie heißes Verlangen in ihm hochkochte. Er drehte sich zu ihr, umfasste ihr Gesicht mit beiden Händen und verschloss grob ihren Mund mit seinen Lippen.

Er wusste nicht mehr, was er tat, als Maria ihn in das kleine Zimmer hinter dem Schankraum führte, und es kümmerte ihn auch nicht. Es gab nur zwei Dinge, bei denen ein Mann Vergessen fand.

Im Suff und in den Armen einer schönen Frau.

Teil 2

Zweieinhalb Jahre später

8. KAPITEL

Charlotte saß allein in ihrem Zimmer im Obergeschoss vor dem Frisiertisch. Versonnen betrachtete sie ihr Spiegelbild, während sie ihr langes, goldblond schimmerndes Haar bürstete. Dunkle Ringe lagen unter ihren Augen, ihr Gesicht war schmal und wirkte verhärmt. Obwohl sie erst in fünf Monaten ihren zwanzigsten Geburtstag feiern würde, sah sie um Jahre älter aus. Vermutlich war es kein Wunder, dass Miguel sie kaum jemals anrührte.

Worüber sie allerdings alles andere als unglücklich war.

In den vergangenen dreißig Monaten hatte sie mehr als einmal Gelegenheit gehabt zu bereuen, ihn geheiratet zu haben. Gleich am Tag ihrer Hochzeit ließ er zum ersten Mal die Maske fallen und zeigte sein wahres Gesicht, als Don Carlos ihnen das Geschenk präsentierte, das sie beide anlässlich ihrer Vermählung von ihm erhielten. Es handelte sich um eine offene Kutsche, gezogen von zwei prachtvollen schneeweißen Pferden.

„Charlotte beklagt sich doch immer darüber, dass man in unserer Kutsche nichts von seiner Umgebung sehen kann", hatte Señor Duarte gesagt und seinem Sohn auf die Schulter geklopft. „Daher schien mir dies ein passendes Hochzeitsgeschenk zu sein. Sagt, gefällt es euch?"

Es hatte ein paar Sekunden gedauert, ehe Miguel begriff, dass die Kutsche das *einzige* Geschenk seines Vaters sein würde. Keine Beteiligung an den Geschäften, kein Haus, kein Grundbesitz – nur eine Kutsche und zwei edle Pferde. Sicher ein kostspieliges Präsent, aber ganz gewiss nicht das, was er erwartet hatte.

Oder seine Mutter.

Doña Isabella war vor Wut fast ebenso außer sich gewesen wie Miguel. Offenbar hatten beide fest daran geglaubt, dass Don Carlos seinen Sohn am Tag der Hochzeit endlich zum Teilhaber machen würde. Es hatte einen erbitterten Streit gegeben, ausgetragen vor allen Hochzeitsgästen, an dessen Ende

Miguel hässliche Verwünschungen ausstieß und schwor, weder Kutsche noch Pferde je in seinem Leben zu benutzen.

Auch für sie war all dies ein Schock gewesen, und sie verstand Miguels Enttäuschung – oder glaubte zumindest, sie zu verstehen. Als sie später am Abend allein waren, versuchte sie, ihn zu trösten, aber er wollte keinen Trost, sondern eine Möglichkeit, seine brennende Wut abzureagieren.

In jener Nacht nahm er sie zum ersten Mal mit Gewalt.

Jedoch nicht zum letzten Mal.

Nichts erinnerte mehr an den freundlichen, gütigen jungen Mann, den sie nach ihrer Ankunft in Puerto Montt kennengelernt hatte. Immer, wenn er zu ihr kam, ließ er all seinen Zorn an ihr aus, sodass ihr morgens stets jeder Knochen im Leib schmerzte und sie sich wund und zerschunden fühlte. Doch so groß die Sehnsucht auch war, sie verbot sich jeglichen Gedanken an Leander. Ganz gleich, ob sie nun glücklich war oder nicht – sie hatte Miguel geheiratet. Außerdem bezweifelte sie, dass Leander noch an sie dachte. Sie hatte gehört, dass er kurz nach ihrer Hochzeit die Tochter einer Wirtin geehelicht hatte.

Für sie gab es keinen Weg zurück.

Niemals.

Zum Glück war da noch Margot, die nicht allzu weit entfernt lebte. Charlotte besuchte sie regelmäßig. Ihre alte Freundin hatte es sich zur Aufgabe gemacht, armen indianischen Waisen zu helfen, und indem Charlotte ihr half, wo sie konnte, tat sie zumindest etwas Sinnvolles.

Als sie nun erstickte Schluchzer aus einem der Nebenzimmer vernahm, kehrte sie abrupt in die Gegenwart zurück. Sie hatte dergleichen schon zu oft gehört, um nicht sofort zu wissen, was sich abspielte. Zwar fürchtete sie Miguels Zorn – jedoch nicht genug, um tatenlos dazusitzen, während er einem anderen Menschen Leid zufügte.

Hastig stand sie auf und eilte zur Tür. Die Geräusche kamen aus Miguels Ankleidezimmer, ein dumpfes Knarren gesellte sich dazu. Dann hörte sie die Stimme ihres Ehemannes.

„Wirst du wohl gehorchen, du Luder?“, zischte er unterdrückt. „Ich werde es dich lehren, deinem Herrn gegenüber Gehorsam an den Tag zu legen!“

Charlotte atmete tief durch und betrat ohne Vorwarnung das Ankleidezimmer. Obwohl sie das Schlimmste erwartet hatte, erschütterte der Anblick, der sich ihr bot, sie bis ins Mark.

Miguel hatte Dolores, das Dienstmädchen, das erst seit ein paar Wochen im Hause der Duartes beschäftigt war, vom ersten Tag an mit lüsternen Blicken verfolgt. Im Grunde hatte Charlotte immer gewusst, dass dieser Moment irgendwann kommen würde. Dolores war einfach zu jung und zu hübsch, als dass Miguel ihr auf Dauer hätte widerstehen können. Er war ein schwacher Mensch, der Vergnügen dabei empfand, seine Stellung auszunutzen, um zu bekommen, was er wollte.

Noch ein Wesenszug von ihm, den sie vor ihrer Hochzeit nicht gesehen hatte – oder nicht hatte sehen wollen.

Ein verzweifeltes Flehen lag in Dolores’ Blick aus schwarzen Augen, als die ihre Herrin erblickte. Ihr Oberkörper war über die Kommode aus dunklem Holz ausgestreckt, der Rock hochgehoben, sodass ihre langen, schlanken Schenkel zu sehen waren. Miguel stand unmittelbar hinter ihr. Er war offenbar gerade im Begriff gewesen, seine Hosen herunterzulassen. Nun wirbelte er herum und funkelte seine Frau wütend an.

„Was zum Teufel hast du hier zu suchen, Weib?“

Seine Worte klangen scharf wie Peitschenhiebe, und Charlotte zuckte unter ihnen zusammen, als würden sie ihr körperliche Schmerzen bereiten. Sie wich trotzdem nicht zurück, denn sie wusste, welch schrecklichem Schicksal sie Dolores damit überlassen würde. Und das konnte sie nicht. Selbst wenn es bedeutete, dass sie sich mit ihrem Mann anlegen musste.

„Lass Dolores gehen!“, forderte sie mit fester Stimme, obwohl sie innerlich zitterte. Sie durfte sich ihre Unsicherheit nicht anmerken lassen. Zwar war ihr klar, dass sie Miguels Zorn nur noch weiter anheizte, indem sie ihm die Stirn bot, aber falls sie Schwäche zeigte, würde er Dolores nicht in Ruhe lassen.

Das Mädchen wimmerte leise, wohl mehr vor Angst als vor Schmerz. Tränen strömten über ihre geröteten Wangen.

Als Miguel nicht reagierte, machte Charlotte ein paar Schritte in den Raum hinein. Er knurrte wütend und stieß Dolores zu Boden. Die rappelte sich hastig auf und stürzte an ihrer Herrin vorbei aus dem Zimmer.

Damit war Charlotte nun allein mit ihrem Mann. Sie wich zurück, war aber zu langsam: Mit wenigen Schritten schloss Miguel zu ihr auf und umfasste ihren linken Arm wie ein Schraubstock.

Charlotte schrie auf und wollte sich losmachen, doch Miguel riss sie zu sich heran und versetzte ihr mit der freien Hand eine Ohrfeige, sodass sie den Halt verlor und zu Boden stürzte.

Ihre Wange brannte wie Feuer, und Charlotte schmeckte Blut. Ihre Lippen waren aufgesprungen, sie hatte sich vor Schreck auf die Zunge gebissen. Furchtsam kroch sie über den Fußboden zurück, bis sie mit dem Rücken an die Wand stieß. Das Herz hämmerte ihr bis zum Hals hinauf, ihre Kehle war wie zugeschnürt. Sie konnte Miguel nur angsterfüllt anstarren. Hatte er genug, oder würde er noch einmal auf sie losgehen?

Sie sah das zornige Funkeln in seinen Augen und ahnte, dass er sie nicht so leicht davonkommen lassen wollte. Als er auf sie zutrat, hob sie schützend die Arme vor ihr Gesicht und wappnete sich gegen den Schmerz, der kommen würde. Doch gerade als Miguel eine Hand in ihr Haar krallte, um sie brutal auf die Füße zu ziehen, wurde die Tür aufgestoßen.

„Was zum Teufel ist hier los?“

Der Griff ihres Mannes löste sich abrupt, als er die polternde Stimme seines Vaters hinter sich vernahm.

Miguel wirbelte herum.

„Das ist eine Angelegenheit zwischen mir und meiner Frau“, entgegnete er kalt. „Misch dich nicht in Dinge ein, die dich nichts angehen, Vater!“

„Soweit es mich betrifft, geht mich alles an, was unter meinem Dach geschieht“, widersprach Don Carlos in einem Ton, der keinen Widerspruch duldete. „Wenn dir das nicht passt, kannst du gern deinen eigenen Haushalt gründen!"

Miguel verzog das Gesicht, seine Hände ballten sich zu Fäusten. „Du ahnst ja nicht, wie freudig ich deinem Vorschlag nachkommen würde – doch leider hast du mir anstelle eines Hauses oder zumindest eines angemessenen Startkapitals nichts weiter als eine Kutsche zu meiner Hochzeit geschenkt." Er schnaubte abfällig. „Eine Kutsche!"

Die Miene seines Vaters verhärtete sich. „Du meinst also, du hättest mehr verdient als das?"

„Allerdings!"

„Und mit welchem Recht stellst du derartige Ansprüche? Was hast du geleistet, das dich dazu qualifiziert?"

„Ich bin dein Sohn, Herrgott noch mal! Du solltest mich unterstützen – stattdessen hockst du auf deinem Geld wie die Glucke auf ihren Eiern. Dabei besitzt du mehr, als einer von uns je im Leben ausgeben könnte!"

Don Carlos schüttelte den Kopf. Er wirkte eher ernüchtert als wütend.

„Du bist seit jeher eine Enttäuschung für mich gewesen, Miguel. Ich weiß nicht, woran es liegt. Aus dem schwachen, verschwenderischen Kind, das du warst, ist ein schwacher, verschwenderischer Mann geworden. Gott hilf mir, ich habe mein Möglichstes getan, um dir den rechten Weg zu weisen. Hättest du mir auch nur ein einziges Mal gezeigt, dass du etwas von dem, was ich dich zu lehren versuchte, verstanden hast, ich wäre bereit gewesen, dir jeden deiner Fehler zu verzeihen." Wieder schüttelte er den Kopf, und dieses Mal erschien er Charlotte wie ein alter, gebrochener Mann. „Aber du hast es vorgezogen, immer nur deinen eigenen Willen durchzusetzen. Und deshalb hast du es nicht verdient, etwas von dem zu erhalten, für das deine Vorväter im Schweiße ihres Angesichts gearbeitet haben."

Miguel starrte ihn an. Unglaube spiegelte sich in seinem Blick wider. Unglaube und blanker Hass. Ihm schien ganz und gar entfallen zu sein, dass sich neben seinem Vater auch seine Frau im Zimmer befand. Sie hatte er offenbar vollkommen vergessen, ebenso ihren heftigen Streit. Wutentbrannt humpelte er an Don Carlos vorbei aus dem Raum.

Charlotte brach in Tränen aus.

„Geht es dir gut?" Ihr Schwiegervater kam zu ihr und half ihr auf.

Sie nickte und wischte sich beschämt das Blut aus den Mundwinkeln. „Es ist alles in Ordnung", erwiderte sie hastig. „Ich würde mich jetzt gern einfach nur hinlegen. Mir ist ein wenig schwindelig."

Das stimmte zwar – doch im Grunde wollte sie nur eins: allein sein.

Als sie kurz darauf ihr Zimmer erreichte, ließ sie sich schluchzend aufs Bett fallen und weinte bitterlich, bis sie keine Tränen mehr hatte.

„Lieb von dir, dass du helfen willst, Rayen, aber das ist nicht nötig." Margot strich dem kleinen Mädchen, das sie aus großen dunklen Augen anblickte, über das schwarzbraune Haar. „Lauf schnell zu den anderen. Sie warten schon auf dich."

Wie ein Wirbelwind eilte Rayen zu den Kindern, die miteinander spielten. Ein Lächeln glitt über Margots Lippen. Es war schön, die Kleine so glücklich zu sehen. Noch vor ein paar Wochen hätte sie dies kaum für möglich gehalten. Damals war Rayen zusammen mit zwei weiteren Kindern zu ihr auf den Hof gekommen – vollkommen verstört. Kein Wunder, hatten die Kleinen doch kurz zuvor ihre Familien verloren, nachdem ihr Dorf dem Erdboden gleichgemacht worden war.

Angegriffen von europäischen Siedlern, die ihre Besitzansprüche auf das ihnen zugeteilte Land durch die indianischen Ureinwohner gefährdet sahen.

Natürlich wusste Margot, dass sie sich bei den Menschen in der Umgebung nicht beliebt machte, indem sie verwaiste Mapuche-Kinder bei sich aufnahm, es gab jedoch auch einige Siedlerfrauen, die sie bei ihrer Arbeit unterstützten. Heimlich selbstverständlich, da deren Männer ihr Engagement niemals billigen würden.

Versonnen dachte Margot an Ludwig und daran, wie anders er gewesen war. Warmherzig, lieb und verständnisvoll. Gewiss hätte er sich für sie eingesetzt.

Er hätte sie verstanden.

Ein tiefes Seufzen entrang sich ihrer rauen Kehle. Sie hatte ihn sehr geliebt. Er war ein besserer Mann gewesen, als sie sich es je hätte wünschen können. Leider aber sollte ihr Glück nicht von langer Dauer sein. Kurz nach ihrer Heirat war Ludwig schwer krank geworden. Sie hatte darauf bestanden, einen Doktor zurate zu ziehen, dennoch war er gestorben.

Vermutlich war es Schicksal, dass sie den Mann ihres Lebens getroffen hatte, nur um ihn dann gleich wieder zu verlieren. Doch im Gegensatz zu vielen anderen Menschen konnte sie sich glücklich schätzen, ihrem Seelenverwandten überhaupt begegnet zu sein.

Und sie war dankbar. Mehr, als sie zu sagen vermochte. Sie verdankte Ludwig alles.

Er hatte ihr seinen Hof hinterlassen und dazu eine kleine Geldsumme, die es ihr ermöglichte, Kinder aufzunehmen und zu ernähren. Fünfzehn waren es bisher, und es wurden beständig mehr. Dabei bereitete es ihr nicht selten schlaflose Nächte, wenn sie an die Zukunft dachte. Früher oder später würde sie anfangen müssen, Kinder abzuweisen. Zwar warf das Land, auf dem sie lebte, recht ordentliche Erträge ab, doch sie musste sich der bitteren Erkenntnis stellen, dass sie nicht die ganze Welt retten konnte. Ihren Möglichkeiten waren Grenzen gesetzt – und die würde sie schon bald erreicht haben.

Gerade als sie sich auf dem Weg ins Haus befand, vernahm sie das unverwechselbare Geräusch eines sich nähernden Fuhrwerks. Sie blickte sich um und beschattete mit der flachen Hand ihre Augen gegen die Sonne. Verwundert runzelte sie die Stirn, als sie die schwarze Kutsche erblickte, die den schlecht befestigten Weg heraufrumpelte.

Niemand war so verrückt, mit einer Kutsche, die eindeutig für die Stadt gemacht war, hier herauszukommen. Niemand – abgesehen von Fräulein Charlotte.

Margot lächelte erfreut. Der letzte Besuch ihrer ehemaligen Herrin lag bereits ein paar Wochen zurück. Sie kam ebenso heimlich wie die anderen Frauen, die ihr Waisenhaus unterstützten. Immerhin gehörte die Familie Duarte zu den größten Grundbesitzern in der Region und war schon allein deshalb naturgemäß gegen alles eingenommen, was der Sache der Mapuche diente. Dennoch kam Charlotte so häufig, wie sie es einrichten konnte – nicht nur der Kinder wegen.

Unwillkürlich verblasste Margots Lächeln ein wenig. Charlotte war unglücklich. Im Gegensatz zu ihr selbst hatte das Schicksal dem Fräulein keinen guten Ehemann beschert. Es kam nur selten vor, dass ihr früherer Schützling ihr das Herz ausschüttete – die meiste Zeit zog Charlotte es vor, ihre Kämpfe allein mit sich auszufechten. Doch wenn sie einmal jemanden zum Reden brauchte, fand sie in ihrer alten Zofe stets eine geduldige Zuhörerin.

Der Wagen hatte die Zufahrt zum Hof fast erreicht, als Margot erkannte, dass Charlotte selbst auf dem Kutschbock saß. Vermutlich war das auch gut so, denn je weniger Personen von ihren regelmäßigen Besuchen auf der Farm wussten, desto besser. Dennoch war es für eine junge Frau ihres Standes nicht schicklich, allein umherzufahren. Margot beschloss aber, ausnahmsweise auf einen Tadel zu verzichten, als sie die Schwellung rund um Charlottes linkes Auge bemerkte.

Er hatte sie also geschlagen.

Schon wieder.

Nur mit Mühe unterdrückte sie einen Fluch. Die Kinder waren in der Nähe, und sie wollte nicht riskieren, dass sie derartige Worte von ihr aufschnappten. Es war auch so schwer genug, sie an neue Familien zu vermitteln.

Wenn nicht sogar unmöglich.

„Kommen Sie“, sagte sie, sobald der Wagen zum Stehen gekommen war. Sie reichte Charlotte die Hand und half ihr beim Heruntersteigen vom Kutschbock. Sofort kamen die Kinder angelaufen, die jeden Besucher auf der Farm mit großer Begeisterung begrüßten, doch Margot scheuchte sie fort und führte Charlotte ins Haus. In der Küche bugsierte sie ihren Gast auf einen Stuhl; dann stellte sie Wasser auf und bereitete für sie beide einen Kräutertee zu.

Charlotte schenkte ihr ein schwaches Lächeln, als sie den Becher mit der dampfenden Flüssigkeit entgegennahm. „Vielen Dank."

Missbilligend hob Margot eine Braue. „Was ist nun wieder vorgefallen? Und nehmen Sie ihn bloß nicht dauernd in Schutz, Fräulein Charlotte! Sie haben einen sehr viel besseren Mann verdient als diesen Miguel Duarte!"

„Niemand hat mich gezwungen, ihn zu heiraten", entgegnete die junge Frau ausweichend und nahm einen Schluck von ihrem Tee. Schließlich seufzte sie. „Es nützt ja nichts, darüber zu diskutieren, Margot. Ich bin nun einmal seine Ehefrau, daran lässt sich nichts ändern. Hätte ich doch nur gewartet, bis ..." Sie schüttelte den Kopf. „Noch so etwas, das sich nicht mehr zurücknehmen lässt. Aber erzähl mir lieber von dir. Wie viele kleine Schützlinge hast du denn inzwischen? Wie es scheint, findest du ja regen Zulauf."

Margot unterdrückte ein frustriertes Stöhnen. Selbstverständlich war ihr klar, dass Charlotte nur versuchte, das Thema zu wechseln. Ebenso klar war ihr allerdings auch, dass ihre Freundin im Augenblick nicht bereit war, über ihre Probleme zu sprechen. Aber aufgeschoben war schließlich nicht aufgehoben.

„Um ehrlich zu sein, ich bekomme sogar sehr viel mehr Zulauf, als mir lieb ist. Auf Dauer weiß ich nicht, wie ich diese armen Würmchen alle durchbringen soll. Jedes Mal sage ich mir aufs Neue, dass ich die nächste Waise, die vor meiner Tür steht, fortschicken muss. Aber dann schaut mich dieses halb verhungerte Kind aus seinen großen Augen an, und ich kann es nicht tun." Sie zuckte die Achseln. „Ich bringe es einfach nicht übers Herz."

„Und genau das ist es, was dich zu einem so guten Menschen macht, Margot." Charlotte nahm ihre Hand und drückte sie sanft. „Dein mitfühlendes Herz."

„Leider hilft mein Herz uns nicht, wenn ich irgendwann nicht mehr genug Maniokwurzeln und Maismehl auftreiben kann, um all die hungrigen Mäuler zu stopfen. Indem ich sie bei mir aufnehme, habe ich eine Verantwortung für diese Kinder übernommen. Sie verlassen sich auf mich. Und sie schöpfen neue Hoffnung."

„Aber das ist doch wunderbar!"

„Von Hoffnung allein kann man aber nicht überleben."

Einige Minuten saßen sich die beiden Frauen einfach nur schweigend gegenüber, jede tief in ihre eigenen Gedanken versunken.

Schließlich räusperte Charlotte sich. „Nun, damit wenigstens in den nächsten Tagen niemand hungrig ins Bett kriechen muss, habe ich in der Kutsche ein paar Dinge, die euch vielleicht weiterhelfen."

Eine Welle der Dankbarkeit rollte über Margot hinweg. Tränen traten ihr in die Augen, doch sie blinzelte sie hastig weg. Es gab keinen Grund zu weinen. „Ich weiß gar nicht, was ich sagen soll ..."

„Du brauchst überhaupt nichts zu sagen. Ich helfe gern, wenn ich kann." Charlotte lächelte. „Außerdem liegt mir das Wohl der Kinder auch am Herzen." Sie machte eine kurze Pause, ehe sie mit trauriger Stimme sagte: „Die Kleinen geben mir so viel. Und da ich vermutlich nie eigene Kinder haben werde ..."

Margot senkte den Blick. Insgeheim verfluchte sie Miguel Duarte. Charlotte verdiente einen so viel besseren Mann als ihn. Nicht, dass es eine Seltenheit war, dass Ehemänner ihre Frauen aus verschiedensten Gründen misshandelten. Viele wussten es nicht besser, andere betrachteten es schlichtweg als ihr gutes Recht, ihre Frau zu züchtigen. Miguel Duarte aber gehörte zu keiner dieser beiden Gruppen. Er versuchte sein mangelndes Selbstbewusstsein zu kompensieren, indem er Charlotte kleinhielt, dabei hatte er zunächst so nett und freundlich getan. Nach allem, was Margot bisher über ihn erfahren hatte, war er ein Tyrann und Sadist. Das war auch der Grund, warum sie sich entschlossen hatte, ihrer Freundin zu helfen, nicht schwanger zu werden. Zwar wünschte Charlotte sich insgeheim Kinder, jemanden, den sie lieben konnte und der sie liebte, doch sie wollte es keinem Kind zumuten, unter einem Vater wie Miguel Duarte aufzuwachsen. Außerdem fürchtete sie viel zu sehr, dass der sich in seiner Wut auch an ihrem Nachwuchs vergreifen würde.

Margot verstand Charlottes Entscheidung gut, und zum Glück hatte sie von einer Heilerin der Mapuche genug über Kräuterkunde gelernt, dass sie Mittel und Wege kannte, eine Empfängnis zu verhindern. Allerdings fürchtete sie, dass Duarte außer sich sein würde vor Zorn, wenn er die Wahrheit herausfand. Denn obwohl er seine Frau so schlecht behandelte, war er letzten Endes eben doch ein Mann, der darauf brannte, sich fortzupflanzen.

Er brauchte einen Erben.

„Sie sollten ihn verlassen", sprach sie den Gedanken, der ihr gerade durch den Kopf ging, einfach aus.

„Aber Margot!"

Entgeistert starrte Charlotte sie an. Mit einer solchen Aussage hatte sie sicherlich nicht gerechnet. Nicht bei ihrer ehemaligen Zofe, die sonst immer so viel Wert auf Sitte und Anstand legte. Ein wenig schuldbewusst hob Margot die Schultern. „Was denn? Es stimmt doch, oder etwa nicht? Dieser Mann ist nicht gut zu Ihnen."

Im ersten Moment schien Charlotte widersprechen zu wollen, besann sich dann jedoch anders.

„Nein", sagte sie. „Er ist nicht gut zu mir, doch daran lässt sich nun auch nichts mehr ändern. Miguel und seine Familie würden eine Trennung niemals akzeptieren. Und für wen sollte ich all die Mühe auf mich nehmen? Der Mann, dem mein Herz wirklich gehört, hat eine andere Frau geheiratet."

Margot wollte etwas dagegenhalten, aber in diesem Moment erklangen Hufschläge draußen auf dem Hof. Kurz darauf kam

Lichuen, eines der älteren Kinder, aufgeregt ins Haus gelaufen. „Señorita Margot, da sind fremde Männer auf Pferden! Sie machen den Kleinen Angst!"

Nur mit Mühe unterdrückte Margot einen wütenden Fluch. Sie konnte sich schon denken, wer das war. Sofort sprang sie auf, doch als Charlotte es ihr gleichtun wollte, schüttelte sie den Kopf. „Sie bleiben hier", wies sie ihre Freundin an. „Es ist nicht gut, wenn diese Leute Sie auf meinem Grundstück sehen."

Zunächst schien Charlotte widersprechen zu wollen, fügte sich dann aber. Margot eilte hinter Lichuen her aus dem Haus. Als sie sah, wie einige der Männer ihre Pferde unmittelbar vor einer Gruppe verängstigter Kinder, die sich rücklings an die Wand eines Schuppens drängten, aufsteigen ließen, kochte heiße Wut in ihr hoch.

„Schluss damit!", sagte sie in einem Ton, der keinen Widerspruch duldete. „Was glauben Sie eigentlich, was Sie hier tun? Dies ist mein Grund und Boden, und ich verbiete Ihnen, sich auf meinem Hof aufzuführen wie ein paar gemeine Strauchdiebe!"

Der Anführer der Männer, ein gewisser Gerhard Wiesner, dessen Farm unmittelbar an ihr Grundstück grenzte, warf ihr einen bitterbösen Blick zu, rief seine Kumpane dann aber mit einer knappen Handbewegung zur Ordnung.

Als er keine Anstalten machte, vom Pferd zu steigen, trat Margot auf ihn zu. Wenn er dachte, dass sie sich von ihm einschüchtern ließ, hatte er sich getäuscht. Wiesner hatte schon Schwierigkeiten gemacht, als Ludwig noch am Leben war, weil ihr Mann ihm das Stück Land, auf dem sie lebten, vor der Nase weggeschnappt hatte.

„Der Mann ist ein elender Unruhestifter", hatte Ludwig immer gesagt. „Und er versteht es wie kein anderer, die Menschen hier in der Gegend zu mobilisieren."

Zu Anfang hatte Margot sich das gar nicht vorstellen können. Wiesner war ihr auf den ersten Blick unsympathisch gewesen. Er wirkte grob und ungehobelt – das sollte eigentlich auch jedem anderen auffallen, hatte sie gemeint. Doch leider stellte sich die

Einschätzung ihres verstorbenen Mannes als zutreffend heraus – was vor allem daran lag, dass Wiesner die Sorgen und Ängste der Siedler kannte und sie zusätzlich anfachte. Er wetterte gegen die Mapuche und tat so, als wären die Indianer diejenigen, von denen die Aggressionen ausgingen. Dabei waren die Siedler in deren Land eingedrungen und hatten sie aus ihrem einstigen Umfeld verdrängt.

„Uns als Strauchdiebe zu bezeichnen ist wirklich ein starkes Stück, Frau Meier. Wenn Ihr Mann noch leben würde …"

„Hätte er Ihnen genau dasselbe gesagt", entgegnete Margot unnachgiebig. „Nun, was wollen Sie?"

„Diese Kinder dort." Er deutete in Richtung der angstvoll zusammengekauerten Vier- bis Siebenjährigen. „Sie haben mich bestohlen. Ich habe gesehen, wie sie in meinen Hühnerstall eingedrungen und mit einem halben Dutzend Eier davongelaufen sind. Ich verlange von Ihnen, dass Sie mir die kleinen Langfinger ausliefern, damit ich sie ihrer gerechten Strafe zuführen kann!"

Margot wurde eiskalt ums Herz. Sie war sicher, dass Wiesner log. Diesem Mann war jedes Mittel recht, um seinen Willen durchzusetzen. Ihr Heim für Mapuche-Waisen war ihm von Anfang an ein Dorn im Auge gewesen, weil er, wie die meisten Siedler, die Indianer hasste und fürchtete. Dass er jedoch so weit gehen würde, die Kinder zu beschuldigen, ihn bestohlen zu haben, damit hatte sie nicht gerechnet.

Sie zwang sich, nach außen hin Ruhe und Gelassenheit zu bewahren. „Ich nehme an, dass Sie für Ihre Behauptung hieb- und stichfeste Beweise haben?"

Wiesner winkte einen seiner Spießgesellen herbei. „Karl, sag ihr, was du gesehen hast."

Der andere Mann, Margot schätzte ihn auf Mitte bis Ende zwanzig, spuckte unmittelbar vor ihr aus und verfehlte sie dabei nur um wenige Zentimeter. „Ich kann alles bezeugen. Die Gören da haben sich die Eier einfach unter den Nagel gerissen. Ja, genau so war's!"

Margot glaubte ihm kein Wort – was ihre Situation nicht vereinfachte, denn wenn Wiesner ernst machte, konnte er sie und die Waisenkinder in große Schwierigkeiten bringen. Die meisten Leute würden ihm glauben, ganz gleich, wie absurd seine Anschuldigungen auch sein mochten – einfach, weil sie ihm glauben wollten. Bedauerlicherweise stand Gerhard Wiesner mit seiner Meinung nämlich keineswegs allein da. Nicht wenige Farmer befürchteten, dass sich die Kinder, die sie auf ihrem Hof aufgenommen hatte, früher oder später gegen sie wenden würden. Immerhin hatten die weißen Siedler die Mapuche vom Land ihrer Ahnen vertrieben und damit erst für Not und Verzweiflung unter den Eingeborenen gesorgt.

Dass die Kinder sich indes gegen sie erheben würden, war natürlich blanker Unsinn. Die Ängste der Menschen saßen jedoch tief und würden sich so schnell nicht aus der Welt schaffen lassen. Schon seit geraumer Zeit versuchte man, ihr Steine in den Weg zu legen, und sie fürchtete, dass es ihnen dieses Mal gelingen könnte.

„Hören Sie, Herr Wiesner, ich …"

„Wann genau soll das passiert sein?"

Als Margot Charlottes Stimme hinter sich vernahm, unterdrückte sie ein Aufstöhnen. „Fräulein Charlotte, Sie sollten nicht …"

Doch ihre Freundin ließ sie nicht aussprechen.

„Habe ich meine Frage unklar formuliert?", wandte Charlotte sich wieder an Wiesner. „Sie sagten, dass die Kinder Sie bestohlen haben. Wann genau soll sich dieser Vorfall ereignet haben?"

Die Männer musterten Charlotte eindringlich. Sie schienen nicht recht zu wissen, was sie mit ihr anfangen sollten. Es war offensichtlich, dass es sich nicht um eine einfache Farmersfrau handelte, doch weshalb hielt sie sich dann auf dem Hof der Meiers auf? Diese Frage stand ihnen geradewegs ins Gesicht geschrieben.

Wiesner war der Erste, der sich wieder fing. „Und wer will das wissen?"

„Mein Name ist Charlotte Duarte", erklärte sie.

Die Männer auf den Pferden sahen sich überrascht an. Margot zweifelte nicht daran, dass ihnen der Name Duarte mit Sicherheit ein Begriff war. Jeder in der Gegend kannte ihn – und er verfehlte auch bei Wiesner und seinen Leuten seine Wirkung nicht.

„Nun?“, fragte Charlotte.

„Das war vor etwa einer Stunde“, erwiderte Wiesner widerwillig. „Obwohl mir nicht ganz klar ist, inwiefern Sie das etwas angeht, Señora Duarte.“

Charlotte ging einfach über seine letzte Bemerkung hinweg, und Margot blinzelte erstaunt, als sie ihre Freundin genau denselben herablassenden Gesichtsausdruck aufsetzen sah, mit dem schon ihr Vater stets jeden in seiner Umgebung einzuschüchtern verstanden hatte.

„Und welche der Kinder waren es noch gleich?“

Wiesner deutete auf die noch immer angstvoll dreinschauende Suyai und ihre Schwester.

„Diese da. Die beiden waren es!“

„Nun, dann müssen Sie sich getäuscht haben“, stellte Charlotte energisch fest. „Denn ich bin seit über einer Stunde hier, und diese Kinder haben seitdem zu keinem Zeitpunkt den Hof verlassen.“

Jetzt stieg Gerhard Wiesner vom Pferd. Er trat auf Charlotte zu. Sein feistes Gesicht war hochrot angelaufen.

„Ich hoffe, Sie verzeihen mir, dass ich Ihre Worte anzuzweifeln wage, aber Sie können mir nicht erzählen, dass Sie die Kinder immerzu im Auge hatten. Ich habe doch gesehen, dass Sie eben erst aus dem Haus gekommen sind.“

Charlottes Blick wurde noch eine Spur arroganter. „Wollen Sie behaupten, dass ich lüge? Ist es das, was Sie sagen wollen?“

Einen Augenblick schien der Mann darüber nachzudenken. Schließlich schüttelte er den Kopf.

„Nein“, stieß er zwischen zusammengebissenen Zähnen hervor. „Selbstverständlich nicht. Entschuldigen Sie die Unannehmlichkeiten. Mein Freund und ich müssen uns getäuscht haben.“

Er stieg wieder aufs Pferd und gab dem Tier die Sporen. Die anderen Männer folgten ihm, und kurz darauf verschwanden sie in einer rasch größer werdenden Staubwolke.

„Das war furchtbar unvernünftig, Charlotte!“ Margot schüttelte den Kopf. „In ein paar Stunden weiß jeder in der Gegend, dass Sie bei mir auf der Farm waren. Und ich kann mir nicht vorstellen, dass Ihr Ehemann sonderlich begeistert sein wird, wenn er davon erfährt!“

„Nein, sicher nicht. Aber hätte ich einfach tatenlos zusehen sollen? Diese schrecklichen Männer haben sich ja aufgeführt, als hielten sie die Mädchen für Schwerverbrecher.“

„Dabei ist das schlimmste Verbrechen, dessen sich diese Kinder schuldig gemacht haben, ihre Herkunft.“

„Gibt es denn gar nichts, was man dagegen unternehmen kann?“

Margot lächelte traurig. „Wenn Sie einen Weg wissen, wie man Starrsinn und Verbohrtheit aus den Köpfen der Menschen bekommt, bin ich für jeden Vorschlag dankbar. Davon abgesehen gibt es nicht viel, was man in dieser Angelegenheit tun könnte. Diese Männer haben Angst. Sie fürchten, dass die Mapuche versuchen könnten, ihnen das Land wieder wegzunehmen, das sie zuvor den Mapuche weggenommen haben.“

„Aber das ist ungerecht!“

„Mag schon sein, doch so ist es nun einmal.“ Margot klatschte in die Hände. „So, und nun lassen Sie uns die Sachen von Ihrer Kutsche laden. Sie sollten nicht länger hierbleiben als unbedingt nötig.“

Die Kleine kam auf ihren stämmigen Beinchen angelaufen und gluckste dabei fröhlich. Die schwarzbraunen Augen, die vor Freude strahlten, hatte sie von ihrer Mutter, den dunklen Lockenschopf eindeutig von ihrem Vater.

„Dada, spielen!“, rief sie mit großer Ernsthaftigkeit und streckte eine Hand nach Leander aus.

Der konnte gar nicht anders, als der Anweisung seiner Tochter

Folge zu leisten. Ihrem entwaffnenden Lächeln hatte er noch nie etwas entgegenzusetzen gehabt.

„Was hast du mit mir vor, Aurora?“, fragte er lachend, als sie ihn in Richtung Hinterhof zog. Für ein anderthalbjähriges Kind war sie überraschend kräftig.

Sie blieb stehen und bedachte ihn mit einem Blick, der pures Befremden über die Begriffsstutzigkeit ihres Vaters ausdrückte.

„Spielen!“, wiederholte sie geduldig, als würde sie mit einem besonders langsam begreifenden Menschen sprechen. „Komm!“

Der Hinterhof der Schenke war ein Ort erstaunlicher Schönheit. Obwohl er nur klein und von Mauern umgeben war, wirkte er inmitten des tristen Hafenviertels wie ein Garten Eden. Blumen in allen Farben des Regenbogens erblühten in üppiger Pracht, ihr süßlicher schwerer Duft erfüllte die Luft.

An einem dicken, fast waagerecht gewachsenen Ast eines Baumes hatte Leander eine Schaukel befestigt, doch noch war Aurora zu jung, um sie zu benutzen. Viel lieber pflückte sie mit ihrem Vater Blumen, planschte in einer Wasserpfütze herum oder jagte den Schmetterlingen hinterher, die von Blüte zu Blüte flatterten. Am allerliebsten aber ließ sie sich von ihm auf dem Arm herumtragen, damit er ihr die Welt zeigte – was er nur zu gern tat.

Aurora war sein Sonnenschein. Wenn aus der Tatsache, dass er am Tag von Charlottes Hochzeit mit Miguel Duarte zu viel getrunken und mit Maria geschlafen hatte, etwas Gutes hervorgegangen war, dann war es sie. Er liebte sie mehr als alles andere und war bereit, alles für sie zu tun. Sogar sein Leben mit einer Frau zu verbringen, die er nicht liebte.

Nein, Liebe gehörte eindeutig nicht zu den Gefühlen, die Maria und ihn miteinander verbanden. Von seiner Seite waren es vielmehr Pflichtgefühl und Verantwortung. Bei Maria mochte es zunächst eine gewisse Verliebtheit gewesen sein, doch davon war im Laufe der Zeit nicht viel geblieben. Sie wirkte immer unzufriedener und drängte ihn ständig, endlich etwas zu unternehmen, um sie aus dem Elend zu befreien, als das sie ihr gemeinsames Leben betrachtete. Dabei ging es ihnen sehr viel besser als so vielen anderen Menschen!

Leander hatte die Seefahrt schweren Herzens aufgegeben, als er erfuhr, dass Maria ein Kind von ihm erwartete. Seit ihrer Heirat lebte und arbeitete er zusammen mit ihr im Wirtshaus ihrer Mutter. Natürlich war es nicht die Art von Arbeit, von der er immer geträumt hatte. Er vermisste das Meer und das raue Leben an Bord eines Schiffes. Doch seine Schwiegermutter versorgte sie mit Kost und Logis und zahlte ihnen darüber hinaus auch noch einen kleinen Lohn. Zwar konnten sie damit keine großen Sprünge machen, aber es reichte, um über die Runden zu kommen und am Monatsende eine geringe Summe zur Seite zu legen.

Marias jüngerer Bruder Fernando würde eines Tages die Wirtschaft übernehmen, und wenn es so weit war, mussten sie sich vermutlich eine andere Beschäftigung suchen. Doch daran dachte Leander im Augenblick noch nicht.

Ganz im Gegensatz zu Maria.

Sie beschwerte sich permanent darüber, dass er keine Anstalten machte, etwas an ihrer Lebenssituation zu ändern. Neidisch schaute sie zu jedem auf, der mehr besaß als sie. Von ihrem Ehemann erwartete sie, dass er das Geld für ihre übertriebenen Wünsche heranschaffte – und dabei war es ihr vollkommen gleichgültig, wie er das anstellte.

Immer wieder drängte sie ihn, sich auf die Geschäfte der zwielichtigen Gesellen einzulassen, die sich nach Einbruch der Dämmerung gern im hinteren Teil der Schankwirtschaft herumdrückten. Er wollte gar nicht so genau wissen, was diese Männer trieben. Für Maria hingegen zählte nur, dass sie mit ihren Machenschaften anscheinend recht gut verdienten.

Sie träumte von einem großen Haus und Bediensteten, die alle Arbeiten für sie erledigten und ihr stets jeden Wunsch von den Augen ablasen. Sie wünschte sich elegante Garderobe und eine Kutsche, in der sie sich jederzeit durch die Stadt fahren lassen konnte. Kurz, sie wollte das Leben einer Dame führen. Doch Maria war keine Dame.

Nicht einmal annähernd.

„Was verschwendest du deine Zeit schon wieder mit dem Kind? Sag, hast du nichts Wichtigeres zu tun?“

Wenn man vom Teufel spricht …

Er hatte nicht einmal gemerkt, dass Maria zu ihnen hinaus in den Garten gekommen war. Langsam drehte er sich zu ihr um und ließ den Blick über sie gleiten. Wie so oft in letzter Zeit fragte er sich, wie er auf eine Frau wie sie hatte hereinfallen können.

Sie war schön, keine Frage. Ihr dunkles Haar ergoss sich in sanften Wellen über die schmalen Schultern. Sie hatte auch nach Auroras Geburt immer noch eine perfekte Figur, um die so manch andere Frau sie sicher beneidete. Ihr Teint war von Natur aus makellos, ihre Lippen fein geschwungen, und ihre schwarzen Augen funkelten. Aber sie war auch kalt und berechnend. Und seit ihre Gefühle für ihn abgekühlt waren, was schon lange vor Auroras Geburt geschehen war, konnte er ihr einfach nichts mehr recht machen.

Unwillkürlich musste er an Charlotte denken, und er spürte, wie ihn ein scharfer Stich durchzuckte. Die Erinnerung an sie war nach wie vor schmerzhaft. Er hatte sie geliebt, so wie er vor ihr noch keinen Menschen geliebt hatte. Für sie wäre er bereit gewesen, durchs Feuer zu gehen. Und in jenen Tagen, in denen er nach dem Untergang der *Güstrow* mehr tot als lebendig gewesen war, hatte nur der Gedanke an sie ihn weiterkämpfen lassen. Mit anzusehen, wie sie nur wenige Monate später mit einem anderen Mann vor den Traualtar trat, hatte ihm schier das Herz zerrissen.

Er dachte noch immer oft an sie. Weitaus öfter, als es angesichts seiner Situation angemessen sein mochte. Doch er wusste auch, dass es zwecklos war. Charlotte war verheiratet, ebenso wie er selbst. Allein schon wegen Aurora würde er Maria niemals verlassen, denn er zweifelte nicht daran, dass sie ihm seine Tochter wegnehmen würde, wenn er sich von ihr trennte. Nicht aufgrund von verletzten Gefühlen, sondern vielmehr, um sich an ihm zu rächen.

„Ich werde ja wohl noch Zeit mit meinem Kind verbringen dürfen", entgegnete er leicht gereizt. „Aurora braucht Zuwendung, und du bist ja immer viel zu beschäftigt, um dich um ihre Bedürfnisse zu kümmern."

„Willst du damit sagen, dass ich meine Tochter vernachlässige?"

Marias Augen wurden schmal. Sie war erst zweiundzwanzig, und wenn sie lächelte, sah man ihr das auch an. Die meiste Zeit aber wirkte sie wegen ihres verkniffenen Gesichtsausdrucks sehr viel älter.

Beschwichtigend hob er die Hände. Er wollte keinen Streit mit ihr anfangen – schon gar nicht in Gegenwart von Aurora. „Nein, natürlich nicht", entgegnete er. „Und du bist doch sicher nicht hergekommen, um mit mir über die Erziehung unserer Tochter zu diskutieren."

„Nein", sagte sie und verschränkte die Arme vor der Brust. „Paco Estés und die anderen sind hinten in der Schankstube. Warum setzt du dich nicht zu ihnen und hörst dir an, was sie zu sagen haben?"

Er verzog das Gesicht. Er kannte Paco Estés. Dieser Mann führte nichts Gutes im Schilde, und Leander wollte lieber gar nicht wissen, womit er sein Geld verdiente. Für ihn stand fest, dass er damit nichts zu tun haben wollte – ganz gleich, was Maria auch sagte. Das sah man ihm wohl sehr deutlich an, denn sie verdrehte die Augen.

„Du könntest ruhig auch einmal etwas tun, um uns voranzubringen", meckerte sie. „Ich habe nicht vor, mein ganzes Leben in dieser Kaschemme zu verbringen!"

„Hüte deine Zunge, Maria", rief ihre Mutter von der Tür her. „Niemand zwingt dich, in deinem Alter noch im Haus deiner Familie zu wohnen."

Maria warf ihm einen Blick zu, der sagte: Siehst du, das hast du nun davon! Leander schüttelte traurig den Kopf. Als wäre er es, der ständig an dem Leben, das sie führten, herummäkelte!

„Gehst du nun und sprichst mit Paco?", fragte sie ihn.

Er schüttelte den Kopf. „Du kannst dich ja zu ihm setzen, wenn dir so viel daran liegt. Ich für meinen Teil beschäftige mich lieber mit meiner Tochter."

Mit diesen Worten ließ er seine Frau stehen und kehrte zu Aurora zurück, die vom Streit zwischen ihrer Mutter und ihrem Vater gar nichts mitbekommen hatte. Zum Glück. Leander wollte auf keinen Fall, dass sie wegen der frostigen Stimmung zwischen Maria und ihm litt.

Sie sollte eine glückliche Kindheit erleben – so gut, wie es unter den gegebenen Umständen eben möglich war.

9. KAPITEL

In den Tagen, die auf ihren Besuch auf Margots Farm folgten, war Charlotte unruhig und angespannt. Ihrer Freundin und früheren Zofe gegenüber hatte sie sich stark und unerschütterlich gegeben, aber das war sie nicht. Sie fürchtete sich vor Miguel und vor seiner Reaktion, sobald er erfuhr, dass sie die Mapuche-Waisen unterstützte, denn er vertrat dieselbe verbohrte Haltung wie die meisten europäischen Einwanderer. Was er mit ihr anstellen würde, darüber mochte sie gar nicht nachdenken.

Doch nichts geschah, und langsam beruhigte sie sich ein wenig. Sie ging ihrem Mann aus dem Weg, so gut es eben möglich war, ohne dabei ihre Wachsamkeit zu verlieren. Ihr kamen keine weiteren Beschwerden seitens des weiblichen Personals zu Ohren. Womöglich hatte der Streit mit ihr und die darauf folgende Auseinandersetzung mit seinem Vater Miguels Verlangen zumindest für eine Weile abgekühlt.

Da sie im Grunde nichts zu tun hatte – Miguel sperrte sich gegen jegliche Form von wohltätigem Engagement, und ihre Tage mit Sticken oder Nähen zu verbringen genügte ihr einfach nicht –, wollte sie die ihr zur Verfügung stehende freie Zeit nutzen, um sich endlich um etwas zu kümmern, das seit ihrer Ankunft in Chile fast in Vergessenheit geraten war: die Nachforschungen nach dem Schicksal ihrer Mutter.

Natürlich brannte sie noch immer darauf, herauszufinden, was aus Frederike von Grünau zu Meersberg geworden war. Ein Teil von ihr hoffte, sie war irgendwo dort draußen und wartete nur darauf, dass ihre Tochter sie ausfindig machte. Zwar bestand die Möglichkeit, dass sie nie erfahren würde, wieso ihre Mutter sie damals im Stich gelassen hatte, trotzdem wollte sie so viel wie möglich über sie in Erfahrung bringen. Doch wo sollte sie damit beginnen, Fragen zu stellen?

Sie kam zu dem Schluss, dass sie sich wohl am besten an ihren Schwiegervater wandte. Carlos Duarte war ein einflussreicher und gut informierter Mann. Falls er ihr nicht helfen konnte, standen ihre Chancen schlecht, denn sie wusste nicht, wen sie sonst um Hilfe bitten könnte.

An einem verregneten Nachmittag – Miguel war schon seit dem frühen Morgen außer Haus, und Doña Isabella besuchte eine Cousine in Valparaíso, die vor Kurzem ihr erstes Kind bekommen hatte – fasste sie sich ein Herz und suchte ihren Schwiegervater in dessen Arbeitszimmer auf.

Er blickte von einigen Unterlagen auf, die vor ihm auf dem Schreibtisch lagen, und wirkte überrascht, aber auch erfreut, sie zu sehen.

„Komm nur herein, *mi querida*", sagte er und winkte sie zu sich. „Setz dich. Was führt dich zu mir?"

Von allen Mitgliedern der Familie Duarte verhielt sich Don Carlos ihr gegenüber am freundlichsten. Dennoch hielt sie sich nur ungern allein in seiner Gegenwart auf, da er sie immer wieder scheinbar unabsichtlich berührte und sich ihr näherte. Sie war sicher, dass sie sich das nicht nur einbildete. Hinzu kam, dass Don Carlos sich bei Gesprächen mit ihr oft abfällig über seinen Sohn äußerte und anklingen ließ, dass er selbst die bessere Partie für sie gewesen wäre.

Natürlich verbesserte sein Verhalten die Beziehung zwischen ihr und Doña Isabella nicht. Ihre Schwiegermutter begegnete ihr mit ausgesuchter Freundlichkeit und eisiger Kälte. Doch bei dem, was Charlotte nun vorhatte, konnte es für sie durchaus von Vorteil sein, dass Don Carlos einen solchen Narren an ihr gefressen hatte.

„Nun?", sagte er und verschränkte die Hände auf der Tischplatte. „Was hast du auf dem Herzen?"

Charlotte atmete tief durch, dann gab sie sich einen Ruck. „Ich habe eine Bitte an dich", sagte sie. „Es geht um meine Mutter ..."

Don Carlos runzelte nachdenklich die Stirn. „Deine Mutter? Ich glaube mich zu erinnern, dass dein Vater erzählte, sie sei bei deiner Geburt gestorben."

„Ja, das hat er mir ebenfalls gesagt“, entgegnete sie. „So wie jedem anderen auch. Doch ich habe herausgefunden, dass er mich belogen hat. Vermutlich, weil ihm die Wahrheit unangenehm war, denn meine Mutter ist kurz nach meiner Geburt davongelaufen.“

„So, so …“ Don Carlos nickte langsam. „Du glaubst also, dass sie vielleicht noch lebt, richtig? Und was kann ich nun für dich tun?“

„Nun, ich weiß zufällig, dass meine Mutter väterlicherseits Verwandtschaft in Chile hatte. Ihr Mädchenname lautete de Santo. Frederike de Santo.“

Einen Moment lang schien Don Carlos darüber nachzudenken, schließlich schüttelte er aber den Kopf. „*No*, der Name sagt mir nichts, tut mir leid. Aber Chile ist ein großes Land, sie könnte praktisch überall sein – wenn sie überhaupt hier ist. Ich kann dir leider nicht behilflich sein. *Lo siento!*“

„Ich habe auch nicht erwartet, dass du mir gleich auf der Stelle sagen kannst, wo ich sie finde. Aber du besitzt doch gute Kontakte überall im Land. Du könntest ja vielleicht …“

„Ich fürchte, du überschätzt meinen Einfluss“, fiel Don Carlos ihr ins Wort. „Wie ich schon sagte, es wird nicht viel geben, was ich für dich tun kann. Es tut mir wirklich leid.“ Er erhob sich, durchquerte den Raum und öffnete die Tür. „Ich würde mich gern länger mit dir unterhalten, aber leider muss ich heute noch ein paar lästige Arbeiten zu Ende bringen. Du entschuldigst mich?“

Überrascht stand Charlotte auf und verließ das Zimmer. Als sich die Tür hinter ihr schloss, blinzelte sie irritiert. Das war merkwürdig. Ihr Schwiegervater hatte sie gar nicht schnell genug wieder loswerden können. Und das, wo er doch sonst immer so erpicht darauf war, Zeit mit ihr zu verbringen …

Ob es etwas mit ihrer Bitte zu tun hatte? Jetzt, wo sie darüber nachdachte, hatte er einen Moment lang regelrecht erschrocken ausgesehen, als sie den Mädchennamen ihrer Mutter nannte. Oder bildete sie sich das vielleicht im Nachhinein nur ein?

Fest stand nur, dass sie sich so leicht nicht entmutigen lassen würde. Wenn Don Carlos nicht bereit war, ihr zu helfen, dann würde sie es eben auf eigene Faust versuchen. Ganz gleich, wie gering die Erfolgsaussichten auch sein mochten.

Sie atmete tief durch und überlegte, wie sie am besten beginnen sollte. Allzu viele Möglichkeiten gab es im Grunde nicht, also beschloss sie, mit der Überfahrt ihrer Mutter anzufangen und zunächst alle Reedereien, deren Schiffe zwischen dem Deutschen Reich und Chile verkehrten, abzuklappern.

Das bedeutete, dass sie sich in ein paar weniger schöne Viertel von Puerto Montt begeben musste, und zwar allein, denn sie wollte nicht, dass irgendjemand von ihren Nachforschungen erfuhr. Miguel, davon war sie überzeugt, würde schon aus reiner Boshaftigkeit versuchen, ihr Steine in den Weg zu legen, und auch von Doña Isabella durfte sie keine Unterstützung erwarten. Und Don Carlos ... Was ihn betraf, wusste sie nach dem Gespräch eben einfach nicht mehr, was sie von ihm halten sollte.

Sie eilte auf ihr Zimmer und klingelte nach Pilar, ihrem Mädchen, das nach kurzer Wartezeit erschien, knickste und mit demütig gesenktem Blick bei der Tür stehen blieb. Das war ein Verhalten, auf das Miguel sämtliche weibliche Dienstboten gedrillt hatte. Er mochte es, wenn ihm gegenüber eine gewisse Unterwürfigkeit an den Tag gelegt wurde.

Charlotte hingegen hasste dergleichen. Sie vermisste die innige Verbindung, die zwischen Margot und ihr bestanden hatte – über alle Standesgrenzen hinweg. Doch da sie wusste, wie Miguel reagieren würde, wenn sich eines der Mädchen irgendwelche Freiheiten herausnähme, versuchte sie gar nicht erst, die Bediensteten näher kennenzulernen, was zur Folge hatte, dass sie sich die meiste Zeit schrecklich einsam und verlassen fühlte.

Doch jetzt war nicht der richtige Zeitpunkt, um in Selbstmitleid zu versinken.

„Ich gehe aus“, teilte sie Pilar mit, die sofort zum Schrank eilte, um ihren Mantel zu holen.

„Soll ich den Kutscher bitten, den Wagen vorzufahren, Señora?"

Charlotte schüttelte den Kopf. „Nicht nötig", sagte sie. „Ich werde mir eine Droschke nehmen."

Erschrocken schaute das junge Mädchen sie an. „Sind Sie sicher? Der Fahrer bringt Sie gern überall hin, Señora ..."

Ja, dachte Charlotte und unterdrückte ein Seufzen. Und dann würde er Miguel sofort über jeden ihrer Schritte Bericht erstatten.

„Mach dir um mich keine Gedanken, Pilar", sagte sie. „Ich komme schon zurecht."

Das Mädchen senkte den Blick. „*Sí, naturalmente.*"

„Sollte jemand nach mir fragen – ich mache einige Höflichkeitsbesuche und werde voraussichtlich nicht vor dem Abendessen zurück sein."

„Sehr wohl, Señora."

In den vergangenen drei Jahren seit ihrer Ankunft in Chile hatte Charlotte viele Kontakte geknüpft, ohne dabei jedoch echte Freunde zu finden. Dennoch konnte sie Besuche bei Bekannten problemlos als Alibi benutzen, sollte ihr Mann tatsächlich auf den Gedanken kommen, sich danach zu erkundigen, was sie den lieben langen Tag tat.

Als sie auf die Straße hinaustrat, war ihr, als könne sie zum ersten Mal seit Tagen wieder frei atmen. So erging es ihr jedes Mal. Das Haus der Duartes war zwar sehr schön und auch komfortabel eingerichtet, doch Charlotte hatte sich in all der Zeit, die sie nun schon hier lebte, nicht wirklich eingewöhnen können. Vermutlich vergifteten die Unzufriedenheit und die Missgunst seiner Bewohner die Atmosphäre – anders konnte sie es sich nicht erklären.

Es regnete noch immer, und da sie vergessen hatte, einen Schirm mitzunehmen, zog sie sich zum Schutz die Kapuze ihres Mantels übers Haar. Der Himmel über der Stadt war bleiern grau, und die Wolken hingen so tief, dass die Dächer der Häuser sie fast zu berühren schienen. Die Straßen waren kurz davor, sich in reißende Bäche zu verwandeln.

Rasch winkte Charlotte eine Droschke heran und kletterte hinein. „Zum Hafen“, wies sie den Fahrer an, der, ohne sich auch nur einmal nach ihr umzublicken, die Peitsche knallen ließ.

Sofort setzte sich das Gefährt in Bewegung.

Je weiter sie in Richtung Hafen vordrangen, umso ärmlicher wurde die Umgebung. Durch die offenen Seiten der Droschke sah Charlotte Arbeiter in verdreckten Hosen und Hemden stoisch durch den Matsch stapfen, Frauen, die Tröge mit Wäsche schleppten, und schmutzige Kleinkinder, die zwischen den Ständen eines Straßenmarkts herumwuselten, in der Hoffnung, es würde etwas für sie abfallen.

Die Arbeit, die die einfachen Leute in den Häfen verrichteten, war hart und nicht gut bezahlt. Die meisten der Kinder hier erhielten vermutlich nicht einmal eine anständige Mahlzeit täglich. Wenn Charlotte daran dachte, wie viele Lebensmittel im Haushalt der Duartes sinnlos verschwendet wurden, bekam sie immer ein schlechtes Gewissen. Doch weder Miguel noch sein Vater wollten davon etwas hören.

„Mein Leben lang habe ich hart für alles gearbeitet, was wir besitzen“, tönte Don Carlos stets. „Ich sehe keinen Sinn darin, mein Geld zum Fenster hinauszuwerfen, indem ich arbeitsscheues Gesindel unterstütze, das zu faul ist, selbst für seinen Lebensunterhalt zu sorgen.“

Sie kannte solche Reden gut – ihr Vater hatte genau dieselbe Meinung vertreten. Don Carlos musste man immerhin zugutehalten, dass er in seinem Leben tatsächlich etwas geleistet hatte. Anders als Richard von Grünau zu Meersberg, der alles nur seiner hochwohlgeborenen Herkunft verdankte.

Trotzdem fand Charlotte eine solche Betrachtungsweise sehr kurzsichtig. All diese Menschen waren mitnichten arbeitsscheues Gesindel. Viele von ihnen waren mit großen Hoffnungen und Träumen nach Südamerika ausgewandert, um Hunger und Armut in ihrer Heimat zu entgehen. Engländer, Iren, Deutsche. Aus aller Herren Länder strömten die Menschen in die Neue Welt – doch für nicht wenige endete die Reise in einer Enttäuschung. Dies war nicht das Land, in dem Milch und Honig flossen. Zumindest nicht für jene, die ohne Startkapital oder besondere Fähigkeiten ihr Glück suchten.

Charlotte empfand tiefes Mitgefühl mit diesen armen Seelen, die manchmal am Rande des Existenzminimums dahinvegetierten. Es gab jedoch nichts, was sie für diese Menschen tun konnte. Sie besaß ja selbst nur das, was Miguel ihr im Monat zur Verfügung stellte, und das war nicht eben viel. Einen großen Teil davon verwendete sie bereits, um Margots Heim für Mapuche-Kinder zu unterstützen.

„Sie können nicht jedes hungrige Maul stopfen, Charlotte", sagte Margot immer. „Das ist einfach nicht möglich."

So ungern Charlotte es sich auch eingestand, Margot hatte recht.

„Wohin genau soll's gehen, Señora?", fragte der Fahrer vom Kutschbock durch ein kleines Fenster im vorderen Teil des Wagens und riss sie damit aus ihren Gedanken.

„Zur Reederei Martinéz", erwiderte sie, und die Kutsche beschleunigte erneut.

Wenige Minuten später hatte sie ihr Ziel erreicht. Mittlerweile versank die Sonne bereits am Horizont, und lange Schatten legten sich über die Stadt. Charlotte fühlte sich alles andere als wohl, als sie aus dem Wagen stieg, doch ihre Entschlossenheit war ungebrochen. Sie straffte die Schultern und ging auf den Eingang des Reedereibüros zu. Ein kleines Glöckchen klingelte über ihrem Kopf, als sie durch die Tür trat.

Das Büro bestand aus einem großen Raum, in dem mehrere Schreibtische standen, hinter denen Männer unterschiedlichen Alters in billig aussehenden Anzügen saßen. Das Kratzen von Schreibfedern erfüllte die Luft, ebenso wie der holzige Geruch von altem Papier.

Als niemand Anstalten machte, auf ihr Eintreten zu reagieren, räusperte sie sich vernehmlich. Endlich stand ein Mann von einem der vorderen Schreibtische auf und kam auf sie zu.

„Was kann ich für Sie tun?", fragte er nicht besonders freundlich.

„Ich bin auf der Suche nach Informationen über eine Frau, die vor einundzwanzig Jahren hierher nach Chile gekommen ist. Besteht die Möglichkeit, dass ich mir Ihre Passagierlisten anschaue, um zu sehen, ob sie auf einem Ihrer Schiffe ..."

„Vor einundzwanzig Jahren?" Der Mann starrte sie ungläubig an. „Sie scherzen wohl, Señora." Er deutete auf Regale voller Unterlagen. „Das sind die Dokumente der vergangenen acht Monate. Bedaure, wir bewahren grundsätzlich nichts länger als fünf Jahre auf. Wir sind eine Reederei, kein Dokumentenlager!"

Charlotte war enttäuscht, aber noch nicht bereit, sämtliche Hoffnung aufzugeben. „Es muss doch möglich sein, herauszufinden, ob sie mit einem Schiff Ihrer Linie den Pazifik überquert hat."

„Alles ist möglich, Señora", entgegnete der Schreiber ungeduldig. „Wenn man nur genug Zeit und Muße hat. Ich befürchte jedoch, mit beidem können wir Ihnen nicht dienen. Sie entschuldigen mich? Ich habe zu arbeiten."

Mit diesen Worten ließ er sie stehen und kehrte an seinen Platz zurück, wo er, ohne sie eines Blickes zu würdigen, seine Arbeit wieder aufnahm. Ein paar Sekunden zögerte Charlotte noch, doch im Grunde war ihr klar, dass sie von hier keine Hilfe zu erwarten hatte. Sie verließ das Büro und kletterte eilig zurück in die Droschke, da es erneut zu regnen begonnen hatte.

„Wohin jetzt?", fragte der Kutscher durch sein kleines Fenster. Charlotte nannte ihm den Namen einer zweiten Reederei, die sie vom Hörensagen kannte, und der Mann runzelte die Stirn. „Das ist eine ziemlich finstere Gegend, Señora. Sind Sie sicher, dass Sie da hinwollen?"

„Absolut sicher", entgegnete sie fest.

Er zuckte mit den Schultern und spuckte geräuschvoll aus. „Ihre Angelegenheit. Aber dann verlange ich mein Geld im Voraus!"

„Einverstanden."

Dieses Mal dauerte die Fahrt nicht sehr lange, denn sie blieben in der Nähe des Hafens. Dennoch war nicht zu übersehen, dass die Gebäude, je tiefer sie in das Gewirr enger Straßen und dunkler Gassen vordrangen, schäbiger und verfallener wurden. Auch hielten sich immer weniger Menschen draußen auf, was, wie Charlotte vermutete, nicht nur mit dem schlechten Wetter zusammenhing.

Mittlerweile war es dunkel geworden, und aus den wenigsten Fenstern drang Licht. Ein wahres Paradies für Verbrecher und Halsabschneider, schoss es ihr durch den Kopf, doch sie schüttelte den Gedanken rasch ab. Ihre Nerven waren auch so schon angespannt genug.

„Brrrr …"

Die Droschke hielt vor einer alten Lagerhalle, die mit Sicherheit schon bessere Tage erlebt hatte. Über einem großen Tor hing windschief ein Schild mit der Aufschrift „Compañía Naviera de Santo" in der Halterung. Die Fenster der Halle waren blind und starrten vor Schmutz, und hinter ihnen schien es dunkel zu sein.

„Warten Sie hier", wies sie den Kutscher an und machte sich daran auszusteigen.

„*Uno momento!*", rief er. „Zuerst mein Geld."

Charlotte holte ihren Geldbeutel unter dem Mantel hervor und kramte ein paar Münzen heraus, die sie dem Mann reichte. „Warten Sie", schärfte sie ihm erneut ein. Dann wandte sie sich ab und ging auf das Tor zu, obwohl sie ein mulmiges Gefühl dabei hatte. Sie atmete tief durch, hob die Hand und klopfte.

Nichts rührte sich.

„*Malhaya*", rief der Kutscher. „Es ist niemand da – lassen Sie uns von hier verschwinden!"

Doch Charlotte war nicht bereit, noch eine Niederlage zu akzeptieren. Nicht, ehe sie nicht alles versucht hatte. Sie ignorierte die warnenden Worte des Kutschers und bog um die Ecke der Halle, um nachzusehen, ob sich dort vielleicht ein zweiter Eingang befand.

Als sie plötzlich das Knallen einer Peitsche hörte und gleich darauf das Rumpeln von Rädern und das Trappeln von Hufen, wirbelte sie erschrocken herum und sah, wie die Kutsche davonfuhr.

„Halt!", rief sie entsetzt und lief zur Straße zurück, doch sie sah nur noch die Droschke in der Dunkelheit verschwinden. Einen Augenblick fühlte sie sich wie vor den Kopf gestoßen. War das gerade wirklich geschehen? Oder handelte es sich nur um einen bösen Traum, aus dem sie jeden Moment erwachen würde?

Die Finsternis um sie herum schien zu pulsieren, und Charlotte glaubte, ein Scharren und Kratzen zu hören, wie von winzigen Krallen, die über das Kopfsteinpflaster trappelten. Mit einem Mal war ihre Kehle wie zugeschnürt, und ihr Herz hämmerte wild. Panik erfasste sie. Wie angewurzelt stand sie da, nicht fähig, auch nur einen einzigen Muskel zu rühren.

Hör auf, Charlotte, befahl sie sich, mach dich nicht verrückt! Wenn du jetzt die Nerven verlierst, ist dir damit nicht geholfen. Bewahre die Ruhe, atme durch und überleg, was du am besten tun kannst!

Sie beherzigte ihren eigenen Rat und holte tief Luft. Langsam spürte sie, wie etwas von der Anspannung von ihr abfiel. Sie straffte die Schultern und setzte sich in Bewegung die Straße hinunter, in die Richtung, in der die Droschke verschwunden war. Früher oder später musste sie schließlich eine belebtere Gegend erreichen, und dort würde sie dann gewiss eine neue Droschke finden. Zumindest hoffte sie das.

Was blieb ihr auch anderes übrig?

„Du gehst *jetzt* weg?" Maria kniff die Augen zusammen, als Leander an der Schanktheke vorbei in Richtung Ausgang strebte.

In der Wirtschaft ging es hoch her. Am Nachmittag war ein Frachter aus dem Zarenreich eingelaufen, und die Männer waren durstig und feierten ausgelassen, froh darüber, endlich wieder festen Boden unter den Füßen zu haben. Das Bier und der Branntwein flossen in Strömen. Maria, ihre Mutter und ihr Bruder hatten alle Hände voll damit zu tun, die ungeduldigen Matrosen zu versorgen.

Normalerweise hätte Leander ganz von selbst mit angepackt. Die Arbeit in der Schenke war zwar nicht mit der an Bord der *Güstrow* zu vergleichen, doch in den letzten Jahren hatten sich die Prioritäten in seinem Leben verschoben. Er musste an seine Frau denken und vor allem an seine kleine Tochter. Allein der Gedanke, monatelang von Aurora fort zu sein und nur während seiner kurzen Aufenthalte mitzuerleben, wie sie aufwuchs, war ihm unerträglich. Entsprechend dankbar war er dafür, dass seine Schwiegermutter es ihm ermöglichte, Tag für Tag bei ihr zu sein.

Heute aber konnte er es nicht ertragen, sich länger als unbedingt nötig in der Gegenwart seiner Frau aufzuhalten. Maria und er hatten sich am frühen Nachmittag wieder einmal gestritten. Der Grund war immer derselbe: Maria wollte, dass er endlich etwas unternahm, um Geld für die Familie heranzuschaffen – ganz gleich, wie. Dieses Mal hatte sie es aber wirklich zu weit getrieben, indem sie ihm androhte, ihm Aurora fortzunehmen, wenn er sich weiterhin weigerte, sich auf irgendwelche krummen Geschäfte einzulassen. Nahm sie wirklich an, dass er sich das gefallen ließ?

„Ja“, antwortete er nun knapp. „Ich weiß nicht, wann ich zurück sein werde – du solltest also besser nicht auf mich warten.“ Als ob sie das je täte.

Er verließ die Wirtschaft, ehe Maria noch etwas erwidern konnte. Draußen sog er die kühle, leicht nach Salz und Tang schmeckende Luft tief in seine Lunge. Es war dunkel, allein der Mond, der voll am Himmel stand, spendete einen silbrigen Schein. Dennoch gewöhnten sich seine Augen schnell an die veränderten Lichtverhältnisse.

Er ging drauflos. Ein besonderes Ziel hatte er nicht vor Augen. Er wollte einfach nur so weit wie möglich fort von Maria und sich über ein paar Dinge klar werden.

Wie zum Beispiel über ihre gemeinsame Zukunft.

Er hatte nicht vor, auf ihre Erpressung einzugehen. Und sich auf irgendwelche kriminellen Machenschaften einzulassen, nur damit sie zufrieden war, kam für ihn ebenfalls nicht infrage.

Was ihm wirklich Sorgen bereitete, war dass seine Frau tatsächlich keine Skrupel haben würde, Aurora für ihre Zwecke einzuspannen. Und ganz gleich, was er von Maria hielt – seine Tochter durfte auf keinen Fall unter den Differenzen, die es zwischen ihren Eltern gab, leiden. Wie sollte er das alles nur unter einen Hut bringen?

Er wusste es nicht – fest stand nur, dass er einen Weg finden musste.

Mittlerweile hatte er eine Gegend erreicht, die berüchtigt dafür war, dass sich hier nach Einbruch der Dunkelheit finstere Gestalten herumtrieben. Er beschloss gerade, sich auf den Rückweg zu machen – er war nicht überängstlich, aber auch kein Narr, der ohne guten Grund ein Risiko einging –, als er plötzlich aus einer Gasse verzweifelte Hilferufe hörte.

Er zögerte keine Sekunde und lief sofort los.

Die Finsternis wirkte zwischen den engen, hohen Häuserwänden fast schon massiv, sodass er einen Augenblick brauchte, um das Geschehen zu erfassen. Doch dann sah er huschende Schatten, die sich um einen bestimmten Punkt am Ende der Gasse bewegten, und beschleunigte seine Schritte.

„Hey!", rief er. „*Déjalo!* Sofort aufhören!"

Jemand fluchte in einer Sprache, die Leander nicht verstand, und im nächsten Moment erklangen sich entfernende Schritte.

Langsam ging er weiter, jederzeit darauf vorbereitet, dass sich jemand aus der Dunkelheit auf ihn stürzen könnte, doch nichts dergleichen geschah. Stattdessen hörte er ein ersticktes Stöhnen.

Es handelte sich eindeutig um das Stöhnen einer Frau.

Nun gab es für Leander kein Halten mehr, und er stürzte los. Dabei wäre er fast über das hilflose Bündel Mensch gestolpert, das auf dem Boden in der Gasse lag.

„Keine Angst", versuchte er das Opfer des Überfalls – zumindest nahm er an, dass es sich darum handelte – zu beruhigen. „Die Männer sind weg. Sie sind in Sicherheit."

Die Frau versuchte etwas zu erwidern, doch es kam nur ein ersticktes Schluchzen über ihre Lippen. Verdammt, dachte Leander. Hoffentlich ist sie nicht schwer verletzt!

Ihm blieb keine andere Wahl, als sie so schnell wie möglich wegzuschaffen. Zwar hatte er die Angreifer vorerst verjagt, aber ihm war klar, dass sie jederzeit wiederkommen konnten. Sein großer Vorteil war das Überraschungsmoment gewesen – doch das war mittlerweile verflogen. Den Ganoven würde vermutlich sehr bald aufgehen, dass sie sich einen profitablen Coup entgehen ließen, denn der Mantelstoff, den er ertastete, bestand nicht aus dem rauen Material, das in der Arbeiterklasse verwendet wurde, sondern aus feinster Wolle. Ganz offensichtlich hatte er es hier mit einer reichen Dame zu tun, die sich, aus welchen Gründen auch immer, in diese finstere Gegend verirrt hatte.

Kurz entschlossen schob er seine Arme unter ihre Achseln und Knie und hob sie hoch. Obwohl ihre Röcke – sie trug ganz eindeutig mehrere versteifte Unterröcke, ein weiterer Beleg für ihre wohlhabende Herkunft – schwer vor Nässe und Matsch waren, kam sie ihm federleicht vor. Ihr Kopf ruhte an seiner Brust, rollte aber haltlos hin und her, als er zu laufen begann. Offenbar hatte sie das Bewusstsein verloren. Angespannt lauschte er darauf, ob Schritte hinter ihm erklangen, doch wie es aussah, wurden sie nicht verfolgt.

Endlich erreichte er einen etwas belebteren Bereich des Hafenviertels. Die Wirtschaft seiner Schwiegermutter war nur noch ein paar Straßen entfernt, dennoch zögerte er, seinen Schützling dorthin zu bringen. Wie er Maria kannte, würde sie versuchen, Kapital aus dem Unglück dieser bedauernswerten Person zu schlagen.

Aber was dann? Einen Arzt gab es in dieser Gegend nicht – nur einen Quacksalber, der Pillen und Tinkturen verkaufte, die im besten Fall nicht halfen und seine Patienten schlimmstenfalls sogar noch kränker machten. Zu ihm wollte er die Frau ganz gewiss nicht bringen, daher beschloss er, sie erst einmal selbst in Augenschein zu nehmen und danach zu entscheiden, wie er weiter vorgehen sollte.

Zum Wirtshaus gehörte ein kleiner Stall, der aber nur selten genutzt wurde. Die Stammgäste kamen allesamt aus der Nachbarschaft. Davon abgesehen verirrten sich zumeist nur Matrosen auf Landgang zu ihnen. Durch einen schmalen Durchgang gelangte Leander in den Hinterhof der Schenke und schob mit einem Fuß das Tor des Bretterverschlags auf. Drinnen angekommen bettete er seinen Schützling im Stroh und entzündete mit einem Zündholz den Docht in der Petroleumlampe, die an der Wand hing.

Ein flackernder, rotgoldener Schein erhellte den Stall, und zum ersten Mal sah er mehr als nur Schemen von der Frau, die er aus den Fängen der Halsabschneider gerettet hatte.

Das Haar fiel ihr in wirren Strähnen ins Gesicht, und ihr Mantel klaffte weit auf, sodass er das Kleid sehen konnte, das sie darunter trug. Er hatte sich nicht getäuscht – sie stammte eindeutig aus gutem Hause, denn der Stoff ihres Gewands war ebenso kostspielig wie der des Mantels.

Er ging neben ihr in die Hocke und musterte sie aufmerksam. Offensichtliche Verletzungen konnte er keine erkennen, und ihre Brust hob und senkte sich regelmäßig. Vorsichtig strich er ihr das Haar aus dem Gesicht – und ihm stockte der Atem.

Abrupt richtete er sich auf und stolperte zurück. Nein, das konnte nicht sein! Das war einfach nicht möglich!

Doch dann fingen ihre Lider an zu flattern, sie schlug die Augen auf, und ihm war, als würde ihr Blick ihn mehr als zweieinhalb Jahre in die Vergangenheit zurückschleudern.

Sie war es tatsächlich!

„Charlotte …"

Einen Moment lang starrte er sie einfach nur an. Es war nicht das erste Mal, dass er sie seit ihrer Hochzeit sah, bisher aber nur aus der Ferne. Manchmal hatte er sich eingeredet, dass es Zufall war. Dass man sich in einer Stadt wie Puerto Montt zwangsläufig ab und an über den Weg lief. Doch das war Unsinn. Er hatte es darauf angelegt, sie zu sehen. Und obwohl es ihn jedes Mal bis tief ins Mark erschütterte – er hatte nicht von ihr lassen können.

Seit sie sich damals an Bord der *Güstrow* verabschiedet hatten, war viel geschehen. Ihrer beider Leben hatte sich verändert. *Sie* hatten sich verändert. Es gab Menschen, mit denen sie verbunden waren und die sich auf sie verließen. So gern er an das anknüpfen würde, was einst zwischen ihnen gewesen war – es ging nicht.

Und er wollte es auch nicht.

Zumindest versuchte er, sich das einzureden.

Sie blinzelte erneut, dann klärte sich ihr Blick langsam. Als sie ihn schließlich anschaute, spiegelte sich sofort Erkennen in ihren wunderschönen blauen Augen.

„Leander!" Sie richtete sich abrupt auf, sank aber schon im nächsten Moment erstickt aufstöhnend zurück auf das Strohlager.

„Bleib besser noch liegen", sagte er. „Du warst eine Weile bewusstlos. Wie fühlst du dich? Hast du Schmerzen?"

Langsam schüttelte sie den Kopf und unternahm einen weiteren, sehr viel vorsichtigeren Versuch, sich aufzurichten. „Wo bin ich? Was ist passiert?"

„Du erinnerst dich an nichts mehr?"

Sie runzelte die Stirn. „Meine Droschke fuhr weg und ich verirrte mich. Dann …" Sie riss die Augen auf. „Da waren plotzlich diese Männer! Sie … Oh Gott!"

Als sie heiser aufschrie und das Gesicht in den Händen barg, konnte er nicht länger an sich halten. Er schloss sie in seine Arme und hielt sie, bis ihr Schluchzen langsam nachließ und sie wieder etwas ruhiger atmete.

Widerwillig ließ er sie los. Es war gefährlich, ihr so nahe zu kommen. Wenn er schon nicht an seine Ehe dachte, dann sollte er doch zumindest an seine Tochter denken. Aurora brauchte ihn. Und das, was zwischen Charlotte und ihm einmal gewesen sein mochte, war längst vorbei.

Sie hatte es zerstört, indem sie einen anderen Mann geheiratet hatte.

Leander nahm es ihr nicht übel. Sie hatte nicht wissen können, dass er noch lebte. Nicht selten war er sogar mehr tot als lebendig gewesen. Dennoch schmerzte es, dass sie sich so rasch über ihn hinweggetröstet hatte. Das konnte er nicht einfach so vergessen.

Und doch spürte er jetzt, wie seine Finger leicht zitterten, als er sich durchs Haar strich. Es war so unwirklich, hier mit ihr zu sitzen. Im flackernden Schein der Lampe wirkte sie noch jünger, noch verletzlicher, als er sie in Erinnerung hatte, und er verspürte den unbändigen Wunsch, sie wieder in seine Arme zu ziehen und sie zu küssen, bis die Welt in Bedeutungslosigkeit versank.

Er tat nichts dergleichen, und das war auch gut so. Seinen Gefühlen nachzugeben wäre ein Fehler, den er womöglich bis an sein Lebensende bereuen würde.

Oder aber du wirst bis an dein Lebensende bereuen, es nicht getan zu haben …

Er verscheuchte den unliebsamen Gedanken und versuchte, sich wieder auf die Situation zu konzentrieren. Leicht fiel es ihm nicht.

„Was hast du überhaupt in einer üblen Gegend wie dieser gesucht?" Er schüttelte den Kopf. „Du kannst von Glück sagen, dass ich zufällig in der Nähe war. Ich habe nämlich immer noch nicht gelernt, dass man sich besser nicht in Dinge einmischt, die einen nichts angehen!"

Das Leben in den Docks war kein Vergnügen. Die Menschen arbeiteten hart und verdienten trotzdem kaum genug, um alle hungrigen Mäuler zu stopfen. Alkoholmissbrauch und Gewalt waren an der Tagesordnung. Um Schwierigkeiten zu vermeiden, kümmerte man sich nur um das, was einen direkt betraf. So konnte es vorkommen, dass Hilferufe draußen auf der Straße ignoriert wurden, da man kein Risiko eingehen wollte.

„Glaub mir, ich bin froh, dass du da warst." Sie schauderte. „Ich hatte solche Angst und dachte, mein letztes Stündlein hätte geschlagen …"

Er wollte wütend auf sie sein. Weil sie so schrecklich unvorsichtig und unvernünftig gewesen war. Weil sie einfach so wieder in sein Leben platzte und alles durcheinanderwirbelte. Weil er sich nun selbst eingestehen musste, dass er nie wirklich aufgehört hatte, an sie zu denken. Und nicht zuletzt, weil sie damals nicht länger auf ihn gewartet hatte. Doch alles, was er empfinden konnte, war Mitgefühl – und etwas anderes, das er lieber nicht zu intensiv erforschen wollte.

„Wie geht es deinem Mann?“, fragte er, vor allem um sich wieder vor Augen zu rufen, dass sie verheiratet war.

Ebenso wie du selbst es bist …

Charlotte senkte den Blick. Ob aus Verlegenheit oder einem anderen Grund, konnte er nicht sagen. Aber irgendetwas an ihrer Geste rührte ihn, ohne dass er es wollte.

„Ich nehme an, es geht ihm gut“, antwortete sie, wobei sie traurig lächelte. „Du musst wissen, wir verbringen nicht viel Zeit miteinander. Unsere Beziehung ist … schwierig.“ Sie schüttelte den Kopf. „Warum erzähle ich dir das eigentlich? Du wirst dich kaum ernsthaft für meine Probleme interessieren.“

Er runzelte die Stirn „Wieso sagst du das?“

„Es ist doch wahr, oder etwa nicht? Ich habe dich gesehen, in der Kirche am Tag meiner Hochzeit. Ich habe in deine Augen geblickt und gewusst, dass du mir niemals verzeihen würdest, dass ich unsere Liebe verraten habe. Aber …“ Ein ersticktes Schluchzen entrang sich ihrer Kehle, und sie hob eine Hand vor die Lippen.

„Das gehört alles der Vergangenheit an“, erwiderte er mit einer Inbrunst, die er tatsächlich gar nicht empfand. „Du warst noch ein halbes Kind, als ich dir zum ersten Mal an Bord der *Güstrow* begegnet bin. Ich hätte mich nicht so in diese Sache hineinsteigern sollen. Inzwischen weiß ich, dass ich zu viel von dir erwartet habe. Es war nur ein kurzes Aufflackern von Gefühlen, eine Frühlingsromanze.“

Aus großen Augen starrte sie ihn an. „Denkst du wirklich so darüber?“

Er zögerte. Nein, das tat er nicht, bloß war es besser, wenn sie das nicht wusste. „Ich sollte dich jetzt nach Hause bringen“, sagte er anstelle einer Antwort.

„Nicht nötig, ich komme schon allein zurecht.“ Sie straffte die Schultern und machte Anstalten, sich zu erheben, doch er hielt sie zurück.

„Kommt überhaupt nicht infrage!“, widersprach er energisch. „Wir haben beide gesehen, wohin das führt!“ Er schüttelte den Kopf. „Mich würde übrigens immer noch interessieren, warum eine Frau wie du sich in einer so miesen Gegend wie dem Hafenviertel herumtreibt. Du sagtest etwas von einer Reederei. Was wolltest du da?“

Charlotte spürte seinen fragenden Blick auf sich ruhen und fühlte, wie ihr Herz anfing, heftiger zu schlagen. So war es ihr von Anfang an ergangen. Sie brauchte Leander nur in die Augen zu schauen, und es war um sie geschehen.

Dabei verhielt er sich ihr gegenüber alles andere als charmant. Ja, er hatte sie gerettet, und dafür war sie ihm auch wirklich dankbar. Dennoch gefiel es ihr nicht, wie er über ihre Zeit an Bord der *Güstrow* sprach. So, als wäre es nichts Besonderes gewesen. Nichts, an das man mehr als einen flüchtigen Gedanken verschwendete.

Vielleicht sah er es ja tatsächlich so, und sie hatte ihn damals vollkommen falsch eingeschätzt. Für sie selbst bedeutete es mehr als das. Sehr viel mehr. Kaum ein Tag verging, an dem sie nicht an Leander dachte.

Und daran, was hätte sein können.

Mühsam drängte sie die Tränen zurück, die ihr in die Augen traten. Auf keinen Fall wollte sie sich vor ihm die Blöße geben zu weinen.

„Es geht dich zwar nichts an, aber ich suche nach Hinweisen auf den Verbleib meiner Mutter“, erklärte sie schließlich.

„Deiner Mutter?“ Er krauste die Stirn. „Du hast mir einmal erzählt, dass sie euch verlassen hat, als du noch ganz klein warst.“

„Ja, sie ging kurz nach meiner Geburt – vermutlich genau hierher, nach Chile.“

„Und jetzt willst du sie suchen“, stellte er nüchtern fest. „Ein ziemlich ehrgeiziges Unterfangen. Was weißt du denn schon?“

Charlotte blieb nichts anderes übrig, als mit den Schultern zu zucken. „So gut wie nichts“, gab sie zu, reckte dann aber das Kinn. „Das bedeutet aber keineswegs, dass ich bereit wäre aufzugeben. Ich will meine Mutter ausfindig machen – oder es zumindest versuchen."

„Und sogar dein Leben dafür riskieren?"

„Unsinn!", stieß sie ärgerlich hervor. „Ich war mit einer Droschke unterwegs, um bei einigen Reedereien nachzufragen, ob sie eventuell noch Passagierlisten aus der Zeit besitzen, in der meine Mutter ins Land gekommen sein muss. Wie sollte ich ahnen, dass der Kutscher mich plötzlich im Stich lässt?"

„Trotzdem", entgegnete er fest. „Es ist gefährlich, was du treibst. Die infrage kommenden Reedereien befinden sich allesamt in miesen Gegenden, die du als Frau nicht betreten solltest – zumindest nicht allein."

„Soll das ein Angebot sein, mich zu begleiten?"

Sie wusste, dass sie ihn damit überrumpelte, doch das geschah ihm nur recht. Seine verflixte Selbstherrlichkeit war einfach unerträglich. Glaubte er etwa, sie kannte die Risiken nicht, auf die sie sich einließ? Manchmal musste man eben bereit sein, etwas zu wagen, um etwas zu erreichen.

Natürlich erwartete sie nicht, dass er zustimmte, aber er überraschte sie.

„Da ich dich nicht dazu bringen kann, Vernunft anzunehmen, bleibt mir ja nichts anderes übrig, als auf dich aufzupassen", sagte er.

Charlotte blinzelte erstaunt. „Ist das wirklich dein Ernst? Du willst mir helfen?"

„Das hat mit wollen nichts zu tun – ich *muss*. Wenn du dich das nächste Mal in Schwierigkeiten bringst, ist sonst vielleicht niemand in der Nähe, der dich rettet." Er fuhr sich mit der Hand durchs Haar, und seine Lippen verzogen sich zu jenem jungenhaften Lächeln, das sie noch so gut von früher kannte. „Und ich will schließlich nicht, dass die Mühe, die ich heute mit dir hatte, völlig vergeblich war."

Nun konnte auch Charlotte sich ein Lächeln nicht verkneifen. Einen Moment lang fühlte sie sich zurückversetzt in die Vergangenheit. Sie schloss die Augen und glaubte, die salzige Meeresbrise zu spüren, die ihr durchs Haar strich, und das Stampfen der Maschinen unter Deck. Das Geräusch der Wellen, die am Rumpf des Schiffes aufspritzten, klang in ihren Ohren nach.

Damals war ihr alles so kompliziert, so beängstigend vorgekommen. Sie hatte nicht gewusst, was sie tun sollte, war hin- und hergerissen gewesen zwischen ihren Gefühlen für Leander und der Verpflichtung ihrer Familie gegenüber.

Wie gern würde sie jetzt mit ihrem alten Ich tauschen und die Zeit, die Leander und sie gemeinsam gehabt hatten, in vollen Zügen genießen. Vielleicht musste sie ja nicht wieder ins Hier und Jetzt zurückkehren, solange sie die Augen nicht öffnete. Solange sie nicht zuließ, dass die Gegenwart sie einholte.

Doch im Grunde wusste sie, dass das nicht möglich war. Mit einem leisen Seufzen schlug sie die Lider auf und atmete scharf ein, als sie Leanders Gesicht unmittelbar vor ihrem erblickte.

Er war ihr so nahe, dass sie seinen warmen Atem auf ihrer Haut spürte. Nur Zentimeter trennten ihre Lippen voneinander. Wenn sie sich ein Stück aufrichtete, könnte sie auch diese letzte Distanz überbrücken und ihn küssen.

Allein bei dem Gedanken rieselte ihr ein wohliger Schauer über den Rücken. Sie hatte selbst nicht gewusst, wie sehr sie sich nach seiner Nähe sehnte. Bis jetzt … Ihr Puls raste, und es durchfuhr sie heiß und kalt zugleich.

Reiß dich zusammen, Charlotte, ermahnte sie sich. Mach keine Dummheiten!

Und es stimmte: Ganz gleich, wie sehr sie es sich auch wünschte – Leander zu küssen war keine gute Idee. Es würde sie nur daran erinnern, was einmal zwischen ihnen gewesen war – und was nie wieder sein durfte. Nicht, weil sie sich Miguel in irgendeiner Hinsicht verpflichtet fühlte, nein. Die Zeiten, in denen sie ihm eine gute Ehefrau hatte sein wollen, waren längst vorbei. Sie hatte es versucht, *wirklich* versucht. Doch seine kleinen Grausamkeiten und die Verachtung, mit der er anderen Menschen – auch ihr – begegnete, machten es ihr unmöglich.

Wenn es allein um Miguel gegangen wäre, sie hätte mit Freuden alle Brücken hinter sich abgebrochen, um mit Leander zusammen sein zu können. Aber sie wusste von Margot, dass er ebenfalls gebunden war. Und er hatte nicht nur eine Frau, sondern auch eine Tochter.

Ein Kind, das ein Recht auf seinen Vater hatte.

So weh es auch tat, sie durfte ihn seiner Familie nicht wegnehmen. Es wäre ganz einfach nicht in Ordnung. Außerdem hatte er ihr ja klar und deutlich zu verstehen gegeben, dass das, was zwischen ihnen gewesen war, für ihn längst nicht mehr zählte.

Nur weil sie noch immer der Vergangenheit nachhing, bedeutete das nicht, dass er ebenso empfinden musste.

Und das tat er auch offensichtlich nicht.

„Also schön", sagte sie und richtete sich auf – vorsichtig darauf bedacht, Leander dabei nicht zu nah zu kommen. „Ganz wie du willst. Dann sehen wir uns morgen gegen zwei aud dem Fischmarkt?"

Er nickte. Vermutlich ärgerte er sich inzwischen über sein voreiliges Angebot, war aber zu stolz, um es zurückzunehmen. „Ich bringe dich jetzt nach Hause", sagte er und stand auf.

„Bring mich einfach nur bis zum nächsten Droschkenstand – von dort aus komme ich schon allein zurecht."

Miguel erwartete sie bereits, als sie eine halbe Stunde später zu Hause eintraf. Oder besser: Er hatte Cristóbal, seinem persönlichen Diener und Spion, aufgetragen, nach ihr Ausschau zu halten. Charlotte hatte ihn bei ihrer Ankunft oben am Fenster gesehen. Sein dunkles Gesicht war sofort hinter dem zufallenden Vorhang verschwunden – vermutlich hatte er sich gleich auf den Weg gemacht, um seinem Herrn Bericht zu erstatten.

So war sie nicht gänzlich unvorbereitet, als sie kurz darauf den Salon betrat. Es überraschte sie nicht, ihren Mann darin vorzufinden, obwohl er diesen Raum sonst mied. Es war offensichtlich, dass er ihretwegen da war. Aber wieso?

Sie hatte kaum die Tür hinter sich geschlossen, da kam er auch schon, auf seinen Stock gestützt, auf sie zugehumpelt. Grob packte er sie mit seiner freien Hand am Unterarm. Sie unterdrückte ein schmerzerfülltes Aufstöhnen. Es fühlte sich an, als wären ihre Knochen kurz vorm Bersten.

„Hör auf", bat sie ihn. „Du tust mir weh!"

Doch sie kannte Miguel gut genug, um zu wissen, dass er sich nicht erweichen lassen würde. Offenbar war er wegen irgendetwas außer sich vor Wut. Ihr Magen zog sich krampfhaft zusammen, als sie darüber nachdachte, was wohl der Grund für seinen Zorn sein mochte.

Sie konnte nur hoffen, dass es nichts mit Leander zu tun hatte. Denn wenn dem so ist, dachte sie entsetzt, dann gnade mir Gott! Aber wie sollte er so schnell …?

„Hast du wirklich geglaubt, ich würde es nicht erfahren?" Seine Stimme hallte durch den Raum.

Ängstlich schüttelte sie den Kopf. „Erfahren? Was denn?"

Er hob seine freie Hand, und ehe sie reagieren konnte, holte er aus und versetzte ihr eine schallende Ohrfeige. Einen Moment lang tanzten Sterne vor ihren Augen. Es war vor allem sein stahlharter Griff, der verhinderte, dass sie zu Boden stürzte. Seine Augen funkelten bösartig.

„Du wirst dich nie wieder mit diesem Weib treffen, hast du verstanden?"

Charlotte blinzelte, während sie das Gefühl hatte, ihre Wange stünde in Flammen. Sie begriff nicht, was er sagte. In ihrem Kopf herrschte völliges Durcheinander, und es fiel ihr schwer, einen klaren Gedanken zu fassen.

Dann wusste sie es plötzlich, und der Schreck fuhr ihr in sämtliche Glieder.

Margot. Lieber Himmel, er spricht von Margot!

Offenbar hatte er nun also doch von dem Vorfall erfahren, der sich auf der Farm ihrer Freundin zugetragen hatte. Wie dumm von ihr, nicht mehr daran zu denken. Es war nur eine Frage der Zeit gewesen, bis die Angelegenheit ans Licht kam. Und sie hatte gewusst, dass Miguel wütend reagieren würde. Dennoch war sie darauf nicht vorbereitet gewesen, dass es ausgerechnet jetzt geschah.

„Miguel, ich …“ Sie brach ab, als er ihr ins Haar griff und sie brutal vor den großen Spiegel zog, der an der Wand hing.

„Schau dich an!“, zischte er. „Sieh genau hin! Du bist meine Frau, und du wirst mir den Gehorsam erweisen, den du mir schuldig bist, hast du verstanden? Wenn ich noch ein Mal – noch ein einziges Mal – erfahren muss, dass du mich hintergehst, ich schwöre dir, ich bringe dich mit meinen eigenen Händen um!“

„Bitte, ich …“ Charlotte wimmerte unterdrückt, als er so fest an ihren Haaren zog, dass es sich anfühlte, als wolle er sie skalpieren.

„Hast du mich verstanden?“

Irgendwie schaffte sie es, eine Antwort zustande zu bringen, die ihn zufriedenstellte, ohne bewusst wahrzunehmen, was sie eigentlich sagte. Er schleuderte sie in Richtung Chaiselongue. Der Blick, mit dem er sie maß, als sie keuchend vor Angst und Entsetzen auf dem niedrigen Möbelstück lag, machte ihr klar, dass es noch nicht vorbei war. Da war dieses Glimmen in seinen Augen.

Sie sah es nicht zum ersten Mal. Es zeigte sich immer dann, wenn er ungestört seine brutale Seite ausleben konnte. Es gefiel ihm, sie zu erniedrigen. Es erregte ihn.

Auch wenn er sich ansonsten in sexueller Hinsicht nicht für sie interessierte, wusste sie doch, was ihr nun blühte. Sie zwang sich, nicht um Gnade zu flehen, als er zu ihr kam und ihr grob die Kleider vom Leib riss.

Stattdessen schloss sie die Augen und versuchte, an etwas Schönes zu denken, während die Welt um sie herum in Finsternis versank.

Später stand Charlotte am Fenster ihres Zimmers und schaute hinaus, ohne wirklich etwas wahrzunehmen. Es war kurz vor Mitternacht, und sie fühlte, wie bleierne Müdigkeit an ihren

Gliedern zerrte. Gleichzeitig erschien ihr der Gedanke an Schlaf vollkommen absurd.

Sie fuhr sich mit dem Handrücken übers Gesicht und blinzelte überrascht, als sie spürte, dass ihre Wangen feucht waren. Sie hatte nicht einmal gemerkt, dass sie weinte.

Andererseits – warum sollte sie nicht weinen? Ihr Leben war eine einzige Katastrophe.

Sie erinnerte sich noch gut, dass sie sich auf Schloss Grünau unter der gestrengen Fuchtel ihres Vaters wie ein Vogel im Käfig gefühlt hatte. Damals war sie davon überzeugt gewesen, dass es nur besser werden konnte. Wie unglaublich naiv sie doch gewesen war!

Am liebsten wäre sie einfach davongelaufen – aber wohin? Es gab niemanden, an den sie sich wenden, keinen Ort, an den sie flüchten konnte. Sie war ganz allein.

Da ist immer noch Leander.

Sie schloss die Augen und atmete tief durch. Es stimmte, schon der Gedanke an Leander und daran, ihn bald wiederzusehen, hielt sie aufrecht. Dabei war es falsch, sich an die irrige Hoffnung zu klammern, dass sie noch einmal zueinanderfinden könnten.

Leander hatte jetzt eine Familie. Wer war sie, dass sie sich zwischen ihn und seine Lieben drängen durfte?

Trotzdem war er im Augenblick das Einzige in ihrem Leben, das sie davon abhielt, den Verstand zu verlieren. So sehr sie auch versuchte, es zu verleugnen, sie liebte ihn immer noch.

Doch sie hatte eine Entscheidung gefällt, als sie vor zweieinhalb Jahren mit Miguel vor den Traualtar getreten war. Für ihren Ehemann. Ob sie nun mit dieser Entscheidung haderte oder nicht – sie konnte sie nicht zurücknehmen. Ebenso wenig wie Leander seine Entscheidungen zurückzunehmen vermochte. Und wahrscheinlich wollte er es auch gar nicht.

Es war kindisch von ihr zu glauben, dass er noch immer etwas für sie empfand. So viel Zeit war seit damals verstrichen. Und er hatte es doch selbst gesagt: Ihre Liebe war für ihn nicht mehr gewesen als ein kurzes Aufflackern von Gefühlen. Eine Frühlingsromanze.

Es schmerzte sie, dass er darüber sprach, als hätte es ihm nie wirklich etwas bedeutet. Aber wenn es sich tatsächlich so verhielt, wieso war er dann bei ihrer Hochzeit aufgetaucht? Sie hatte den Schmerz, die Ungläubigkeit und das Entsetzen in seinem Blick deutlich sehen könnte. Das hatte sie sich doch nicht bloß eingebildet!

Als sie sah, wie Miguel angetrunken hinaus auf den Hof trat und in Richtung Stall humpelte, wandte Charlotte sich rasch vom Fenster ab. Sie hatte heute weit mehr von ihrem Ehemann gesehen, als ihr lieb war. Vermutlich machte er sich auf den Weg in eines der Freudenhäuser, die er mit Vorliebe frequentierte. Nicht, dass es ihr etwas ausmachte, dass er sie betrog. Auf diese Weise blieben wenigstens die weiblichen Dienstboten von seinen Annäherungsversuchen verschont. Und die Mädchen, die er in diesen Etablissements aufsuchte, wurden zumindest für ihre Dienste entlohnt.

Sie setzte sich auf den Rand ihres Bettes und ignorierte den Schmerz, der zwischen ihren Schenkeln pulsierte. Er würde vergehen, ebenso wie die bittere Galle, die ihr die Kehle hochstieg, wenn sie daran dachte, wie Miguel …

Rasch schüttelte sie den Kopf, um diese Bilder zu verscheuchen. Es war vorbei. Und als ihr Ehemann hatte Miguel jedes Recht, mit ihr umzuspringen, wie immer es ihm gefiel. Niemand würde sich einen Deut um das scheren, was sie wollte. Selbst ihr Schwiegervater nicht, auch wenn er noch so sehr gegen seinen Sohn eingenommen war. Als gehorsame Ehefrau hatte sie das zu tun, was Miguel von ihr erwartete. Genauso würde es auch ihr Vater, der Baron, sehen.

Ihr Herz hämmerte. Es war weniger das, was Miguel getan, als das, was er *gesagt* hatte, das ihr Sorge bereitete.

„Wenn ich noch ein einziges Mal erfahren muss, dass du mich hintergehst, ich schwöre dir, ich bringe dich mit meinen eigenen Händen um!“

Sie zweifelte nicht daran, dass es ihm ernst mit seiner Drohung war. Er war kein Mann, der leere Versprechungen machte – gewiss nicht.

Doch tief in ihrem Herzen wusste sie, dass sie dieses Leben nicht weiterleben konnte. Ohne Margot, die für sie da war, wenn sie sie brauchte. Ohne Leander …

Ihr blieb keine andere Wahl, als das Risiko einzugehen.

Ohne große Hoffnung, in dieser Nacht Schlaf zu finden, kleidete sie sich aus und legte sich ins Bett. Bis weit in die frühen Morgenstunden hinein lag sie wach und starrte an die Decke. Dann endlich wurde sie von ihrer Müdigkeit übermannt.

Sie träumte von Leander.

10. KAPITEL

Als Charlotte am Morgen erwachte, fühlte sie sich wie von einem nervösen Fieber gepackt. Die Geschehnisse der vergangenen Nacht waren zwar nicht vergessen, doch sie rückten in den Hintergrund angesichts dessen, was ihr heute bevorstand.

Sie würde Leander wiedersehen.

Dabei war es ihr vollkommen gleichgültig, dass er dem Treffen nur zugestimmt hatte, weil er verhindern wollte, dass sie sich in Gefahr brachte. Sie würde Zeit mit ihm verbringen, und das allein reichte, um ihr Herz schneller schlagen zu lassen.

Aber sie musste vorsichtig sein. Sehr vorsichtig sogar. Denn falls Miguel herausfand, dass sie sich heimlich mit einem anderen Mann traf … Sie mochte gar nicht daran denken, was er dann mit ihr anstellen würde.

Doch zum Glück bestand kaum Anlass zur Sorge, dass er sich vor dem späten Nachmittag aus dem Bett bequemen würde. Nach einer seiner durchzechten Nächte im Freudenhaus kam es nicht selten vor, dass er sein Zimmer den ganzen Tag überhaupt nicht verließ.

Sein Vater spottete zwar darüber, unternahm aber nichts dagegen. Vermutlich fand er es, ebenso wie die meisten seiner Geschlechtsgenossen, absolut legitim, dass ein verheirateter Mann sich sein Vergnügen auch außerhalb des ehelichen Bettes suchte.

Charlotte fuhr sich durchs Haar und ging ins angrenzende Badezimmer. Dort goss sie Wasser in die Porzellanschüssel und wusch sich. Erst als sie jetzt in den Spiegel blickte, bemerkte sie, dass Miguels Ohrfeige Spuren hinterlassen hatte. Ihre linke Gesichtshälfte leuchtete vom Wangenknochen bis etwas oberhalb der Augenbraue in strahlendem Purpur, das zu den Rändern hin zu einem wütenden Rot zerfaserte.

Sie unterdrückte einen wenig damenhaften Fluch. Leander würde Fragen stellen. Unwahrscheinlich, dass es ihr gelingen könnte, ihm weiszumachen, sie habe diese Entstellung den Raufbolden zu verdanken, von denen sie am Vorabend in der finsteren Hafengasse überfallen worden war.

Kurz spielte sie mit dem Gedanken, ihn einfach zu versetzen, doch dann schüttelte sie den Kopf. Es würde ihr sicher eine unangenehme Diskussion ersparen – aber sie würde ungleich mehr verlieren.

Einen Freund. Und es gab kaum etwas, das sie im Augenblick dringender brauchte.

Rasch nahm sie die Schminke, die sie nach einem von Miguels ersten Wutanfällen von Dolores hatte besorgen lassen, und deckte die deutlichsten Spuren des Schlags damit ab. Als sie fertig war, schimmerte nur noch ein leichter Hauch von Violett hindurch. Mit ein wenig Glück wird Leander es gar nicht bemerken, dachte sie, wusste es im Grunde aber besser. Er war viel zu aufmerksam, als dass ihm so etwas Gravierendes entgehen könnte.

Sie klingelte nach ihrem Mädchen, damit es ihr beim Ankleiden half. Eine halbe Stunde später fand sie sich im Speisezimmer ein, wo Don Carlos und Doña Isabella gerade frühstückten.

Sie glaubte ein hämisches Funkeln in den Augen ihrer Schwiegermutter zu sehen, als die sie anblickte, doch Isabella Duarte gab keinen Kommentar ab, worüber Charlotte froh war. Ihr war nicht daran gelegen, einen erneuten Streit zwischen Don Carlos und Miguel zu entfachen, den es unweigerlich geben würde, sollte der Herr des Hauses erfahren, was vorgefallen war.

Nicht, weil Don Carlos generell etwas daran auszusetzen hatte, dass ein Mann seine Frau körperlich züchtigte. Jedoch gefiel es ihm nicht, wenn dabei Spuren hinterlassen wurden. Spuren, die womöglich auch Außenstehenden auffallen konnten. Als Geschäftsmann musste er darauf achten, dass sein Name nicht in Verruf geriet. Und obwohl das Risiko bei einer Sache wie dieser nicht besonders groß war, so war er sicher nicht bereit, irgendein Wagnis einzugehen.

„Isabella und ich werden heute nach Purranque fahren, um einige Besorgungen zu machen“, erklärte Don Carlos. „Benötigst du etwas, Charlotte?“

Charlottes Herz vollführte aufgeregt einen Hüpfer. Diese Neuigkeit war ein Geschenk des Himmels! Vermutlich würden sie nicht vor dem späten Abend zurückkehren, und Miguel hatte sicher noch den halben Tag damit zu tun, seinen Rausch auszuschlafen. Das bedeutete also, dass sie sich mit Leander treffen konnte, ohne dabei ein besonders großes Risiko einzugehen.

„Nein", entgegnete sie rasch. „Ich brauche nichts."

Obwohl sie keinen großen Appetit verspürte, zwang sie sich, eine Kleinigkeit zu essen. Dann entschuldigte sie sich und zog sich wieder auf ihr Zimmer zurück.

Dort angekommen, schaute sie auf die Uhr, die auf ihrem Sekretär stand. Es war erst kurz nach neun – somit blieben ihr noch fünf Stunden bis zu ihrer Verabredung mit Leander. Zeit, die ihr wie eine Ewigkeit vorkam.

Den Rest des Vormittags lenkte sie sich mit Handarbeiten ab. Doch irgendwie wollte ihr nichts so recht gelingen, und sie wusste auch, wieso: Ihre Finger zitterten jedes Mal, wenn sie an Leander dachte. Und überhaupt fiel es ihr schwer, sich auf irgendetwas zu konzentrieren. Schließlich gab sie es auf und versuchte stattdessen, ein Buch zu lesen. Aber so spannend die Lektüre auch war, sie ertappte sich immer wieder dabei, wie sie einen Absatz minutenlang anstarrte, ohne etwas vom Sinn der Worte aufzunehmen.

Es war zwecklos. Offensichtlich war sie zu nichts zu gebrauchen, bis sie sich endlich auf den Weg machen konnte. Daher setzte sie sich schließlich an ihren Sekretär und holte Papier und Tinte hervor. Margot zu schreiben, war ihr nie schwergefallen, auch wenn sie ihrer Freundin nicht gern mitteilte, dass sie sich in der nächsten Zeit nicht treffen durften.

Sie wusste, Margot würde ihre Zurückhaltung verstehen, auch ohne dass sie viele große Worte machte. Beinahe konnte sie ihren sorgenvollen Blick vor sich sehen. Ihr war klar, dass ihre Freundin sich hin- und hergerissen fühlen musste, weil sie einerseits die Ehe als etwas Unantastbares betrachtete und ihr auf der anderen Seite am liebsten dazu raten wollte, ihren Mann zu verlassen.

Als Charlotte fertig war und den Brief in einen Umschlag gesteckt hatte, waren gerade einmal anderthalb von den fünf Stunden verstrichen. Sie unterdrückte ein Stöhnen. Dann entschied sie, dass sie die Warterei keine Minute länger aushielt, und klingelte nach Pilar.

„Ich gehe aus“, verkündete sie und bat um ihren Mantel.

„Die Herrschaften sind mit der Kutsche unterwegs“, sagte sie. „Möchten Sie nicht lieber ein anderes Mal …?“

Charlotte schüttelte den Kopf. „Nein“, erklärte sie fest. „Ich werde einfach wieder eine Droschke nehmen.“

Pilars Blick besagte, dass sie die Entscheidung ihrer Herrin für keine besonders kluge Idee hielt, doch sie sagte nichts. Was sollte sie auch tun? In ihrer Position stand es ihr nicht zu, eine eigene Meinung zu äußern. Nicht, dass Charlotte ebenfalls so darüber dachte, doch in manchen Situationen konnte das recht praktisch sein.

Wie angekündigt nahm sie eine Droschke und ließ sich bis zur Kathedrale Nuestra Señora del Carmen fahren. Vor dem ganz aus Holz errichteten Gebäude mit den vier wuchtigen Frontsäulen, die einen gewaltigen Portikus und einen sechseckigen Glockenturm stützten, blieb sie stehen und betrachtete es einen Augenblick ergriffen. Dann wandte sie sich um und blickte hinaus auf den Reloncaví-Sund, der sich nicht weit entfernt von ihr erstreckte und in den Pazifik mündete. Das Wasser glitzerte im Sonnenschein wie ein Meer aus Diamanten und Saphiren. Es war ein herrlicher Anblick, und sie spürte einmal mehr, dass ihre neue Heimat zu ihrem Zuhause geworden war. Die Stadt, das Land und die Menschen machten es einem leicht, sich wohlzufühlen. Und auch wenn sie mit Miguel nicht das große Glück gefunden hatte, so konnte sie sich doch nicht vorstellen, jemals wieder nach Deutschland zurückzukehren. Dort gab es niemanden, an dem sie hing – vor allem nicht an ihrem Vater oder ihrem Bruder, die sich nie wirklich für sie interessiert hatten. Nein, die Neue Welt war ihr ans Herz gewachsen. Genau hier und nirgendwo sonst wollte sie leben.

Wenn ich es doch nur gemeinsam mit Leander tun könnte …

Mühsam schüttelte sie den Gedanken ab. Es bekam ihr nicht gut, mit dem Kopf zu sehr in den Wolken zu hängen. Alles, was sie sich von Leander erhoffen durfte, war seine Freundschaft.

Sie wandte sich ab und ging weiter in Richtung Fischmarkt, wo sie mit ihm verabredet war. Es blieben ihr noch immer anderthalb Stunden, die sie damit verbrachte, zwischen den Ständen umherzuschlendern, an denen frische Meeresfrüchte in Hülle und Fülle feilgeboten wurden.

Als sie Leander plötzlich unerwartet gegenüberstand, raubte es ihr für einen Augenblick den Atem. Schweigend starrte sie ihn an, unfähig auch nur einen einzigen zusammenhängenden Satz zu formulieren. Ihr Kopf war wie leer gefegt, ihr Puls raste.

„Leander …"

„Ich bin ein bisschen zu früh dran, ich weiß. Aber da du ja ebenfalls schon da bist, dachte ich …"

Es dauerte einen Moment, bis sie in der Lage war, seine Worte in einen sinnvollen Zusammenhang zu bringen. „Ja, natürlich", stammelte sie. „Wir können sofort aufbrechen."

Erst jetzt wurde ihr klar, dass sie sich bisher noch gar keine Gedanken darüber gemacht hatte, wie sie vorgehen sollte. War es tatsächlich Erfolg versprechend, bei den Reedereien nachzufragen? Aber was blieb ihr schon für eine Wahl? Sie hatte keine anderen Anhaltspunkte.

„Ich würde vorschlagen, dass wir methodisch an die Sache herangehen", sagte Leander. „Zu der Zeit, als deine Mutter nach Chile gekommen sein muss, war Puerto Montt kaum mehr als ein Fleck auf der Landkarte. Die ersten Kolonisten siedelten sich erst Mitte des Jahrhunderts hier an – die ursprüngliche Siedlung wurde 1853 gegründet, damals noch unter dem Namen Melipulli."

Charlotte blinzelte überrascht. Obwohl sie nun schon seit zweieinhalb Jahren in Puerto Montt lebte, hatte sie sich bislang nicht mit der Geschichte ihrer neuen Heimatstadt befasst. Jetzt wurde ihr klar, wie wenig sie in Wahrheit wusste und wie viel Leander ihr in diesem Punkt vorausgehatte.

„Du hast Glück", sagte er, „dass ich aus meiner Zeit als Matrose noch Kontakte habe, die uns helfen könnten, an Informationen zu kommen." Er reichte ihr seinen Arm. „Gehen wir."

Ihr erstes Ziel befand sich in einem überraschend gepflegten Gebäude in der Nähe des Fischmarktes. Drinnen war es hell und freundlich. Hinter einem Tresen aus rotbraunem Holz blieben sie stehen und warteten darauf, dass jemand kam, um ihre Fragen zu beantworten. Es dauerte eine ganze Weile, und Leander begann bereits, ungeduldig mit den Fingern auf den Tresen zu trommeln, als endlich eine junge Frau aus einem Hinterzimmer trat und sie mit einem freundlichen Lächeln in Empfang nahm.

„Ja, bitte? Was kann ich für Sie tun?"

„Wir sind auf der Suche nach Informationen über eine gewisse Person, die vor ungefähr einundzwanzig Jahren vom Deutschen Reich aus nach Chile übergesiedelt ist."

„Einundzwanzig Jahre?" Die Frau schürzte die Lippen. „Das ist eine lange Zeit. Darf ich fragen, warum Sie sich dafür interessieren?"

„Bei der Person handelt es sich um meine Mutter", entgegnete Charlotte mit vor Aufregung heiserer Stimme. „Sie hat die Familie kurz nach meiner Geburt verlassen. Leider habe ich kaum Anhaltspunkte, die mir einen Hinweis geben, wo ich sie finden könnte. Ich weiß nur, dass sie Verwandte hier gehabt haben soll." Hilflos zuckte sie mit den Schultern. „Glauben Sie, Sie könnten mir vielleicht helfen?"

Die Frau nickte langsam und bedächtig. „Ich kann Ihnen natürlich nichts versprechen", sagte sie. „Aber es sollte kein Problem sein, Ihnen die Unterlagen des entsprechenden Zeitraums herauszusuchen." Sie lächelte bedauernd. „Durchforsten werden Sie sie allerdings selbst müssen."

„Das macht nichts", sagte Charlotte – erst dann blickte sie unsicher zu Leander. „Tut es doch nicht, oder?"

Er schüttelte den Kopf. „Natürlich nicht. Wir sind Ihnen für Ihre Hilfe sehr dankbar. Meinen Sie, wir könnten vielleicht gleich mit der Arbeit beginnen?“ Er lächelte sein strahlendstes Lächeln, und der Effekt bei der jungen Reedereiangestellten blieb nicht aus. „Selbstverständlich nur, wenn es Ihnen nicht zu viele Umstände macht“, fügte er hinzu.

Angesichts der Art und Weise, wie er mit der anderen Frau sprach, verspürte Charlotte einen Stich von Eifersucht. Sofort rief sie sich innerlich zur Ordnung. Zum einen wusste sie doch, dass Leander nur mit dieser Frau schäkerte, um ihr, Charlotte, zu helfen. Und zum anderen ging sie sein Privatleben im Grunde nicht das Geringste an. Sie hatten einander einmal für eine kurze Zeit sehr nahegestanden, ja – doch das war lange her. Sie hatte kein Recht, irgendwelche Besitzansprüche an ihn zu stellen.

Dennoch fühlte es sich seltsam an, ihn so zu sehen. Und es wäre gelogen, wenn sie behauptet hätte, dass es ihr gefiel.

Doch sein Verhalten zeigte Wirkung. „Nein, es macht ganz und gar keine Umstände“, erwiderte die Frau leise und senkte den Blick, wobei sie jedoch die leichte Röte, die ihr Gesicht überzog, nicht verbergen konnte. Sie hob einen Trennbalken hoch und ließ Leander und Charlotte hinter den Tresen treten. „Kommen Sie“, sagte sie und winkte ihnen. „Ich bringe Sie in einen Raum, in dem Sie in Ruhe arbeiten können.“

„Vielen Dank“, antwortete Leander, nahm Charlotte an der Hand und zog sie, da sie keine Anstalten machte, sich zu rühren, hinter sich her.

Einmal mehr ließ die Berührung ein Prickeln durch ihren Körper fahren. Verflixt, sie musste aufhören, Leander gegenüber so empfindsam zu sein. Es war lächerlich. Absurd. Sie war doch wirklich alt genug, um über solchen Dingen zu stehen!

Die junge Frau führte sie in ein kleines Zimmer, in dem es außer einem Tisch und einigen Stühlen keine weiteren Einrichtungsgegenstände gab. „Setzen Sie sich“, sagte sie. „Ich hole Ihnen die ersten Dokumente.“

Charlotte nahm Platz, und Leander setzte sich ihr gegenüber. Plötzlich spürte sie, dass er sie intensiv musterte. Sie lachte unsicher. „Was ist los? Warum schaust du mich so an?"

„Wer war das?", fragte er.

„Wer war was?" Sie gab sich ahnungslos, dabei glaubte sie zu wissen, worauf Leander hinauswollte.

Und er ließ sich nicht täuschen.

„Hat er dich geschlagen?" Er verzog das Gesicht. „Dein Ehemann?"

Die Art und Weise, wie er das letzte Wort aussprach, ließ es wie ein Schimpfwort wirken.

Charlotte hatte plötzlich das Gefühl, nicht mehr atmen zu können. War es möglich, in einem Raum voller Luft zu ersticken? Schließlich hatte sie sich wieder so weit im Griff, dass es ihr gelang, ein schwaches Lächeln auf ihre Lippen zu zwingen.

„Ach das", sagte sie und versuchte, leichthin zu klingen. „Das ist doch nichts Besonderes. Männer verlieren schon mal die Beherrschung, so ist das eben."

Leander runzelte die Stirn. „So ist es eben *nicht*", widersprach er mit Vehemenz. „Ein Mann, der eine Frau schlägt, hat es nicht verdient, sich Mann nennen zu dürfen." Erneut verzog er angewidert das Gesicht. „Wage es nicht, ihn in Schutz zu nehmen, Charlotte, hörst du?"

Er wollte noch etwas sagen, doch in dem Moment kehrte die Reedereiangestellte mit einem Armvoll Unterlagen zurück, und er verstummte. Seine Blicke aber sprachen Bände, und Charlotte wurde klar, dass das Thema für ihn noch nicht erledigt war. Gleichzeitig konnte sie nicht verhindern, dass ihre Wangen zu glühen begannen und ihr Herz wie verrückt hämmerte. Es war eine Reaktion ihres Köpers auf Leander, gegen die sie machtlos war. Nicht, dass sie das Bedürfnis verspürte, etwas dagegen zu tun, denn es fühlte sich einfach herrlich an. Aufregend.

Aber es ist auch gefährlich, schon vergessen? Und noch ein weiteres Detail scheint dir immer wieder zu entfallen: Leander ist verheiratet! Er hat eine Familie!

Der Gedanke wirkte auf sie wie ein eisiger Windstoß auf eine Kerzenflamme. Sie atmete tief durch und fuhr sich mit einer Hand durchs Haar. Als sie wieder allein waren, nahm sie die oberste Mappe vom Stapel, der zwischen ihnen auf dem Tisch lag, und schlug sie auf. Sie gab vor, nicht zu bemerken, dass Leander sie nach wie vor anstarrte, doch natürlich spürte sie seinen Blick, und es war ihr unmöglich, sich auf die Unterlagen zu konzentrieren. Schließlich gab sie nach und blickte auf.

„Was ist?", fragte sie.

„Wenn er so etwas noch mal tut", sagte Leander mit einer Stimme, die deutlich machte, wie ernst es ihm war, „bringe ich ihn um."

Erschrocken schaute sie ihn an. „Nein", sagte sie und schüttelte energisch den Kopf. „So darfst du nicht reden, hörst du? So darfst du nicht einmal denken! Miguel ist mein Ehemann, und er hat das Recht, mich zu behandeln, wie er es für richtig hält." Sie lächelte sanft und griff nach seiner Hand, die er zur Faust geballt hatte. „Ich erwarte nicht von dir, dass es dir gefällt, Leander, doch ich verlange, dass du dich nicht in mein Leben einmischst. Du bist nicht für mich verantwortlich. Es war meine Entscheidung, ihn zu heiraten – und ich muss nun mit den Konsequenzen leben."

„Aber ..."

„Nein." Wieder schüttelte sie den Kopf. „Bitte akzeptiere meinen Standpunkt, Leander."

Er entzog ihr seine Hand. Seine Miene war grimmig und verschlossen. Ohne ein weiteres Wort nahm er sich ebenfalls eine Akte vom Stapel und schlug sie auf.

Charlotte unterdrückte ein Seufzen. Es war ihr alles andere als leichtgefallen, die Fassung zu bewahren. Am liebsten hätte sie sich in seine Arme gestürzt und ihn angefleht, mit ihr davonzulaufen. Irgendwohin, wo niemand sie kannte. Wo sie gemeinsam ein neues Leben beginnen konnten.

Aber das war nicht möglich. Sie durfte nicht nur an sich selbst denken. Es ging hier schließlich nicht allein um sie, sondern auch um seine Familie. Auf keinen Fall wollte sie der Grund sein, weshalb ein kleines Mädchen seinen Vater verlor. So weit würde sie es nicht kommen lassen. Niemals!

Schweigend widmeten sie sich den Dokumenten, bei denen es sich um Passagierlisten aus den entsprechenden Jahren handelte, in denen Frederike von Grünau zu Meersberg nach Chile gekommen sein musste. Es war schon unter den besten Umständen nicht leicht, sich auf so etwas zu konzentrieren – Leanders Gegenwart und sein offensichtliches Missfallen machten es ihr noch schwerer. Immer wieder ertappte sie sich dabei, wie sie ganze Absätze überlas, ohne dabei auch nur ein einziges Detail wirklich aufzunehmen. Wenn sie so weitermachte, würde sie den Namen ihrer Mutter am Ende womöglich übersehen.

„So geht das nicht weiter", sagte sie schließlich und klappte den Aktendeckel zu.

Leander runzelte die Stirn. „Wovon sprichst du?"

„In dieser angespannten Atmosphäre ist es mir nicht möglich, einen klaren Gedanken zu fassen."

Er zuckte die Achseln. „Und ich kann mit meiner Meinung nicht einfach hinter dem Berg halten, Charlotte." Fest blickte er ihr in die Augen. „Dieser Mann verdient eine Frau wie dich nicht – und ich werde den Teufel tun, jemals etwas anderes zu behaupten!" Seufzend fuhr er sich durchs Haar. „Aber du hast recht, es geht mich im Grunde nichts an. Gefallen tut es mir trotzdem nicht."

Einige Minuten herrschte angespanntes Schweigen, schließlich rang Charlotte sich ein Lächeln ab. „Nein, natürlich nicht. Und ich verstehe es. Aber es gibt Dinge im Leben, die man einfach nicht ändern kann – ganz egal, wie sehr man es sich vielleicht auch wünschen mag."

Er erwiderte ihr Lächeln. Und wenn es auch nicht seine Augen erreichte, so hellte es wenigstens die gedrückte Stimmung zwischen ihnen ein wenig auf. Sie arbeiteten weiter – Liste um Liste, Akte um Akte. Charlotte merkte gar nicht, wie die Zeit verging. Der Stapel wurde immer kleiner, ohne dass einer von ihnen ein positives Ergebnis zu vermelden hatte. Am Ende fühlte sie sich vollkommen mutlos.

„Was tun wir hier eigentlich?", fragte sie und barg das Gesicht in den Händen. „Ich weiß nicht, was ich mir dabei gedacht habe. Auf diese Weise werden wir nie etwas über meine Mutter herausfinden."

Sie hörte, wie ein Stuhl verrückt wurde, kurz darauf spürte sie, wie Leander eine Hand auf ihre Schulter legte.

„Gib die Hoffnung nicht auf", sagte er sanft. Er hatte sich vorgebeugt, und sein warmer Atem streifte ihr Ohr. Ein wohliger Schauer durchrieselte sie. „Noch ist nichts verloren", sprach er weiter. „Dies ist erst unsere erste Anlaufstelle gewesen. Ich bin sicher, dass wir herausbekommen werden, mit welchem Schiff deine Mutter nach Chile übergesetzt hat."

Sie drehte den Kopf zur Seite, sodass sie Leander direkt ansehen konnte. Für einen Moment war es wieder wie beim ersten Mal, als sie ihm auf der *Güstrow* in die Augen geschaut hatte. Sein Blick hielt sie gefangen. Sie konnte nicht anders, als ihn fasziniert anzustarren. Diese wundersame Mischung aus Grün, Blau und Grau, wie sie sie noch nie bei einem anderen Mann gesehen hatte. Sie hatte sich in diese Augen verliebt, lange bevor ihr klar geworden war, was sie tatsächlich für Leander empfand.

Und sie würde wohl nie aufhören, ihn zu lieben.

Die Erkenntnis traf sie wie ein Schlag. Ihr Magen krampfte sich schmerzhaft zusammen, und ein ersticktes Keuchen entrang sich ihrer Kehle.

„Was ist los?" Er musterte sie besorgt. „Geht es dir nicht gut?"

Sie schüttelte das lähmende Gefühl ab, das von ihr Besitz ergriffen hatte. „Alles in Ordnung", erwiderte sie tapfer. „Ich bin einfach nur ein wenig erschöpft. Es ist schon spät. Vielleicht sollten wir Schluss machen für heute."

Er wirkte nicht wirklich überzeugt, nickte aber schließlich. „Du hast recht", sagte er. „Es macht keinen Sinn, wenn wir nur halb bei der Sache sind." Er stand auf und rückte seinen Stuhl zurecht. „Komm, ich bringe dich nach Hause."

„Nein“, stieß sie erschrocken hervor. Dann atmete sie tief durch und setzte ein Lächeln auf. „Das ist keine gute Idee.“

Doch Leander war nicht bereit, mit ihr zu diskutieren. „Du hast Angst, dein Mann könnte uns zusammen sehen“, schlussfolgerte er. „Dass er dir wieder etwas antun könnte.“

Charlotte seufzte. Natürlich hatte er wieder einmal den Nagel auf den Kopf getroffen – und was brachte es, zu lügen? „Miguel darf auf keinen Fall von unseren Treffen erfahren. Er ... würde mich totschlagen, wenn er davon wüsste.“

Leander musterte sie eindringlich. „Du meinst es wirklich ernst“, sagte er dann, und seine Miene verzerrte sich zu einer Maske des Abscheus. „Dieser Schuft!“

Rasch hob sie eine Hand und legte ihm einen Finger auf die Lippen. „Pscht“, flüsterte sie. „Vergiss, was ich gesagt habe. Wir müssen einfach nur sehr vorsichtig sein, wenn wir uns das nächste Mal sehen, einverstanden?“ Sie blickte zu ihm auf. „Wir ... werden uns doch wiedersehen?“

Was tust du hier eigentlich? Bist du von allen guten Geistern verlassen?

Leander erkannte sich selbst kaum wieder. Es war die Art und Weise, wie er auf Charlotte reagierte. Wenn sie lächelte, war ihm, als würde die Sonne aufgehen. Sein Puls raste, wenn sie sich zufällig berührten. Und sobald sie ihm in die Augen blickte, verabschiedete sich sein gesunder Menschenverstand, und er wollte sie in seine Arme ziehen und sie bis zur Besinnungslosigkeit küssen.

Doch ganz gleich, wie sehr er sich auch nach ihr sehnte – es durfte einfach nicht sein. Und er täte gut daran, diese Tatsache niemals zu vergessen.

Dennoch brachte der Gedanke sein Blut zum Kochen, dass dieser Schuft, mit dem sie verheiratet war, die Hand gegen sie erhob. Die bloße Vorstellung ließ heiße Wut in ihm aufsteigen, und er verspürte den unbändigen Drang, Miguel Duarte eine Lektion zu erteilen.

Doch damit würde er es vermutlich nur noch schlimmer für Charlotte machen.

Seufzend fuhr er sich durchs Haar. „Natürlich werden wir uns wiedersehen“, entgegnete er. „Aber du musst mir versprechen, kein unnötiges Risiko einzugehen, hörst du?“

Sie nickte. Offenbar fürchtete sie, er könnte sie im Stich lassen. Als ob er dazu in der Lage wäre …

Seit er sie am vergangenen Abend aus ihrer misslichen Situation gerettet hatte, konnte er an nichts anderes mehr denken als an sie. Er hatte geglaubt, über sie hinweg zu sein. Anfangs, nach ihrer Hochzeit mit Duarte, war es furchtbar schwer gewesen. Er hatte sich verraten und betrogen gefühlt, aber mit der Zeit kühlte sich seine Wut ab, und die Wunden, die ihm zugefügt worden waren, verheilten.

Zumindest hatte er das angenommen. Erst jetzt wusste er, wie sehr er sich getäuscht hatte.

Seine Gefühle für Charlotte waren unverändert – er liebte sie mit jeder Faser seines Herzens. Doch das, was er für sie empfand, durfte nicht sein. Für sie beide gab es keine gemeinsame Zukunft. Die Chance darauf hatten sie sich vor über zweieinhalb Jahren aus den Händen gleiten lassen.

Nun mussten sie sich mit dem Schicksal abfinden, das sie selbst für sich gewählt hatten. Ob es ihnen gefiel oder nicht.

Und zumindest ihm gefiel es nicht. Ganz und gar nicht sogar. Wäre Aurora nicht gewesen, er hätte mit Freuden alle Brücken hinter sich abgebrochen, ganz gleich, wie ein gemeinsames Leben mit Charlotte auch ausgesehen hätte. Wenn er vor die Wahl gestellt worden wäre, er hätte eine ungewisse Zukunft mit ihr stets dem vorgezogen, was er sich zusammen mit Maria aufgebaut hatte und noch aufbauen würde.

Einzig der Gedanke an seine Tochter hielt ihn zurück. Er wusste, sollte er sich für Charlotte entscheiden, würde er Aurora unweigerlich verlieren. Er kannte Maria gut genug, um sie einschätzen zu können. Ihr Rachedurst war grenzenlos, sobald sie sich von jemandem betrogen oder hintergangen fühlte. Und er konnte es ihr nicht einmal verübeln. Immerhin hatte er ihr noch vor nicht allzu langer Zeit ewige Treue geschworen.

Doch die bittere Wahrheit war, dass von den Gefühlen, die es einmal zwischen ihnen gegeben haben mochte, nichts geblieben war. Maria hatte einst ihren strahlenden Helden in ihm gesehen, den Mann, der ihr endlich das bieten würde, was sie sich schon immer erhofft hatte: ein Leben in Wohlstand und Überfluss.

Wie sie darauf gekommen war, vermochte er nicht zu sagen. Er war kaum mehr als ein Wrack gewesen, als er viele Monate nach dem Untergang der *Güstrow* in Puerto Montt eintraf. Nur noch ein Schatten seiner selbst, gezeichnet von dem, was er durchlitten hatte.

Vielleicht lag aber auch genau darin die Erklärung für Marias Irrtum. Sie hatte ihn für einen Mann gehalten, der alles verloren hatte, was ihm je wichtig gewesen war: seine Familie, die Frau, die er liebte, und die Arbeit, die ihn erfüllte. Und er war verbittert gewesen, verbittert und wütend. Doch das bedeutete nicht, dass er bereit war, alles zu tun und sämtliche Grenzen zu überschreiten, die sein Gewissen ihm diktierte. Denn er hatte so etwas wie ein Gewissen. Eine Tatsache, die Maria sicher sehr enttäuscht haben musste.

Schweigend ging er mit Charlotte weiter, bis sie nur noch wenige Straßen vom Anwesen der Familie Duarte entfernt waren. Um sie nicht zu gefährden, hielt er es für besser, sich schon hier von ihr zu verabschieden. In einer Gegend wie dieser konnte eine Frau in der Regel unbehelligt ihrer Wege gehen. Sie murmelte ein kurzes Wort des Abschieds und eilte sichtlich nervös davon.

Jedoch kam sie nicht weit, sondern blieb plötzlich wie angewurzelt stehen.

Obwohl sie ihm den Rücken zuwandte, erkannte Leander deutlich, dass ihre Atmung sich beschleunigt hatte. Ihre Schultern hoben und senkten sich in rascher Folge. Und als sie sich schließlich zu ihm umdrehte, glomm ein Feuer in ihrem Blick, wie er es nie zuvor gesehen hatte.

Sie kam auf ihn zugeeilt, schlang die Arme um seinen Nacken und presste, ohne ein einziges Wort zu verlieren, ihre Lippen auf seinen Mund.

Es war ein kurzer, fast schon hektischer Kuss, der ihn so überraschte, dass er gar nicht dazu kam, in irgendeiner Form zu reagieren. Und als er schließlich begriff, was geschah, machte sie sich auch schon von ihm los und stolperte hastig einen Schritt zurück.

„Es … tut mir leid", stieß sie hervor, offensichtlich erschrocken über sich selbst. „Ich sollte jetzt wirklich besser gehen."

Wieder kam er nicht dazu, etwas zu entgegnen. Abrupt hatte sie sich umgewandt und lief nun so schnell davon, dass es fast wie eine Flucht wirkte. Wovor? Ob vor ihm oder ihren eigenen Gefühlen, konnte er nicht beurteilen, und sie war gegangen, ehe sie ein erneutes Treffen hatten verabreden können. Die Frage war: Wollte sie ihn nach dem, was gerade geschehen war, überhaupt noch wiedersehen?

Mit den Fingerspitzen strich er sich über die Lippen, die noch immer leicht zu prickeln schienen. Eines stand fest: Auch ihn hatte dieser Kuss, so kurz und unwirklich er auch gewesen sein mochte, nicht ungerührt gelassen. Für einen Augenblick war das alte Feuer wieder in ihm entflammt, das er seit ihrer gemeinsamen Zeit an Bord der *Güstrow* verloren geglaubt hatte. Es war noch immer da, hatte all die Jahre im Verborgenen gelegen und darauf gewartet, dass dieser Moment eintrat.

Und nun? fragte er sich. Was fängst du mit dieser Erkenntnis an?

Er dachte an Aurora, und das schlechte Gewissen traf ihn wie ein Blitz. Was war bloß in ihn gefahren, dass er riskierte, was ihm auf der Welt am allermeisten bedeutete: seine Tochter? Er mochte noch immer viel für Charlotte empfinden, und er wünschte sich für sie, dass sie eines Tages ihr Glück fand. Doch er durfte nicht der Mann sein, der ihr dieses Glück brachte. Er nicht!

Als er merkte, dass er mit den Fingern nach wie vor seine Lippen berührte, zog er hastig die Hand zurück. Es wurde Zeit, dass er nach Hause kam. Vielleicht bewahrte die Gegenwart von Aurora ihn davor, einen Fehler zu begehen, den er nur für den Rest seines Lebens bereuen konnte.

„Wie lange willst du ihn noch kleinhalten? Er ist jetzt fünfundzwanzig Jahre alt. Denkst du nicht, es ist langsam an der Zeit, ihm ein wenig mehr Verantwortung zu übertragen?“

Miguel stand im Korridor vor der Tür zum Arbeitszimmer seines Vaters und belauschte die hitzige Diskussion zwischen seinen Eltern. Es gehörte sich natürlich nicht, am Türspalt zu spionieren, nicht einmal, wenn es die eigene Familie betraf. Doch er hatte nicht das Gefühl, seinem Vater irgendetwas schuldig zu sein. Nicht, solange der nicht aufhörte, ihn wie ein unreifes Kind zu behandeln!

Seine Mutter, davon war Miguel überzeugt, hätte nichts dagegen einzuwenden, dass er das Gespräch mit anhörte. Während Don Carlos nie auch nur ein gutes Haar an ihm ließ, war ihm Doña Isabella auf geradezu lächerliche Weise zugetan. Nicht, dass er sich darüber beschweren wollte. Es schadete nicht, wenigstens einen Fürsprecher in der Familie zu haben. Obwohl es sich leider so darstellte, dass der Einfluss von Doña Isabella auf ihren Ehemann nicht besonders groß war.

„Halte dich aus meinen Angelegenheiten heraus, Weib!“, wies Carlos sie nun auch harsch zurecht. „Kümmere dich um die Führung des Haushalts, von allem anderen verstehst du ja doch nichts!“

Mit einer solchen Reaktion hatte Miguel bereits gerechnet. Das änderte aber nichts daran, dass sie ihn enttäuschte. Warum konnte sein Vater ihm nicht wenigstens eine Chance geben? Er war ja bereit, sich seine Sporen zu verdienen. Aber Don Carlos ließ ihn, wenn überhaupt, stets nur niedere Arbeiten erledigen. Nichts, wobei er irgendeinen tieferen Einblick in die Geschäfte seines Vaters erhalten hätte. Wie sollte er denn auf diese Weise lernen, das Unternehmen zu führen? Ob es Don Carlos nun gefiel oder nicht: Er war sein einziger Sohn und somit auch sein

Universalerbe. Eines Tages würde er die Leitung der Geschäfte übernehmen. Eigentlich müsste seinem Vater doch daran gelegen sein, dass er zumindest eine Vorstellung davon besaß, was auf ihn zukam!

Doch leider war dem nicht so. Don Carlos schien ihn ganz bewusst von allen verantwortungsvollen Tätigkeiten fernzuhalten. Fast hatte Miguel das Gefühl, als wäre es seinem Vater gleichgültig, was aus dem Geschäft wurde, wenn er sich zur Ruhe setzte. Manchmal schien es gar, dass er seine Schäflein bereits ins Trockene gebracht hatte, sodass ihm ein Lebensabend in Wohlstand und mit dem gewohnten Komfort sicher war. Wollte er insgeheim, dass sein Sohn Schiffbruch erlitt? Um zu beweisen, wie recht er immer gehabt hatte, wenn er behauptete, dass der ein unfähiger Nichtsnutz war?

Wütend ballte Miguel die Hände zu Fäusten. Allein der Gedanke war so ungeheuerlich, dass er das Blut in seinen Adern zum Kochen brachte. Dennoch änderte es nichts an der Tatsache, dass er seinem Vater ein solch niederträchtiges Verhalten durchaus zutraute. Don Carlos war schon immer ein rechthaberischer Mann gewesen.

„Du kannst ihn doch nicht ewig aus den Geschäften heraushalten, Carlos“, erklang erneut die beschwörende Stimme seiner Mutter. „Der Junge ist dein Sohn! Warum behandelst du ihn, als wäre er irgendein dahergelaufener Tunichtgut?“

„Weil er genau das ist“, entgegnete sein Vater energisch. „Ein Tunichtgut!“

Miguel verspürte den unbändigen Drang, durch die nur angelehnte Tür zu stürmen und seinen Vater zur Rede zu stellen. Doch ihm war auch klar, dass er diesen Streit am Ende nur verlieren konnte, also harrte er aus. Es musste einen anderen Weg geben, Don Carlos endlich zum Einlenken zu bewegen.

Einen besseren Weg.

„Wie kannst du nur so reden?“, rief Doña Isabella.

Miguel verspürte einen Stich in der Magengegend. Seine Mutter kämpfte eindeutig gegen Tränen an – ob nun vorgetäuscht oder aus einem echten Gefühl heraus, konnte er nicht beurteilen, ohne ihr von Angesicht zu Angesicht gegenüberzustehen.

„Was ich kann und was nicht ist noch immer meine Sache“, erwiderte ihr Mann unwirsch.

„Aber Miguel ist dein Sohn! Er hat immer genau das getan, was du von ihm verlangt hast. Sogar dieses deutsche Mädchen hat er auf deine Anweisung hin geheiratet. Dabei hätte er weiß Gott eine bessere Partie machen können.“

Der Gedanke an Charlotte ließ erneut ein Gefühl von Wut in Miguel aufsteigen – dieses Mal jedoch dumpfer, weniger brennend. Er konnte seiner Mutter nur zustimmen. Abgesehen von einem klangvollen Namen, hatte seine Frau nicht viel mit in die Ehe eingebracht. Und dieser Name war durch die Heirat mit ihm verloren gegangen. Ansonsten taugte Charlotte nicht viel. Immer wenn er sie ansah, glaubte er einen unausgesprochenen Vorwurf in ihren Augen zu sehen, der ihn schier zur Weißglut trieb.

Er konnte es beinahe vor sich sehen: Sie verspottete und verhöhnte ihn, sobald sie mit ihrem Mädchen allein im Zimmer war, sicher wegen seiner Unfähigkeit, ihr ein Kind in den Leib zu pflanzen. Oder schlimmer noch, sie tratschte mit dieser unsäglichen Person, die außerhalb der Stadt eine Auffangstation für Indianerkinder betrieb, über seine Unzulänglichkeit.

Wie sehr er sie dafür hasste! Es ging so weit, dass er es kaum mehr als ein paar Minuten in ihrer Gegenwart aushielt, ohne die Beherrschung zu verlieren. Und erst wenn sie schluchzend und wimmernd vor ihm am Boden lag, konnte er überhaupt etwas mit ihr anfangen.

So erging es ihm meistens. Die Huren, die er regelmäßig besuchte, kannten seine besonderen Vorlieben und stellten sich entsprechend darauf ein. Sie wussten, dass er nur dann Lust verspürte, wenn er die Frau züchtigen und erniedrigen konnte, und spielten sein kleines Spielchen mit.

Anders als seine Ehefrau, die einfach nicht lernen wollte, wo der Platz war, der ihr im Leben zustand.

Anfangs hatte er das Zusammenleben mit ihr noch ganz amüsant gefunden. Und er konnte nicht bestreiten, dass sie sich wirklich aufopferungsvoll um ihn gekümmert hatte, als er nach seinem Unfall wochenlang das Krankenlager hüten musste. Damals war sie ihm wie ein Engel erschienen. Sanftmütig. Liebevoll. Außerdem hatte sein Vater von ihm erwartet, dass er sie heiratete – und ganz gleich, was Miguel auch von seinem alten Herrn hielt, er wusste, dass es gefährlich sein konnte, ihm einen Wunsch abzuschlagen.

Hinzu kam, dass er zu dem Zeitpunkt noch davon überzeugt gewesen war, dass Don Carlos' Hochzeitsgeschenk an ihn die Teilhaberschaft im Unternehmen sein würde, auf die er schon so lange wartete. Umso größer die Enttäuschung, als ihm nach der Trauung klar wurde, dass die Pferde und die Kutsche, die vor der Kirche standen, alles sein sollten, was er von seinem Vater erhielt.

Zwei Pferde und eine Kutsche!

Auch seine Mutter war wegen der offensichtlichen Zurechtweisung empört gewesen. Don Carlos war ein wohlhabender Mann. Er verfügte überall im Land über Grundbesitz – von den reichen Salpeterlagerstätten im wüstenreichen Norden bis hin zu ausgedehnten Schafzuchten im Süden. Hätte er ihm wenigstens eine Farm in Patagonien übertragen, wäre Miguel endlich in der Lage gewesen, ihm zu beweisen, was in ihm steckte.

Doch nichts. Weder Doña Isabellas gutes Zureden noch seine wütende Verkündung, er werde Pferde und Kutsche niemals benutzen, hatten den Alten zur Vernunft bringen können.

Und jetzt, über zweieinhalb Jahre später, standen sie noch immer an genau derselben Stelle – mit dem kleinen Unterschied, dass er mit einer Frau verheiratet war, die er nicht begehrte und die ihn verachtete (er wusste, dass sie es tat, auch wenn sie es nie offen ausgesprochen hatte). Im Grunde war es einzig und allein die Schuld seines Vaters, dass er seine Abende und Nächte entweder in finsteren Spielhöllen, in Hurenhäusern oder in billigen Schenken verbrachte.

Er verprasste Geld, das er nicht besaß. Der Name seines Vaters war für die meisten Buchmacher Grund genug, ihm Kredit zu gewähren. Und bisher hatte Don Carlos seine Schulden stets gezahlt, wenn auch murrend.

Miguel selbst betrachtete seine Verschwendungssucht als ausgleichende Gerechtigkeit. Sein Vater hielt ihn für einen nichtsnutzigen Versager? Dann benahm er sich eben wie ein solcher!

Ein einziges Mal hatte Charlotte es gewagt, ihm vor Augen zu führen, wie kontraproduktiv sein Verhalten war. Indem er das Geld mit vollen Händen aus dem Fenster warf, bewies er Don Carlos einmal mehr, wie richtig der mit der Einschätzung seines Sohnes lag, hatte sie gesagt.

Es war bei diesem einen Mal geblieben. Miguel hatte seiner Frau deutlich zu verstehen gegeben, wie wenig er ihre Einmischung in seine Angelegenheiten wünschte. Danach war sie eine Woche lang nicht vor die Tür gegangen, um das blaue Auge, das er ihr verpasst hatte, vor dem Rest der Welt zu verbergen. Inzwischen hatte sie zum Glück gelernt, sich anderweitig zu behelfen.

Als sein Vater erneut zu sprechen begann, zwang Miguel seine Gedanken in das Hier und Jetzt zurück.

„Charlotte ist ihm eine gute Ehefrau“, erklärte Don Carlos mit fester Stimme. „Oder besser, sie wäre es, wenn er endlich lernen würde, sie so zu behandeln, wie eine Frau ihres Formats es verdient.“

Doña Isabella stieß ein herablassendes Schnauben aus. „Was verdient sie denn deiner Meinung nach? Soll er sie etwa auf Händen tragen und ihr jeden Wunsch von den Augen ablesen?“ Es gelang seiner Mutter nicht, den leisen Spott aus ihrer Stimme zu verbannen. Ein durchaus gefährliches Verhalten, wenn man es mit einem Mann wie Don Carlos zu tun hatte. Trotzdem sprach sie ungerührt weiter. „Gerade du solltest wissen, dass die männliche Linie der Duartes für solcherlei Dinge hoffnungslos ungeeignet ist.“

Für einen Moment herrschte eisiges Schweigen, und Miguel konnte die angespannte Stimmung im angrenzenden Zimmer beinahe körperlich fühlen. Fast schon fürchtete er, dass seine Mutter dieses Mal einen Schritt zu weit gegangen war. Schließlich brach Don Carlos die Stille.

„Es mag sein, dass du damit nicht ganz unrecht hast, Weib. Aber es kann nicht angehen, dass er lieber hübschen Dienstmädchen nachstellt, als endlich mit seiner eigenen Frau für einen Nachkommen zu sorgen!"

Miguel konnte sich schon vorstellen, welchen Verlauf das weitere Gespräch nun nehmen würde – und er war nicht unbedingt erpicht darauf, zuzuhören, wie sein Vater und seine Mutter sich gemeinsam über das Thema Kinderlosigkeit ausließen.

In diesem einen Punkt waren die beiden sich nämlich ausnahmsweise einmal einig. Einzig bei der Frage nach dem Warum schieden sich die Geister. Während Doña Isabella ihrer Schwiegertochter die Schuld gab, hielt Don Carlos seinen Sohn auch hier für unfähig, seinen Mann zu stehen.

Insgeheim musste Miguel sich eingestehen, dass beide Meinungen wohl nicht vollständig aus der Luft gegriffen waren. Mit Charlotte zu schlafen bereitete ihm kein Vergnügen. Es war eine Pflichterfüllung, zu der er sich nur sehr selten – und auch dann ohne großen Enthusiasmus – herabließ. Seine Frau wiederum verdächtigte er schon seit Längerem, dass sie das Ihre unternahm, um eine Empfängnis möglichst auszuschließen.

Doch das war eine Sache zwischen ihm und Charlotte. Und die würde er ganz gewiss nicht mit seinen Eltern diskutieren.

Er wandte sich ab und machte sich auf den Weg zu seinen Räumlichkeiten – es war an der Zeit, sich für seinen nächtlichen Ausflug vorzubereiten. Als er unten in der Eingangshalle Schritte hörte, trat er neugierig auf die Balustrade hinaus, die die Halle auf drei Seiten umfing, und erblickte Charlotte. Sie kam in ihrem Mantel die Treppe auf der anderen Seite heraufgeeilt, das sonst so sorgfältig frisierte Haar wirkte zerzaust, und ihre Miene drückte Schuldbewusstsein aus.

Zumindest war Schuldbewusstsein ganau das, was er daraus ablesen zu können glaubte.

Argwöhnisch kniff er die Augen zusammen. Seine Frau hatte also schon wieder etwas zu verbergen. Fragte sich nur, was.

Unwillkürlich kochte Wut in ihm hoch. Er hatte sie davor gewarnt, noch einmal zu versuchen, ihn für dumm zu verkaufen. Es wurde wirklich Zeit, dass er ihr endlich Manieren beibrachte. Und genau das hatte er jetzt vor. Natürlich wäre es sein gutes Recht, sie gleich hier und jetzt zur Rede zu stellen, doch er entschied sich dagegen.

Rache ist ein Gericht, das man am besten kalt genießt, dachte er. Und der Effekt, den zu erreichen er hoffen durfte, war ungleich größer, wenn er mit einigen Details ihrer Verfehlung aufwarten konnte.

Die Frage, wie er an Informationen kommen sollte, war rasch beantwortet. Cristóbal, sein persönlicher Diener, war ein mehr als verlässlicher Spion und seinem *patrón* gegenüber bedingungslos loyal. Miguel nickte. Was auch immer Cristóbal herausfand, er würde ihm Bericht erstatten. Dabei war es vollkommen gleichgültig, welche Konsequenzen dies für Charlotte nach sich ziehen würde.

Im Gegenzug bewahrte Miguel Stillschweigen darüber, dass Cristóbal die Gesellschaft halbwüchsiger Knaben bevorzugte. Er hatte diese Vorliebe seines Kammerdieners schon vor langer Zeit erkannt. Damals war er selbst kaum älter als siebzehn oder achtzehn gewesen. Cristóbals Blicke, wenn er ihm beim Ankleiden behilflich war, hatten Bände gesprochen.

Für Miguel war es zunächst ein interessantes Spiel gewesen. Wie weit musste er gehen, wie deutlich Cristóbal ermutigen, um die gewünschte Reaktion zu erhalten? Es hatte zwei Monate gedauert, ehe der Kammerdiener schließlich auf seine immer forscher werdenden Avancen einging.

Er erinnerte sich noch genau daran, was damals geschehen war – vor allem, weil sein Herz noch immer anfing, heftiger zu pochen, wenn er daran dachte. Er hatte Cristóbal im Spiegel beobachtet und dabei vorgegeben, sich der Vorgänge nicht bewusst zu sein, die sich hinter seinem Rücken abspielten. Deutlich waren seinem Kammerdiener seine widerstreitenden Gefühle vom Gesicht abzulesen gewesen. Wie er mit sich rang, ob er tatsächlich den ersten Schritt tun sollte und ob er seine Entscheidung womöglich sein Leben lang bereuen würde.

Der Atem hatte ihm gestockt, als Cristóbal ihm die Hände auf die Schultern legte. Noch heute glaubte er die Hitze zu spüren, die von der Berührung ausging. Er war langsam aufgestanden, hatte sich zu seinem Kammerdiener umgedreht und den Kopf zurückgeneigt, um zu dem größeren Mann aufblicken zu können.

Mit einem Laut, der zugleich ekstatisch und gequält klang, war Cristóbal der unausgesprochenen Einladung nachgekommen. Als wäre es erst gestern gewesen, glaubte Miguel noch immer, seine warmen, weichen Lippen zu spüren. Lippen, die so vollkommen anders küssten als jede Frau, der er vorher oder danach begegnet war. Was als gemeiner kleiner Scherz begonnen hatte, steigerte sich zu einem tosenden Buschfeuer, bis Miguel sich darüber klar geworden war, auf was für ein gefährliches Spiel er sich hier einließ.

Er hatte Cristóbal von sich gestoßen und seitdem versucht, die Gefühle, die er in ihm ausgelöst hatte, zu vergessen. Was hatte er auch für eine Wahl gehabt? Körperliche Nähe zwischen Männern war gegen die Natur, und deshalb hatte er Cristóbal gegenüber eindeutig klargestellt, zu keinem Zeitpunkt jemals wirkliche Gefühle für ihn entwickelt zu haben. Er war in einem schwachen Moment den Verführungskünsten eines älteren Mannes erlegen, ohne wirklich Herr seiner Sinne gewesen zu sein, nichts weiter.

Was ihn jedoch nicht daran hinderte, seinen Kammerdiener dank seines neu gewonnenen Wissens zu einem nützlichen Verbündeten zu machen. Trotz seines eklatanten Fehlverhaltens hatte er Cristóbal nicht in Schimpf und Schande aus dem Haus gejagt, was dessen sicheren Ruin bedeutet hätte. Denn das war sicher, kein Mann, der etwas auf sich hielt, würde jemanden wie Cristóbal in seine Dienste nehmen.

Seit jenem Tag hatte der Diener niemals wieder einen Versuch unternommen, sich ihm auf ungebührliche Weise zu nähern. Und er war ihm so ergeben, wie es ein Mann dem anderen gegenüber nur sein konnte.

Von Cristóbal hatte Charlotte also keine Milde zu erwarten.

Miguel hörte, wie seine Frau durch den Korridor an seiner Zimmertür vorüberhuschte. Vermutlich hoffte sie, dass ihr heimlicher Ausflug unbemerkt geblieben war. Sollte sie ruhig in dem Glauben bleiben.

Er würde noch früh genug erfahren, was sie im Schilde führte.

Liebe Margot ...

Zögernd schwebte die Feder über dem Briefbogen, der das Wasserzeichen der Duartes trug – zwei gekreuzte Schlüssel, die Wissen und Macht symbolisieren sollten. Ein Tropfen Tinte löste sich von der Spitze und benetzte das Pergament; ein kleiner Punkt, der sich blitzartig ausbreitete, bis er wie ein Stern aussah, der sich zu den Rändern hin in immer feinere Linien verästelte und schließlich mit dem cremigen Weiß des Papiers verschmolz.

Charlotte unterdrückte einen Fluch. Seit mehr als einer halben Stunde saß sie nun schon an ihrem Sekretär und versuchte verzweifelt, die wenigen Worte niederzuschreiben, die ihr auf der Seele lasteten. Dabei war sie nicht einmal wirklich sicher, an wen sie ihre Nachricht eigentlich senden wollte – an Margot oder doch an Leander.

Drei Tage waren seit jenem letzten Treffen mit Leander vergangen. Drei Tage, in denen sie kaum an etwas anderes hatte denken können als an ihn und an jenen unseligen Kuss, zu dem sie sich in einer Sekunde der Unbeherrschtheit hatte hinreißen lassen. Ein Kuss, den es niemals hätte geben dürfen und den sie dennoch nicht bereuen konnte, so sehr sie es sich auch wünschen mochte.

Tief in ihrem Herzen hatte sie es schon immer gewusst, doch seit ihrem Wiedersehen ließ sich die Wahrheit nicht länger leugnen: Die Gefühle, die sich damals an Bord der *Güstrow* zwischen ihnen entwickelt hatten, waren nicht einfach vergangen. Nein, das waren sie ganz und gar nicht. Und ihre Ehe mit Miguel begründete sich einzig und allein auf der Tatsache, dass sie Leander für tot gehalten und geglaubt hatte, auf diese Weise zumindest einen Menschen glücklich machen zu können.

Wie sich herausstellte, war sie gleich in beiderlei Hinsicht einem Irrtum erlegen.

Miguel jedenfalls wirkte keinesfalls glücklicher als vor der Hochzeit. Ganz im Gegenteil: Die Ehe schien ihn in einen vollkommen anderen Menschen verwandelt zu haben. Vermutlich hatte er aber einfach nur die Maske fallen gelassen, die er zuvor der Welt präsentiert hatte.

Für sie selbst war die Erkenntnis, dass Leander noch lebte, zugleich eine unglaubliche Erleichterung sowie ein tiefer Schock gewesen. Selbstverständlich war ihr damals ein Stein vom Herzen gefallen, als sie ihn gesund und wohlbehalten sah. Aber hatte es ausgerechnet am Tag ihrer Hochzeit sein müssen? Warum nicht ein paar Tage – ein paar Stunden – früher? Dann hätte sie noch eine Möglichkeit gehabt, zu verhindern, was sie inzwischen als den größten Fehler ihres Lebens betrachtete.

Die Ehe mit Miguel.

Nur etwas früher, und sie und Leander könnten heute vereint sein, eine Familie haben, ein glückliches gemeinsames Leben führen …

Mit einem energischen Kopfschütteln beendete Charlotte ihre Tagträumerei. Die Dinge waren nun einmal so, wie sie waren, und es gab nichts, was sie daran noch ändern konnte. Vermutlich wäre es besser gewesen, Leander ein für alle Mal zu vergessen, doch selbst dazu war es nun zu spät. Sie hatte sich erneut auf ihn eingelassen, und jetzt musste sie die Konsequenzen tragen.

Sie nahm das beschmierte Blatt, zerknüllte es und warf es in den Papierkorb. Dann öffnete sie die oberste Schublade ihres Sekretärs, holte einen weiteren Briefbogen daraus hervor und begann zu schreiben.

Liebe Margot,
ich brauche deinen Rat. Können wir uns sehen? Wenn du es einrichten kannst, komme morgen um drei Uhr zum Gartentor der Villa Paraiso. Ich werde dich dort erwarten.
In ewiger Freundschaft, deine C.

Rasch überflog sie den Text noch einmal. Es kam ihr albern vor, nur mit der Initiale ihres Vornamens zu unterzeichnen, doch Vorsicht war angebracht. Margot würde wissen, von wem die Nachricht stammte. Ein Fremder, dem sie zufällig in die Hände fiel, würde sie hingegen gewiss nicht zuordnen können.

Sie streifte sich ihren Mantel über, ohne ihr Mädchen um Hilfe zu bitten, und öffnete die Zimmertür. Nachdem sie sich davon überzeugt hatte, dass der Korridor verlassen dalag, raffte sie ihre Röcke und eilte los. Wirklich aufatmen konnte sie aber erst, als sie etwas später unbemerkt aus dem Haus schlüpfte und die nächste Droschke bestieg, die ihren Weg kreuzte.

11. KAPITEL

Und du hast gesehen, wie sie die Nachricht einem dieser bettelnden Gören auf dem Platz vor der Kathedrale gegeben hat?"

Cristóbal nickte. „Danach musste ich mich entscheiden, wem ich weiter folgen sollte. Ich hielt es für besser, die Señora im Auge zu behalten – ich hoffe, das war in Ihrem Sinne?"

Miguel neigte zustimmend den Kopf. Zu gern hätte er gewusst, mit wem Charlotte auf diesem Weg korrespondierte. Seine Anweisungen an Cristóbal waren jedoch unmissverständlich gewesen, daher konnte er seinem Kammerdiener keinen Vorwurf wegen dessen Entscheidung machen, die Verfolgung von Charlotte fortzusetzen.

Etwas Interessantes war dabei aber leider nicht zutage gekommen. Wie es schien, hatte seine Frau den Rest des Vormittags damit verbracht, über den Markt zu schlendern und Einkäufe zu erledigen.

„Ich war so frei, mich in den Räumlichkeiten der Señora umzuschauen, ob sich unter ihren persönlichen Dingen vielleicht ein Hinweis darauf findet, wem sie geschrieben haben könnte."

Miguel horchte auf. „Und? Hast du etwas entdecken können?"

Ein feines Lächeln umspielte die Lippen des älteren Mannes, als er einen zerknitterten Bogen Papier aus seiner Hosentasche zog. Miguel faltete das Blatt auseinander und runzelte die Stirn.

Abgesehen von einem großen Tintenfleck prangten nur zwei Worte darauf:

Liebe Margot …

In Gedanken ging Miguel die Namen der Frauen durch, mit denen Charlotte bekannt war. Bei den meisten handelte es sich um die Ehefrauen seiner Freunde und Bekannten. Und auch wenn sich unter ihnen viele deutsch klingende Namen fanden, so war er sicher, dass keine von ihnen Margot hieß. Woher kannte Charlotte diese Person also dann?

Dass sie Kontakte zu Leuten unterhielt, mit denen er absolut nicht einverstanden war, wusste er längst. Dass er bisher nichts dagegen unternommen hatte, lag einzig und allein daran, dass er noch keinen Vorteil darin gesehen hatte. Es war immer gut, etwas gegen die Menschen in der Hand zu haben, die einem Schwierigkeiten bereiten konnten. Ganz besonders, wenn es sich bei diesem Menschen um die eigene Ehefrau handelte.

Nachdenklich fuhr er sich mit einer Hand durchs Haar – da fiel es ihm plötzlich ein. Diese Frau, die das Waisenhaus für Mapuche-Kinder außerhalb der Stadt betrieb – hieß die nicht Margot?

Er war sich jetzt beinahe sicher. Allerdings wunderte es ihn, dass Charlotte es wagte, noch einmal Kontakt zu ihr aufzunehmen. Er hatte geglaubt, ihr klar und deutlich gesagt zu haben, was er von dieser Bekanntschaft hielt. Aber da seine Frau dieser Person heimlich Nachrichten zukommen ließ, war zu vermuten, dass sie sich weiterhin heimlich mit ihr traf.

Seine Wut, die innerlich schon so lange brodelte, nahm weiter zu. Was bildete sich dieses Weibsstück ein, ihn an der Nase herumführen zu wollen? Aber das würde sie büßen, darauf konnte sie sich verlassen.

Allerdings noch nicht jetzt. Nicht, ehe er wusste, was da hinter seinem Rücken gespielt wurde.

„Ich habe einen speziellen Auftrag für dich“, wandte er sich an Cristóbal, der ihn aufmerksam anschaute. „Es gibt da jemanden, den du für mich im Auge behalten sollst. Ich will wissen, was diese Person tut, wohin sie geht, mit wem sie sich trifft. Und achte besonders darauf, ob sie irgendwelchen Umgang mit meiner Frau hat.“

Sein Diener nickte ergeben. „Wie Sie wünschen, *patrón*“, sagte er. „Wer ist es, den ich beobachten soll?“

„Es handelt sich um eine Frau“, erwiderte Miguel und konnte ein selbstgefälliges Lächeln nicht unterdrücken. „Sie besitzt einen Hof etwas außerhalb von Puerto Montt, auf dem sie indianischen Waisenkindern Zuflucht gewährt."

Offenbar wusste Cristóbal Bescheid, denn er nickte.

„Nun, dann ist ja alles geklärt, nicht wahr? Du machst dich am besten gleich auf den Weg. Und wenn du irgendetwas herausfindest …"

„… werde ich Ihnen sofort eine Nachricht zukommen lassen", vollendete Cristóbal den Satz für ihn.

Die beiden Männer standen noch einen kurzen Augenblick da und schauten sich an, dann wandte der Ältere sich ab und verließ den Raum.

Miguel trat ans Fenster und sah hinaus. Langsam legte sich Dunkelheit über das Land wie ein schwarzes, mit glitzernden Diamantsplittern besetztes Tuch. Charlotte würde es noch bereuen, sich mit ihm angelegt zu haben. Gerade einmal zweieinhalb Jahre war es her, dass sie ihm vor dem Traualtar versprochen hatte, ihn zu lieben und zu ehren, bis dass der Tod sie voneinander schied. Nun, darunter, seinem Ehemann die ihm zustehende Ehre zu erweisen, verstand sie offenbar etwas grundlegend anderes als er. Doch noch war in diesem Zusammenhang das letzte Wort nicht gesprochen.

Er erinnerte sich gut daran, was er ihr an jenem Abend schwor, an dem er von ihrer Verbindung mit dieser Person erfahren hatte, die sich um die indianischen Waisenkinder kümmerte. Und er war kein Mann, der leichtfertig Drohungen aussprach, ohne seinen Worten Taten folgen zu lassen.

Warte nur, Charlotte, dachte er, und seine Augen verengten sich zu Schlitzen. Warte nur …

Margot machte sich Sorgen um Charlotte.

Ernsthafte Sorgen.

Es war unvernünftig von ihr gewesen, so früh wieder Kontakt zu ihr aufzunehmen. Sie hatte der kurzen Nachricht ihrer Freundin entnommen, dass ihr Ehemann irgendwie dahintergekommen war, dass Charlotte und sie sich regelmäßig sahen.

Wenn Miguel Duarte nun herausfand, dass sie sich weiterhin trafen ... Sie wollte lieber gar nicht darüber nachdenken, was dann mit Charlotte passierte.

Was sie jedoch am meisten irritierte, war die Tatsache, dass ihre Freundin doch genau wissen musste, in welche Gefahr sie sich begab. Wenn sie bereit war, das Risiko trotzdem einzugehen, dann musste sie etwas schon sehr belasten.

Was mochte das sein?

Mit dieser Frage quälte sie sich nun schon herum, seit ihr Charlottes Nachricht gestern Nachmittag von einem Straßenmädchen überbracht worden war. Und nun, da sich die Zeiger der Uhr langsam der im Brief genannten Zeit näherten und sie sich auf dem Weg zum verabredeten Treffpunkt befand, nahm ihre Anspannung noch zu.

Nervös blickte sie sich vom Kutschbock ihres kleinen Einspänners aus immer wieder um. Sie konnte es sich selbst nicht erklären, doch irgendwie wurde sie das Gefühl nicht los, beobachtet zu werden.

Unsinn, sagte sie sich. Wer sollte dich schon beobachten, und vor allem, warum?

Doch das Gefühl blieb. Brannte wie ein glühender Pfeil in ihrem Rücken, machte sie unruhig und ließ sie einfach nicht los. Mit einem Schwung der Zügel trieb sie das Pferd zu einem raschen Trab an, doch besonders schnell kam sie trotzdem nicht vorwärts. Erneut schaute sie über ihre Schulter zurück. Auf der Straße herrschte emsiges Treiben. Menschen verschiedenster Herkunft waren unterwegs, Kinder spielten im Matsch zwischen Ziegen und Hunden. Unmöglich, in diesem Gewühl einen Verfolger ausfindig zu machen.

Aber dann, gerade als sie sich umwenden wollte, entdeckte sie einen Mann, der in ihre Richtung sah. Der stechende Blick seiner dunklen Augen verursachte ihr eine Gänsehaut – und das, obwohl sie alles andere als empfindlich war.

Rasch schaute sie wieder nach vorne, tat so, als hätte sie nichts bemerkt, während ihre Gedanken rasten. Sollte sie sich womöglich doch nicht getäuscht haben? Wurde sie wirklich verfolgt?

Wenn ja, dann gab es nur zwei mögliche Gründe, und einer gefiel ihr weniger als der andere. Entweder steckte Gerhard Wiesner dahinter, der ihr Waisenheim noch immer mit allen ihm zur Verfügung stehenden Mitteln zu vernichten versuchte, oder es hatte etwas mit Charlotte zu tun. Was bedeuten würde, dass sich ihre Freundin in größerer Gefahr befand, als sie bislang angenommen hatte.

Blitzschnell erwog sie ihre Möglichkeiten. Sie konnte so tun, als hätte sie nichts bemerkt, Charlotte versetzen und einen anderen Weg einschlagen. Aber was dann? Ihre Freundin würde glauben, dass sie vergessen, oder schlimmer noch, verstoßen worden war. Und sie schien wirklich Hilfe zu brauchen, so verzweifelt, wie sie in ihrem Brief geklungen hatte.

Also kam ein solches Vorgehen für Margot nicht infrage. Blieb nur, ihren Verfolger irgendwie abzuschütteln, und das würde ihr wohl kaum gelingen, solange sie mit dem Wagen unterwegs war. Der kam im Gedränge auf der Straße viel zu langsam voran und war außerdem so auffällig, dass man ihn kaum aus den Augen verlieren konnte.

„Brrrr …" Sie zügelte das Pferd, das langsam zum Stehen kam, betätigte die Bremskurbel und stieg ab. Erneut schaute sie sich um, doch den Mann, der ihr vorhin aufgefallen war, konnte sie nirgends entdecken. Natürlich bedeutete das nicht, dass er nicht mehr da war. Vermutlich verbarg er sich irgendwo in der Menschenmenge.

Margot tätschelte dem Schimmelpony den Hals und fütterte es mit einer Möhre, die sie aus der Tasche ihrer Schürze hervorzauberte. „Ich bin gleich wieder zurück, mein Guter", sagte sie. „Du wartest hübsch brav hier, ja?"

Das Pony schnaubte, als habe es die Aufforderung seiner Besitzerin verstanden, und Margot tauchte in die gesichtslose Masse der Passanten ein.

Eilig drängte sie sich zwischen den Menschen hindurch. Als sie sich umblickte, glaubte sie ganz kurz das Gesicht des Fremden mit den stechenden Augen zu erkennen. Erneut beschleunigte sie ihre Schritte, ehe sie in eine schmale Seitengasse einbog und sich dort in einem Hauseingang verbarg.

Schwer atmend drückte sie sich in die Nische. Es fiel ihr alles andere als leicht, sich ruhig zu verhalten. Jede Faser ihres Körpers schrie danach, zu überprüfen, ob der Mann ihr noch immer folgte. Doch das Risiko war zu groß: Sollte er gerade in dem Moment, in dem sie einen Blick riskierte, in Richtung Gasse schauen, wäre alles umsonst gewesen.

Sie zwang sich also, still stehen zu bleiben, und zählte in Gedanken langsam bis dreißig. Erst dann wagte sie es, sich aus ihrem Versteck zu lösen.

Am Eingang der Gasse zog der übliche Strom von Menschen entlang, doch niemand blieb stehen oder blickte auch nur zu ihr hinüber.

Margot atmete tief durch.

Sie war nicht mehr weit vom Treffpunkt entfernt, den Charlotte ihr genannt hatte. Zum Glück kannte sie sich in der Stadt inzwischen ziemlich gut aus. Zwar führte der Weg, den sie nun einschlagen musste, über unwegsame Hinterhöfe und schmale Fußwege, doch das nahm sie gern in Kauf. Schließlich machte es das ihrem Verfolger auch schwer, ihr weiterhin auf den Fersen zu bleiben.

Sie straffte die Schultern und ging los. Keine fünfzehn Minuten später erreichte sie ihr Ziel – das Tor, das zum weitläufigen Garten eines Anwesens führte, das der Familie Paraiso gehörte. Auch wenn sie selbst natürlich niemals eingeladen werden würde, so wusste sie doch, wie so ziemlich jeder in der Umgebung von Puerto Montt, dass Señora Paraiso einmal im Monat einen Nachmittagstee für die Damen der gehobenen Gesellschaft veranstaltete.

Zwischen den Ästen der Bäume sah sie Licht, das hinter den Fenstern des rückwärtigen Salons glitzerte. Violinenklänge schwebten in der Luft. Es wurde etwas Leichtes, Frisches gespielt. Mozart oder Haydn.

Einen Moment lang lauschte Margot der Musik und ließ ihre Gedanken einfach treiben. Dann hörte sie ein leises Rascheln auf der anderen Seite der Mauer, die den Garten vom Weg abtrennte. „Charlotte?", flüsterte sie.

Kurz darauf erschien ihre alte Freundin am Gartentor. Margot war erleichtert, sie wohlbehalten und gesund zu sehen. Dennoch wirkte Charlotte verändert. Sie war erschreckend dünn und blass. Die Wangenknochen standen deutlich hervor, und dunkle Ringe lagen unter ihren Augen.

„Margot!", rief Charlotte aus und öffnete das Gartentor, das quietschend aufschwang. Daraufhin trat sie hinaus auf den Weg und umarmte ihre frühere Zofe, als hätten sie sich schon seit Monaten nicht mehr gesehen. Ja, sie schien sie gar nicht wieder loslassen zu wollen. „Ich kann leider nicht lange bleiben. Früher oder später wird jemandem auffallen, dass ich weg bin, und ich kann es mir im Moment nicht erlauben, dass man uns zusammen sieht."

Margot nickte. „Sie sollten wirklich vorsichtig sein", sagte sie. „Ist es möglich, dass jemand von dem Brief erfahren hat, den Sie mir geschickt haben?"

Erstaunt blickte Charlotte sie an. „Nein, wie kommst du darauf?"

„Ich könnte schwören, dass mir vorhin ein Mann gefolgt ist."

Ihre Freundin erbleichte. „Wie sah er aus? Kannst du ihn beschreiben?"

Margot rief sich das Gesicht des Mannes in Erinnerung. „Seine Augen waren dunkel und irgendwie stechend. Ich weiß noch, dass er schwarze Kleidung trug, weil der Kontrast zu seiner hellen Haut so scharf war."

Charlotte stöhnte unterdrückt und massierte sich die Schläfen. Für einen Moment schien sie ganz wackelig auf den Beinen zu sein, und sie musste sich am schmiedeeisernen Tor abstützen, um sich aufrecht zu halten.

„Cristóbal", stieß sie mit heiserer Stimme hervor.

„Wer ist das?"

„Miguels Diener", erwiderte Charlotte und atmete tief durch. „Der Mann ist ihm treu ergeben, beinahe schon sklavisch. Mir war er von Anfang an unheimlich."

„Also muss Ihr Ehemann irgendwie daraufgekommen sein, dass Sie sich mit mir treffen wollen. Haben Sie eine Idee, wie es dazu gekommen sein könnte?"

Energisch schüttelte Charlotte den Kopf, verharrte jedoch plötzlich. „Oh nein!"

„Was? Was ist denn?"

„Ich ... Er muss in meinem Papierkorb herumgewühlt haben. Ich hatte angefangen, einen Brief an dich zu schreiben, dann aber noch einmal von vorn beginnen müssen."

Nun war Margot alles klar. „Offenbar weiß er also, dass Sie immer noch mit mir in Kontakt stehen, und hat seinen Handlanger beauftragt, mir zu folgen. Aber warum? Was hat er davon?"

Charlotte schauderte. „Ich nehme an, er will mich auf frischer Tat ertappen." Sie schloss die Augen. „Das letzte Mal hat er gedroht, dass er mich in dem Fall umbringen wird", stieß sie tonlos hervor.

Margot trat auf sie zu und nahm sie in die Arme. Sie spürte, wie die Schultern ihrer Freundin bebten, und tiefes Mitgefühl ergriff sie. Dieser Mann, Miguel Duarte, war ein echtes Scheusal, und sie wünschte, dass es irgendetwas gäbe, was sie für Charlotte tun könnte. Doch da war nichts. Charlotte hatte ihn geheiratet und war damit für den Rest ihres Lebens an ihn gebunden – oder?

Nachdenklich biss Margot sich auf die Unterlippe. Die Ehe war für sie immer etwas Heiliges, etwas Unantastbares gewesen. Sie aufzulösen eine Sünde, für die es keine Entschuldigung gab. Doch galt dieser Grundsatz auch für eine Verbindung wie die von Charlotte und Miguel Duarte? Eine Ehe, in der es nicht nur keine Zuneigung oder gar Liebe gab, sondern in der Brutalität und Schläge an der Tagesordnung standen?

Margot atmete tief durch. Sie konnte sich nicht vorstellen, dass Gott so etwas wirklich wollte. Charlotte hatte einen Fehler gemacht. Aber sollte sie dafür wirklich den Rest ihres Lebens büßen?

„Sie müssen ihn verlassen", sagte sie, ohne lange darüber nachzudenken. „Dieser Mann ist nicht gut für Sie. Eines Tages macht er seine Drohung wahr und …" Sie schluckte hart. „So weit darf es auf keinen Fall kommen. Gehen Sie, Charlotte. Laufen Sie weg, solange Sie die Chance dazu haben."

Ein trauriges Lächeln umspielte die Lippen ihrer Freundin. „Glaubst du nicht, darüber hätte ich nicht selbst schon nachgedacht? Aber wo soll ich denn hin? Nach Hause kann ich nicht. Mein Vater würde mich augenblicklich auf den nächsten Dampfer zurück nach Chile verfrachten. Er hat sich noch nie dafür interessiert, was ich will oder wie es mir geht. Alles, woran er denkt, ist sein verflixter Salpeter."

„Und der Handel zwischen den Duartes und ihm läuft so, wie er es sich erhofft hat?"

Charlotte zuckte mit den Schultern. „Wie es scheint, ja." Sie schüttelte den Kopf. „Nein, Margot, von meiner Familie habe ich keine Unterstützung zu erwarten. Und zu dir kann ich auch nicht. Bei dir würde er mich doch zuallererst suchen."

In diesem Punkt musste Margot ihr leider zustimmen. „Aber es gibt doch bestimmt noch andere Möglichkeiten", sagte sie. „Sie wären nicht die erste Frau, die vor ihrem brutalen Ehemann davonliefe. Es muss doch einen Weg geben, Ihnen zu helfen."

„Ich fürchte, du täuschst dich", entgegnete Charlotte traurig. „Wenn ich Miguel verließe, stünde ich völlig allein da. Es gäbe niemanden, an den ich mich wenden könnte. Und ehe du etwas sagst – nein, du kannst mir auch nicht helfen. Was soll aus den Kindern werden, wenn dir etwas zustößt? Dieser Wiesner würde die erste sich bietende Gelegenheit nutzen, deine Waisen zu verjagen." Sie schüttelte den Kopf. „Ich wäre ganz auf mich gestellt, ohne …"

„Ohne?" Margot bedachte sie mit einem forschenden Blick. „Was ist los, Charlotte? Sie haben in Ihrer Nachricht geschrieben, dass Sie meinen Rat brauchen – dabei geht es gar nicht um Ihren Mann oder Ihre Ehe, richtig?"

Charlotte schüttelte den Kopf. „Nein", entgegnete sie zögernd. „Es geht um Leander."

Charlotte atmete tief durch. Wie sehr hatte sie darauf hingefiebert, Margot endlich wiederzusehen! Doch jetzt, wo sie ihr gegenüberstand, wusste sie nicht, wie sie beginnen sollte.

„Wir haben uns zufällig getroffen", erklärte sie. Die Umstände ihrer Begegnung mit Leander behielt sie lieber für sich. Ihre Freundin wäre gar nicht begeistert zu hören, dass sie sich auf eigene Faust auf die Suche nach ihrer Mutter begeben hatte. Ganz sicher nicht.

„Und?" Fragend schaute Margot sie an. „Wie geht es Ihnen nun? Das Wiedersehen hat Sie sicher ziemlich aufgewühlt."

Charlotte zögerte. Aufgewühlt war nicht das Wort, das ihr beim Gedanken an Leander zuerst in den Sinn kam. Sie atmete tief durch. „Oh Margot, ich glaube, ich liebe ihn noch immer …" Sie spürte, wie ihr Tränen in die Augen stiegen, und barg das Gesicht in den Händen. Ein Schluchzen entrang sich ihrer Kehle.

Sofort war Margot bei ihr und schloss sie in die Arme. „Ist ja schon gut", murmelte ihre ehemalige Zofe, wobei sie ihr beruhigend übers Haar strich. „Alles kommt in Ordnung, Sie werden sehen. Jetzt erscheint Ihnen die ganze Welt düster und hoffnungslos, doch früher oder später geht die Sonne auch für Sie wieder auf."

Mühsam rang Charlotte um Fassung. Sie machte sich von Margot los und straffte die Schultern. „Entschuldige, ich wollte nicht … Es war dumm von mir, dich damit überhaupt zu behelligen."

„Nein, das war es ganz und gar nicht", entgegnete Margot energisch. „Wir sind Freunde, Charlotte. Wenn Sie nicht mir Ihr Herz ausschütten könnten, wem dann?" Sie ergriff ihre Hand. „Und nun erzählen Sie: Was genau ist vorgefallen?"

Erneut zögerte Charlotte kurz, dann fing sie an zu sprechen – und stellte fest, dass es gar nicht so schwer war. Kaum, dass sie begonnen hatte, sprudelten die Worte förmlich aus ihr heraus. Und so erfuhr Margot nun doch von ihrem Versuch, sich allein auf die Suche nach ihrer Mutter zu machen, der beinahe in einer Katastrophe geendet hätte.

„Das war unglaublich unvernünftig von Ihnen", tadelte ihre frühere Zofe sie schließlich. „Bitte versprechen Sie mir, dass Sie so etwas nie wieder tun werden."

Charlotte nickte. „Ich weiß inzwischen selbst, dass ich mich zu einer großen Dummheit habe hinreißen lassen. Aber es ist ja noch einmal alles gut gegangen."

„Wie man's nimmt", entgegnete Margot skeptisch. „Ich weiß nicht, ob es besonders hilfreich war, dass Sie durch diese Geschichte wieder mit Leander in Kontakt gekommen sind. Jetzt, wo Sie beinahe über ihn hinweg waren."

Charlotte lachte humorlos auf. „Über ihn hinweg?" Sie schüttelte den Kopf. „Ich glaube, das bin ich nie gewesen, Margot. Eine Zeit lang habe ich es mir eingeredet, ja. Aber in Wahrheit habe ich ihn nie wirklich aus dem Kopf bekommen. Ich liebe ihn immer noch, Margot. Ich habe nie aufgehört, ihn zu lieben …"

„Und was nun?", fragte Margot nach längerem Schweigen. „Wie soll es jetzt weitergehen?"

„Ich wünschte, ich hätte eine Antwort auf diese Frage", sagte Charlotte. „Das wünschte ich wirklich." Sie hatte sich in eine heikle Situation manövriert und wusste beim besten Willen nicht, wie sie damit umgehen sollte. Sie wollte mit Leander zusammen sein, ja. Wollte es mehr als alles andere auf der Welt. Gleichzeitig war ihr bewusst, dass es dazu niemals kommen würde. Niemals kommen *durfte*.

Ihre Gefühle für ihn spielten dabei keine Rolle. Es ging hier nicht um sie oder um ihn, sondern um seine Familie. Er hatte nicht nur eine Frau, er hatte auch eine Tochter. Das machte ihr die Angelegenheit nicht leichter. Sie würde sich nicht zwischen einen Mann und seine Familie stellen. Niemals. Aber sie sehnte sich mehr nach Leander, als sie mit Worten beschreiben konnte.

„Was soll ich nur tun?" Verzweifelt blickte sie zu Margot auf. „Wie würdest du dich an meiner Stelle verhalten?"

Ihre Freundin ersparte ihr den – sicherlich gerechtfertigten – Hinweis, dass sie selbst vermutlich niemals in eine solch vertrackte Situation geraten wäre, und schien ernsthaft über ihre Frage nachzudenken.

Schließlich schüttelte sie den Kopf. „Es tut mir leid, aber ich weiß auch keinen Rat. Alles was ich sagen kann, ist, dass Sie tun müssen, was Ihr Herz Ihnen sagt. Hören Sie darauf, und es wird Ihnen den richtigen Weg weisen."

Überrascht schaute Charlotte sie an. Es war vollkommen untypisch für Margot, so etwas von sich zu geben. Sie war ein streng rationaler Mensch, der sich stets von der Stimme der Vernunft leiten ließ, nicht von der des Herzens. „Es wäre gefährlich, ihn wiederzusehen", entgegnete sie gedankenverloren. „In mehr als einer Hinsicht."

Margot nickte. „Wenn Miguel Duarte herausfindet, dass Sie sich mit einem anderen Mann treffen ..."

„Es würde gewiss kein gutes Ende für mich nehmen", beendete sie den Satz für ihre Freundin. Seufzend rieb sie sich die Augen. „Ich weiß einfach nicht, was das Richtige ist. Es wird mir das Herz brechen, bei Leander zu sein, ohne ihm je wieder nahe kommen zu dürfen. Aber mir ist auch bewusst, dass es mich umbringen wird, ihn noch einmal zu verlieren."

Margot nahm ihre Hände und drückte sie sanft. „Sie sind stark, Charlotte."

„Ach ja? Bin ich das?" Ein trauriges Lächeln umspielte ihre Mundwinkel. Vom Haus her näherten sich Stimmen, und sie fuhr erschrocken zusammen. „Ich muss zurück", sagte sie hastig.

„Natürlich." Margot nickte. „Wenn Sie irgendetwas brauchen sollten ..."

Charlotte lachte leise. „Was sind wir doch für ein seltsames Gespann, nicht wahr? Ich lebe in einem großen Haus mit Dienstboten und allem erdenklichen Komfort, während du jeden Peso zweimal umdrehen musst, um die Kinder und dich über die Runden zu bringen. Und doch bist du es, die mich tröstet, und nicht umgekehrt."

„Seien Sie nicht albern", entgegnete Margot. „Ich bin glücklich mit meinem Leben. Sicher, es mag nicht immer einfach sein, aber ich weiß, was ich tue – und wofür. Und der Umgang mit den Kindern bereitet mir Freude. Ich habe eine Aufgabe, die mich ausfüllt, während Sie …“

„Ich habe einen Ehemann, der mich nicht liebt und dem ich ebenso wenig Zuneigung entgegenbringe“, schloss Charlotte für sie. „Aber daran lässt sich nichts ändern. Ich habe vor über zweieinhalb Jahren eine Entscheidung getroffen – und die kann ich nicht rückgängig machen.“ Sie zwang ein Lächeln auf ihre Lippen. „Danke“, sagte sie und warf unruhig einen Blick über ihre Schulter, da die Stimmen lauter wurden. „Dafür, dass du gekommen bist. Es wird Zeit für mich.“

Margot winkte ihr noch einmal zu, dann drehte sie sich um und eilte davon.

Charlotte kehrte zur Teegesellschaft zurück. Ihre Sorge war vollkommen unbegründet, denn niemand schien bemerkt zu haben, dass sie überhaupt fort gewesen war. Die Gespräche drehten sich um Belanglosigkeiten, Probleme mit Bediensteten bei der Führung des Haushalts und die neueste Mode aus Paris. Dinge, an denen sie im Augenblick nicht im Geringsten interessiert war.

Ihre Gedanken kreisten ausschließlich um Leander und darum, was sie seinetwegen unternehmen sollte. Eines stand fest: Der nächste Schritt musste von ihr ausgehen. Und sie sollte sich besser gut überlegen, ob sie bereit war, ihn zu tun.

Mit all seinen Konsequenzen.

„Wie lange soll das noch so weitergehen?“ Maria, die Leander am Tisch gegenübersaß, warf ihrem Mann einen bitterbösen Blick zu. „Wann hast du vor, endlich etwas zu unternehmen, um uns aus diesem Loch“, sie vollführte eine Geste, die alles – den Raum, die Wirtschaft, die ganze Stadt – umfasste, „herauszuholen? Findest du nicht, dass deine Tochter etwas Besseres verdient als dieses Leben hier?“

Leander gab vor, die Sticheleien seiner Frau nicht zu hören, und führte einen Löffel Suppe an seine Lippen. Inzwischen war er daran gewöhnt, dass sie ihn regelmäßig mit diesem Thema traktierte. Das bedeutete jedoch nicht, dass es ihn unberührt ließ.

Marias Mutter, die am Herd stand und kochte, zeigte sich weniger zurückhaltend. „Was nennst du hier ein Loch, *mi hija*?“, keifte sie. „Wie undankbar bist du eigentlich? Du, dein Mann und dein Kind, ihr lebt hier auf meine Kosten. Alles was ich dafür von euch erwarte, ist, dass ihr ein bisschen mit anpackt! Das wird wohl nicht zu viel verlangt sein!“

Seufzend legte Leander seinen Löffel ab, ehe er sich an seine Schwiegermutter wandte. „Maria hat es ganz bestimmt nicht so gemeint“, sagte er. „Wir sind dir sehr dankbar, dass du uns ein Dach über dem Kopf gibst. So ist es doch, nicht wahr, Maria?“

Seine Frau stieß ein abfälliges Schnauben aus, sagte aber nichts. Leander schüttelte den Kopf. Konnte denn nicht ein einziges Mal Frieden herrschen? Er unterdrückte einen scharfen Kommentar. Wenigstens lag Aurora schon im Bett. Die Kleine musste ja nicht unbedingt etwas von den Spannungen in der Familie mitbekommen.

Als ob sie davon nichts bemerken würde! Nur, weil sie noch zu klein ist, um zu sprechen, bedeutet das nicht, dass sie nicht merkt, wie schlecht die Stimmung zwischen ihren Eltern und ihrer Oma ist.

Einmal mehr verspürte Leander heftige Sehnsucht – jedoch nicht nach Maria, seiner Ehefrau, sondern nach Charlotte. Seit sie sich zufällig wieder über den Weg gelaufen waren, bekam er sie nicht mehr aus dem Kopf. Sie beherrschte seine Gedanken, ließ ihn fahrig und unkonzentriert werden. Das entging Maria natürlich nicht, auch wenn sie nicht wusste, warum er so war. Dennoch machte es das Zusammenleben mit ihr nicht unbedingt leichter.

In letzter Zeit war sie noch reizbarer, als es ohnehin schon immer der Fall gewesen war. Und das lag gewiss nicht nur daran, dass er ihre hochtrabenden Träume von einem Leben in Luxus und Überfluss beim besten Willen nicht erfüllen konnte.

Vermutlich spürte sie – ebenso wie er –, dass sich etwas verändert hatte.

Etwas?

Nein, dachte er. Nicht *etwas*, sondern *alles* hatte sich verändert. Und zwar genau an dem Tag, an dem er Charlotte vor diesen brutalen Schlägern gerettet hatte. In dem Moment, in dem er in ihre Augen geblickt hatte, war es um ihn geschehen gewesen. Und ihr Kuss, so kurz und flüchtig er auch gewesen sein mochte, brachte jedes Mal, wenn er daran zurückdachte, sein Blut zum Kochen. Er hatte es seitdem vermieden, sie wiederzusehen. Warum? Weil er nicht sicher war, ob er sich noch länger würde zurückhalten können, wenn sie ihm gegenüberstünde. Doch wie sollte er diese Qualen den Rest seiner Tage aushalten?

Mit einem unterdrückten Stöhnen fuhr er sich über die Augen. Als er daraufhin aufblickte, bemerkte er, wie Marias Blick argwöhnisch auf ihm ruhte. Sie musterte ihn eindringlich, als versuche sie zu ergründen, was hinter seiner Stirn vor sich ging. Und einen winzigen Moment war ihm, als könnte sie bis auf den Grund seiner Seele schauen.

Natürlich war das Unfug, sonst wäre sie wohl kaum so ruhig geblieben, als sie sich nun über den Tisch hinweg zu ihm herüberlehnte.

„Was ist eigentlich mit dir los?", fragte sie. Eine steile v-förmige Falte erschien auf ihrer Stirn. „Du bist in letzter Zeit so verändert. Irgendetwas stimmt doch nicht mit dir!"

Leander schüttelte den Kopf. „Du siehst Gespenster", entgegnete er und erhob sich von seinem Platz.

Marias Stirnrunzeln vertiefte sich. „Wo willst du hin?"

Egal, dachte er. Hauptsache, weit weg von hier. Weit weg von dir!

„Nur einen kurzen Spaziergang machen", sagte er stattdessen. Er wandte sich an seine Schwiegermutter, die noch immer schmollend mit verschränkten Armen vor dem Ofen stand. „Ich bin rechtzeitig vor dem großen Ansturm wieder zurück, du kannst dich auf mich verlassen."

„Aber du kannst jetzt nicht einfach weggehen!“ Maria sprang so abrupt auf, dass der Hocker, auf dem sie gesessen hatte, polternd umfiel. Sie eilte zum Türdurchgang und versperrte ihm den Weg. „Unsere Unterhaltung ist noch nicht beendet.“

Er trat auf sie zu. Obwohl sie gut zwei Köpfe kleiner war als er, blickte sie mit vor Entschlossenheit blitzenden Augen zu ihm auf und reckte das Kinn.

„Doch, das ist sie“, entgegnete er. „Ich habe dir schon mehr als einmal zu verstehen gegeben, dass ich mich nicht auf irgendwelche kriminellen Machenschaften einlasse, nur um deine übersteigerten Ansprüche zu befriedigen. Ich besaß nichts, als ich dich gebeten habe, meine Frau zu werden. Du hättest wissen müssen, worauf du dich einlässt, als du mir dein Jawort gabst.“ Damit drängte er sich an ihr vorbei und ignorierte das wütende Gezeter, das ihm folgte.

Als er aus dem Haus trat, stand die Sonne bereits tief am Himmel. Nicht mehr lange, und die Nacht würde sich wie ein schwarzes Tuch über die Stadt legen. Draußen war es warm und drückend. Seit Wochen hatte es nun schon nicht mehr geregnet, und kein Windhauch regte sich. Gestank von Unrat und Exkrementen hing wie eine Dunstglocke über den Straßen. Zumindest hier, in der Umgebung des Hafens, war der Geruch kaum mehr auszuhalten. Weiter oben in den besseren Gegenden war es vermutlich längst nicht so schlimm. Aber das konnte Leander nicht beurteilen, da er das Hafenviertel so gut wie nie verließ.

Außer wenn du Charlotte nach Hause bringst …

Er seufzte leise. Da war er wieder, der Gedanke an Charlotte. So sehr er sich auch bemühte, sie sich aus dem Kopf zu schlagen, es wollte ihm einfach nicht gelingen.

Ohne ein konkretes Ziel im Sinn zu haben, ging er los. Die ersten Dirnen waren schon auf den Straßen und hielten Ausschau nach Freiern. Zumeist handelte es sich um jüdische Mädchen aus dem Osten Europas, die man mit fadenscheinigen Versprechungen in die Neue Welt gelockt hatte. Doch auch junge Indianermädchen waren darunter, deren Familien von den weißen

Siedlern von ihrem Land vertrieben und in alle Winde versprengt worden waren. Sie alle waren grell geschminkt und trugen aufreizende, tief dekolletierte Kleider, die beim näheren Betrachten vor Schmutz starrten oder von Ungeziefer wimmelten. Diese Frauen waren die Ärmsten der Armen, und wer ihre Dienste in Anspruch nahm, riskierte nicht selten seine Gesundheit.

Leander lebte nun schon lange genug hier, sodass sein Gesicht bei den Mädchen bekannt war. Sie versuchten längst nicht mehr, ihn zu bezirzen. Maria bezahlte einigen von ihnen einen kleinen Obolus, wenn sie mit ihren Freiern zu ihr in die Schenke kamen, um zu trinken und in einem der Zimmer ihrer Tätigkeit nachzugehen. Zwar gefiel Leander diese zusätzliche Einnahmequelle, die seine Frau aufgetan hatte, ganz und gar nicht, doch inzwischen nutzte er Marias Profitgier für seine eigenen Zwecke. Insbesondere, um einige der besonders jungen und hilflosen Mädchen wenigstens ein paar Stunden am Tag von der Straße wegzubekommen und ihnen eine sichere Anlaufstelle zu bieten.

Solange sie sich in der Schenke aufhielten, konnte er ein wachsames Auge auf alles halten, während die Mädchen in den finsteren Gassen und Hinterhöfen des Hafenviertels vollkommen sich selbst überlassen waren. Es war zwar nicht gerade an der Tagesordnung, aber beileibe auch keine Seltenheit, dass Huren von ihren Freiern übel zugerichtet wurden – wenn sie überhaupt das Glück hatten, mit dem Leben davonzukommen.

Leander versuchte nicht, die Mädchen zu bekehren. Das war vergebene Liebesmüh, da die meisten ihrem Gewerbe ohnehin alles andere als freiwillig nachgingen. Um sie aus ihrem Elend herauszuholen, war mehr vonnöten als schöne Worte. Die Männer, die hinter ihnen standen, gierten nach Profit, und Geld war die einzige Sprache, die sie verstanden.

Geld, das er nicht besaß, wie Maria nicht müde wurde, ihm Tag für Tag vorzuhalten.

Er ging weiter, nickte hin und wieder jemandem zu, wenn er ein bekanntes Gesicht entdeckte, hielt sich aber möglichst von anderen Menschen fern. Erst als er sich in einer Gegend wiederfand, in der prachtvolle Häuser und Stadtvillen die Straße säumten, bemerkte er, wohin ihn seine Schritte unbewusst gelenkt hatten.

Dies war das Viertel, in dem Charlotte lebte.

Bei dem Haus der Duartes handelte es sich um das größte und protzigste Gebäude weit und breit. Hinter beinahe jedem der zahllosen Fenster brannte Licht, obwohl sich in den meisten Räumen wahrscheinlich gar niemand aufhielt.

Er hatte richtig vermutet. Hier, wo die Straßen sauber und die Rinnsteine frei von Unrat waren, übertünchte der Duft der Blumen, die üppig in den Gärten blühten, den Gestank der Stadt. Es gab keine Dirnen, die aus Verzweiflung und Not ihre Körper verkauften, keine halb verhungerten, bettelnden Kinder. Es war, als würde man sich in einer anderen Welt befinden. Vielleicht aber handelte es sich auch bloß um zwei Seiten von ein und derselben Münze.

Leander atmete tief durch. Was tust du eigentlich hier? fragte er sich selbst. Und die Frage war mehr als berechtigt. Er passte nicht hierher. Dies war nicht seine Welt; Charlotte hingegen gehörte an diesen Ort. Sie kannte weder Hunger noch Kälte oder Armut. Ihr Leben bestand aus schönen Kleidern, feinen Abendgesellschaften und Nachmittagstees. Jeder Wunsch wurde ihr von den Augen abgelesen. Vermutlich – nein, ganz sicher – hatte sie noch nie einen Knopf angenäht, einen Strumpf gestopft oder einen Eintopf gekocht. Sie war eine bezaubernde Rose: zart, duftend und empfindsam. Doch in seiner Welt waren es stets die Disteln und Dornbüsche, die sich am Ende durchsetzten.

Aber das war vor ein paar Jahren auch nicht anders. Und doch hättest du sie damals, ohne auch nur eine Sekunde zu zögern, mit dir genommen.

Mit einem unterdrückten Seufzen fuhr er sich mit dem Handrücken über die Augen. Es stimmte – solche Gedanken hatten ihn an Bord der *Güstrow* nicht davon abgehalten, eine gemeinsame Zukunft mit Charlotte zu planen. Und im Grunde seines Herzens war ihm auch klar, dass es vermutlich nicht leicht für sie sein würde, sich mit veränderten Lebensumständen zu arrangieren.

Nicht leicht, aber auch nicht unmöglich …

Doch darum allein ging es überhaupt nicht. Nein, es ging vor allem um ihn selbst. Um sein Leben.

Er war verheiratet, und nicht nur das: Er hatte eine Tochter, die er liebte und die ihn brauchte. Damals war er ungebunden gewesen, nichts und niemandem gegenüber verantwortlich. Nun lagen die Dinge ein klein wenig anders.

Und wieso kannst du dann trotzdem nicht damit aufhören, ständig an Charlotte zu denken? Warum schleicht sie sich in deine Träume und entfacht brennende Sehnsucht in dir, selbst wenn sie nicht einmal in deiner Nähe ist?

Eine Bewegung hinter einem der Fenster erregte seine Aufmerksamkeit, und sein Herz setzte einen Schlag aus, als er Charlotte erkannte.

Sie stand einfach da und schaute hinaus in die Nacht. Gedankenverloren. Ob sie auch immerzu an ihn denken musste, so wie es umgekehrt der Fall war?

Ärgerlich über sich selbst ballte er die Hände zu Fäusten. Es konnte ihm doch vollkommen egal sein, was mit Charlotte war. Er musste sich um seine kleine Familie kümmern. Nichts anderes war von Bedeutung.

Dennoch schaffte er es nicht, den Blick vom Fenster – von Charlotte – abzuwenden. Und dann drehte sie den Kopf, und auf einmal schaute sie ihn an, und ihm war, als würde der Boden unter seinen Füßen erzittern.

Sein Herz hämmerte. Er glaubte, das Blut durch seine Adern rauschen hören zu können. Die Stimme der Vernunft mahnte ihn zur Besonnenheit, doch sie verklang ungehört. Er konnte an nichts anderes mehr denken als an Charlotte. Daran, wie weich und zart ihre Lippen sich auf seinen angefühlt hatten. Wie wunderbar es gewesen war, sie in seinen Armen zu halten und …

Abrupt kehrte er in die Realität zurück, als Charlotte sich hastig vom Fenster abwandte. Kurz darauf wurde das Licht in dem Zimmer, in dem sie sich befunden hatte, gelöscht.

Leander atmete tief durch. Was tust du hier eigentlich? fragte er sich zum wiederholten Mal. Sein Puls raste noch immer, und er spürte diese unbändige Sehnsucht so intensiv, dass es fast schon schmerzte.

Kopfschüttelnd drehte er sich um und eilte mit steifen Schritten den Weg zurück, den er gekommen war.

Wie zur Salzsäule erstarrt stand Maria in einem dunklen Hauseingang und beobachtete, wie Leander davonging. Sie wusste im Grunde gar nicht, warum sie ihm gefolgt war. Eigentlich konnte es ihr gleichgültig sein, was er trieb. Tief in ihrem Herzen hatte sie schließlich schon immer gewusst, dass er sie nicht liebte. Es hatte ihr nichts ausgemacht; sie liebte ihn schließlich auch nicht.

Damals, als sie zum ersten Mal mit ihm geschlafen hatte, war sie bereits mit Aurora schwanger gewesen. Bei Auroras richtigem Vater handelte es sich um einen charmanten Habenichts, der schnell wieder aus ihrem Leben verschwunden war. Leander war ihr also gerade recht gekommen. Ihm das Kuckuckskind unterzuschieben war für sie eine Leichtigkeit gewesen. Er hatte nie auch nur eine Sekunde daran gezweifelt, dass Aurora seine Tochter war.

Irgendetwas an ihm hatte sie damals gereizt. Was, das wusste sie inzwischen selbst nicht mehr. Er war nicht der Mensch, den sie in ihm gesehen hatte. Ganz und gar nicht. Er mochte alles verloren haben, was ihm jemals etwas bedeutet hatte, doch leider machte ihn das nicht zu einem Mann, der nichts mehr zu verlieren hatte.

Sein Starrsinn und die hartnäckige Weigerung, sich jenseits der ausgetretenen Pfade zu bewegen, die das Gesetz ihnen vorschrieb, erinnerten sie jeden Tag aufs Neue daran, welchen Fehler sie begangen hatte. Und dennoch …

Ihn so zu sehen wie vorhin – mit leuchtenden Augen und einer Miene, aus der zugleich Liebe und Schmerz sprachen, und das alles für eine andere Frau – hatte ihr einen heftigen eifersüchtigen Stich versetzt.

Sie wusste nicht, wer die Frau dort oben am Fenster war. Fest stand, dass sie sich in völlig anderen Kreisen bewegte als Leander oder sie selbst. Und die Chance, dass eine solche Frau Leander auch nur bemerkte, war verschwindend gering.

Das änderte jedoch nichts daran, dass es Maria wütend machte. Wie konnte Leander es wagen, eine andere Frau auch nur eines Blickes zu würdigen?

Zornig ballte sie die Hände zu Fäusten. Wenn er wirklich glaubte, dass sie ihn damit durchkommen ließ, hatte er sich gründlich getäuscht. Es mochte sein, dass er nichts für seine Ehefrau empfand, aber er liebte Aurora über alles. Und damit besaß Maria eine Waffe, die ihn härter zu treffen vermochte als alles andere.

Und sie würde nicht zögern, diese Waffe gegen ihn einzusetzen.

12. KAPITEL

Als Miguel erwachte, drang heller Sonnenschein durch die Schlafzimmervorhänge, die er am vergangenen Abend nur nachlässig zugezogen hatte. Er stöhnte. Sein Schädel hämmerte wie verrückt, und ihm war speiübel, doch das war ja im Grunde nichts Neues.

Es mochte Morgen sein oder später Nachmittag – ihm war es einerlei. In den letzten Wochen hatte er vollkommen aufgegeben, was man als geregelten Tag- und Nachtrhythmus bezeichnen konnte. Die Nächte verbrachte er zumeist im El Cielo, einem Hurenhaus der gehobenen Klasse, oder beim Spielen. Auch gestern, das wusste er noch, war er wie üblich erst nach Einbruch der Dämmerung aufgebrochen. An alles andere erinnerte er sich nur schemenhaft. Der Alkohol, der sowohl im El Cielo als auch am Spieltisch stets reichlich floss, machte es ihm schwer, den Überblick zu bewahren.

Fest stand, dass er mit Sicherheit wieder eine nicht zu verachtende Summe verprasst hatte. Wenn man ihm eines nicht nachsagen konnte, dann war es übertriebener Geiz. Warum sollte er auch sparsam sein? Immerhin war es das Geld seines Vaters, das er Nacht für Nacht auf den Kopf haute. Und der schuldete ihm sehr viel mehr, als er jemals wiedergutzumachen imstande war.

Natürlich trug sein Verhalten nicht unbedingt zu einer Verbesserung des Verhältnisses zwischen Don Carlos und ihm bei. Doch bisher hatte sein Vater, wenn auch zähneknirschend, noch jeden seiner Schuldscheine eingelöst. Er konnte gar nicht anders, denn der Ruf der Familie stand auf dem Spiel. Sollte der Name Duarte mit nicht beglichenen Spielschulden in Verbindung gebracht werden, hätte das unabsehbare Konsequenzen – nicht nur für ihn, Miguel, selbst, sondern möglicherweise auch für die Geschäfte seines Vaters. Ein Risiko, das der nur schwerlich eingehen durfte.

Ein leises Klopfen an der Tür riss Miguel aus seinen grimmigen Überlegungen. „Herein“, sagte er, in der Erwartung, dass es sich um Cristóbal handelte, der ihm beim Ankleiden helfen wollte. Doch zu seinem Erstaunen war es seine Mutter, die den Raum betrat und eilig die Tür hinter sich schloss.

„Miguel, *mi hijo*." Mit raschen Schritten kam sie auf ihn zu und umfing sein Gesicht mit beiden Händen. Sie sprach so leise, dass es fast schon ein Flüstern war. „Ich muss unbedingt mit dir reden."

Miguel machte sich hastig von ihr los und schwang sich aus dem Bett. Viel zu oft behandelte sie ihn wie einen kleinen Jungen – so, als wäre er niemals erwachsen geworden. Wie sehr er es hasste, dass sie immerzu versuchte, ihn zu tätscheln und zu streicheln. Aber wenigstens konnte er sich darauf verlassen, dass sie stets auf seiner Seite stand. Auch wenn ihr Einfluss auf Don Carlos zu seinem Leidwesen nur begrenzt war.

„Ist Vater da?" Er streifte sich seinen Morgenmantel über, um sich seiner Mutter gegenüber nicht ganz so entblößt zu fühlen. „Ich habe ein paar Schuldscheine angesammelt, die er lieber bald begleichen sollte."

Doña Isabella riss die Augen auf. „Du hast …? *Oh no!*" Sie barg das Gesicht in den Händen. „Warum tust du das, Miguel? Warum treibst du deinen Vater unablässig weiter fort von dir?"

„*Ich* treibe ihn fort von *mir*?" Ungläubig starrte Miguel sie an. „Er ist es doch, der mich unentwegt zurückgestoßen hat, wenn ich dich daran erinnern darf. Nichts, was ich tue, ist je gut genug für ihn. Er traut mir nichts zu. Und ich habe den Versuch längst aufgegeben, ihn vom Gegenteil zu überzeugen."

„Dann solltest du jetzt schleunigst wieder damit anfangen, *mi hijo*", stellte seine Mutter energisch fest.

„Ach, und warum sollte ich das?"

Sie atmete tief durch. „Ob du es glaubst oder nicht, dein Vater spielt mit dem Gedanken, dir eine letzte Gelegenheit zu geben, dich zu beweisen."

Miguel blinzelte überrascht. Es fiel ihm tatsächlich schwer, zu glauben, was seine Mutter da sagte. Er räusperte sich. „Und was genau stellt er sich vor? Worin soll meine Feuerprobe bestehen?"

„Du weißt doch, dass unsere Familie Ländereien im Süden von Chile besitzt."

„Die Schafzuchten. *Naturalmente.*"

„Don Carlos hat vor, dir eine dieser Haziendas zu überlassen."

„Was sagst du da?" Miguel hob eine Braue. „Er will mich nach Patagonien schicken? Und du glaubst, dass er es tut, um mir eine Chance zu geben?" Energisch schüttelte er den Kopf. „Das Gegenteil ist der Fall, *madre*. Er ist es leid, dass ich sein Geld verprasse und den guten Ruf der Familie in Gefahr bringe! Deshalb will er mich aus dem Weg schaffen, verstehst du das nicht? Im tiefsten Patagonien werde ich wohl kaum Gelegenheit haben, weiterhin meinen abendlichen Vergnügungen nachzugehen."

Doña Isabella neigte den Kopf. „Es mag sein, dass dein Vater es vor allem darauf anlegt, dich von weiteren Torheiten abzuhalten. Aber siehst du nicht die unglaublichen Möglichkeiten, die sich dir dadurch eröffnen?"

„Wenn du damit meinst, dass ich meine Abende zukünftig in Gesellschaft von Schafen und Bauernfrauen verbringen darf – darauf möchte ich nur allzu gern verzichten."

„Einige Zeit wirst du deine persönlichen Vorlieben sicher zurückstellen müssen, ja. Aber wenn du deine Arbeit auf der Hazienda gut machst, kann dein Vater früher oder später nicht mehr so tun, als würde er es nicht bemerken. Er wird anerkennen müssen, was du leistest. Und spätestens dann muss er dir auch Verantwortung in der Firma übertragen."

„Glaubst du wirklich?" Miguel blieb skeptisch. Der Gedanke, in die karge Einöde im Süden Patagoniens zu ziehen, behagte ihm nicht. Sein Leben würde sich vollkommen ändern. Dinge, die ihm hier selbstverständlich vorkamen, gab es draußen, fernab der Zivilisation, nicht. Wie lange würde er es ohne einen großen Stab an Personal, ohne Küchenchef, Kutsche und all die Annehmlichkeiten, an die er gewöhnt war, aushalten? Vermutlich nicht allzu lange, gestand er sich ein.

Doch vielleicht hatte seine Mutter ja recht und es war die Mühe und die Entbehrungen wert. Sie jedenfalls schien davon überzeugt zu sein.

„Denk darüber nach", sagte sie mit Nachdruck. „Aber lass dir eines gesagt sein: Wenn du deinen Vater wirklich von dir überzeugen willst, solltest du schnellstmöglich damit aufhören, dich wie ein ungezogener kleiner Junge zu benehmen."

Einen Moment lang schaute Miguel sie nur verblüfft an. Solange er zurückdenken konnte, hatte Doña Isabella sich nie kritisch ihm gegenüber geäußert. Allerdings musste er zugeben, dass er sich in letzter Zeit wahrscheinlich wirklich ein wenig kindisch aufgeführt hatte.

„Vielleicht sollte ich es tatsächlich versuchen", sagte er schließlich. „Ich meine, was habe ich schon zu verlieren? Wenn es nicht funktioniert, kann ich das Experiment immer noch als gescheitert erklären und abbrechen. Aber es könnte tatsächlich etwas bewirken."

Seine Mutter wirkte zufrieden.

„Ich werde gleich heute Abend mit deinem Vater sprechen. Er mag nicht auf mich hören, wenn ich ihm etwas ganz direkt vorschlage. Aber du wärst vermutlich überrascht, wenn du wüsstest, wie oft ich bei ihm mit subtileren Mitteln ans Ziel gelange."

Das überraschte ihn in der Tat, denn bislang kannte er seine Mutter nur als gehorsame Ehefrau, die sich den Wünschen ihres Mannes fügte. Dass ihr Mittel und Wege zur Verfügung standen, Don Carlos zu beeinflussen, war ihm nie in den Sinn gekommen.

Miguel nickte. Womöglich war dies tatsächlich die Gelegenheit für ihn, endlich aus dem Schatten seines übermächtigen Vaters hervorzutreten. Und wenn ihm das erst einmal gelungen war, hatte er gute Chancen, den Alten nach und nach aus dem Geschäft zu drängen.

Endlich würde er ihm all die Jahre der Unterdrückung und Demütigung heimzahlen können.

Charlotte wusste nicht, wie es weitergehen sollte. Sie konnte kaum an etwas anderes denken als an Leander. Und jeder Versuch, sich davon abzulenken, scheiterte schon im Ansatz kläglich.

Sie schlief schlecht und fühlte sich tagsüber entsprechend müde und zerschlagen. Miguel ging sie, so weit es irgend möglich war, aus dem Weg. Und da er die weiblichen Dienstboten weitgehend in Ruhe zu lassen schien, gab es auch keinen Anlass für sie einzuschreiten.

Eine Weile lang hatte sie versucht, weitere Nachforschungen über den Verbleib ihrer Mutter anzustellen. Doch ohne Leanders Hilfe waren all ihre Bemühungen umsonst gewesen, sodass sie schließlich schweren Herzens aufgegeben hatte. Auf Leander zuzugehen und ihn noch einmal um seine Unterstützung zu bitten kam für sie nicht infrage. Nicht, nachdem sie sich nach dem Gespräch mit Margot endlich zu einem Entschluss durchgerungen hatte.

Vor ein paar Tagen erst hatte sie geglaubt, ihn unten auf der Straße zu sehen. Es war ein kleiner Schock für sie gewesen, bei dem ihr das Herz stockte und ihre Knie weich wurden. Doch dann war ihr klar geworden, dass es sich nur um ein Produkt ihrer Fantasie handeln konnte. Sie hatte genau das gesehen, was sie sehen wollte. Das, wonach sie sich am meisten sehnte.

Leander.

Selbst jetzt, allein bei der Erinnerung an jenen Moment, begann ihr Puls zu rasen, und ihre Atmung beschleunigte sich.

Das muss aufhören! Sofort!

Als sie Schritte draußen im Korridor hörte, strich sie sich glättend mit der Hand übers Haar und atmete tief durch. Nur Sekunden später klopfte es an ihrer Tür, und Cristóbal trat in ihr Zimmer.

„Unten steht ein junger Mann, der behauptet, Sie erwarteten ihn“, sagte er. Seine Miene ließ keinen Zweifel daran, was er von dem unangekündigten Besucher hielt.

Charlotte zögerte. Sie erwartete heute Abend eigentlich keinen Besuch. Dennoch versuchte sie, sich ihre Überraschung nicht allzu sehr anmerken zu lassen. Wenn dieser Unbekannte sie aufsuchte, dann gab es mit Sicherheit einen Grund dafür.

„Hat er seinen Namen genannt?", fragte sie.

Cristóbal schüttelte den Kopf. „Kein Name. Aber er sagte, dass es um Ihre Mutter geht."

Unwillkürlich horchte Charlotte auf. „Ich ... ja, natürlich. Führen Sie ihn bitte in den gelben Salon. Ich bin in ein paar Minuten bei ihm."

Sobald Cristóbal gegangen war und die Tür leise hinter sich geschlossen hatte, stützte Charlotte sich schwer auf die Tischplatte ihres Sekretärs. Sie zwang sich, tief Luft zu holen, und ihr Herzschlag beruhigte sich wieder ein wenig.

Er sagte, dass es um Ihre Mutter geht ...

Eine Woge irrationaler Hoffnung rollte über Charlotte hinweg. Nachdem sie bereits sicher gewesen war, nie die Wahrheit über Frederike von Grünau zu Meersberg herauszufinden, tauchte nun plötzlich jemand auf, der vielleicht etwas über sie wusste. Natürlich fragte sie sich, wer dieser Mann war, woher er ihre Mutter kannte und wieso er wusste, dass sie auf der Suche nach ihr war. Aber diese Fragen würde er ihr ja hoffentlich gleich beantworten.

Die Aussicht, mehr über das Schicksal ihrer Mutter zu erfahren, ließ sie jede Vorsicht und Vernunft vergessen. Sie atmete noch einmal tief durch, dann stieß sie sich von der Tischplatte ab, straffte die Schultern und ging nach unten.

Der gelbe Salon befand sich im Erdgeschoss des Hauses. Er wurde selten genutzt – eigentlich nur dann, wenn Doña Isabella einen ihrer Empfänge gab oder zu einer Teegesellschaft lud. Dort würde Charlotte also ungestört mit ihrem unbekannten Gast sprechen können.

Doch als sie vor der Tür zum Salon stand, verließ sie kurz der Mut. Was, wenn sie sich zu viel Hoffnung machte? Wenn dieser Fremde ihr nur etwas sagen konnte, das sie bereits wusste?

Sie stand da, die Hand auf den Türknauf gelegt, und zögerte. Schließlich fasste sie sich ein Herz und trat ein.

Der Mann stand mit dem Rücken zu ihr am Fenster. Er war groß, dunkle Locken reichten ihm bis zum Nacken. Die Hände hielt er verschränkt. Für einen Moment glaubte Charlotte, Leander vor sich zu haben, und ihr Herz fing an, wie wild zu klopfen. Doch dann drehte sich der Mann um, und sie erkannte ihren Irrtum. Es handelte sich um einen Fremden, der nur flüchtige Ähnlichkeit mit Leander besaß.

Wirklich jung war er auch nicht mehr. Charlotte schätzte ihn auf Mitte bis Ende dreißig. Seine Schläfen waren ergraut, und um die Augen herum hatten sich tiefe Falten in seine Haut gegraben.

Fragend schaute er sie an. „Doña Charlotte Duarte?"

„Die bin ich." Sie nickte. „Was kann ich für Sie tun?"

Ein Lächeln umspielte seine Lippen. „Mein Name ist Sergio Alonzo, und es geht eher darum, was ich für *Sie* tun kann. Ich hörte von einer Bekannten, die bei einer hiesigen Reederei angestellt ist, dass Sie nach einer Frau namens Frederike von Grünau zu Meersberg suchen. Ihre Mutter – ist das richtig?"

„Das trifft zu", erwiderte Charlotte, die sich bemühte, sich ihre zunehmende Anspannung nicht anmerken zu lassen. „Haben Sie irgendwelche Informationen über sie?"

„So könnte man es sagen." Er neigte den Kopf zur Seite. „Ich denke, dass ich Ihre Mutter kennengelernt habe, Señora. Ich habe damals als Bootsjunge an Bord der *Esperanza* gearbeitet – eines Seglers, der regelmäßig zwischen dem Deutschen Reich und Südamerika verkehrte."

Nur mit Mühe gelang es Charlotte, ihre Ungeduld zu zügeln. „Bitte", sagte sie, als sie sich an die Regeln der Höflichkeit erinnerte. „Setzen Sie sich doch." Sie deutete auf einen Stuhl, der unmittelbar neben dem Fenster stand, und zog sich selbst einen anderen heran. „Und dann erzählen Sie mir alles, was Sie über meine Mutter wissen. Es soll Ihr Schaden nicht sein, das kann ich Ihnen versichern."

Das Lächeln des Mannes wurde breiter. Es war offensichtlich, dass er sich genau das erhofft hatte, was sie ihm in Aussicht stellte: eine Belohnung.

„Sehr gern, Señora", beeilte er sich zu sagen. „Zunächst möchte ich Ihnen versichern, was für eine freundliche und herzensgute Frau Ihre Mutter war. Ihre Schönheit haben Sie eindeutig von ihr geerbt."

Charlotte winkte ab. „Bitte sparen Sie sich die Schmeicheleien", bat sie. „Was können Sie mir noch über meine Mutter erzählen?"

„Sie war sehr zurückhaltend", berichtete er weiter. „Von den anderen Besatzungsmitgliedern und Passagieren hielt sie sich weitestgehend fern. Nur zu mir – ich war damals gerade einmal vierzehn Jahre alt – fasste sie Zutrauen. Wir saßen oft zusammen, wenn meine Pflichten an Bord der *Esperanza* es mir erlaubten. Sie erzählte mir von ihrer Heimat und von ihren Kindern, die sie dort zurücklassen musste. Oft war sie traurig, aber sie wollte nicht über das sprechen, was sie bedrückte. Sie war eine sehr tapfere, aber auch eine sehr einsame Frau. Vermutlich ist sie mir auch deshalb so gut in Erinnerung geblieben, obwohl das alles schon so lange zurückliegt."

Charlotte schloss die Augen. Es war merkwürdig, diese Dinge aus dem Mund eines Fremden zu hören. Kurz flackerte sogar Eifersucht in ihr auf, denn dieser Mann hatte ihre Mutter viel besser gekannt als sie selbst.

Natürlich war das absurd. Es war nur eine flüchtige Bekanntschaft gewesen. Jemand, den sie auf ihrer Überfahrt aus der Heimat nach Chile kennengelernt hatte.

„Wissen Sie, was aus ihr geworden ist, nachdem sie Puerto Montt erreichte?"

Er zuckte mit den Schultern. „Nicht genau. Aber ich weiß noch, dass sie davon sprach, einen Verwandten aufsuchen zu wollen. Sie nannte zwar keinen Namen, aber es schien jemand zu sein, von dem sie sich Unterstützung erhoffen durfte. Hilft Ihnen das vielleicht irgendwie weiter?"

Charlottes Hoffnung sank. Sie schüttelte den Kopf. „Dass es Verwandtschaft hier in Chile gegeben haben soll, war mir bereits bekannt. Leider konnte ich bisher nicht herausfinden, um wen es sich handelt."

„Nun, womöglich kann ich Ihnen doch weiterhelfen. Es gab nämlich außer mir noch eine weitere Person, mit der Ihre Mutter sich häufig unterhalten hat. Dabei handelte es sich um eine andere allein reisende Frau, die auf dem Rückweg nach Chile war."

„Und wissen Sie noch, wie diese Frau hieß?"

Er nickte. „Rodriguez", antwortete er. „Señora Ricarda Rodriguez. Und zufällig weiß ich auch, dass sie nach wie vor hier in Puerto Montt lebt."

Aufgeregt rutschte Charlotte an den Rand ihres Stuhls vor. „Würden Sie mich der Señora vorstellen?"

„Ich denke, das sollte sich machen lassen – allerdings nicht mehr heute. Ich schlage vor, wir treffen uns übermorgen Vormittag auf dem Marktplatz. Können Sie das einrichten?"

Eifrig nickte Charlotte. „Ja", sagte sie. „Ja, natürlich."

Cristóbal zog sich eilig zurück, ehe der Mann, der Señora Charlotte besucht hatte, die Tür erreichte.

Jetzt musste er diesem Alonzo nur noch folgen, um herauszufinden, wo er wohnte, und danach Don Carlos' Anweisungen einholen. Der *patrón* würde sich sicher sehr dafür interessieren, dass dieser Mann seiner Schwiegertochter angeboten hatte, ihr bei der Suche nach deren Mutter behilflich zu sein. Cristóbal wusste, dass Don Carlos genau das um jeden Preis verhindern wollte. Als einziger Mensch kannte er das Geheimnis, das sich um Frederike von Grünau zu Meersberg rankte.

Er war schon früh in die Dienste von Don Carlos getreten. Lange bevor er zum persönlichen Diener seines Sohnes geworden war. Cristóbal zweifelte nicht daran, dass Miguel nicht einmal den Hauch einer Ahnung hatte, wie viele Geheimnisse er mit seinem Vater teilte. Und er würde den Teufel tun, auch nur ein Wort über die Dinge zu verlieren, die er wusste.

Dinge, die die Welt der Duartes zu erschüttern vermochten, wenn die falschen Leute davon wüssten. Und genau deshalb würde der *patrón* auch dafür sorgen, dass es genau dazu niemals kam.

Dieser Alonzo hatte einen großen Fehler gemacht, Señora Charlotte aufzusuchen. Doch das würde er erst begreifen, wenn es zu spät war.

Feixend rieb Cristóbal sich die Hände. Eines stand fest: Der *patrón* würde mit ihm zufrieden sein.

„Wo gehst du hin?" Wütend stellte Maria sich ihrem Mann in den Weg, als der am frühen Abend durch die Tür des Schankraumes nach draußen treten wollte. Sie funkelte ihn aus schmalen Augen an. „Du willst wieder zu *ihr*, nicht wahr? Zu dieser Frau, die dir an Bord der *Güstrow* den Kopf verdreht hat. Gib es schon zu!"

Es war jetzt knapp zwei Wochen her, dass sie ihm zum ersten Mal gefolgt war. Nachdem er zum zweiten Mal vor dem Haus der Familie Duarte gestanden hatte, hatte sie ihn zur Rede gestellt.

Leander hatte es nicht einmal für notwendig erachtet, zu leugnen. Er hatte ihr erklärt, woher er die Frau kannte und dass sie nun mit Miguel Duarte – dem Sohn des großen Don Carlos – verheiratet war, der ihr ein schlechter Ehemann war und sie misshandelte. Vermutlich hatte er damit ihr Mitgefühl erwecken wollen, doch sie hatte nur eines begriffen: dass diese Frau ihr ernsthaft gefährlich werden konnte.

Angeblich ging es ihm nur darum, ihr bei der Suche nach ihrer Mutter zu helfen, die sie als kleines Mädchen im Stich gelassen hatte. Maria schnaubte. Als ob sie so dumm wäre, ihm diese Lüge abzukaufen! Wenn er ihr nur helfen wollte, warum lungerte er dann ständig unter ihrem Fenster herum, ohne auch nur ein Wort mit ihr zu sprechen?

„Lass mich durch", sagte Leander und versuchte, sich an ihr vorbeizudrängen, doch sie blieb unnachgiebig, und er fuhr sich seufzend durchs Haar. „Was soll denn das?“, fragte er. „Du machst dich ja lächerlich.“

„Wenn sich jemand lächerlich macht, dann bist du es“, gab sie zurück. „Du schleichst ja um dieses Weib herum wie ein verliebter Gockel! Aber damit ist jetzt endgültig Schluss!“ Sie fasste ihn am Arm. „Du gehst nicht, verstanden?“

Unsanft machte er sich von ihr los. „Du magst meine Frau sein, Maria, aber das gibt dir noch lange nicht das Recht, so mit mir zu sprechen.“

„Ach nein?“ Maria fühlte, wie das Blut in ihren Adern kochte. „Das glaube ich aber doch! Ich warne dich. Wenn du jetzt gehst, dann brauchst du gar nicht erst wiederzukommen!“

„Falls du mir wieder drohen willst, mir Aurora wegzunehmen – das funktioniert nicht mehr, Maria. Ich habe mich lange genug von dir manipulieren lassen. Und jetzt lass mich vorbei!“

Mit diesen Worten drängte er sie zur Seite und verließ die Schankwirtschaft, ohne sich noch einmal umzublicken.

Wie betäubt blieb Maria zurück. Das hatte es noch nie gegeben. Die Furcht, Aurora zu verlieren, war stets größer gewesen als Leanders Drang, seine Frau abzuschütteln.

Bis heute.

Eisige Kälte breitete sich in ihr aus, und ihr schauderte, als ihr klar wurde, dass sie ihn verlieren würde.

Nein! Das darf nicht passieren! Was auch immer geschieht, er darf dich nicht verlassen! Nicht, um dich durch eine andere Frau zu ersetzen!

Ihre Gedanken rasten. Sie verstand die Eifersucht, die plötzlich von ihr Besitz ergriffen hatte, selbst nicht recht. Alles in allem war Leander von Anfang an eine Enttäuschung für sie gewesen, und doch war sie zu stolz, ihn gehen zu lassen.

Er durfte sie nicht einfach so austauschen wie eine x-beliebige Hure!

Maria trat wieder hinter die Theke, schenkte sich einen Becher Branntwein ein und trank.

„Der werte Gatte spurt wohl nicht so, wie Sie's gern hätten, wie?"

Sie hatte den Mann, der ganz in der Ecke der Schankwirtschaft in einer Nische saß, gar nicht bemerkt. Als er jetzt plötzlich sprach, zuckte sie erschrocken zusammen.

„Was geht Sie das an?", fauchte sie gereizt, kaum dass sie ihre Fassung wiedergewonnen hatte. „Es ist nicht gerade besonders höflich, anderer Leute Gespräche zu belauschen."

Der Fremde lachte leise. „Nun, dann sollten Sie in Zukunft etwas leiser streiten." Er stand auf und trat zu ihr an die Theke. „Was ist, bekommt ein durstiger Mann hier vielleicht auch etwas zu trinken?"

„Natürlich", entgegnete sie. „Was soll es sein?"

Sie hatte den Mann noch nie zuvor gesehen. Er gehörte nicht zu den Stammgästen, die üblicherweise in der Schenke verkehrten. Seine Kleider zeigten eindeutig, dass er kein Hafenarbeiter war. Er trug die Kleidung eines *caballero*, doch er redete nicht wie einer. Vermutlich war er Dienstbote bei irgendeiner angesehenen Familie. Es kam hin und wieder vor, dass sich solche Leute in der Wirtschaft blicken ließen. Wahrscheinlich fanden sie es aufregend, sich an ihren freien Abenden mit dem gemeinen Volk abzugeben.

„Branntwein", sagte er.

Maria füllte ein kleines Glas mit der bernsteingelben Flüssigkeit und reichte es ihm. Er setzte es an die Lippen und leerte es in einem Zug. Dann stellte er es auf der Holztheke ab und nickte Maria zu. „Noch einen, wenn ich bitten darf."

„Ich habe Sie noch nie hier gesehen", sagte sie, während sie ihm ein zweites Glas einschenkte. Sie war neugierig, für wen er arbeitete. Manchmal konnten Kontakte wie dieser unglaublich nützlich sein. Es schadete nie, etwas über andere Leute zu wissen. Vor allem, wenn es sich dabei um angesehene, respektable Bürger handelte.

„Ist normalerweise nicht meine Gegend", erklärte er beiläufig. „Aber heute Abend stand mir der Sinn nach ein wenig

Abwechslung. Und wie mir scheint, bin ich dafür genau an der richtigen Adresse."

Maria schüttelte den Kopf. „Wir streiten viel in letzter Zeit", sagte sie, wobei sie gar nicht genau wusste, warum sie ihm – einem Fremden – das überhaupt erzählte.

Er grinste schief. „Er hat eine andere, was?"

„Wenn es bloß so wäre!" Ein frustriertes Stöhnen entrang sich ihrer Kehle. „Damit könnte ich umgehen, wissen Sie? Ich bin nicht so naiv zu glauben, dass ein Mann auf Dauer treu sein kann. Aber diese Frau ist doch gar nicht seine Kragenweite. Eine *Duarte*!" Sie spie den Namen förmlich aus. „Ist das zu fassen?"

„Eine Duarte?" Er wirkte überrascht, fing sich jedoch schnell wieder und runzelte die Stirn. „Dann können Sie nur Señora Charlotte meinen. Doña Isabella ist ein paar Jahre zu alt, um für Ihren Mann von Interesse zu sein, und außerdem ihrem Gemahl treu ergeben."

Maria nickte düster. „Ja, Charlotte. Charlotte Duarte. Mein Mann behauptet, dass er ihr nur dabei helfen will, ihre Mutter ausfindig zu machen. Als ob ich ihm das glauben würde!"

„Nun, soweit ich weiß, trifft es schon zu, dass Señora Charlotte nach ihrer Mutter sucht." Er stürzte den Alkohol hinunter. „Auch wenn ich bezweifle, dass sie jemals etwas über sie herausfinden wird ..."

Neugierig geworden, horchte Maria auf. Sie schenkte dem Fremden nach, und er trank. Nach seinem nunmehr dritten Glas Branntwein glühten seine Wangen, und er stützte sich schwer mit einem Ellbogen auf den Tresen.

„Was spricht denn dagegen?", hakte sie nach.

Er lachte trunken. „Nicht was, sondern wer! Nämlich Don Carlos höchstpersönlich. Der wäre ganz gewiss nicht angetan, wenn die Wahrheit ans Licht käme."

Noch einmal schenkte Maria ihm nach. Dabei lehnte sie sich zu ihm hinüber, sodass er einen guten Ausblick auf ihr ausladendes Dekolleté hatte. „Und was genau könnte da ans Licht kommen?"

Der Mann griff nach dem Glas, zögerte dann aber, stellte es

wieder ab und schüttelte den Kopf. „Hab schon viel zu viel gesagt." Deutlich angeschlagen machte er Anstalten, sich zu erheben. „Ich sollte jetzt besser gehen."

Maria fluchte innerlich. Sie war zu schnell vorgeprescht und hatte ihn verschreckt. Nun musste sie mit umso größerer Vorsicht vorgehen. „Ach, bleiben Sie doch noch", bat sie. „Es kommt so selten vor, dass man hier auf jemanden trifft, mit dem man sich anständig unterhalten kann."

Damit brachte sie ihn zum Lachen. „Kann ich mir vorstellen, *belleza*." Mit einem Laut, halb Seufzen, halb Stöhnen, ließ er sich auf einen Hocker sinken. „Was soll's, auf ein paar Minuten mehr oder weniger kommt's auch nicht an."

„Sag ich doch", entgegnete Maria und schob das mit Branntwein gefüllte Glas zu ihm hinüber. „*Qué aproveche* – wohl bekomms."

Dieses Mal wartete sie, bis er betrunken genug war, damit er nicht merkte, was er redete. Denn genau darum ging es ihr. Sie wollte wissen, was es mit dieser Andeutung über Don Carlos auf sich hatte. Es mochte unwichtig sein, aber ihr Instinkt sagte ihr, dass dem nicht so war.

„Arbeiten Sie schon lange für die Duartes?"

„Oh ja!", stieß er lallend hervor. „Viele Jahre – inzwischen als ihr Kutscher. Ich war ein kleiner Junge, als ich in den Haushalt der Familie kam. Und ich erinnere mich noch gut daran, wie groß die Aufregung war, als die Fremde mit dem goldenen Haar plötzlich bei uns auftauchte."

„Sie meinen Charlotte Duartes Mutter? Die Duartes und sie kannten sich?"

Er kicherte trunken. „Ob sie sich *kannten*? Nun, das kann man wohl sagen! Don Carlos versuchte zwar, es geheim zu halten, aber diese Frau war mit ihm verwandt."

Überrascht riss Maria die Augen auf. „Tatsächlich?"

Der Mann nickte ein paar Mal. „Sie war seine Nichte, die Enkelin von Ramón Duarte, der einst den Grundstein für den Reichtum der Familie legte."

Marias Gedanken rasten. Wenn das der Wahrheit entsprach, dann handelte es sich bei Charlotte Duarte um die Großnichte von Don Carlos. Der alte Mann schien um seine Position im Familienunternehmen zu fürchten, deshalb wollte er mit Sicherheit verhindern, dass Leanders kleine Freundin erfuhr, wer ihre Mutter wirklich gewesen war.

Maria grinste selbstgefällig. Das waren bessere Neuigkeiten, als sie sich je hätte erhoffen können. Wenn sie es richtig anstellte, würde sie schon bald einen mächtigen Verbündeten haben.

Einen *sehr* mächtigen Verbündeten.

Am Abend des folgenden Tages saß Don Carlos in seinem Arbeitszimmer und studierte die Förderlisten, die er erst am Morgen von seinen Salpeterfeldern bei Antofogasta erhalten hatte. Was er sah, stimmte ihn zufrieden. Die Erträge stiegen kontinuierlich, und die Nachfrage aus der Alten Welt gab dank der Zusammenarbeit mit Baron von Grünau zu Meersberg keinen Anlass zu Verdrießlichkeit.

Draußen war es längst dunkel geworden, und das flackernde Licht der Kerze, die auf seinem Schreibtisch stand, reichte kaum aus, um auch nur einen Teil des Raumes zu erhellen. Es war ihm jedoch zu müßig, nach einem Dienstboten zu klingeln, um sich eine Lampe bringen zu lassen.

Carlos nahm seine Brille ab und rieb sich die Augen. Unwillkürlich musste er daran denken, was Isabella immer sagte: „Du verdirbst dir noch die Augen, wenn du ständig im Halbdunkeln liest."

Vermutlich hatte sie recht damit. Oder aber er wurde einfach nur langsam alt. Eine Alternative, die ihm noch viel weniger gefiel.

Als es an der Tür klopfte, hatte er sich gerade entschieden, zu Bett zu gehen. Er runzelte die Stirn. Zu so später Stunde erwartete er in der Regel keinen Besuch mehr.

„Ja?"

Cristóbal trat ein. „Verzeihen Sie, *patrón*, dass ich Sie so spät noch störe, aber vor der Tür steht eine Frau, die darauf besteht, zu Ihnen vorgelassen zu werden."

Sein Stirnrunzeln vertiefte sich. „Eine Frau? Hat sie gesagt, was sie will?"

„Ja", entgegnete Cristóbal. „Ich hätte sie fortgeschickt, aber ... Nun, sie behauptet, dass sie mit Ihnen über Ihre Großnichte sprechen will."

„Meine ...?" Er atmete scharf ein, als ihm klar wurde, dass nur von einer einzigen Person die Rede sein konnte. „Führe sie herein, Cristóbal. Ich empfange sie hier im Arbeitszimmer."

Mit einer knappen Verbeugung wollte der Diener sich zurückziehen, da hielt Don Carlos ihn noch einmal zurück. „Hast du dich schon des kleinen Problems angenommen, von dem du mir berichtet hast?"

Cristóbal nickte. „Dieser Alonzo wird uns keine Schwierigkeiten machen, *patrón*", erwiderte er und zeigte den Anflug eines Lächelns.

„Sehr gut. Ich werde deine Loyalität mir gegenüber niemals vergessen."

Damit verließ sein Diener den Raum. Kurz darauf hörte Don Carlos Schritte auf der Treppe, dann wurde die Tür geöffnet, und eine Frau, etwa Mitte bis Ende zwanzig, trat ein.

Einen Moment lang wirkte sie verunsichert, fing sich aber schnell wieder. „Señor Carlos Duarte? Es ist mir eine Ehre, Sie kennenzulernen."

Schweigend deutete Carlos auf den Besucherstuhl, der ihm gegenüber vor dem Schreibtisch stand. Was immer diese Frau von ihm wollte, er durfte ihr nicht das Gefühl geben, Oberwasser zu bekommen. Er war es, der hier die Regeln machte – nicht diese dreiste Person, die es wagte, sich in seine Angelegenheiten zu mischen. „Nun", sagte er schließlich. „Als Erstes würde mich interessieren, wer Sie sind – und was Sie von mir wollen."

„Mein Name ist Maria Markowitz", sagte sie. „Und ich glaube, dass ich Ihnen behilflich sein kann, Señor Duarte."

„Behilflich?", entgegnete er gelangweilt. „Und wie soll diese Hilfestellung Ihrer Meinung nach aussehen?"

„Nun, ich könnte zum Beispiel Schweigen bewahren."

„Schweigen? Und worüber, wenn ich fragen darf?"

„Über das, was ich von Ihnen und Ihrer Familie weiß, Don Carlos." Ein selbstgefälliges Lächeln umspielte ihre Lippen. „Aber keine Sorge, Señor, Ihr Geheimnis ist bei mir in guten Händen – solange ich mich darauf verlassen kann, dass auch Sie mir ein wenig entgegenkommen."

„Und was soll das für ein Geheimnis sein, von dem Sie wissen?", fragte er gelassen, nahm eine Zigarre aus dem Kästchen, das vor ihm auf dem Schreibtisch stand, und zündete sie an. Er sog den Rauch ein und behielt ihn ein paar Sekunden im Mund, ehe er ihn seiner Besucherin direkt ins Gesicht blies.

Die zuckte nicht einmal mit der Wimper. „Es hat mit einer gewissen Frederike von Grünau zu Meersberg zu tun – der Enkelin Ihres Onkels Ramón Duarte. Nun, muss ich mehr sagen?"

Carlos' Miene verfinsterte sich. „Schön, dass Sie nicht lange um den heißen Brei herumreden. Was wollen Sie also?"

„Oh, nichts Besonderes. Sie sollen mir lediglich dabei helfen, einen Mann zu vernichten, der Ihnen irgendwann gefährlich werden könnte. Ihre Schwiegertochter hat ihn nämlich darum gebeten, ihr bei der Suche nach ihrer Mutter behilflich zu sein."

Carlos hob eine Braue. „Und wer soll das sein?"

„Mein Ehemann, Leander Markowitz", antwortete sie. Und mit einem bösartigen Lächeln fügte sie hinzu: „Wenn er nicht bei mir bleibt, dann soll ihn auch keine andere haben."

Charlotte war pünktlich am Treffpunkt, den sie mit Señor Alonzo ausgemacht hatte. Aufgeregt blickte sie sich um, doch der Mann, der sie gestern so überraschend zu Hause aufgesucht hatte, war nirgends zu entdecken.

Sie wartete – fünfzehn Minuten, eine halbe Stunde, eine Stunde.

Alonzo erschien nicht.

Charlotte war verwirrt und verärgert. Was hatte das zu bedeuten? Warum tauchte der Mann erst bei ihr auf und behauptete, ihr bei der Suche nach ihrer Mutter helfen zu wollen, nur um dann plötzlich wieder in der Versenkung zu verschwinden? Was sollte das?

Schließlich gab sie es auf. Das war doch sinnlos. Und dabei hatte sie so gehofft, durch diese Señora Rodriguez etwas über ihre Mutter herauszufinden, selbst wenn es nur Beiläufigkeiten wären. Sie sehnte sich danach, endlich mehr zu erfahren. Irgendetwas, das ihr ihre Mutter ein wenig näherbringen würde. Doch nach zwei Stunden musste sie sich schließlich eingestehen, dass alles Warten vergebens war.

Señor Alonzo würde nicht mehr erscheinen. Aber warum? Wieso hatte er sie aufgesucht, nur um sie dann zu versetzen?

Das ergab einfach keinen Sinn …

Leander kehrte erst spät am Nachmittag des nächsten Tages nach Hause zurück – und das auch nur wegen Aurora. Seine Tochter brauchte ihn. Wenn es allein um Maria gegangen wäre, hätte er schon längst seine Sachen zusammengepackt und wäre verschwunden. Doch Aurora zuliebe würde er diese Farce, zu der seine Ehe geworden war, weiter ertragen. Obwohl ihm das von Tag zu Tag schwerer fiel.

„*Gracias a Dios!* Da bist du ja endlich!“, wurde er von seiner aufgeregten Schwiegermutter empfangen, als er durch die Tür der Schankwirtschaft trat. Immer wenn er die ältere Frau anschaute, wurde ihm klar, wie Maria in zwanzig Jahren aussehen würde. Die Zeit war alles andere als gnädig mit Rosalia Espinoza umgegangen. „Wo hast du denn bloß gesteckt?“

„Was ist denn los?“, fragte er und hob beruhigend die Hände. „Warum regst du dich so auf?“

„Maria“, stieß sie aufgebracht hervor. „Sie ist verschwunden!“

„Was sagst du da? Verschwunden?“ Leander hob eine Braue. „Unsinn, sie ist bestimmt nur ausgegangen, ohne dir Bescheid zu sagen. Es wäre ja nicht das erste Mal.“

„Aber sie ist schon seit gestern Abend fort“, entgegnete seine Schwiegermutter. „So lange hat sie Aurora noch nie allein gelassen. Ich mache mir ernsthaft Sorgen um sie, Leander.“

Seufzend fuhr er sich durchs Haar. „Also schön“, sagte er. „Ich gehe sie suchen.“

Er wollte gerade wieder zur Tür hinaustreten, als die von außen aufgestoßen wurde. Drei finster dreinblickende Männer kamen auf ihn zu.

„Leander Markowitz?“

„Ja, der bin ich. Wer will das wissen?“

„Wir sind beauftragt, Sie in Gewahrsam zu nehmen“, erklärte derselbe Mann, der gerade gefragt hatte, und nickte seinen beiden Begleitern zu, die sich rechts und links von Leander postierten. „Widerstand ist zwecklos.“

Völlig überrumpelt schüttelte Leander den Kopf. „Was … soll das? Was wird mir vorgeworfen?“

„Sie stehen unter dem dringenden Verdacht, Ihre Ehefrau getötet zu haben“, erklärte der Mann, und Leander hörte, wie seine Schwiegermutter ein ersticktes Keuchen ausstieß.

„Maria?“ Sie schluchzte. „Was ist mit meinem Mädchen? Was hast du mit ihr gemacht, *bastardo*?“

Ehe Leander wusste, wie ihm geschah, ging sie auch schon mit den Fäusten auf ihn los. Die Hiebe waren jedoch nicht wirklich schmerzhaft, denn sie war keine besonders kräftige Frau. Hinzu kam, dass er ohnehin kaum etwas spürte. Ein seltsames Gefühl von Taubheit hatte von ihm Besitz ergriffen.

Maria war tot?

Entsetzen packte ihn. Schon lange war keine Liebe mehr zwischen ihnen gewesen – falls eine derartige Empfindung überhaupt jemals Bestandteil ihrer Beziehung gewesen war. Doch sie war immerhin die Mutter seiner Tochter, und allein dafür hatte er ihr Respekt geschuldet.

Dass sie nun nicht mehr da sein sollte … Nein, das konnte er einfach nicht glauben!

„Was ist passiert?“, fragte er mit erstickter Stimme, als ihm klar wurde, was der Anführer der Männer gesagt hatte. Er stand unter dem Verdacht, Maria getötet zu haben. Das bedeutete, dass sie offenbar nicht durch einen Unfall ums Leben gekommen oder eines natürlichen Todes gestorben war.

„Sie wurde nicht weit von hier entfernt aufgefunden. Mit ihrem eigenen Halstuch erdrosselt."

„Oh mein Gott!" Leander schüttelte den Kopf. „Ich war das nicht", stieß er protestierend hervor. „Wir mögen nicht unbedingt eine vorbildliche Ehe geführt haben, aber ich hätte Maria niemals etwas angetan!"

Der Mann kramte in seiner Tasche und beförderte einen Gegenstand ans Tageslicht, mit dem Leander nicht gerechnet hatte.

„Ist dies hier nicht Ihre Taschenuhr?"

„Doch", gab er stockend zu. „Schon, aber …" Seine Gedanken rasten. Diese Uhr war das Letzte, was er von seiner Familie noch besaß. Er trug sie nur selten. Die meiste Zeit lag sie sicher behütet in der Schatulle, in der Maria ihren Schmuck aufbewahrte. Dass dieser Mann sie nun bei sich hatte, konnte nur bedeuten, dass die Uhr bei Maria gefunden worden war. Aber wie zum Teufel hatte sie dort hingeraten können?

„Ich weiß nicht, wie Sie daran gekommen sind", sagte er. „Aber ich versichere Ihnen, dass ich meiner Frau kein Haar gekrümmt habe."

„Über Schuld und Unschuld zu entscheiden liegt nicht in meiner Macht", entgegnete der Mann kühl. „Ich tue hier lediglich meine Arbeit. Also machen Sie mir keine Schwierigkeiten und fügen Sie sich. Alles Weitere können Sie dem Richter erzählen."

Ohne Gegenwehr ließ Leander sich abführen. Ihm war klar, dass ein Fluchtversuch keinen Sinn hatte. Er war unschuldig, und genau das würde sich am Ende auch herausstellen.

Das zumindest hoffte er inständig. Denn falls er sich täuschte, würde er für seinen Irrtum teuer bezahlen müssen.

13. KAPITEL

Scharf sog Charlotte die Luft ein, als sie Leanders Porträt in der Zeitung erblickte. Es handelte sich nur um eine grobe Zeichnung, dennoch erkannte sie ihn sofort wieder. Ihr Herz setzte einen Schlag aus, ehe es mit unvermittelter Heftigkeit losraste. Innerlich wie gelähmt starrte sie die Schlagzeile an, die über dem Artikel prangte:

FRAU VOM EIGENEN EHEMANN GRAUSAM ZU TODE GEWÜRGT

Sie schluckte schwer. Was hatte das zu bedeuten?

Hastig überflog sie den Artikel, der vor allem mit reißerischen Anschuldigungen und Verleumdungen glänzte, weniger mit stichhaltigen Beweisen und Argumenten. Was sie daraus entnahm, war, dass Leanders Ehefrau leblos in einer dunklen Gasse aufgefunden worden war – erdrosselt mit ihrem eigenen Schal. Am Tatort hatte man Hinweise gefunden, die auf Leander deuteten. Darunter eine Taschenuhr und verschiedene andere Gegenstände, die ihm zugeordnet werden konnten.

Dem Verfasser des Artikels nach zu urteilen bestand kein Zweifel daran, dass Leander der Täter war. Er zitierte die Mutter der Getöteten, die kein gutes Haar an ihrem Schwiegersohn lassen zu wollen schien. So, wie sie es darstellte, war ihre Tochter ein reines Wesen mit engelsgleichem Charakter gewesen, das einen Teufel in Menschengestalt geheiratet hatte.

Ungläubig schüttelte Charlotte den Kopf. Dieser Mann, von dem hier die Rede war, hatte nicht die geringste Ähnlichkeit mit dem Leander, den sie kannte. Es war ihr unmöglich zu glauben, dass er sich in letzter Zeit so verändert haben sollte. Und das bedeutete, dass sämtliche Vorwürfe, die gegen ihn erhoben wurden, nicht der Wahrheit entsprechen konnten.

Ihr schwirrte der Kopf. Was sollte sie bloß tun? Es war undenkbar, einfach dazusitzen und darauf zu warten, dass man

Leander den Prozess machte. Er war unschuldig! Dessen war sie sich absolut sicher. Niemals wäre er in der Lage gewesen, einem Menschen so etwas anzutun. Und ganz sicher nicht der Mutter seiner über alles geliebten Tochter.

Ausgeschlossen!

„Was steht denn da so Interessantes drin?"

Charlotte hatte nicht bemerkt, dass Miguel das Esszimmer betreten hatte. Als er ihr jetzt die Zeitung entriss, zuckte sie erschrocken zusammen.

„Ah, der Mord im Hafenviertel. Hätte ich mir ja denken können, dass du dich dafür interessierst!" Er grinste gehässig. „Da siehst du einmal wieder, wie weit ihr Frauen uns mitunter treibt. Dieser arme Kerl gehört nicht bestraft. Man sollte ihm eigentlich einen Orden verleihen!"

Seine Worte konnten sie nicht schockieren. Charlotte war daran gewöhnt, ihn so reden zu hören. Schlimmer als all sein Gerede jedoch war, dass sie tief in ihrem Inneren wusste, dass er genau so dachte. Er verachtete Frauen. Und Gewalt war für ihn ein legitimes Mittel, um seinen Willen durchzusetzen.

Doch er saß hier am Frühstückstisch, während Leander in irgendeinem schmutzigen Verlies vor sich hin rottete und darauf warten musste, dass ihm der Prozess gemacht wurde. Es war so himmelschreiend ungerecht!

„Was ist los mit dir?" Miguel betrachtete sie eindringlich. „Warum interessierst du dich so brennend für diesen Vorfall? Kanntest du die Frau etwa? Oder vielleicht den Mann?"

Er legte die Betonung auf die letzten beiden Worte, und unwillkürlich lief Charlotte ein Schauer über den Rücken. Er ahnte etwas. Ahnte, dass sie etwas mit Leander verband. Und wenn er die Wahrheit herausfand, würde er sie töten, daran hegte sie nicht den geringsten Zweifel.

„Mach dich nicht lächerlich", entgegnete sie so kühl und gelassen wie es ihr nur irgend möglich war. „Was sollte ich in der Hafengegend zu tun haben?"

Er runzelte die Stirn, sagte aber nichts mehr. Offenbar war er zu dem Schluss gekommen, dass er sich getäuscht hatte. Dennoch wagte sie es nicht aufzuatmen. Obwohl sie nun schon mehr als zweieinhalb Jahre verheiratet waren, fiel es ihr noch immer schwer, Miguel einzuschätzen. Er war einfach unberechenbar, sein Gesicht starr und ausdruckslos wie eine Maske, wenn er es darauf anlegte.

„Nun, jedenfalls habe ich gehört, dass der Richter plant, an dem Mann ein Exempel zu statuieren." Er zuckte mit den Schultern. „Armer Kerl. Das wird für ihn das Todesurteil bedeuten."

Nur mit größter Willenskraft gelang es Charlotte, ein ersticktes Aufstöhnen zu unterdrücken. Man wollte Leander für den Mord an seiner Frau hinrichten? Aber das durfte nicht sein! Nach dem, was sie in dem Artikel gelesen hatte, gab es noch nicht einmal stichhaltige Beweise für seine Schuld, nur Indizien. Man konnte einen Mann doch nicht töten, solange die Möglichkeit bestand, dass er unschuldig war!

„Schockiert dich das etwa?" Grinsend schaute Miguel sie an. „Ich hätte gedacht, du würdest es als die gerechte Strafe für einen Mann ansehen, der seine Frau getötet hat."

Charlotte musste sich zwingen, ruhig zu bleiben. Am liebsten hätte sie ihn angeschrien, still zu sein. Sie wollte seine hämischen Kommentare nicht hören. Sie wollte überhaupt nichts hören. Alles, woran sie dachte, war Leander. Wurde er gut behandelt? Was konnte sie tun, um ihm zu helfen?

„Du entschuldigst mich?", sagte sie leise und erhob sich. „Ich fahre heute in die Stadt, um einige Einkäufe zu erledigen."

„Ja", sagte Miguel und lehnte sich auf seinem Stuhl zurück, ein zufriedenes Lächeln auf den Lippen. „Ja, tu das ruhig. Ich werde vermutlich am Abend ausgehen. Warte dann also nicht auf mich, es könnte spät werden."

Charlotte konnte sich schon denken, wo er hinging, es kümmerte sie jedoch nicht. Nichts, was er tat, kümmerte sie noch, und es war ihr allemal lieber als die Alternative. Sollte er sich doch mit seinen Huren vergnügen, wenn es bedeutete, dass er sie und das weibliche Hauspersonal in Ruhe ließ.

Rasch zog sie sich zurück. Als sie die Esszimmertür hinter sich geschlossen hatte, stand sie einen Moment einfach nur da und atmete tief durch. Immer wenn Miguel sich im selben Raum aufhielt wie sie, fühlte sie sich eingepfercht. Die Wände schienen näher zu rücken, und die Enge schnürte ihr die Luft zum Atmen ab.

Was nun? Sie fuhr sich mit der Hand über die Augen und versuchte, ihre Gedanken zu sortieren, doch die wirbelten durcheinander, flüchtig wie Nebel, der vom Wind aufgepeitscht wurde.

Es war Wochen her, dass Leander und sie sich zum letzten Mal begegnet waren, doch sie hatte nie wirklich aufhören können, an ihn zu denken. Und im Grunde ihres Herzens wusste sie auch, warum das so war.

Weil sie ihn liebte.

Und genau deshalb konnte sie nicht zulassen, dass er wegen eines Verbrechens hingerichtet wurde, das er auf keinen Fall begangen hatte.

Sie musste mit ihm reden. Sehen, was sie tun konnte, um ihm zu helfen. Es gab doch sicher einen Weg, das Schlimmste zu verhindern. Leander durfte nicht sterben. Sie würde das ganz einfach nicht zulassen!

Und wie willst du das anstellen? Indem du in die Kirche gehst und eine Kerze für ihn anzündest?

Das Gefühl von Hilflosigkeit war erdrückend. Es gab im Grunde nichts, was sie unternehmen konnte, um ihm zu helfen. Wäre sie ein Mann, dazu noch mit Einfluss, dann hätte sie vielleicht zum Richter gehen und ihn bitten können, das Verfahren gegen Leander neu aufzurollen. Doch sie war nur eine Frau. Unbedeutend. Machtlos.

Als ihr klar wurde, wie selbstmitleidig diese Gedanken waren, fingen ihre Wangen vor Scham an zu brennen. Was war bloß mit ihr los? Sie war nie jemand gewesen, der gleich beim ersten Anzeichen von Schwierigkeiten die Flucht ergriff. Möglich, dass sie nicht wirklich etwas für Leander tun konnte, aber das bedeutete nicht, dass sie es nicht wenigstens versuchen musste!

Sie eilte nach oben und klingelte nach dem Mädchen, um sich ihren Mantel bringen zu lassen.

Es war an der Zeit, die Dinge endlich selbst in die Hand zu nehmen.

„Und du bist sicher, dass kein Hauch von Verdacht auf uns fallen wird?"

Cristóbal nickte. „Niemand weiß, dass sie in jener Nacht hier gewesen ist, *patrón*", sagte er. „Nur der Diener, und ich habe ihm deutlich zu verstehen gegeben, dass es besser für ihn ist, den Mund zu halten."

Don Carlos saß in seinem Arbeitszimmer hinter dem Schreibtisch. Vor ihm lag eine Ausgabe der Regionalzeitung. Er nickte zufrieden, als er die Schlagzeile erneut las. „Und diese ... Angelegenheit, wer hat sich ihrer angenommen?"

„Ich selbst", entgegnete Cristóbal. „Ich hielt es für besser, keine Mitwisser hinzuzuziehen. Es war nicht schwer, sie in eine dunkle Gasse zu locken. Alles Weitere ging dann praktisch ganz von allein."

Don Carlos nickte. „Diese Frau wird uns also keine Probleme mehr bereiten." Ein leises Lachen entrang sich seiner Kehle. „Was für eine Ironie, dass wir ihr im Tod noch ihren großen Wunsch erfüllt haben, findest du nicht? Sie wollte ja unbedingt, dass ich ihr dabei helfe, ihren Mann zu vernichten. Nun, das wäre geschafft – ich glaube allerdings, dass sie sich das ein wenig anders vorgestellt hatte. Aber ich konnte der Gelegenheit einfach nicht widerstehen, zwei Fliegen mit einer Klappe zu schlagen. Die Frau kann uns nun keine Schwierigkeiten machen, und ihr Ehemann kommt uns auch nicht mehr in die Quere."

Cristóbal feixte. „Sie hätte sich nicht mit Ihnen anlegen dürfen", sagte er. „Die Gefahr ist allerdings noch nicht gebannt, *patrón*. Die Frau sagte, dass Señora Charlotte wohl nach wie vor versucht, dem Verbleib ihrer Mutter auf den Grund zu gehen. Irgendwann könnte sie zufällig über etwas stolpern und Sie in Schwierigkeiten bringen."

Don Carlos nickte langsam. „Nun, ihren Helfer hat Charlotte verloren, aber …" Ein Seufzen entrang sich seiner Kehle. Er mochte seine Schwiegertochter. Sie war nicht nur schön, sondern auch klug. Er hatte sich von Anfang an zu ihr hingezogen gefühlt, obwohl sie die Frau seines Sohnes war. Manchmal kam es ihm vor, als wäre sie der einzig vernünftig denkende Mensch in dieser Familie. Anders als Miguel, der nur seinen eigenen Vorteil im Sinn hatte, oder Isabella, die vorgab, ihren Ehemann zu lieben, aber eigentlich nur die Bequemlichkeit ihres gemeinsamen Lebens liebte. Doch es stimmte, was Cristóbal sagte: Charlotte konnte ihm gefährlich werden. Sobald sie sich einmal zu etwas entschlossen hatte, war sie furchtbar dickköpfig und stur. „Du hast recht", sagte er schließlich mit einem leisen Seufzen. „Ich muss zusehen, dass ich sie davon abbringe, weitere Nachforschungen anzustellen."

Und er hatte auch schon eine Idee, wie er das anstellen würde.

Charlotte roch das Gefängnis schon, bevor es in Sichtweite kam. Und als sie es schließlich erreichte, wurde ihr auch klar, warum. Der nackte Steinboden war mit Stroh ausgelegt, und der Gestank nach Exkrementen war so überwältigend, dass ihr für einen Moment der Atem stockte.

Zwei Tage waren vergangen, seit sie den Artikel über Leanders Verhaftung in der Zeitung gelesen hatte. Zwei Tage zwischen Fiebern und Bangen, in denen sie es nicht geschafft hatte, sich, ohne Verdacht zu erregen, aus dem Haus zu schleichen.

Sie wusste selbst nicht so genau, was sie hier eigentlich erreichen wollte. Fest stand nur, dass sie Leander unbedingt sehen musste.

Koste es, was es wolle.

Natürlich hatte sie damit gerechnet, dass es schlimm werden würde. Dass es aber *so* schlimm war, stellte nun doch einen

Schock für sie dar. Es war unwürdig, Menschen in einer solchen Umgebung einzupferchen. Und der Gedanke daran, dass sich Leander unter diesen armen Seelen befand, raubte ihr schier den Verstand.

„Sie haben sich wohl verlaufen, was, Señora?"

Erschrocken zuckte Charlotte zusammen, als eine raue Stimme hinter ihr erklang. Sie drehte sich um und sah sich einem grobschlächtigen Mann in schmutziger Kleidung gegenüber, der sie anzüglich grinsend musterte.

„Ich ... ich bin hier, um einen Gefangenen zu besuchen", sagte sie, wütend darüber, wie kläglich ihre Stimme klang. „Sein Name ist Leander Markowitz."

„Ach ja, der Kerl, der seine Frau umgebracht hat", entgegnete er. „Was haben Sie denn mit dem zu tun?"

„Ich glaube kaum, dass Sie das etwas angeht!" Dieses Mal gelang es ihr, so etwas wie Vehemenz in ihre Worte zu legen. Und eine gute Portion Überheblichkeit, wie sie es von ihrem Vater gelernt hatte. „Würden Sie mich jetzt also bitte zu ihm bringen?"

Der Mann wirkte jetzt deutlich verunsichert. „Ich weiß nicht, Señora. Eigentlich ist es mir nicht erlaubt, einfach so jemand zu einem meiner Gefangenen zu lassen. Ich meine ..."

„Machen Sie sich etwa Sorgen, dass ich ihn unter meinem Rock versteckt aus seinem Verlies schmuggeln werde?" Sie bedachte ihn mit einem herablassenden Blick. „Ich darf Ihnen versichern, dass mir dergleichen fernliegt."

„Ja, natürlich", beeilte er sich zu erwidern. „Ich denke ... Nun, ich nehme an, dass ich bei Ihnen eine Ausnahme machen kann, Señora. Allerdings ist die Unterbringung der Gefangenen ... nicht ganz das, woran Sie gewöhnt sein dürften. Sind Sie sicher, dass Sie sich das wirklich zumuten möchten?"

„Lassen Sie das ruhig meine Sorge sein. Und jetzt wäre ich Ihnen sehr verbunden, wenn Sie mich nicht länger warten ließen."

Der Mann nahm eine Handlampe, in der sich eine halb heruntergebrannte Kerze befand, und führte Charlotte im flackernden Licht der Flamme durch ein Gewirr von Gängen tiefer in das dunkle Herz des Labyrinths hinein, aus dem das Gefängnis bestand. Der Gestank draußen war bereits kaum auszuhalten gewesen, drinnen war er schier unerträglich. Sie zwang sich, durch den Mund zu atmen, um nicht Gefahr zu laufen, die Besinnung zu verlieren. Und dann die Geräusche! Gestöhne und Schreie. Gequälte Seelen im Angesicht des Fegefeuers.

Ein eisiger Schauer durchlief Charlotte, doch sie zwang sich weiterzugehen. Immer einen Fuß vor den anderen zu setzen, bis der Gefängniswärter schließlich vor einer Tür stehen blieb und sein riesiges Schlüsselbund vom Gürtel nahm.

Unsicher schaute er sie an. „Und Sie sind sicher, dass Sie das wirklich wollen?"

Sie nickte, während sie sich innerlich für das wappnete, was nun folgen musste.

Die Tür quietschte protestierend, als sie geöffnet wurde. Für einen Moment sah Charlotte nichts außer Schatten in der Dunkelheit. Doch dann gewöhnten sich ihre Augen an die veränderten Lichtverhältnisse, und sie konnte eine Gestalt ausmachen, die auf einer einfachen Pritsche saß.

„Leander!" Sie atmete scharf ein, als die Tür hinter ihr klirrend zurück ins Schloss fiel. Immerhin hatte der Wärter genug Anstand besessen, eine Talgkerze neben dem Eingang zu entzünden, damit Leander und sie nicht vollkommen im Dunkeln sitzen mussten.

Ohne lange darüber nachzudenken, eilte sie zu ihm, sank vor ihm auf die Knie und ergriff seine Hände.

Wunderbare, feingliedrige Hände, die jetzt vor Schmutz starrten und von Schwielen und kleinen verkrusteten Wunden übersät waren. Er sah sie an. Zuerst wirkten seine Augen leer, so als würde er sie nicht erkennen. Doch dann flackerte etwas in ihnen auf, das Charlotte von früher her kannte. Das alte Feuer, in das sie sich einst verliebt hatte.

Und das sie immer noch liebte.

Tränen verschleierten ihr den Blick. Ihre Kehle war wie zugeschnürt, sodass sie kaum atmen konnte. „Oh, Leander!" Sie streckte eine Hand aus, um seine Wange zu berühren, zögerte jedoch. Sie hatte Angst ihm wehzutun, denn sein Gesicht war mit Blessuren übersät. „Was haben sie nur mit dir gemacht?"

Er nahm ihre Hand und umfing sie mit seiner. „Nicht so schlimm", sagte er. „Ich habe schon andere Dinge überstanden als das hier. Aber du ... du solltest nicht hier sein, Charlotte. Dies ist keine Umgebung für dich."

Ein trauriges Lächeln schlich sich auf ihre Lippen. „Jetzt klingst du fast wie Margot. Aber auch wenn ich es furchtbar finde, in was für ein Rattenloch sie dich geworfen haben, hält mich das gewiss nicht davon ab, dich zu sehen. Wie könnte ich jemals wieder in den Spiegel blicken, wenn ich dich im Stich ließe? Ausgerechnet dich! Wo du die Welt für mich bedeutest ..."

Da war es wieder, dieses Flackern in seinen Augen. Dabei hatte er es doch bestimmt gewusst. Er *musste* einfach gewusst haben, wie sie für ihn empfand! Sie hatte aus ihrem Herzen schließlich nie eine Mördergrube gemacht.

Der letzte Gedanke ließ sie zusammenzucken, holte er sie doch jäh auf den Boden der Tatsachen zurück. Leander war hier nicht nur gefangen, er wartete darauf, zum Henker geführt zu werden. Und so weit durfte es auf keinen Fall kommen.

„Du musst fliehen", beschwor sie ihn. „Sie werden dich töten, wenn du es nicht tust."

„Dann glaubst du nicht, dass ich meine Frau auf dem Gewissen habe?"

Sie schüttelte den Kopf. „So etwas könnte ich niemals glauben! Du bist nicht der Mensch, der zu einer solchen Tat fähig wäre. Aber ich fürchte, dass es keinen Weg gibt, den Richter von seinem Entschluss abzubringen." Sie schaute Leander tief in die Augen. „Bitte, denk nach. Wir müssen dich hier herausbekommen!"

Er lächelte freudlos. „Womöglich, wenn ich das Geld hätte,

den Wärter zu bestechen. Die meisten Menschen sind käuflich – und der Kerl ganz bestimmt!"

„Ich besorge dir, was immer du brauchst", versicherte sie ihm. „Es wird nicht einfach werden, aber ich werde es schon schaffen, irgendwie an etwas Geld zu kommen."

„Damit dein Mann es bemerkt und dich zur Strafe totschlägt?" Er schüttelte den Kopf. „Nein, Charlotte, das will ich nicht. Die Gefahr für dich ist viel zu groß."

Wie konnte er in dieser Situation an sie denken? Wieder kämpfte sie gegen Tränen an, die ihren Blick verschwimmen ließen. „Er wird es nicht merken, ganz bestimmt nicht. Und falls doch, überlege ich mir eine Lüge, wofür ich das Geld gebraucht habe. Aber, bitte, in Gottes Namen, lass dir von mir helfen!"

„Wenn du etwas für mich tun willst, dann sorge dafür, dass es meiner Tochter gut geht. Bei ihrer Großmutter kann sie nicht bleiben. Sie hasst mich, und ich fürchte, sie wird Aurora für das büßen lassen, was sie glaubt, das ich Maria angetan habe."

„Ich kümmere mich um deine Kleine", sagte sie fest. „Aber vor allem braucht sie ihren Vater. Du darfst sie nicht im Stich lassen, Leander!"

Er erwiderte ihren Blick ernst. „Glaubst du das wirklich? Dass sie mich braucht? Einen Mann, von dem es heißt, dass er ihre Mutter getötet hat?"

Charlotte nickte. „Du weißt, dass es so ist. Du wirst immer ihr Vater sein, ganz gleich, was man ihr auch über dich sagen wird. Und wenn du mir versprichst, dass du dir von mir helfen lässt, sorge ich dafür, dass Aurora in einer Umgebung aufwächst, in der sie Liebe und Zuneigung erfährt – nicht Hass und Missgunst. Und irgendwann, nachdem diese ganze schreckliche Sache ausgestanden ist, werdet ihr euch wiedersehen, davon bin ich fest überzeugt."

Sie wusste, es war ungerecht, ihn damit zu erpressen. Doch was blieb ihr für eine Wahl, wenn er ihr Wohl über seins stellte? Sie war verzweifelt, daher griff sie zu verzweifelten Mitteln.

„Also gut", sagte er nachdenklich. „Aber es gefällt mir nicht, Charlotte. Bitte sei vorsichtig, hörst du? Dir darf auf keinen Fall ein Leid geschehen."

„Ich passe auf mich auf", entgegnete sie. „Denk du lieber an dich – und daran, wo du unterkommen kannst, wenn du hier raus bist."

Er nickte langsam, und das Gefühl von Erleichterung, das sie durchströmte, machte Charlotte ganz schwach. Sie reckte sich zu ihm hinauf, schlang die Arme um seinen Nacken, schloss die Augen und küsste Leander.

Es war fast wie damals an Bord der *Güstrow*. Sie fühlte seine Lippen auf ihren, und für einen Moment vergaß sie alles andere um sich herum. Ihr Herz hämmerte wie wild, und sie wäre nicht in der Lage gewesen, einen klaren Gedanken zu fassen, selbst wenn es um ihr Leben gegangen wäre.

Leander schob die Hände in ihr Haar, ließ seine Finger über ihre Schläfen hinunter zu ihren Wangen gleiten, umfasste ihr Gesicht und erwiderte ihren Kuss voller Wehmut und Hingabe.

Schließlich löste er sich sanft von ihr. „Nicht hier", stieß er atemlos hervor. „Nicht jetzt."

Einen Moment zögerte sie noch, dann gab sie sich geschlagen. Leander hatte recht, dies war weder die richtige Zeit noch der richtige Ort. Doch sie fürchtete, dass es keine andere Gelegenheit für sie geben würde und sie Leander für immer verlor, sobald sie sich umdrehte und durch diese Tür trat …

Er schien zu spüren, was in ihr vorging, denn er drückte ihre Hand und schenkte ihr ein Lächeln, das auch seine Augen erreichte. „Wir sehen uns wieder, Charlotte", sagte er. In seiner Stimme lag solche Sicherheit, dass sie gar nicht anders konnte, als ihm zu glauben.

„Ich habe Angst", gestand sie, und er strich ihr tröstend mit dem Handrücken über die Wange.

„Das musst du nicht. Es wird alles gut werden. Hab ein wenig Vertrauen." Er küsste sie noch einmal kurz, dann sagte er:

„Und jetzt geh. Es wird nur schwerer, je länger du den Abschied hinauszögerst. Für dich – und für mich."

Als sie aufstand, fühlte es sich an, als wären ihre Glieder aus Blei. Sie schleppte sich zur Tür und klopfte, um den Wärter herbeizurufen. Jede Faser ihres Herzens lechzte danach, zu Leander zurückzugehen, ihn zu halten und bei ihm zu bleiben, bis man sie gewaltsam voneinander trennte.

Doch natürlich stimmte, was er sagte. Und sie wollte es ihm nicht noch schwerer machen, als es ohnehin bereits war. Außerdem war es ihre Aufgabe herauszufinden, was sie dem Gefängniswärter versprechen musste, damit er Leander zur Flucht verhalf.

Sie konnte nur hoffen, dass Miguel dieses eine Mal wusste, wovon er sprach, wenn er sagte, dass jeder Mann seinen Preis hatte.

Als sie nach Hause zurückkehrte, war Charlotte hin- und hergerissen zwischen neuer Hoffnung und Verzweiflung. Der Gefängniswärter schien tatsächlich nicht abgeneigt zu sein, Leander gegen einen angemessenen Obolus entkommen zu lassen. Die Frage war nur, wie sie an ausreichend Geld kommen sollte, ohne dass Miguel etwas bemerkte.

Leanders Furcht war nicht unberechtigt. Wenn ihr Mann herausfand, was sie hinter seinem Rücken trieb, würde er es sie büßen lassen. Und sie wollte lieber nicht wissen, welche Strafe er sich in diesem Fall für sie ausdenken würde.

Doch die Angst vor der Rachsucht ihres Ehemannes war nicht so groß, dass sie sie davon abhielt, alles zu tun, um Leander zu helfen. Denn die Alternative bestand darin, ihn einfach sterben zu lassen – und das konnte sie auf keinen Fall.

Zu ihrer Überraschung erwartete Miguel sie bereits in ihren Räumen, als sie nach Hause kam. Das geschah so selten, dass sie für einen Moment fürchtete, sie hätte sich irgendwie verraten. Doch dann bemerkte sie, wie gut gelaunt er war, und sie wusste, dass etwas anderes geschehen sein musste.

„Du kannst schon mal anfangen, deine Sachen zusammenzupacken“, sagte er und grinste breit. „Wir brechen in einer Woche nach Patagonien auf.“

Charlotte fiel aus allen Wolken. „Was? Aber … wieso?“

„Mein Vater hat schließlich eingesehen, dass er mich nicht länger wie einen dummen kleinen Jungen behandeln kann. Er überträgt mir die Verantwortung für eine Hazienda tief im Süden. Endlich bekomme ich die Chance, zu beweisen, was in mir steckt.“ Er trat auf Charlotte zu, packte sie am Arm und presste ihr grob einen Kuss auf die Lippen. „Na, freust du dich denn gar nicht für mich? Ein bisschen mehr Enthusiasmus hätte ich mir von meiner mich liebenden Ehefrau nun doch gewünscht.“

Nur mühsam gelang es Charlotte, sich zu beherrschen. Natürlich wusste sie, dass Miguel sie zu reizen versuchte. Er kümmerte sich nicht im Geringsten um ihre Gedanken und Gefühle. Das hatte er noch nie getan – doch leider war sie zu blind gewesen, das von Anfang an zu erkennen.

Die Tatsache, dass sie nicht damit aufhören konnte, sich den Kopf über Leander zu zerbrechen, half nicht unbedingt dabei, ruhig und gelassen zu bleiben. Dass sie Puerto Montt in einer Woche verlassen würden, machte die Situation, in der sie sich befand, nur noch prekärer.

Wie sollte sie es in der Kürze der Zeit schaffen, das notwendige Geld zusammenzubekommen? Wie sollte sie alles für Leanders Flucht organisieren? Sie würde vermutlich nicht einmal mehr hier sein, wenn es so weit war.

Konnte sie darauf vertrauen, dass der Gefängniswärter sein Wort hielt, sobald er sein Geld erst einmal bekommen hatte? Vielleicht überlegte er es sich ja anders und entschied, es einfach zu behalten, ohne die vereinbarte Gegenleistung dafür zu erbringen.

Charlotte unterdrückte ein gequältes Aufstöhnen. Der Mann war käuflich – es gab keinen Grund, seinem Wort Glauben zu schenken. Er würde genau das machen, wovon er sich den größten Vorteil versprach, und nichts anderes.

„Was ist los mit dir?“ Miguel musterte sie stirnrunzelnd. „Dir steht praktisch auf die Stirn geschrieben, dass dich etwas beschäftigt. Wirst du es mir sagen oder muss ich es selbst herausfinden?“

Charlotte hielt die Luft an. Sie würde den Teufel tun und ihm irgendetwas von Leander verraten, also zermarterte sie sich das Hirn nach einer passenden Ausflucht.

„Es ist nichts“, sagte sie schließlich ausweichend. „Ich überlege nur, wie es sein wird, an einem Ort zu leben, an dem die nächste Stadt meilenweit entfernt ist. Wo es keine unmittelbaren Nachbarn gibt oder sonst irgendwelche Menschen, abgesehen von den Arbeitern auf der Hazienda.“

„Ich werde auf jeden Fall sehr viel mehr Zeit haben, mich um dich zu kümmern.“

Die Art und Weise, wie er es sagte, klang keineswegs nach einem Versprechen, sondern vielmehr wie eine Drohung.

Charlotte schluckte. Einen Moment lang verdrängte die Furcht vor dem, was sie in Patagonien erwartete, alles andere – sogar die Sorge um Leander. Doch dann riss sie sich zusammen, beschämt darüber, dass sie an sich dachte, wo der Mann, den sie liebte, in allergrößter Gefahr schwebte. Was kümmerte es sie, was mit ihr geschah, solange er nur gerettet wurde?

Hastig wandte sie sich von Miguel ab, damit er ihr den Widerstreit der Gefühle, der in ihr tobte, nicht von den Augen ablesen konnte. Denn obwohl er sich im Grunde nur für sich selbst interessierte, war ihr Mann erstaunlich gut darin, ihre Gedanken zu lesen.

„Gibt es sonst noch etwas?“, fragte sie gezwungen. „Falls nicht, würde ich mich gern fürs Abendessen umziehen.“

„Ja“, sagte er und lächelte hintergründig. „Tu das, mein Schatz. Wer weiß schon, wie oft du in Zukunft die Gelegenheit haben wirst, dich fein herzurichten.“ Auf dem Weg zur Tür drehte er sich noch einmal zu ihr um und zwinkerte ihr zu. „Nicht allzu häufig, sollte man meinen.“

Dann trat er aus dem Zimmer und ließ sie allein.

Allein mit sich und ihren Gedanken.

Es war Charlotte gelungen, Margot unbemerkt eine Nachricht zukommen zu lassen, in der sie sich mit ihr für den nächsten Tag auf dem Platz vor der Kathedrale verabredete.

Ein öffentlicher Ort, an dem niemand davon Notiz nehmen würde, mit wem sie sich traf. Zumindest hoffte sie das. Doch selbst wenn sie sich täuschte – in drei Tagen würde sie sich bereits auf dem Weg nach Patagonien befinden. Es bestand wenig Anlass zur Sorge, dass der Klatsch und Tratsch aus Puerto Montt sich so weit in den Süden verbreitete.

In der Tasche ihres Mantels verbarg sie ein kleines Säckchen Goldmünzen – der Lohn des Gefängniswärters für seine Kooperation. Sie hatte in den letzten Tagen heimlich etwas Tafelsilber und einige Schmuckstücke, die sie bereits bei ihrer Anreise besessen hatte, aus dem Haus mitgenommen und sie bei einem Händler versetzt. Es reichte zum Glück gerade eben aus, um das Bestechungsgeld zusammenzubekommen. Doch sie vertraute noch immer nicht darauf, dass der Gefängniswärter sein Wort hielt, nachdem er seine Bezahlung erst einmal erhalten hatte. Vor allem angesichts der Tatsache, dass sie selbst schon in wenigen Tagen nicht mehr da sein würde, um ihn im Zweifelsfall daran zu erinnern, sich an die getroffene Vereinbarung zu halten.

Deshalb der Brief an Margot. Sie brauchte Hilfe, wenn das alles funktionieren sollte. Und obwohl sie fürchtete, irgendjemand könnte von dem Treffen mit ihrer Freundin erfahren und Miguel davon berichten, musste sie das Risiko eingehen. Sie hatte keine andere Wahl.

Nervös lief sie vor dem Portal der Kathedrale auf und ab. Das Herz klopfte ihr so heftig gegen die Rippen, dass es sich anfühlte wie ein kleiner Vogel, der seinem Gefängnis zu entkommen suchte. Sie hielt Ausschau nach Margot, doch es waren zu viele Menschen unterwegs, sodass sie ihre Freundin erst entdeckte, als sie schon beinahe vor ihr stand.

„Margot“, sagte sie erleichtert. Nach kurzem Zögern fielen die beiden Frauen sich in die Arme.

Es war ein gutes, ein warmes Gefühl, wie nach Hause zu kommen. Das Zuhause, das sie sich immer gewünscht hatte – nicht das Haus der Duartes, das sich für sie in die Hölle auf Erden verwandelt hatte.

Ein paar Sekunden standen sie einfach nur da. Charlotte schloss die Augen und genoss das Gefühl von Geborgenheit, das Margot ausstrahlte. Dann erinnerte sie sich daran, dass sie sich in aller Öffentlichkeit befanden, und sie löste sich widerstrebend von ihrer Freundin.

„Wie geht es Ihnen?", fragte Margot und musterte sie besorgt. „Sie sehen blass aus. Blass und ängstlich."

„Du weißt von der Sache mit Leander?"

Ihre Freundin nickte. „Angeblich soll er seine Frau getötet haben, aber …" Sie schaute sie fragend an. „Das ist doch nicht wahr, oder? Ich kenne ihn zwar nicht besonders gut, aber er kam mir nicht wie ein Mensch vor, der so etwas tut."

Energisch schüttelte Charlotte den Kopf. „Er ist unschuldig", sagte sie bestimmt. „Irgendjemand hat seine Frau umgebracht und es so aussehen lassen, als wäre er der Täter. Ich weiß nicht, warum, aber genau so muss es sein. Sie …" Ein kurzes Zögern. Es fiel ihr noch immer schwer, es auszusprechen. „Sie wollen ihn hinrichten."

Margot schlug sich erschrocken eine Hand vor den Mund. „Nein", stieß sie entsetzt hervor. „Falls er es wirklich nicht gewesen ist, können sie doch nicht einfach …"

„Sie können – und sie werden", sagte Charlotte. „Wenn ich nichts unternehme, um es zu verhindern."

„Aber was wollen Sie denn tun?" Ihre Freundin musterte sie eindringlich. „Sie haben hoffentlich nicht vor, irgendwelche Dummheiten zu machen, oder?"

Ein trauriges Lächeln umspielte Charlottes Lippen. „Ich fürchte doch", erwiderte sie. „Und ich fürchte, ich werde deine Hilfe dafür brauchen, so wenig es mir auch gefällt, dich in diese Sache hineinzuziehen."

Margot musterte sie einen Augenblick schweigend, dann ergriff sie ihre Hand. „Erzählen Sie mir alles", raunte sie ihr leise zu, „aber nicht hier. Kommen Sie."

Charlotte folgte ihr in eine Seitenstraße, die zwischen engen Häuserreihen entlangführte und auf einen Platz mündete, in dessen Zentrum sich ein hübscher kleiner Park befand. Durch ein schmiedeeisernes Tor betraten sie die Gartenanlage und setzten sich auf eine Bank. Nachdem sie sich davon überzeugt hatten, dass niemand in der Nähe war, der ihr Gespräch belauschen konnte, fragte Margot:

„Also, was genau ist es, was ich für Sie tun soll?"

Tief atmete Charlotte durch. „Es geht um Leander."

Ein Lächeln umspielte Margots Lippen. „Das dachte ich mir bereits", sagte sie. „Bitte sprechen Sie weiter."

Anstatt etwas zu sagen, zog Charlotte das Beutelchen mit den Goldmünzen aus der Tasche ihres Mantels und reichte es ihr. Margot zog das blaue Lederbändchen auf, mit dem es verknotet war, und blickte hinein. Ihre Augen weiteten sich vor Erstaunen, und sie sog scharf die Luft ein.

„Charlotte, das ist ja …" Fragend schaute sie sie an. „Was genau haben Sie damit vor?"

„Ich habe eine Vereinbarung mit dem Gefängniswärter getroffen", erklärte sie. „Er arrangiert es so, dass Leander bei der Überführung zu seiner Hinrichtung entkommen kann. Zumindest ist es das, was er mir versprochen hat."

Erschrocken sah Margot sie an. „Sie wollen den Mann also bestechen", sagte sie. „Aber was lässt Sie annehmen, dass er sein Wort wirklich halten wird?"

„Nichts", erwiderte sie und schüttelte den Kopf. „Miguel und ich werden schon in wenigen Tagen nach Patagonien abreisen. Sein Vater hat ihm die Leitung einer Hazienda übertragen, und mir bleibt nichts anderes übrig, als mit ihm zu gehen. Und wenn ich erst einmal fort bin, gibt es nichts, was ich tun kann, um den Wärter daran zu hindern, sein Versprechen zu brechen. Aber …" Sie zögerte einen kurzen Moment lang. „Ich hoffte, dass du vielleicht …"

Sie brachte den Satz nicht zu Ende. Das war auch gar nicht nötig, denn Margot verstand auch so, worauf sie hinauswollte. Sie war schon immer die Schlauere, die Erwachsenere von ihnen beiden gewesen. Diejenige, die die Natur der Menschen und den Lauf der Dinge kannte.

„Sie möchten, dass ich mich seiner annehme. Ich soll ihm das Bestechungsgeld zahlen, da Sie es nicht tun können, richtig? Das ist es, was Sie von mir wollen."

Charlotte nickte stumm. Sie wusste, was sie da von ihrer Freundin verlangte. Es war keine Kleinigkeit, in die Flucht eines verurteilten Mörders verwickelt zu werden – selbst dann nicht, wenn man nicht an die Schuld der Person glaubte. Und Margot würde es nicht für Leander tun, sondern vor allem für sie. Und es war gefährlich. Nicht nur für sie selbst – an ihr hing schließlich ebenso das Schicksal all der Kinder, die sie in ihrem Waisenhaus aufgenommen hatte. Fiele auch nur der geringste Schatten eines Verdachts auf Margot und man hielte sie fest, wären die Kleinen vollkommen auf sich gestellt, und Gerhard Wiesner hätte leichtes Spiel.

Dennoch konnte Charlotte nicht anders, als sie darum zu bitten. Das Herz klopfte ihr bis zum Hals, und sie hatte Mühe zu atmen. Wenn Margot Nein sagte, war alles vorbei. Dann musste Charlotte zum Gefängniswärter gehen, ihn im Voraus bezahlen und darauf hoffen, dass er seinen Teil der Vereinbarung einhielt.

Was nicht besonders wahrscheinlich war, wenn sie ehrlich zu sich selbst sein wollte. Der Mann war ein Opportunist. Er nutzte die Gelegenheit, um sich zu bereichern. Konnte er dies tun, ohne sich selbst in Schwierigkeiten zu bringen, würde er sicher nicht zögern, diese Chance zu ergreifen.

Es dauerte eine kleine Ewigkeit – oder zumindest kam es Charlotte so vor –, bis Margot schließlich nickte. Dass sie es nur schweren Herzens tat, stand ihr ins Gesicht geschrieben.

„Also schön, ich werde tun, was immer ich kann, weil ich genau weiß, dass Sie niemals im Leben wieder Frieden finden würden, wenn Leander etwas zustieße. Und ich verstehe Sie sogar.

Wäre meinem Ludwig das passiert – Gott hab ihn selig –, ich hätte mich ebenfalls an jede noch so winzige Hoffnung geklammert."

Tränen stiegen Charlotte in die Augen. Sie war ihrer Freundin so dankbar, dass sie es nicht in Worte fassen konnte. Deshalb umarmte sie sie einfach und hoffte, dass Margot auch so verstand.

„Wie werden Sie zurechtkommen in Patagonien?", fragte Margot, nachdem sie den kleinen Lederbeutel mit dem Geld weggesteckt hatte.

Das war es zumindest, was sie sagte – doch in Wirklichkeit lautete die Frage: *Wie werden Sie mit Ihrem Mann in Patagonien zurechtkommen? Ganz allein, ohne einen Ort, an den Sie sich flüchten können, wenn es wieder einmal schlimm wird?*

Charlotte spürte, wie eisige Kälte sich in ihrem Inneren ausbreitete, und ihr schauderte. Die ganze Zeit, seitdem Miguel ihr von der Hazienda in Patagonien berichtet hatte, war es ihr gelungen, den Gedanken daran zu verdrängen. Die Wahrheit war: Sie wusste nicht, wie es funktionieren sollte. Ob es überhaupt funktionieren konnte. Die Vorstellung, abgesehen von ein paar Hausangestellten, mit Miguel allein an einem Ort fernab jeder Zivilisation zu sein, jagte ihr schreckliche Angst ein.

Sie wusste, wie Miguel war. Die vergangenen beiden Jahre hatten ihr brutal die Realität vor Augen geführt. Und ihr war auch klar, dass ihr Ehemann sie vor allem deshalb die meiste Zeit über in Ruhe gelassen hatte, weil er in Puerto Montt genug Abwechslung in Form von käuflicher Liebe und Glücksspiel fand.

Eine Abwechslung, die es in den menschenleeren Ebenen Patagoniens nicht geben würde.

„Es wird schon werden", sagte sie mit wesentlich mehr Überzeugung, als sie empfand. „Ich habe ihn geheiratet – nun muss ich mich mit den Konsequenzen arrangieren, ob es mir gefällt oder nicht."

Margot nickte. Vermutlich fiel ihr nichts ein, was sie sagen sollte, ganz einfach, weil es nichts gab, was man darauf erwidern konnte. Ihre ehemalige Zofe wusste, dass sie recht hatte. Und sie wusste auch, dass es der größte Fehler ihres Lebens gewesen war, mit Miguel vor den Traualtar zu treten. Ein Fehler, für den sie bis zum Ende ihrer Tage büßen würde, wenn kein Wunder geschah.

„Wir sollten uns nicht allzu lange hier aufhalten", sagte Margot schließlich. „Dieser Park wird zwar nicht häufig genutzt, aber es könnte trotzdem sein, dass uns jemand zusammen sieht." Sie nahm Charlottes Hände und drückte sie sanft. „Sagen Sie mir, was genau ich tun soll. Was kann ich unternehmen, um zu helfen?"

Charlotte holte tief Luft, dann erklärte sie ihr den Plan, den sie sich in den vergangenen Tagen überlegt hatte.

14. KAPITEL

Patagonien
Eine Woche später

Endlose steppenartige Landschaft. Rotes Steppengras, das im orangeroten Licht des beginnenden Tages wie Feuer zu brennen schien. Weit in der Ferne ragten die Berge bis in die Wolken hinauf. Ein scharfer, kalter Wind wehte und ließ die Plane des vierrädrigen Wagens schlagen.

Charlotte saß im hinteren Teil des Pferdewagens und blickte zurück. In die Richtung, aus der sie kamen. Miguel schlief auf der harten Pritsche, die ihnen als Bett diente. Sie hörte sein leises Schnarchen, ruhig und gleichmäßig. Der Himmel wusste, wie er bei dem endlosen Gerumpel der Räder auf dem steinigen Weg überhaupt ein Auge zubekam. Sie selbst hatte nicht eine Sekunde lang geschlafen, doch ihr war klar, dass in Wahrheit nicht das Rumpeln und Poltern daran schuld war.

Sie konnte einfach nicht aufhören, an Leander zu denken.

Morgen war der Tag, an dem sein Urteil vollstreckt werden sollte, das hatte sie noch erfahren, ehe sie abgereist waren. Allein der Gedanke daran genügte, um ihr ein heiseres Keuchen zu entlocken.

Sie fragte sich, wie lange es noch dauern würde, bis sie die Hazienda erreichten. Obwohl sie gewusst hatte, wie unendlich weit die Pampas Patagoniens waren, hatte sie wohl doch nie wirklich eine Vorstellung davon gehabt. Die Einsamkeit, die von allen Seiten auf sie eindrang, war erdrückend. Sie schnürte ihr die Kehle zu und machte ihr das Atmen zur Qual.

Irgendwann – sie wusste nicht, wie viel Zeit vergangen war – wurden ihr die Lider dann doch zu schwer, als dass sie sie noch länger offen halten konnte, und sie fiel in einen oberflächlichen Schlummer.

Als sie die Augen wieder aufschlug, merkte sie sofort, dass sie stehen geblieben waren.

Hastig richtete sie sich auf und blickte sich um. Miguel lag nicht mehr in seiner Koje. Er musste aus dem Wagen gestiegen sein, ohne dass sie etwas bemerkt hatte. Charlotte schlang sich die Decke, auf der ihr Kopf gelegen hatte, um die Schultern. Ihr war kalt. Der Wind drang durch sämtliche Lücken in der Wagenplane und fuhr schneidend in ihre Kleider. Ihre Glieder waren steif, als sie aufstand. Sie bewegte sich langsam, und es fühlte sich an, als würden ihre Beine nicht wirklich zu ihr gehören.

Jemand hatte die schwere Plane auf der Rückseite des Wagens hinabgelassen, sodass Charlotte sie zur Seite wuchten musste, um aussteigen zu können. Helles Sonnenlicht blendete sie, und sie blinzelte mehrmals, bis ihre Augen sich an die veränderten Lichtverhältnisse gewöhnt hatten.

Was sie dann sah, ließ ihr Herz aufgeregt pochen. Sie waren nicht, wie sie angenommen hatten, an den Wegesrand gefahren, um den Pferden eine Ruhepause zu gönnen. Offenbar hatten sie ihr Ziel erreicht.

Die Hazienda war ein niedriges, lang gestrecktes Gebäude aus Holz mit einer Veranda, deren Dach von unbearbeiteten Baumstämmen gestützt wurde. Nicht weit entfernt standen dicht an dicht gedrängt ein paar kleinere Häuser sowie mehrere Stallungen. Pferde grasten auf einer Koppel neben dem Wagen. Charlotte erkannte unter ihnen die Tiere, mit denen sie hergekommen waren. Sie schienen zufrieden, endlich an einem Ort angekommen zu sein, an dem sie verschnaufen konnten. Ihnen war es egal, woher sie ihr Wasser, woher sie ihren Hafer bekamen – Hauptsache, sie mussten weder Hunger noch Durst leiden.

Fast wünschte Charlotte sich, sie könnte ebenso empfinden. Dies würde für die nächste Zeit ihr Zuhause sein – je eher sie den Tatsachen ins Auge blickte und sie akzeptierte, desto einfacher würde es für sie werden. Zumindest hoffte sie das. Aber leicht fiel es ihr nicht.

Noch einmal atmete sie tief durch, dann kletterte sie aus dem Wagen. Ein paar Männer auf Pferden ritten an ihr vorbei und musterten sie neugierig. Doch sie sagten nichts und wandten den Blick von ihr ab, als ihnen klar wurde, wer sie war. Charlotte hörte Stimmen und drehte sich in die Richtung um, aus der sie kamen.

Miguel.

Er stand nur ein paar Meter entfernt und sprach mit einem Mann, der ihr unbekannt war. Der Fremde hatte dunkle, von Wind und Wetter gegerbte Haut und schwarzes Haar mit weißen Strähnen darin. Sein Alter vermochte sie nicht einschätzen, aber er musste schon weit über fünfzig sein. Doch im Gegensatz zu den meisten älteren Menschen, die sie kannte, wirkte er weder gebrechlich noch schwach. Im Gegenteil: Er war so energiegeladen und lebendig, als könnte er mit bloßen Händen Bäume ausreißen.

Offenbar bemerkte er ihren Blick, denn plötzlich sah er sie direkt an. Seine schwarzbraunen Augen schienen sich in ihre zu bohren und bis auf den Grund ihrer Seele zu schauen. Und für einen Moment fürchtete sie, dass er sogar ihre Gedanken zu lesen vermochte. Als er dann lächelte, fiel das Unbehagen von ihr ab, und sie atmete erleichtert auf.

Es war ein offenes, ehrliches Lächeln, das seine Augen erreichte und sie strahlen ließ. Sie hatte nicht damit gerechnet, ein freundliches Gesicht zu sehen. Warum, wusste sie selbst nicht so genau. Ein Teil von ihr hatte wohl erwartet, dass hier draußen in der Einöde Patagoniens alles nur noch schlimmer sein würde.

Auf einmal fiel es ihr gar nicht so schwer, sich in Bewegung zu setzen, und sie trat auf ihren Mann und den Fremden zu. Miguel runzelte die Stirn, als er sie erblickte.

„Meine Frau Charlotte“, erklärte er, als wäre das vollkommen nebensächlich. So, als könne sein Gegenüber diese Information gleich wieder vergessen.

Doch der Fremde lächelte weiterhin und nickte ihr freundlich zu. „Es freut mich sehr, Sie kennenzulernen, Señora“, sagte er. „Mein Name ist Javier Gonzales, und ich hoffe, dass Sie und Ihr Mann sich bei uns wohlfühlen werden.“

Miguel schnaubte leise. Er war nicht daran interessiert, sich auf der Hazienda wohlzufühlen. Wenn es nach ihm ginge, würde er nicht einen Tag länger hierbleiben, als es unbedingt notwendig war. Aber dies war seine Chance. Kaum mehr als ein kleiner Finger, den sein Vater ihm gereicht hatte. Und er würde alles tun, um zu beweisen, was in ihm steckte. Er mochte behaupten, was immer er wollte, Charlotte wusste, dass Don Carlos' Zurückweisung und seine ablehnende Haltung ihn stärker schmerzten, als er zugab. Nur um ihm zu gefallen, hatte er sie überhaupt geheiratet. In der Hoffnung, sein Vater würde endlich aufhören, ihn als einen Nichtsnutz zu betrachten, wenn er sich auf dieses Arrangement einließ.

Wie lange wartete er schon darauf, endlich in die Geschäfte der Familie involviert zu werden – vergeblich. Und daran hatte sich auch durch seine Eheschließung nichts geändert. Dabei hatte Don Carlos durchaus davon profitiert, wie Charlotte nur zu gut wusste. Die Zusammenarbeit mit ihrem Vater hatte sich als äußerst einträglich erwiesen, der Absatz von Salpeter auf dem europäischen Markt war sprunghaft angestiegen, wie der Baron in seinen Briefen nicht müde wurde zu betonen.

Miguel hatte dies alles indes nichts genützt. Sein Plan war nicht aufgegangen, und in seinem Frust hatte er begonnen, sich genauso zu verhalten, wie Don Carlos es ohnehin von ihm erwartete. Nun – endlich! – hatte er die lang ersehnte Gelegenheit, sich zu beweisen. Und er würde alles tun, um wenigstens ein Mal – nur ein einziges Mal – die Erwartungen seines Vaters zu erfüllen, ihn stolz zu machen.

Charlotte bezweifelte allerdings, dass das überhaupt möglich war. Dass die Ablehnung, die Don Carlos seinem Sohn gegenüber empfand, jemals vollkommen vergehen würde. Wirklich daran glauben konnte sie nicht. Und sie fragte sich, was den alten Mann dazu bewogen haben mochte, Miguel die Leitung dieser Hazienda zu übertragen. Reine Vaterliebe war ganz gewiss nicht der Grund dafür. Vermutlich hatte Doña Isabella die Fäden im Hintergrund gezogen.

Sie schob den Gedanken beiseite. Dies war weder der richtige Ort noch der richtige Zeitpunkt für Vermutungen.

„Es freut mich ebenfalls", sagte sie und schaffte es irgendwie sogar, ein Lächeln auf ihre Lippen zu zaubern.

Gonzales winkte eine junge Frau herbei, die ein wenig unsicher in der Nähe stand. „Das ist meine älteste Tochter Hernanda", erklärte er. „Sie hat dem vorherigen *patrón* den Haushalt geführt. Ich dachte, dass Sie sie vielleicht übernehmen wollen."

Scheu kam Hernanda näher. Sie war sehr hübsch, mit dunklem Haar, das ihr in weichen Wellen über die Schultern fiel. Der Schnitt des einfachen Kleides, das sie trug, betonte ihre Schönheit. Es umschmeichelte ihren Körper, als wäre es extra für sie gemacht worden.

Charlotte entging nicht, wie Miguel die junge Frau musterte. Es war ein Blick, den sie gut kannte, den sie schon oft an ihm gesehen hatte, und ein eisiger Schauer durchrieselte sie.

„Wenn Sie wollen, zeige ich Ihnen das Haus, Señora", bot Hernanda an. „Sie sind sicher erschöpft von der langen Reise."

Charlotte hielt inne. Erschöpft war sie bis gerade eben noch gewesen. Jetzt fühlte sie sich vor allem nervös und angespannt. Nichts hatte sich verändert. Miguel würde versuchen, sich Hernanda gefügig zu machen, daran zweifelte sie keine Sekunde. Sie entsprach genau dem Typ Frau, den er mochte. Schön und ein wenig schüchtern. Zurückhaltend. Zerbrechlich.

Sie sah ihn an und wusste, dass sie recht hatte.

„Ja", sagte sie, mit einer Stimme, die nicht zu ihr zu gehören schien. „Ja, sehr gern."

Das Haus war in nichts mit dem der Duartes in Puerto Montt vergleichbar, doch das kümmerte Charlotte nicht. Die Räume waren klein und einfach eingerichtet. Das Schlafzimmer, zu dem Hernanda sie führte, verfügte nur über ein Bett, eine Truhe für ihre Kleider und eine Kommode. Aber zumindest würde sie zu ihrer Erleichterung auch in Zukunft ein eigenes Zimmer haben und nicht zusammen mit Miguel in einem Raum schlafen müssen.

Der Ausblick vom schmalen Fenster, das nur wenig Tageslicht hereinließ, war atemberaubend und ernüchternd zugleich. Endlose Weite, die Berge am Horizont und darüber der Himmel, der so blau war, dass er fast schon unwirklich erschien.

„Sind Sie hier aufgewachsen?“, wandte sie sich an Hernanda.

Die nickte. „Ich kann mir vorstellen, wie dieses Land auf Sie wirkt“, sagte sie. „Auf den ersten Blick erscheint es rau und unwirtlich, aber wenn man sich darauf einlässt und die Seele für seine Schönheit öffnet, dann wächst es einem bald so sehr ans Herz, dass man niemals wieder woanders leben möchte.“

Charlotte lächelte. „Sie sind ja eine richtige Poetin, Hernanda.“

Ein zartes Rot überzog die Wangen der anderen Frau. „Nein“, sagte sie verlegen. „Ich … verzeihen Sie bitte …“

„Aber nicht doch“, entgegnete Charlotte sogleich. „Wofür entschuldigen Sie sich? Was Sie gesagt haben, war wunderschön.“

„Finden Sie?“, fragte Hernanda scheu, den Blick niedergeschlagen. „Ich schreibe hin und wieder meine Gedanken auf, und manchmal bringe ich auch ein Gedicht zu Papier.“ Ein trauriges Lächeln umspielte ihre Lippen. „Der Pastor im Ort hat mir Lesen und Schreiben beigebracht, und ich würde gern mehr Zeit darauf verwenden, aber Vater meint, dass ich den Kopf voller Flausen habe und lieber mit dem zufrieden sein soll, was ich habe.“ Sie seufzte leise. „Vermutlich hat er ganz recht damit.“

Zwar war Charlotte nicht dieser Meinung, doch sie mochte sich nicht in Dinge einmischen, von denen sie im Grunde keine Ahnung hatte. Sie kannte diese Leute erst seit ein paar Minuten. Und auf keinen Fall wollte sie es sich gleich wieder mit ihnen verderben, nachdem sie ihr gerade einen so herzlichen Empfang bereitet hatten.

„Ich lasse Sie jetzt allein“, sagte Hernanda.

Ehe die junge Frau den Raum verlassen konnte, hielt Charlotte sie noch einmal zurück. „Nehmen Sie sich vor meinem

Mann in Acht“, sagte sie, ohne lange darüber nachzudenken. „Wenn Sie wirklich hier arbeiten wollen, dann passen Sie auf, dass er Sie nie allein in einem Raum abpasst.“

Im ersten Moment sah es so aus, als habe Hernanda die Absicht nachzufragen, wie genau das gemeint war. Doch dann überlegte sie es sich offensichtlich anders, nickte nur kurz und verließ schweigend den Raum.

Charlotte seufzte. Vermutlich war es ein Fehler gewesen, das Mädchen zu warnen. Es würde mit seinem Vater darüber sprechen und früher oder später erführe Miguel davon. Was dann geschah, daran wollte sie lieber nicht denken.

Außerdem war sie es leid, sich immerzu Gedanken über mögliche Konsequenzen zu machen. Sie war es leid, sich von ihrer Furcht vor Miguel beeinflussen zu lassen. Auch wenn sie es vermutlich schon bald bereuen würde, sie war froh, dass sie Hernanda gewarnt hatte.

Denn etwas anderes konnte sie nicht für sie tun.

Zur selben Zeit haderte Margot in Puerto Montt mit sich.

Es war eine dumme Entscheidung gewesen, Charlottes Bitte nachzukommen. Eine sehr, sehr dumme Entscheidung. Darüber wurde sie sich einmal mehr klar, als sie vor dem Eingangstor zum Gefängnis stand.

Der Beutel mit den Goldmünzen wog schwer in ihrer Manteltasche. Eine Woche war vergangen, seit ihr ehemaliger Zögling ihn ihr zugesteckt hatte. Sieben Tage, in denen sie nicht gewagt hatte, ihn aus der Hand zu legen. Sein Inhalt war wertvoller als alles, was sie je besessen hatte.

Der Preis für ein Menschenleben.

Sie atmete tief durch und klopfte an. Es dauerte nicht lange, bis sich schlurfende Schritte näherten. Im nächsten Moment wurde die Tür einen Spalt weit geöffnet.

„Wer da?“

„Mein Name tut nichts zur Sache“, zischte sie so leise, dass nur die Person auf der anderen Seite sie hören konnte. „Ich bin hier, um Sie an die Vereinbarung zu erinnern, die Sie mit meiner Herrin getroffen haben. Ein Säckchen Goldstücke gegen die Freiheit eines Ihrer Gefangenen. Leander Markowitz."

Der Türspalt öffnete sich noch ein Stück. Margot spürte den forschenden Blick eines Mannes auf sich ruhen.

„Ich weiß nicht, wovon Sie sprechen."

Margot zuckte mit den Schultern. „Nun, dann muss ich mich offenbar getäuscht haben", sagte sie. „Es wird wohl besser sein, ich nehme meine Goldstücke wieder mit und …"

„Nein!" Wie der Blitz langte eine Hand durch den Türspalt und packte sie am Arm. Dann wurde die Tür ganz geöffnet und Margot eilig ins Zwielicht auf der anderen Seite gezogen.

Sie unterdrückte ein Lächeln, denn sie hatte damit gerechnet. Die Gier, die in den Augen des Mannes aufleuchtete, sagte ihr, dass er nicht noch einmal versuchen würde, den Ahnungslosen zu spielen.

„Haben Sie die Goldmünzen bei sich?"

„Sie halten mich wohl für sehr dumm", entgegnete Margot, wobei sie ihre Hand mit aller Willenskraft davon abhalten musste, sich in die Tasche ihres Mantels zu versenken und nach dem ledernen Beutel zu tasten, der schwer darin lag. „Meine Herrin mag arglos und naiv erscheinen, aber ich bin es nicht, Señor. Wenn Sie Ihr Gold bekommen wollen, müssen Sie zuvor Ihre Gegenleistung erbringen."

Er wirkte enttäuscht. Kein Wunder. Vermutlich hatte er gehofft, mit Charlotte leichtes Spiel zu haben und seine Belohnung zu erhalten, ohne dafür das Geringste tun zu müssen.

Aber so leicht würde Margot es ihm nicht machen.

„Ich kann nicht garantieren, dass es gelingen wird", erklärte der Mann in weinerlichem Tonfall. Sein Gesicht, das sie nur im Schein einer flackernden Kerze erblicken konnte, starrte vor Schmutz. „Ich versichere Ihnen jedoch, dass ich alles tun werde, was in meinen Kräften steht."

Scheinbar gleichmütig zuckte sie mit den Schultern. „Dann werde auch ich mein Möglichstes tun, Señor. Aber Ihnen sollte bewusst sein, dass Sie Ihre Belohnung nur erhalten, wenn die Mission gelingt. Falls Sie scheitern …"

Es war nicht nötig, dass sie den Satz zu Ende führte, er verstand sie auch so sehr gut. Rasch nickte er. „Natürlich, Sie können sich ganz auf mich verlassen."

„Schön", sagte sie. „Wie genau sieht Ihr Plan aus?"

Einen Moment lang schaute er sie nur an, als verstünde er gar nicht, wovon sie überhaupt sprach. Dann fing er an zu stammeln, sodass Margot klar wurde, dass es so etwas wie einen Plan gar nicht gab. Da hatte Charlotte ihr ja einen ordentlichen Schlamassel aufgehalst! Trotzdem war sie ihrer Freundin nicht böse, könnte es gar nicht sein, selbst wenn sie gewollt hätte.

Niemand wusste besser als sie, wie es war, einen anderen Menschen zu lieben. Als Ludwig im Sterben lag, hatte sie sich gewünscht, mit ihm tauschen oder zumindest mit ihm gehen zu können. Sie konnte es Charlotte also nicht verübeln, dass sie bereit war, alles zu tun, um Leander zu retten. Den Mann, von dem Margot wusste, dass Charlotte nie aufgehört hatte, ihn zu lieben – auch wenn sie lange versucht hatte, sich selbst vom Gegenteil zu überzeugen.

Margot krauste die Stirn. „Sie haben doch nicht wirklich vor, alles nur dem Zufall zu überlassen, oder?", hakte sie nach. „Um Himmels willen, das darf nicht Ihr Ernst sein!"

Er zuckte mit den Schultern. „Nun, ich weiß nicht … Was stellen Sie sich denn vor, was ich tun soll? Ich schließe die Tür auf und lasse ihn laufen, so einfach ist das."

Margot unterdrückte den Drang, missbilligend mit der Zunge zu schnalzen. Sie hatte zwar vermutet, dass der Mann nicht besonders intelligent war, aber solch himmelschreiende Dummheit hatte sie nicht erwartet.

Das Problem war, dass er sich mit der Strategie, die er sich ausgedacht hatte, selbst verdächtig machte. Und das wiederum würde zur Folge haben, dass man ihn einer Befragung unterzog.

Einer Befragung, von der sie bezweifelte, dass er sie überstehen würde, ohne Charlotte mit in die Sache hineinzuziehen.

Er mochte zwar ihren Namen nicht kennen, aber er konnte sie mit Sicherheit beschreiben. Und das würde sie früher oder später in ernste Schwierigkeiten bringen. Vor allem, wenn herauskam, dass sie Leander von ihrer Überfahrt an Bord der *Güstrow* her kannte.

Dass sie einander nahegekommen waren …

Sie schüttelte den Kopf. „So geht es jedenfalls nicht", entgegnete sie energisch. „Es muss so aussehen, als wäre es dem Gefangenen gelungen, sich aus eigener Kraft zu befreien. Auf keinen Fall darf es auch nur den Hauch eines Verdachts geben, dass jemand ihm geholfen hat."

Der Mann nickte dumpf, und es sah tatsächlich so aus, als würde er angestrengt über das nachdenken, was sie gesagt hatte.

Doch am Ende hob er wieder die Schultern. „Aber wie soll ich das erreichen?"

Nur mit Mühe gelang es Margot, ein Seufzen zu unterdrücken. Nun war es wohl an ihr, sich etwas zu überlegen. Und genau das tat sie auch.

„Also gut, hören Sie zu …"

Die Nacht war schwarz wie das Gefieder eines Raben. Kein Lichtschimmer drang aus den Fenstern der umliegenden Häuser. Alle braven Bürger der Stadt lagen längst in ihren Betten und schliefen den Schlaf der Gerechten.

Auch Margot wäre zu solch später Stunde üblicherweise längst zur Ruhe gegangen.

Doch nicht in dieser Nacht.

Sie spürte, wie Aufregung sie erfasste. Wenn alles so verlief, wie sie es ausgeheckt hatte, würde Leander noch vor Sonnenaufgang auf freiem Fuß sein und auf dem Weg, das Land zu verlassen. Sie hatte mit dem restlichen Geld aus Charlottes Beutel dafür gesorgt, dass es an Bord eines Schoners, der von Valparaíso in Richtung Europa ablegte, einen Platz für ihn geben würde.

Das war alles, was sie für ihn und Charlotte tun konnte. Alles andere lag in Gottes Hand.

Sie zuckte zusammen, als sich die schwere Eichentür zum Gefängnis schrill quietschend öffnete. Das Geräusch klang in der Stille der Nacht ohrenbetäubend laut. Oder zumindest kam es ihr so vor.

Der Gefängniswärter blinzelte nervös in die Dunkelheit. Offenbar wusste er nicht, ob er froh sein sollte oder nicht, als er sie in ihrem schwarzen Cape, das sie mit den Schatten verschmelzen ließ, entdeckte.

Die Furcht stand ihm förmlich auf die Stirn geschrieben. Margot konnte ihn gut verstehen. Auch sie fühlte sich alles andere als wohl bei der Sache, doch ihr war klar, dass sie es auf jeden Fall machen würde, ganz gleich, wie groß das Risiko auch sein mochte.

„Und Sie sind wirklich sicher, dass wir es so ... tun wollen?"

Er nahm sein Öllicht vom Tisch und schaute sie fragend an, als wäre sie diejenige, die die Entscheidungen traf.

Sie nickte und sagte: „Los, gehen wir."

Es war ein seltsames Gefühl, ihm weiter hinein ins finstere Herz des Gebäudes zu folgen. Angestrengt bemühte Margot sich, die Orientierung zu bewahren. Später würde sie den Weg ohne Hilfe zurückfinden müssen, und dabei konnte sie sich keinen Fehler erlauben. Nicht auszudenken, wenn sie sich im Labyrinth der Gänge verlief und dadurch Zeit verlor. Dann wäre alle Mühe umsonst gewesen. Das durfte auf keinen Fall passieren!

Als sie einen niedrigen Türdurchgang erreichten, blieb der Wärter stehen, hob seinen großen eisernen Schlüsselring und schloss auf. Quietschend schwang die schwere Eichentür auf und gab den Blick auf einen winzigen Raum frei, ein feuchtes Kellerloch.

Margot nahm dem Wärter seine Lampe ab und trat ein, während der Mann draußen im Gang zurückblieb. Im ersten Moment erkannte sie die Gestalt, die auf der schmalen Pritsche lag, gar nicht. Der Gefangene hatte kaum Ähnlichkeit mit dem Menschen, den sie von Bord der *Güstrow* her kannte. Er wirkte halb verhungert, das Haar hing ihm in wirren Strähnen übers

Gesicht, und seine Kleidung und jede freiliegende Fläche seines Körpers starrte vor Dreck.

„Mein Gott!", stieß sie entsetzt hervor und weckte damit den Schlafenden.

Leander blinzelte irritiert, als er sie erblickte. „Wer ... sind Sie?"

„Margot", erwiderte sie. „Charlottes ehemalige Zofe. Wir sind uns an Bord der *Güstrow* begegnet, erinnern Sie sich?"

Er nickte. „Was tun Sie hier?", fragte er. Seine Stimme klang heiser – wahrscheinlich hatte er in letzter Zeit nicht oft Gelegenheit gehabt zu sprechen.

„Charlotte schickt mich", wisperte sie, so leise, dass der Gefängniswärter draußen vor der Tür sie nicht hören konnte. „Ich bin gekommen, um Sie zu befreien."

„Was?" Er richtete sich abrupt auf. „Aber ..."

Beschwichtigend hob sie die Hände. „Keine Sorge, ich habe alles genau geplant. Vertrauen Sie mir?"

Er schien einen Augenblick darüber nachdenken zu müssen, schließlich nickte er.

„Beeilung", drängte der Wärter von draußen. „Wir haben nicht die ganze Nacht Zeit!"

Der Stimme nach zu urteilen war dem Mann alles andere als wohl zumute angesichts dessen, was nun folgen würde – und Margot konnte ihn sogar verstehen. Doch es war der einzige Weg sicherzustellen, dass er nicht selbst unter Verdacht geriet.

Es musste so aussehen, als wäre er von seinem Gefangenen überwältigt worden, deshalb wandte sie sich jetzt Leander zu. „Sie müssen ihn niederschlagen", sagte sie, und als er sie überrascht anschaute, nickte sie. „Es muss alles möglichst echt wirken. Niemand darf auf den Gedanken kommen, dass er uns geholfen hat. Also?"

Nervös trat der Gefängniswärter von einem Fuß auf den anderen, als sie aus der Zelle kamen. „Bringen wir es endlich hinter uns", sagte er und kniff die Augen fest zusammen. „Worauf wartest du noch?"

Leander zögerte einen Moment, dann ballte er seine rechte Hand zur Faust, holte aus und versetzte seinem Gegenüber einen gezielten Kinnhaken, der dessen Kopf brutal zurückfliegen ließ. Doch ein Hieb reichte nicht aus, um ihn bewusstlos zu schlagen. Leander musste mehrmals nachsetzen und ihn schließlich mit aller Wucht mit der Handkante in den Nacken treffen, ehe der Wärter endlich erstickt stöhnend in sich zusammensackte.

Sofort nahm Margot Leanders Hand und zog ihn mit sich. Gemeinsam eilten sie durch niedrige Gänge, die sich kaum voneinander unterschieden. Ratten huschten vor ihnen über den Boden, der mit fauligem Stroh ausgelegt war, und sie atmete erst auf, als sie Minuten später endlich ins Freie traten.

Sie hatten es geschafft! Wirklich geschafft!

Doch noch war nicht alles gewonnen. Sie mussten weg von hier und größtmöglichen Abstand zwischen sich und das Gefängnis bringen. Vielleicht würde man den bewusstlosen Wärter erst in ein paar Stunden beim Schichtwechsel entdecken, aber es war genauso gut möglich, dass die Flucht schon früher bemerkt wurde. Und in diesem Fall zählte jede Sekunde.

Sie versetzte Leander, der ungläubig dastand und zu den Sternen hinaufblickte, einen leichten Stoß, um ihn anzutreiben. „Wir können unmöglich hierbleiben", raunte sie ihm zu. „Kommen Sie! Ich weiß ein Versteck, in dem wir sicher sind, bis ich Sie auf das Schiff bringen kann, auf dem Sie das Land verlassen werden."

Nachdem er gerade erst ein paar Schritte gelaufen war, blieb er plötzlich wie angewurzelt stehen. „Das Land verlassen?", fragte er. „Nein, das geht auf keinen Fall! Charlotte …"

„Hält sich ebenfalls nicht mehr in Puerto Montt auf", fiel sie ihm ungeduldig ins Wort. „Ihr Schwiegervater hat seinem Sohn die Leitung einer Plantage tief im Süden überlassen. Die beiden werden von jetzt an dort leben. Und nun laufen Sie schon! Oder soll alles, was Charlotte für Sie getan hat, umsonst gewesen sein?"

Diese Worte schienen ihn endlich anzutreiben und Margot atmete erleichtert auf.

Sie durchquerten auf ihrem Weg zu dem Versteck in Hafennähe fast die ganze Stadt. Als sie an dem Gasthaus vorbeikamen, in dem er die letzten Jahre zusammen mit seiner Frau gelebt hatte, blieb er erneut stehen.

„Meine Tochter", stieß er gehetzt hervor. „Ich kann sie nicht im Stich lassen!"

„Das tun Sie nicht", erklärte Margot. „Ich habe Charlotte versprochen, dass ich mich um Aurora kümmere. Machen Sie sich keine Gedanken um Ihre Tochter. Ich habe gehört, dass Ihre Schwiegermutter sich nach einem Waisenhaus für das Mädchen umsieht. Ich werde ihr einfach anbieten, sie zu mir zu nehmen. Ich führe nämlich draußen vor der Stadt ein kleines Heim für Mapuche-Waisen."

Leander schloss die Augen und verzog das Gesicht, doch er nickte. „Also schön", sagte er. „Aber ich verlasse nicht das Land."

Nur mit größter Selbstbeherrschung gelang es Margot, einen bissigen Kommentar zu unterdrücken. Sie schnalzte mit der Zunge und sagte: „Darüber unterhalten wir uns, wenn Sie in Sicherheit sind."

Teil 3

Sechs Monate später

15. KAPITEL

Leander lächelte, als das Tehuelche-Mädchen eine Bemerkung in seiner Sprache machte. Er verstand den Dialekt der hiesigen Indianer inzwischen gut genug, um zumindest einen Großteil dessen zu erfassen, was sie sagten.

Sie hatten ihn freundlich in ihrer Gemeinschaft aufgenommen, obwohl er ein Fremder war. Ein weißer Fremder noch dazu. Doch anstatt ihm mit Misstrauen und Hass zu begegnen, wie es angesichts der ständigen Übergriffe der Siedler gegenüber den einheimischen Indianern verständlich gewesen wäre, behandelten sie ihn wie einen Freund.

Wie einen Bruder.

Es war nicht derselbe Stamm wie der, der ihn nach dem Schiffbruch der *Güstrow* gesund gepflegt hatte, doch ihre Regeln und Gepflogenheiten schienen sich zu ähneln.

Margot hatte ihn für verrückt erklärt, als er ihr damals, in der Nacht seiner Flucht, sagte, dass er nach Patagonien gehen wollte. Dorthin, wo auch Charlotte lebte – zusammen mit ihrem Mann.

„Man wird Sie erkennen und wieder ins Gefängnis werfen“, hatte sie ihn gewarnt. „Sie sind ein entlaufener Sträfling, und sie werden überall im Land Steckbriefe von Ihnen verbreiten. Es bricht Charlotte das Herz, sollten Sie trotz ihrer Bemühungen doch noch zu Schaden kommen!“

Doch Leander war bei seinem Entschluss geblieben. Schon um Charlottes willen konnte er nicht einfach so davonlaufen. Nicht, solange sie mit diesem brutalen Mann zusammenlebte, den sie geheiratet hatte!

Dieses Argument leuchtete auch Margot ein. Denn bei allem, was sie tat, war sie stets nur besorgt um Charlottes Sicherheit, um ihr Wohl. Deshalb ließ sie ihn schließlich schweren Herzens ziehen, mit dem Versprechen, dass sie sich um Aurora kümmern würde, bis er in der Lage war, selbst für sie zu sorgen.

Ob dieser Tag je kommen würde? Ob er seine kleine Tochter jemals wiedersehen würde? Er wusste es nicht, und allein die

Vorstellung, dass sie ohne ihn aufwuchs, zerriss ihm schier das Herz. Doch es gab nichts, was er im Moment dagegen unternehmen konnte.

Immer wieder fragte er sich, wer Maria umgebracht haben mochte. Ganz offensichtlich hatte diese Person es so aussehen lassen, als wäre er der Täter. Aber wer steckte dahinter? Und warum?

So, wie die Dinge lagen, würde er die Wahrheit wohl nie erfahren. Als Flüchtiger standen seine Chancen, mehr über die Umstände von Marias Tod herauszufinden, mehr als schlecht.

Doch wenn er schon in diesem Punkt nichts zu erreichen vermochte, so konnte er zumindest Charlotte im Auge behalten und sich von Zeit zu Zeit davon überzeugen, dass es ihr gut ging. Das war nicht ganz das, was er sich wünschte, aber immer noch besser als nichts.

Sie lebte ganz in der Nähe. Mit dem Pferd brauchte er weniger als zwanzig Minuten bis zu ihrer Hazienda. Was für ihn gut war, hatte sich für viele Tehuelche-Indianer als fatal erwiesen, denn Miguel Duarte benötigte Arbeitskräfte, um das Land, das lange Zeit nicht richtig bewirtschaftet worden war, wieder urbar zu machen.

Kostenlose Arbeitskräfte.

Zwangsarbeiter.

Er und einige seiner Männer ritten immer wieder zu regelrechten Treibjagden aus, bei denen sie männliche Indianer einkesselten und sie zur Hazienda verschleppten. Dort wurden sie wie Sklaven eingepfercht und zur Arbeit gezwungen.

Nicht selten kamen bei diesen Einsätzen Frauen und Kinder zu Schaden. Miguels Leute kümmerte es nicht. Für sie waren die Indianer nicht mehr als wilde Tiere, die man für seine Zwecke benutzen konnte – und genau das taten sie auch.

Leander hatte den Gedanken kaum zu Ende gedacht, als Tumult in dem kleinen Dorf ausbrach, in dem er Zuflucht gefunden hatte. Mehrere Frauen kamen aufgeregt aus dem Wald gelaufen, ihre Gesichter zu Mienen des Entsetzens verzerrt.

Ohne lange zu zögern, ging er auf die kleine Menschentraube zu, die sich bildete, und bahnte sich einen Weg durch die Menge. Er verstand genug von dem, was die Frauen sagten, um zu begreifen, was geschehen war.

Duarte und seine Männer hatten wieder zugeschlagen.

Er unterdrückte einen Fluch und strich sich das Haar zurück. So konnte es nicht weitergehen! Früher oder später würden die Indianer sich erheben, und er fürchtete, dass es dann zu einem Massaker käme.

Er selbst hatte sie nur als friedliebende, freundliche Menschen kennengelernt, doch er wusste aus Berichten, dass in jedem von ihnen auch ein erfahrener Krieger steckte. Dennoch – die Männer der Duartes befanden sich zwar in der Unterzahl, doch sie waren bis an die Zähne bewaffnet. Wie eine Auseinandersetzung zwischen diesen beiden Gruppen ausgehen mochte, wagte er nicht vorauszusagen. Es gab zu viele Unwägbarkeiten. Zu viele Dinge, die man nicht genau einschätzen konnte. Fest stand nur, dass es Verluste geben würde, und zwar auf beiden Seiten.

Seine größte Befürchtung war jedoch, dass auch Charlotte mit in die Sache hineingezogen werden könnte. Und er wusste nicht, ob er dann in der Lage sein würde, sie zu beschützen.

Er musste etwas unternehmen, und zwar rasch!

Wie er befürchtet hatte, rotteten sich die Männer bereits zusammen und redeten hektisch aufeinander ein. Leander verstand nicht alles, was sie sagten, aber immerhin genug, um zu begreifen, dass die Lage sich dramatisch zuspitzte. Duarte und seine Leute hatten ihr Spiel endgültig zu weit getrieben. Einige der Indianer sprachen bereits davon, sich mit anderen Stämmen in der Gegend zu verbünden, die ebenfalls im Auftrag von Charlottes Ehemann tyrannisiert wurden.

„Lasst mich mit ihnen reden", wandte er sich an Kilcham, von dem er wusste, dass er Spanisch verstand. „Vielleicht kann ich sie zur Vernunft bringen und ihnen klarmachen, dass sie so nicht mit euch umgehen können."

Kilcham übersetzte seine Worte in die Sprache der Tehuelche.

Einige der Männer nickten daraufhin zustimmend, während andere zornig die Arme vor der Brust verschränkten.

Es war offensichtlich, dass Leander nicht alle auf seiner Seite hatte, aber das wäre auch zu viel erwartet gewesen. Zudem war sein Plan nicht wirklich durchdacht, denn er hatte keine Ahnung, wie er Einfluss auf Miguel Duarte nehmen sollte. Ohne ihm je persönlich begegnet zu sein, wusste er doch, dass Charlottes Mann selbstsüchtig, unberechenbar und arrogant war. Ein gefährlicher Zeitgenosse, der die Konfrontation schon allein deshalb suchte, um sich nicht eingestehen zu müssen, jemals den Rückzug angetreten zu haben.

War es überhaupt möglich, einen Menschen wie ihn von irgendetwas zu überzeugen? Noch dazu in diesem ganz speziellen Fall?

Leander unterdrückte ein Seufzen. Die Wahrscheinlichkeit, dass er etwas erreichte, war nicht sehr hoch, doch er musste es zumindest versuchen.

Dennoch war da eine weitere Frage, die ihm Sorgen bereitete. Er war aus dem Gefängnis ausgebrochen und wurde nach wie vor gesucht. Hier, im tiefsten Patagonien, bestand kaum Gefahr, dass man ihn zufällig aufgriff, aber es war durchaus möglich, dass Miguel Duarte damals von der Geschichte gehört hatte. Und wenn dem so war, würde er sich vielleicht an ihn erinnern.

Viele Unwägbarkeiten also für einen Plan, der nicht einmal besonders Erfolg versprechend zu sein schien, jedoch die einzige Chance, womöglich eine Katastrophe zu verhindern.

Es war Waisho, der Älteste des Stammes, der schließlich mit leiser, gesetzter Stimme zu sprechen begann. Leander hasste es, dass er nur Bruchstücke von dem verstand, was der alte Mann sagte. Doch es reichte, um zu wissen, dass er seinen Plan befürwortete – sehr zum Missfallen einiger der Anwesenden. Kilcham bestätigte seine Annahme.

Leander nickte. „Dann ist es also entschieden", entgegnete er. „Ich werde zur Hazienda reiten und versuchen, mit Duarte zu verhandeln. Er kann nicht so blind sein, dass er nicht sieht, in welche Gefahr er sich und seine Leute bringt. Das kann unmöglich in seinem Interesse liegen." Er stockte. Wen versuchte er eigentlich zu überzeugen? Die Tehuelches oder sich selbst?

Doch sein Entschluss stand. Noch einmal atmete er tief durch; dann wandte er sich ab, ließ die Männer stehen und ging zu seinem Pferd, das er an einem Baum festgebunden hatte. Er schwang sich auf den Rücken des schwarzen Hengstes und trieb das Tier mit sanftem Druck seiner Waden an.

Es war kein weiter Weg zur Hazienda, aber ein gefährlicher. Gerade unter den gegebenen Umständen. Gut möglich, dass Duartes Männer sich noch immer in der Gegend herumtrieben. Und auch wenn Leander als Weißer im Grunde nichts von ihnen zu befürchten hatte, wollte er nicht ins Kreuzfeuer geraten. Eine verirrte Kugel war ebenso tödlich wie eine gezielt abgefeuerte.

Er hielt Augen und Ohren offen, traf jedoch auf keine Menschenseele, bis er die Hazienda erreichte.

Er zügelte sein Pferd.

Schon oft hatte er in der Nähe gestanden und das Haus beobachtet. Darauf gehofft und gleichzeitig gefürchtet, dass er Charlotte sehen würde. Ein paar Mal hatte er tatsächlich einen Blick auf sie erhaschen können. Und immer war ihm fast das Herz stehen geblieben vor lauter Sehnsucht nach ihr.

Doch das war etwas, mit dem er sich im Augenblick nicht belasten durfte. Wenn er auch nur die geringste Chance haben wollte, etwas zu erreichen, musste er von jetzt an voll und ganz bei der Sache sein.

Erneut trieb er den Hengst an, sodass der sich in langsamem Trab dem Hauptgebäude näherte. Noch immer war niemand zu sehen, doch als Leander das Haus fast erreicht hatte, öffnete sich die Eingangstür mit einem leisen Quietschen, und ein Mann trat heraus auf die Veranda.

Es war der Vorarbeiter auf der Hazienda. Leander kannte ihn vom Sehen, wusste seinen Namen aber nicht. Was er jedoch wusste, war, dass er ihn nie bei den anderen gesehen hatte, wenn die zu ihren Treibjagden aufbrachen. Vielleicht, weil er dagegen war, dass sein *patrón* so brutal gegen die Indianer vorging? Oder war das zu weit gedacht?

„Wer sind Sie?“, fragte der Mann und verschränkte in einer abweisenden Geste die Arme vor der Brust, während er Leander feindselig musterte. „Was haben Sie hier zu suchen?“

„Ich bin gekommen, um mit Señor Duarte zu sprechen. Ist er hier?“

Der Vorarbeiter nickte. „Ja“, antwortete er. „Aber ich wüsste nicht, warum ich Sie zu ihm vorlassen sollte. Was wollen Sie überhaupt von ihm?“

„Das werde ich ihm besser selbst erklären“, entgegnete Leander fest. Er war nicht bereit, sich von seinem Vorhaben abbringen zu lassen. Dazu hing zu viel von dessen Gelingen ab.

„Was ist denn da draußen los, verdammt?“, erklang in dem Moment eine Stimme aus dem Inneren des Hauses. Kurz darauf erschien Miguel Duarte im Türrahmen, schwer auf einen Gehstock gestützt. Er musterte Leander eindringlich und runzelte die Stirn. „Kennen wir uns?“, fragte er. „Irgendwo habe ich Sie schon mal gesehen …“

Leander war sofort klar, dass Charlottes Ehemann sein Gesicht nur aus der Zeitung kennen konnte. Er selbst hatte Duarte in den letzten Tagen sehr viel häufiger gesehen, als ihm lieb war.

Rasch schüttelte er den Kopf. „Wir sind uns noch nie begegnet, Señor.“

Duartes Stirnrunzeln vertiefte sich, doch er ließ das Thema fallen. „Was wollen Sie?“

„Mit Ihnen reden“, sagte Leander.

Duarte schnaubte abfällig. „Ich wüsste nicht, was ich mit Ihnen zu besprechen haben sollte. Wenn Sie sich um eine Anstellung auf der Hazienda bewerben wollen, sprechen Sie mit meinem Vorarbeiter hier.“

Er wollte sich abwenden und ins Haus zurückgehen, doch Leander rief ihn zurück. „*Perdón*, Señor, ich bin nicht auf Arbeitssuche!“

„Sondern?“

Angespannt fuhr Leander sich mit der Hand durchs Haar. Ihm war klar, wie viel für die Indianer davon abhing, dass er diese Sache zu einem guten Ende brachte. Doch je länger er Duarte gegenüberstand, umso mehr schwand seine Hoffnung, dass ihm dies gelingen würde.

„Es geht um Ihre Übergriffe gegenüber den Tehuelche", begann er – und bemerkte sogleich, wie sich Duartes Miene verfinsterte. Leander schluckte. Er hatte ja bereits geahnt, dass es nicht leicht werden würde. „Ich kann nachvollziehen, dass Sie Arbeiter brauchen", sprach er weiter. „Männer, die das Land urbar machen, sodass es sich wieder rentiert, hier Schafe zu züchten. Aber ..."

„Ich glaube kaum, dass diese Dinge Sie etwas angehen", knurrte Duarte. „Wollen Sie sich etwa für diese Wilden einsetzen?" Er runzelte die Stirn. „Verschwinden Sie, Mann!"

So rasch war Leander nicht bereit, sich geschlagen zu geben. „So hören Sie mich doch wenigstens an", sagte er. „Wenn Sie so weitermachen, wird es früher oder später ein Unglück geben. Das können Sie doch nicht wollen!"

„Ein Unglück für mich oder für diese Wilden?" Duarte grinste bösartig. „Um uns brauchen Sie wirklich nicht besorgt zu sein – unsere Waffenkammer ist gut ausgestattet. Was die Indianer betrifft, so würde ich allerdings nicht meine Hand dafür ins Feuer legen, dass sie ungeschoren davonkommen."

Leander unterdrückte einen Fluch. Es war genau so, wie er befürchtet hatte. Doch das bedeutete nicht, dass er bereit war, das hinzunehmen. „Es wird auch Verluste auf Ihrer Seite geben", gab er zu bedenken. „Die Tehuelche mögen nicht so gut ausgerüstet sein wie Ihre Männer, aber sie sind in der Überzahl."

„Pah!" Duarte verzog das Gesicht. „Wir werden die Eingeborenen schon auf ihren Platz verweisen. Es darf nicht sein, dass sie glauben, uns einschüchtern zu können!"

Mit Argumenten war dem Mann nicht beizukommen, das ahnte Leander jetzt. Aber was sollte er tun? Ihm blieben nur Worte, um zu verhindern, dass eine Katastrophe geschah.

„Die Stämme sind bereits dabei, sich zu vereinigen“, warnte er. „Sie werden es nicht mit einer Handvoll Eingeborener zu tun haben, sondern mit Hunderten. Tausenden!“

Nun schien er die Aufmerksamkeit des Hausherrn geweckt zu haben.

„Woher wissen Sie das, zum Teufel?“, fragte Duarte und starrte ihn verkniffen an. „Haben Sie das etwa mit diesen verfluchten Rothäuten zusammen ausgeheckt?“

„Nein, aber ich …“

Er kam nicht dazu, den Satz zu beenden, denn in dem Moment vernahm er ein tiefes Rumpeln und glaubte, den Boden unter seinen Füßen beben zu spüren. Ein Erdbeben?

Als er sich umdrehte und die ersten Indianer auf ihren Pferden über die Hügelkuppe herangaloppieren sah, erkannte er seinen Irrtum – und seinen Fehler. Er hatte geglaubt, dass sich die verbleibenden Männer im Dorf durch seinen Einsatz zumindest vorerst davon abhalten lassen würden, die Hazienda anzugreifen. Stattdessen hatten sich die Hitzköpfe unter ihnen, die von Anfang an gegen seine Einmischung gewesen waren, darangemacht, die Dinge auf ihre Art und Weise zu regeln.

Er hörte, wie Duarte einen Fluch ausstieß. Im nächsten Augenblick verschwand Charlottes Mann, so schnell er auf seinen Stock gestützt vorankam, mit seinem Vorarbeiter im Inneren des Hauses – vermutlich, um sich zu bewaffnen.

Auch Leander fluchte. Was sollte er jetzt tun? Die Ereignisse liefen vollkommen aus dem Ruder. Jetzt gab es so gut wie keine Chance mehr, die Dinge unter Kontrolle zu halten. Er konnte nur noch versuchen, das Schlimmste zu verhindern.

Unwillkürlich musste er an Charlotte denken. Wahrscheinlich hielt sie sich irgendwo im Haus auf, in der Annahme, dass es sich um ein sicheres Versteck handelte. Doch das war nicht der Fall, sollten die Tehuelche-Männer – und das stand zu befürchten – es darauf anlegen, die Hazienda in Brand zu setzen.

Wenn das geschah, würde sich das Gebäude im Nu in eine tödliche Falle verwandeln!

Duarte und sein Vorarbeiter hatten die Vordertür in ihrer Eile einen Spalt offen gelassen. Leander erkannte dies, zögerte nicht lange und stürmte hinein. Eine junge Frau kam ihm entgegen, die Augen vor Entsetzen weit aufgerissen.

Er hielt sie am Handgelenk fest. „Wo ist Señora Duarte?", fragte er, und als die Frau ihn nur anstarrte, packte er sie bei den Schultern und schüttelte sie leicht. „Wo ist die Señora!? Ist sie hier im Haus?"

Die junge Frau wirkte, als wäre sie aus einem tiefen Traum erwacht. Sie blinzelte, und plötzlich wurden ihre Augen klar.

„Wer sind Sie?", wollte sie wissen. „Was geschieht hier?"

„Mein Name ist Leander", sagte er. „Hier im Haus ist es nicht mehr sicher. Haben Sie einen Ort, an dem Sie sich verstecken können, bis der Angriff vorüber ist?"

Sie nickte hastig.

„Gut. Aber bevor Sie gehen, müssen Sie mir noch sagen, wo sich Señora Duarte befindet."

„In ihrem Zimmer", erklärte sie mit stockender Stimme. „Am Ende des Korridors."

„Danke. Und nun laufen Sie. Schnell!"

Sie drehte sich um und rannte davon. Er hoffte, dass sie wirklich einen Platz fand, an dem sie sich in Sicherheit befinden würde. Darum konnte er sich jetzt aber nicht kümmern. Er musste Charlotte suchen. Rasch!

Das Donnern der Hufe auf dem harten Boden klang bereits sehr viel näher. Nur noch ein paar Minuten, dann hatten die Tehuelche die Hazienda erreicht.

Er rannte den Korridor hinunter und riss die Tür zu dem Raum auf, den die junge Frau ihm genannt hatte. Im ersten Augenblick schien er leer zu sein, doch schließlich erblickte er sie.

Charlotte!

Sie stand am Fenster und starrte hinaus. Als sie ihn das Zimmer betreten hörte, wandte sie sich um. Ihm stockte der Atem, und für zwei, drei Sekunden vergaß er alles um sich herum – sogar die Gefahr, die ihnen drohte. Wie wunderschön sie war!

Dann erkannte sie ihn, und ihre Augen füllten sich mit Tränen.

„Leander!“, stieß sie mit erstickter Stimme hervor.

Im nächsten Moment kam sie auch schon auf ihn zugelaufen und flog praktisch in seine Arme. Ihr Gesicht an seine Schulter gepresst, eingehüllt vom süßen Duft ihres Haares, stand er da und hielt sie. Sein Herz hämmerte so heftig, als wolle es in seiner Brust explodieren. Am liebsten wäre er für alle Zeiten so verharrt und hätte sie nie mehr losgelassen, sie einfach für immer und ewig festgehalten. Er wusste, er durfte es nicht.

Sanft löste er sich von ihr, legte ihr einen Finger unters Kinn und hob es an. „Wir müssen von hier verschwinden, Charlotte“, sagte er leise. „Schnell! Die Indianer werden das Haus bald erreicht haben, und ich weiß nicht, wozu sie in ihrer Wut fähig sind!“

Sie nickte. Abgesehen von seinem Namen hatte sie bisher noch kein Wort gesagt. Doch sie folgte ihm, als er sie an die Hand nahm und sie hinaus auf den Korridor führte. Ein Blick aus dem Fenster verriet ihm, dass er keine Sekunde zu früh reagiert hatte. Die ersten Tehuelche hatten die etwas entfernt liegenden Stallungen erreicht. Inzwischen bereiteten sich auch Duartes Männer auf den Angriff vor. Mit Gewehren und Revolvern bewaffnet verschanzten sie sich hinter Wassertrögen, Heuballen und Schuppen. Sie riefen und schrien wild durcheinander und versuchten offenbar, Ordnung in das Chaos zu bringen, das ausgebrochen war.

Leanders Gedanken rasten. Es war nur noch eine Frage der Zeit, bis die ersten Schüsse abgegeben wurden. Und wenn es so weit war, wollte er Charlotte bereits aus der Gefahrenzone haben.

Er trieb sie zur Eile an. Seite an Seite stürmten sie aus dem Haus. Sein Pferd wartete unten vor der Veranda, wo er es zurückgelassen hatte. Es schnaubte nervös und tänzelte, doch als er es tätschelte, beruhigte es sich schnell wieder. Duarte und seine Männer hatten sich zum Glück weiter vom Haus entfernt positioniert, wo sie sich freier bewegen konnten und auch bessere Deckung fanden.

Zuerst half er Charlotte aufzusteigen, dann schwang er sich hinter sie auf den Rücken des Hengstes und ergriff die Zügel. „Heya!“, trieb er das Tier an und presste die Schenkel in dessen Flanken. „Heya!“

Der Gaul brauchte keine weitere Aufforderung. Er stieg leicht auf, sodass Charlotte fest an Leanders Brust gepresst wurde, und stob dann davon – zurück in Richtung Waldrand.

Die ersten Schüsse krachten. Leander beugte sich tief über den Hals des Pferdes und drückte Charlotte damit nach unten. Er wollte ihre Fläche möglichst gering halten, um das Risiko, von einem Querschläger getroffen zu werden, zu minimieren. Doch es war nicht allein die Gefahr, die sein Herz rasen ließ, sondern auch die Nähe zu Charlotte. Ihre Wärme. Ihr Herzschlag, den er zu hören glaubte, obwohl es vermutlich sein eigener war.

Erst als sie den Waldrand fast erreicht hatten, wagte er es, sich umzublicken. Er sah, wie einer der Indianer auf Duarte zuritt und den Mund zu einem Kampfschrei öffnete, während er mit etwas, das aus der Entfernung wie eine Axt aussah, ausholte. Im nächsten Moment wurde er von einer Kugel mitten in die Brust getroffen. Der Rückschlag schleuderte ihn vom Pferd, und Leander sah den Ausdruck von Überraschung auf seinem Gesicht, als er in den Staub stürzte.

Hastig blickte er wieder nach vorn und zwang sich, seine Gedanken auf Charlotte zu konzentrieren. Er konnte nichts für die Menschen tun, die dort auf Leben und Tod miteinander kämpften. Die einzige Person, der er zu helfen vermochte, war Charlotte.

Im Wald musste er zwangsläufig das Tempo ihres wilden Ritts drosseln. Der Weg, der durch das dichte Unterholz führte, war uneben, und schon bald kamen sie nur noch langsam voran. Doch das war nicht schlimm, denn im Schutz der Bäume bestand kaum das Risiko, zufällig von einer Kugel erwischt zu werden. Dennoch beeilte Leander sich, voranzukommen. Denn je mehr Raum sie zwischen sich und die Hazienda brachten, desto besser war es für sie.

Irgendwann erreichten sie eine kleine Lichtung, und er zügelte das Pferd. „Brrr …"

Mit einem Satz stieg er ab und half anschließend auch Charlotte herunter. Er umfasste sie ein paar Sekunden länger als nötig, ehe er sie auf Armeslänge von sich hielt und sie aufmerksam musterte.

„Bist du in Ordnung?", erkundigte er sich.

Sie nickte. „Es … es geht mir gut."

Das leichte Beben in ihrer Stimme strafte ihre Worte Lügen, doch er hielt es für besser, nicht weiter in sie zu dringen. Natürlich war sie aufgewühlt, erschrocken und ängstlich. Die Hazienda – ihr Heim – war von den zornigen, auf Rache sinnenden Tehuelche angegriffen worden. So etwas konnte einen Menschen auf ewig verfolgen. Doch Charlotte schlug sich recht gut, schaffte es sogar, ein schwaches Lächeln auf ihre Lippen zu zaubern.

„Danke", sagte sie leise.

Es war ein seltsames Gefühl, ihm nach all der Zeit endlich wieder nah zu sein. Charlotte war erleichtert, glücklich und froh darüber, mit eigenen Augen zu sehen, dass ihm die Flucht aus dem Gefängnis mit Margots Hilfe gelungen war.

Seit ihrer Ankunft in Patagonien hatte sie nur eine einzige Nachricht von Margot erhalten, in der ihre Freundin ihr, ohne es wirklich auszusprechen, zu verstehen gegeben hatte, dass alles gut verlaufen war und dass Aurora bei ihr auf dem Hof lebte. Dennoch hatte sie all die Monate nie aufhören können, sich um Leander zu sorgen.

Und nun war er hier bei ihr in Patagonien.

Es war wunderbar und irreal zugleich. Sie fühlte sich wie in einem Traum, trotz allem, was zuvor geschehen war. Der Angriff der Indianer, die Schüsse, die sie gehört hatte, einfach alles. Doch sie träumte nicht. Leander war wirklich bei ihr. Sein markanter Duft hüllte sie ein, und sie spürte die Wärme, die von ihm ausging. Es raubte ihr schier den Atem, ihm so nah zu sein.

Es war so lange her, und doch hatte ihr Herz nie aufgehört, sich nach ihm zu sehnen.

Sie räusperte sich mühsam. „Was tust du denn hier? Margot sollte dich doch auf dieses Schiff nach Europa bringen." Verwirrt schüttelte sie den Kopf. „Wieso bist du hier?"

„Ich konnte nicht fortgehen", sagte er leise, den Blick gesenkt, als schäme er sich für seine Worte. „Was soll ich in Europa? Ich habe niemanden dort. Meine Familie ist tot. Auf der ganzen Welt gibt es nur noch zwei Menschen, die mir wichtig sind. Aurora und du."

Sie spürte, wie ihr Herz hämmerte. Es war genau das, was sie sich zu hören gewünscht und wovor sie sich gleichzeitig am meisten gefürchtet hatte. Es erfüllte ihre geheimsten Hoffnungen und ließ sie im selben Augenblick bis in ihre Grundfesten erzittern. Denn sie wusste, dass sie es niemals schaffen würde, wieder von ihm loszukommen, wenn sie sich ihm einmal geöffnet hatte.

Heiße Tränen ließen ihre Augen brennen, und sie blinzelte hastig, um sie vor Leander zu verbergen.

„Ich … ich habe dich auch nie vergessen können", sagte sie.

Sie wussten beide, dass es nur die halbe Wahrheit war. Es ging nicht darum, den anderen zu vergessen, sondern ihn sich aus dem Herzen zu reißen. Denn die Liebe, die zwischen ihnen existierte, ging zu tief, als dass man einfach damit aufhören konnte, sie zu fühlen.

„Es tut mir leid", sagte er, nachdem sie eine Weile geschwiegen hatte.

Sie hob eine Braue. „Wovon sprichst du? Du hast nichts falsch gemacht."

In einer beinahe hilflosen Geste zuckte er mit den Schultern und schüttelte den Kopf. „Ich hätte damals nicht so zornig reagieren dürfen, als ich von deiner Heirat mit Duarte erfuhr. Du konntest nicht wissen, dass ich den Untergang der *Güstrow* überlebt habe. Es war nur so, dass ich …" Er atmete tief durch. „Nachdem mich die Indianer halb tot am Strand aufgefunden hatten, konnte ich an nichts anderes denken als an dich. Du warst es, die mir die Kraft zum Weiterleben gegeben hat. Ohne dich wäre ich vermutlich gestorben. Für mich warst du wie eine Flamme, die mich zurückgeleitet hat in die Welt der Lebenden. Und als ich dann nach Puerto Montt kam …"

Er verstummte, doch es war auch gar nicht notwendig, dass er mehr sagte. Charlotte fühlte sich, als würde eine eisige Hand ihr Herz umklammern und langsam, aber unnachgiebig zudrücken. „Du hast dich von mir verraten gefühlt", sagte sie leise, und an der Art und Weise, wie er den Blick senkte, erkannte sie, dass sie genau ins Schwarze getroffen hatte. „Du hast geglaubt, ich hätte dich vergessen. Dass meine Liebe zu dir nicht stark genug gewesen ist, um auf dich zu warten, aber …"

„Nein", flüsterte er, ehe sie weitersprechen konnte, und legte ihr einen Finger auf die Lippen. „Es ist nicht deine Schuld. Ich war so blind, dass ich nicht richtig darüber nachgedacht habe, was deine Beweggründe gewesen sein mochten. Ich habe überhaupt nicht nachgedacht. Meine Bitterkeit hat mir vollkommen die Sinne vernebelt. Kannst du mir verzeihen?"

Sie trat auf ihn zu und blickte zu ihm auf. Ihre Gesichter waren einander jetzt ganz nah, sie spürte seinen warmen Atem auf ihrer Haut, und es war, als würde die Zeit aufhören zu existieren.

Ihr Herz hämmerte, und ihre Kehle fühlte sich wie zugeschnürt an. Es war Irrsinn. Irgendwo weit hinter ihnen tobte wahrscheinlich noch immer der Kampf zwischen den Leuten ihres Ehemannes und den Indianern, doch sie konnte in diesem Augenblick an nichts anderes denken als an Leander. Daran, wie sehr sie sich danach sehnte, seine Lippen auf ihren zu spüren. Wie gern sie ihn bei sich haben, von ihm gehalten werden wollte. All die Jahre, die seit ihrer gemeinsamen Überfahrt an Bord der *Güstrow* vergangen waren, schienen auf einmal nicht mehr von Bedeutung zu sein. Es war nur noch das Hier und Jetzt, das zählte.

Und dann geschah es. Seine Lippen berührten ihre, ganz leicht zunächst, kaum spürbar, wie der Flügelschlag eines Schmetterlings. Ohne den Blick von ihm zu wenden, schlang sie die Arme um ihn, zog ihn näher an sich und vertiefte den Kuss.

Leander erwiderte ihn voller Leidenschaft, während er sie an sich presste. Es war, als würden ihre Körper zu einem verschmelzen. Ihre Herzen schlugen in einem Rhythmus, sie konnte es deutlich spüren. Und als er schließlich von ihr abließ und sie etwas von sich schob, war ihr, als würde sie einen Teil von sich verlieren.

„Wir sollten das nicht tun", flüsterte er mit erstickter Stimme. „Nicht jetzt. Nicht hier. Nicht so."

Sie nickte, obwohl es ihr fast das Herz brach. „Ich bin froh, dass du hier bist, aber … Was, wenn jemand dich erkennt? Du bist ein Flüchtiger, Leander. Du könntest praktisch jederzeit wieder im Gefängnis landen."

„Ich passe schon auf mich auf", erklärte er lächelnd. „Erzähl mir lieber, wie es dir ergangen ist." Zärtlich strich er ihr eine blonde Strähne hinters Ohr. „Dein Mann … ist er gut zu dir?"

„Es geht schon", entgegnete sie. „Die meiste Zeit ignoriert er mich, wofür ich dankbar bin. Ich habe mich damit arrangiert, ein Leben mit ihm zu führen." Sie senkte den Blick. „Was bleibt mir auch anderes übrig?"

Leander umfasste ihr Gesicht mit beiden Händen und strich mit einem Daumen über ihre Lippen. „Du solltest nicht an einen Mann gefesselt sein, für den du nichts empfindest. Duarte ist nicht gut genug für dich. Du hast etwas Besseres verdient als ihn." Er senkte den Kopf. „Und auch etwas Besseres als mich …"

„Nein", stieß sie hastig hervor und schüttelte den Kopf. „Sag so was nicht, Leander. Du bist alles, was ich immer gewollt habe. Alles, wonach ich mich immer gesehnt habe!"

„Ach, Charlotte …"

Er zog sie an sich, und sie legte den Kopf an seine Brust und lauschte dem kräftigen, regelmäßigen Schlagen seines Herzens.

Schon lange war sie nicht mehr so glücklich gewesen wie in diesem flüchtigen Moment. Doch sie wusste, dass dieses Glück nicht lange währen würde – nicht lange währen *konnte*. Sie war gefangen in einem Leben, das sie nicht führen wollte. Aber was sollte sie tun? Davonlaufen?

Auch wenn Miguel sie nicht liebte, sie nie geliebt hatte – er würde niemals zulassen, dass sie ihn verließ. Er betrachtete sie als seinen Besitz. Sein Eigentum. Bis ans Ende der Welt würde er sie mit seinem Hass verfolgen. Leander mochte es gleichgültig sein, ihr aber nicht. Sie wollte nicht der Grund dafür sein, dass er eines Tages mit einem Messer im Rücken in irgendeiner schäbigen Gasse aufgefunden wurde.

In seinem Zorn traute sie Miguel alles zu.

Wieder füllten sich ihre Augen mit Tränen. Sie atmete tief durch, um sie zurückzuhalten, doch es fiel ihr schwer. Warum konnte sie nicht mit Leander zusammen sein? Es gab nichts auf der Welt, wonach sie sich mehr sehnte.

„Ich sollte nachsehen, ob der Angriff der Tehuelche vorüber ist", sagte er nach einer Weile. „Früher oder später wird dein Mann sich fragen, wo du bist – es wäre besser, wenn er deine Abwesenheit gar nicht erst bemerkt."

„Sei unbesorgt." Charlotte lächelte traurig. „Er wird vermutlich gar nicht mitbekommen haben, dass ich nicht da bin. Vielleicht hofft er, dass ich von einem der Indianer geraubt wurde."

Leander runzelte die Stirn. „Ich wünschte wirklich, ich könnte irgendetwas für dich tun."

„Das kannst du aber nicht", entgegnete sie. „Nicht, solange die Dinge so sind, wie sie nun einmal sind. Allerdings …"

„Ja?"

„Ich würde dich gern wiedersehen", sagte sie leise. „Der Gedanke, dass du in der Nähe bist, gibt mir Kraft und neuen Mut. Vielleicht könnten wir ja …"

„Ich würde es ohnehin nicht ohne dich aushalten, jetzt, wo ich dich wiedergesehen habe." Nachdenklich neigte er den Kopf zur Seite. „Wir könnten uns hier treffen", fuhr er dann leise fort. „Hier im Wald findet einen niemand, wenn man nicht gefunden werden möchte."

Charlotte schluckte. Es war genau das, was sie sich wünschte, wonach sie sich sehnte. Aber durfte sie das Risiko eingehen? Es ging immerhin nicht nur um sie, sondern auch um Leanders Sicherheit. Sie mochte gar nicht daran denken, was Miguel mit ihm anstellen würde, wenn er dahinterkäme, dass sie sich heimlich mit einem anderen Mann traf.

Doch ihre Sehnsucht war zu groß, als dass sie sich von der Stimme der Vernunft hätte leiten lassen. Sie brauchte Leander so sehr wie die Luft zum Atmen. Es war ihr lange immer wieder gelungen, diese Tatsache zu verdrängen, doch nun, wo sie ihm gegenüberstand, konnte sie sich nicht länger etwas vormachen.

Ohne darüber nachzudenken, stellte sie sich auf die Zehenspitzen und küsste ihn auf die Lippen. Es war ein trauriger, ein nachdenklicher Kuss, in dem all die Zuneigung, all die Liebe und Verzweiflung lag, die sie tief in ihrem Herzen empfand.

Leander strich ihr sanft übers Haar, ließ seine Hand ihren Rücken hinunterwandern und umfasste ihre Taille, ehe er sich schließlich von ihr löste. „Wir sollten jetzt wirklich gehen."

Sie nickte langsam und ließ sich von ihm zurück zum Pferd führen.

Dieses Mal saß sie hinter ihm auf dem Rücken des Hengstes. Sie legte den Kopf an seine Schultern und schloss die Augen, während sie durch den Wald in Richtung Hazienda trabten. Als sie den Waldrand fast erreicht hatten, stieg Leander ab und ging ein Stück voraus, um nach dem Rechten zu sehen.

Als er zurückkehrte, hatte seine Miene einen ernsten Ausdruck angenommen, doch er nickte. „Der Angriff ist vorüber", erklärte er. „Die Tehuelche haben offenbar eingesehen, dass sie gegen die Gewehre von Duartes Leuten nichts ausrichten können, und haben sich zurückgezogen – aber erst, nachdem die Erde mit ihrem Blut getränkt worden ist."

Erschrocken hob Charlotte eine Hand vor den Mund. „Ist es wirklich so schlimm?"

Seufzend schüttelte er den Kopf. „Nein, vermutlich nicht. Auf der Seite der Indianer hat es einige Opfer gegeben, doch soweit es mich betrifft, ist jeder Tote in dieser Auseinandersetzung einer zu viel. Es hat bereits so viel Leid unter den Tehuelche gegeben. All die jungen Männer, die verschleppt und zur Arbeit auf der Hazienda gezwungen wurden … Die Frauen und Kinder, die zwischen die Fronten gerieten und einfach niedergetrampelt wurden."

Entsetzt schaute Charlotte ihn an. Sie hatte zwar gewusst, dass Miguel Arbeiter unter den Indianern requirierte, und sie war auch nicht so dumm anzunehmen, dass dies vonseiten der Tehuelche auf freiwilliger Basis geschah. Doch dass ihr Ehemann und seine Männer dabei mit einer solchen Brutalität zu Werke gingen, davon hatte sie nichts geahnt. Ihr wurde übel bei dem Gedanken daran, was er diesen Leuten angetan hatte.

„Mein Gott, dann ist es ja kein Wunder, dass sie sich gegen uns erheben." Sie schüttelte den Kopf. „Ich weiß ja schon lange, dass Miguel kein guter Mensch ist, aber …" Sie blickte auf und schaute Leander direkt in die Augen. „Ich hätte nicht gedacht, dass er so grausam sein kann."

„Es ist nicht deine Schuld", erwiderte er. „Du bist nicht für die Taten deines Mannes verantwortlich, Charlotte."

Sie nickte, aber wirklich daran zu glauben vermochte sie nicht. Es musste doch etwas geben, das sie tun konnte. Irgendetwas!

So sehr sie es sich auch wünschte, da war nichts. Miguel würde niemals auf sie hören, ganz gleich, wie sie ihn anflehen mochte. Alles was ihr blieb, war, zu ihm zurückzukehren.

Zu dem Ungeheuer, das sie geheiratet hatte.

Beim Anblick der Toten, die mit verrenkten Gliedern auf dem staubigen Boden lagen, erfüllte Charlotte eine solche Traurigkeit, dass sie die Tränen nur mühsam zurückhalten konnte.

Miguel stand auf der Veranda, eine Zigarre in der Hand, und betrachtete offenbar zufrieden sein grausames Werk. Als er sie bemerkte, runzelte er die Stirn.

„Wo kommst du denn her?"

„Als der Angriff der Indianer begann, bin ich in den Wald geflüchtet“, erwiderte sie – es entsprach zumindest zum Teil der Wahrheit.

Er hob eine Braue in stummer Missbilligung. „Es war wohl kaum notwendig, sich vor diesen primitiven Wilden zu verstecken. Mit unseren Gewehren waren wir ihnen haushoch überlegen. Du hättest sehen sollen, wie sie davongerannt sind, als ihnen klar wurde, dass sie nichts gegen uns ausrichten können! Um ihnen eine Lektion zu erteilen, habe ich meine Männer angewiesen, auch auf die Indianer zu schießen, die den Angriff bereits abgebrochen hatten.“ Er grinste selbstzufrieden. „Die werden sich hüten, noch einmal gegen uns anzugehen, das schwöre ich dir.“

Nur mit Mühe gelang es Charlotte, die Selbstbeherrschung zu bewahren. Sie atmete tief durch und sagte: „War das unbedingt nötig, Miguel?“

Er schaute sie an, als hätte sie den Verstand verloren. „Wovon zum Teufel sprichst du?“ Wütend runzelte er die Stirn. „Und was mischst du dich überhaupt in Dinge ein, von denen du nichts verstehst, Weib? Hast dich wohl mit diesem seltsamen Kerl unterhalten, der kurz vor dem Angriff der Tehuelche hier aufgetaucht ist, was?“

Erneut fuhr Charlotte der Schreck in die Glieder. Sie wusste, dass nur die Rede von Leander sein konnte. Ihre Gedanken wirbelten wild durcheinander. Miguel hatte ihn also getroffen. Hatten sie miteinander gesprochen?

Plötzlich wirkte ihr Mann sehr nachdenklich. „Irgendwoher kam mir das Gesicht bekannt vor“, sagte er. „Ich bin absolut sicher, dass ich die Visage schon einmal gesehen habe …“

Charlotte sandte ein Stoßgebet zum Himmel. Sie wusste, dass Miguel damals die Zeichnung von Leander in der Zeitung bemerkt hatte. Wenn er sich nun erinnerte … Sie zweifelte nicht daran, dass er sofort die Behörden im Ort informieren würde – schon allein, weil ihn der Gedanke, einem anderen Menschen zu schaden, ja, gar ihn zu vernichten, mit einem Gefühl grenzenloser Macht erfüllte.

Macht, die auszunutzen er nicht eine Sekunde zögern würde.

„Ich habe niemanden gesehen", sagte sie betont gleichgültig. „Vielleicht verwechselst du den Mann mit irgendjemandem." Sie hoffte, er würde das Thema nun fallen lassen, doch wie so oft war Miguel hartnäckig, wenn er sich einmal in etwas festgebissen hatte.

„Nein, nein", erklärte er und schüttelte den Kopf. „Ich kenne ihn, und mir wird schon wieder einfallen, woher." Mit einem leisen Lächeln fügte er hinzu: „Verlass dich darauf."

Ohne ein weiteres Wort zog Charlotte sich ins Haus zurück. In ihrem Zimmer angekommen, musste sie sich an der Kommode festhalten, um nicht zu Boden zu sinken, so schwach waren ihre Knie. Sie hatte solche Angst, dass Miguel herausfinden würde, wer Leander war. Dass er sich an ihn erinnerte. Sie kannte ihren Mann. Er interessierte sich zwar nicht wirklich für andere Menschen, aber er vergaß so schnell nichts. Früher oder später würde ihm aufgehen, wo er Leanders Gesicht schon einmal gesehen hatte.

Und was dann?

Sie hob den Blick und sah sich selbst im Spiegel, der über dem Möbelstück hing. Ihr Gesicht war kreidebleich, ihre Lippen farblos. Nur in ihren Augen glühte ein unnatürliches Feuer. Mit einem erstickten Stöhnen ließ sie sich auf ihr Bett sinken.

Was sollte sie jetzt bloß tun?

16. KAPITEL

Als Charlotte sich zwei Tage später aus dem Haus schlich, um Leander auf der kleinen Lichtung im Wald zu treffen, fühlte sie sich schon wieder ein wenig besser. Miguel hatte sich bisher nicht an die Schlagzeilen erinnert, die von Leanders Festnahme berichteten, und inzwischen, so schien es, war die Angelegenheit für ihn erledigt.

Trotzdem war ihr nicht recht wohl bei der Sache. Leander durfte sich auf keinen Fall in der Nähe der Hazienda blicken lassen. Das wäre viel zu gefährlich für ihn.

Ihr Herz klopfte schneller, je weiter sie sich ihrem Treffpunkt näherte. Jede Nacht hatte sie wach in ihrem Bett gelegen und mit offenen Augen davon geträumt, wie es sein würde, Leander wiederzusehen. Ihre Sehnsucht nach ihm war, wenn möglich, sogar noch größer geworden. Sie konnte sich nicht mehr vorstellen, jemals ohne ihn zu sein. Dabei wusste sie ganz genau, dass es keine gemeinsame Zukunft für sie gab.

Nicht, ohne dass sie sich für den Rest ihres Lebens auf der Flucht befänden.

Leander erwartete sie bereits, als sie die Lichtung erreichte. Er schaute sie einfach nur an. In seinen Augen lag stumme Bewunderung, die sie mit Liebe und Wärme erfüllte.

So hatte sie außer ihm noch niemals jemand angesehen. Er gab ihr das Gefühl, die schönste Frau auf der ganzen Welt zu sein. Seine Göttin.

Mit einem erstickten Seufzen eilte sie auf ihn zu und fiel ihm in die Arme. Sie konnte einfach nicht anders.

Er erwiderte ihre Umarmung, schob die Hände in ihr Haar und flüsterte ihr Liebesschwüre ins Ohr. Ihre Herzen schlugen im Einklang, und für einen Moment fühlte Charlotte sich, als könnte nichts und niemand sie jemals wieder voneinander trennen. Aber leider war das Leben nicht so einfach, und die Realität holte sie schließlich wieder ein.

„Dein Mann hat nichts bemerkt?“, fragte Leander.

Sie schüttelte den Kopf und wünschte, sie würden über etwas anderes reden. Über sie beide oder darüber, wie sie gemeinsam davonlaufen und woanders noch einmal von vorne anfangen konnten.

Doch das waren natürlich nur alberne Träumereien.

„Ich habe ihm gesagt, dass ich mich beim Angriff der Tehuelche im Wald versteckt habe, und ich denke, er hat mir geglaubt.“ Sie schaute ihn eindringlich an. „Du musst trotzdem vorsichtig sein. Er erinnert sich an dich. Nicht so deutlich, dass er dein Gesicht mit den Zeitungsberichten in Verbindung bringt, aber ich fürchte, wenn er dir noch einmal begegnet, könnte er den Zusammenhang erkennen.“

Leander nickte langsam. „Es würde sowieso nichts bringen, noch einmal mit ihm zu sprechen“, entgegnete er. „Nichts, was ich sagen könnte, wäre Grund genug für ihn, sein Vorgehen gegenüber den Tehuelche zu überdenken.“

„Das ist leider wahr.“ Charlotte senkte den Blick. „Ich verstehe selbst nicht mehr, wie ich jemals glauben konnte, dass er ein guter Mensch ist.“ Sie atmete tief durch. „Als ich damals nach Puerto Montt kam, hatte er gerade einen schweren Reitunfall gehabt. Es war nicht einmal klar, ob er überhaupt durchkommen würde. Er tat mir so leid. Ich wachte jeden Tag und jede Nacht an seinem Bett, und als er schließlich zu sich kam, war ich so erleichtert, dass ich einfach etwas in ihm gesehen habe, das er nicht ist.“

„Du warst für ihn da, als er deine Hilfe brauchte. Er ist nicht so freundlich, dir deine Güte zu vergelten.“ Lächelnd strich Leander mit dem Daumen über ihre Lippen. „Du brauchst dich nicht zu entschuldigen, mein Herz. Ich weiß, dass du geglaubt haben musst, ich hätte den Untergang der *Güstrow* nicht überlebt. Dein Leben dagegen ging weiter. Ich habe es damals nicht verstanden, Charlotte, aber ich verstehe es heute.“ Er blickte sie fest an. „Du hast mich nicht verraten. Es ist wohl einfach nicht unser Schicksal, zusammen zu sein.“

Charlotte unterdrückte ein Aufstöhnen. Tränen brannten ihr in den Augen, doch sie hielt sie tapfer zurück. „Nein!", entgegnete sie energisch. „Sag so etwas nicht. Ich will es nicht hören! Es war meine eigene Dummheit, mich auf einen Mann einzulassen, für den ich nicht mehr als Mitleid empfand. Ja, es stimmt, ich nahm an, ich hätte dich verloren. Ich dachte, wenn ich schon niemals mit dem Mann zusammen sein kann, den ich liebe, dann will ich wenigstens für einen Menschen da sein, der mich braucht. Und ich glaubte damals wirklich, dass Miguel mich braucht. Wie naiv ich doch war!"

„Du bist nicht naiv", entgegnete Leander und küsste sie auf die Stirn. „Du bist nicht naiv, und du warst es auch nicht. Du bist einfach nur ein guter Mensch, und dieser Sadist hat diese Eigenschaft schamlos ausgenutzt."

Eine Weile standen sie nur da, ineinander versunken, die Zeit und den Rest der Welt vergessend. Schließlich zwang Charlotte sich, in die Gegenwart zurückzukehren.

„Die Indianer." Fragend schaute sie Leander an. „Haben sie ihr Vorhaben aufgegeben, sich gegen Miguel zu wehren?"

Leander schüttelte den Kopf. „Ganz im Gegenteil – sie sind jetzt noch entschlossener als zuvor. Aber dieses Mal werden sie sich mit den anderen Stämmen in der Umgebung verbünden, ehe sie erneut angreifen." Er nahm ihre Hand in seine. „Ich kann sie nicht aufhalten. Besteht die Möglichkeit ... Glaubst du, dass du deinen Mann zur Vernunft bringen kannst?"

Ein heiseres Lachen entrang sich ihrer Kehle. „Ich und Miguel zur Vernunft bringen?" Sie schüttelte den Kopf. „Er hat noch nie auf das gehört, was ich gesagt habe, Leander. Ich fürchte, wenn ich ihn darum bitte, wird ihn das erst recht in seinem Entschluss bestärken. Du kennst ihn nicht – er ist eben so. Wenn er die Gelegenheit hat, andere Menschen zu verletzen, sie zu zerstören, dann nutzt er sie gnadenlos."

Er strich ihr eine lose Haarsträhne zurück hinters Ohr. „Es war ein dummer Gedanke von mir", sagte er. „Entschuldige."

„Nein, der Gedanke war ganz und gar nicht dumm. Und ich

wünschte, ich könnte behaupten, dass ich Einfluss auf Miguel hätte, aber das ist leider nicht der Fall. Für ihn bin ich nichts weiter als sein Eigentum. Etwas, das er besitzt. Er interessiert sich nicht mehr für das, was ich denke und fühle, als er sich für die Gedanken und Gefühle eines seiner Pferde oder eines Stück Viehs interessiert."

Als sie sah, wie Leander bei ihren Worten schmerzlich das Gesicht verzog, ergriff sie rasch seine Hand und drückte sie. „Nein, mach dir keine Sorgen um mich. Seine Gleichgültigkeit hat auch Vorteile. Er lässt mich die meiste Zeit über in Ruhe, wofür ich sehr dankbar bin. Wir ... wir schlafen nicht einmal miteinander. Es ist, als wären wir zwei Fremde, die zufällig im selben Haus wohnen." Sie spürte, wie ihr Herz sich zusammenzog, und bemühte sich verzweifelt, nicht in Selbstmitleid zu verfallen. „Aber vielleicht ... ich könnte es ja zumindest versuchen. Vielleicht hört er mich ja doch an. Jedes Leben, das ich auf diese Weise retten könnte, wäre ein gewonnenes Leben. Ich ..."

Leander umfasste ihre Schultern und schaute ihr geradewegs in die Augen. „Tu das nicht, Charlotte! Quäl dich nicht selbst. Ich glaube dir, dass du nichts unternehmen kannst – und du solltest dich keiner Gefahr aussetzen, wenn ohnehin keine Chance besteht, dass du die Dinge zum Guten wenden kannst. Das ist es nicht wert, Charlotte. Wirklich nicht."

Sie nickte, doch tief in ihrem Herzen war sie längst entschlossen, es auf einen Versuch ankommen zu lassen. Wenn sie irgendetwas tun konnte, um das Leid der Tehuelche zu mindern, dann musste sie es versuchen.

Koste es, was es wolle.

Er hatte es in ihren Augen gesehen.

Leander wusste, dass Charlotte nicht auf ihn hören würde. Dass sie nicht auf ihre eigene Sicherheit achten und sich stattdessen für das Wohl der Indianer einsetzen würde. Sie war furchtbar stur und leichtsinnig – und genau das liebte er so an ihr. Ihren Starrsinn und ihren unbändigen Wunsch, das Richtige zu tun, für andere Menschen da zu sein, ohne dabei an die Konsequenzen für sich selbst zu denken.

Nicht ohne Grund hatte er sein Herz an sie verloren. Sie war ein guter Mensch. Der beste Mensch, dem er je in seinem Leben begegnet war. Und er wollte nicht, dass ihr irgendein Leid geschah, weil er sie auf die unselige Idee gebracht hatte, sie könnte den Tehuelche helfen. Er war ja bereits bei diesem Versuch gescheitert.

Dass ein paar junge Heißsporne aus dem Stamm sich entschlossen hatten, die Dinge selbst in die Hand zu nehmen, anstatt ihm eine Chance zu geben, spielte im Grunde keine Rolle. Miguel Duarte hätte sich ohnehin nicht umstimmen lassen. Dieser Mann war eiskalt und hatte keinerlei Gewissen.

Es war das Bedauern darüber gewesen, wie viele Menschenleben an diesem Tag sinnlos vergeudet worden waren, das seine Zunge schneller als seinen Verstand gemacht hatte. In dem Moment, in dem er seinen Gedanken vorhin ausgesprochen hatte, hätte er sich am liebsten selbst geohrfeigt. Er wusste doch, wie Charlotte war. Dass sie das Gefühl haben würde, es versuchen zu müssen. Hätte er sein vorlautes Mundwerk nicht wenigstens ein Mal zügeln können?

Nun war es zu spät, um daran etwas zu ändern. Das Einzige, was er tun konnte, war Charlotte im Auge zu behalten. Also folgte er ihr, nachdem sie sich voneinander verabschiedet hatten, zur Hazienda.

Es war riskant. Solange er sich im Schatten der Bäume befand, würde ihn vermutlich niemand entdecken, doch das Gelände rings um das Farmhaus war eben und nur spärlich bewachsen. Da gab es keine Deckung, keinen Ort, an dem er sich vor zufälligen Blicken verbergen konnte.

Dennoch eilte er weiter. Niemals würde er sich einfach so aus der Verantwortung stehlen. Wenn Duarte es wagen sollte, Charlotte auch nur ein Haar zu krümmen …

Es dämmerte bereits, und der Wind, der über das Land fegte, wirkte ohne die Sonne, die die Kälte ein wenig milderte, noch beißender. Leander hatte es nicht gewagt, mit seinem Pferd in die unmittelbare Nähe des Hauses zu reiten, denn damit hätte er womöglich Aufmerksamkeit erregt. Also hatte er den Hengst am Waldrand zurückgelassen und sich zu Fuß auf den Weg gemacht.

Die Fenster des Gebäudes waren hell erleuchtet. Kleine Rechtecke aus Licht, die in der heraufziehenden Nacht zu glühen schienen. Vor den Arbeiterbaracken saßen Männer um ein knisterndes Lagerfeuer herum. Gitarrenklänge schwebten zu ihm herüber. Jemand sang. Es war ein trauriges Lied, das von Liebe und Schmerz erzählte. Zwei Empfindungen, die so nah beieinanderlagen. Zwei Seiten einer Medaille, untrennbar miteinander verbunden, so wie Licht und Schatten, Tag und Nacht.

Leander spürte, wie Wehmut von seinem Herzen Besitz zu ergreifen drohte, und verschloss sich dagegen. Dies war nicht der richtige Moment, um sich von nostalgischen Gefühlen mitreißen zu lassen. Er musste Charlotte beschützen, sie davor bewahren, eine Dummheit zu begehen.

Unbemerkt gelangte er näher an das Haus heran. Da er nicht wusste, wo Charlotte sich aufhielt, schaute er vorsichtig durch jedes einzelne Fenster, bis er sie schließlich in einem salonartigen Raum erblickte.

Er unterdrückte einen Fluch. Sie war bei ihrem Mann – natürlich.

Das war ganz sicher kein Zufall. Sie wollte mit ihm über die Tehuelche sprechen, davon war Leander überzeugt. Und er fürchtete, dass Miguel Duarte alles andere als gelassen darauf reagieren würde.

Schon hörte er durch das geschlossene Fenster dessen aufgebrachte Stimme. Und obwohl er nicht verstehen konnte, was Charlottes Ehemann sagte, erkannte er am wütenden Blitzen seiner dunklen Augen, wie zornig er war.

Leander stockte der Atem, als Duarte den Arm erhob, mit dem er sich nicht auf seinen Stock stützte, und Charlotte mit der flachen Hand ins Gesicht schlug – so fest, dass ihr Kopf zurückruckte, sie ins Stolpern geriet und zu Boden fiel.

Rote Schlieren verschleierten seinen Blick. Er konnte nicht mehr klar denken. Alles was er wollte, war Charlotte zu beschützen.

Sie vor diesem Ungeheuer zu retten!

Er hörte sie schreien und zögerte nicht länger. Mit der Schulter drückte er das Fenster auf, dessen Flügel quietschend nach innen schwangen. Ohne nachzudenken, griff er nach dem Rahmen des Fensters und zog sich hinauf.

Duarte erblickte ihn sofort.

„Sie!“, stieß er hasserfüllt hervor. „Was haben Sie hier zu suchen? Dies ist mein Haus! Scheren Sie sich fort!“

Charlotte, die auf dem Boden kniete, stieß bei seinen Worten einen erstickten Schrei aus.

Leander war weit davon entfernt, sich von Duarte einschüchtern zu lassen. Er würde dafür sorgen, dass dieser Mann es nicht wagte, noch einmal die Hand gegen seine Ehefrau zu erheben, und wenn es das Letzte war, was er im Leben tat!

Zornig ging er auf ihn los. Seine Faust traf das Kinn des Kerls, dessen Augen sich vor Überraschung weiteten, während er zurücktaumelte.

„Du hast wohl den Verstand verloren“, grollte Duarte wütend, rappelte sich auf und kam langsam auf ihn zu. Plötzlich blieb er stehen, legte den Kopf zur Seite und nickte, als wäre ihm etwas eingefallen. „Aber ja, natürlich! Jetzt weiß ich wieder, woher ich dein Gesicht kenne. Dein Porträt war ja seinerzeit groß in der Zeitung. Du bist der Kerl, der wegen des Mordes an seiner Frau hingerichtet werden sollte!“ Wie ein tollwütiges Tier bleckte er die Zähne. „Offenbar waren sie so dumm, dich entwischen zu lassen. Aber noch einmal gelingt dir das nicht, ich …“

„Hört auf, bitte!“, erklang in dem Moment Charlottes Stimme. Weder Duarte noch Leander hatten bemerkt, dass sie aufgestanden war. Jetzt stellte sie sich zwischen sie beide. „Bitte, hört auf!“, flehte sie erneut.

„Du kennst diesen Kerl?" Miguel musterte sie argwöhnisch und kniff die Augen zusammen. Man konnte förmlich sehen, wie es hinter seiner Stirn arbeitete. „Ah, ich verstehe ... Du und er, ihr seid euch bereits in Puerto Montt begegnet, nicht wahr? Und immer wenn du behauptet hast, dass du in die Stadt gehst, um Besorgungen zu machen, hast du dich in Wahrheit mit ihm getroffen." Sein Gesicht lief rot an. „So war es doch, oder? Gib es wenigstens zu, Flittchen! Hast die Beine für ihn breit gemacht, was?"

Leander sah, wie Charlotte unter seinen Bösartigkeiten zusammenzuckte, doch sie wich nicht zurück.

„Du hast recht", erwiderte sie, „ich kenne ihn. Aber es ist nicht so, wie du denkst. Ich habe nie ... Ich bin nie ..."

„Das kannst du erzählen, wem du willst – ich glaube dir kein Wort!", polterte Duarte. „Sag schon! Hast du dich schon mit ihm vergnügt, als du mich geheiratet hast? Sprich endlich, Schlampe!", herrschte er sie an und hob erneut die Hand, wie um sie zu schlagen.

Leander hielt ihn auf, indem er seinen Arm festhielt. „Rühren Sie sie nicht an", flüsterte er gefährlich leise. Jeder Muskel in seinem Leib war zum Zerreißen angespannt. Er wusste nicht, ob er sich würde beherrschen können, wenn Duarte noch ein falsches Wort von sich gäbe, so unaussprechlich wütend war er. Wütender, als er jemals zuvor in seinem Leben gewesen war.

„Wer will mich davon abhalten?", zischte Charlottes Ehemann. Hass glitzerte in seinen dunklen Augen, und sein Gesicht war zu einer scheußlichen Maske des Zorns verzerrt, als er sich losriss. „Du etwa?"

Charlotte stand da und starrte die beiden Kontrahenten an. Den Mann, den sie geheiratet hatte, und den Mann, den sie liebte.

Was sollte sie bloß tun? Sie konnte doch nicht einfach zusehen, wie sie sich gegenseitig umbrachten!

Es war ein dummer Fehler von ihr gewesen, Miguel auf sein Vorgehen gegen die Tehuelche anzusprechen. Sie hatte gewusst, wie er reagieren würde. Dass er wütend werden und sie schlagen würde.

Sie hatte es trotzdem getan, weil sie das Gefühl gehabt hatte, es tun zu müssen. Weil sie sich sonst selbst im Spiegel nicht mehr hätte ertragen können. Wie hätte sie auch ahnen sollen, dass Leander ihr folgen würde? Nun standen sie hier, und die Situation steuerte auf eine riesige Katastrophe zu. Eine Katastrophe, von der sie nicht wusste, wie sie sie aufhalten sollte – und ob das überhaupt möglich war.

Miguel hatte Leander erkannt. Er erinnerte sich an den Mordfall, der kurz vor ihrer Abreise in Puerto Montt für großes Aufsehen gesorgt hatte. Und ihm war klar, dass Leander ihm damit auf Gedeih und Verderb ausgeliefert war. Noch nie in ihrem Leben hatte sie sich so hilflos, so verloren gefühlt.

„Bitte hört auf", flehte sie erneut. „Miguel, so nimm doch Vernunft an. Wir werden eine Lösung finden, ganz bestimmt. Nur bitte, reg dich nicht so auf."

„Ich soll mich nicht aufregen?" Er lachte heiser. „Das kann unmöglich dein Ernst sein, Charlotte! Du hintergehst mich, hältst mich vor aller Welt zum Narren, und ich soll so tun, als ginge mich das alles nichts an?"

„Aber ich habe dich nicht hintergangen", stieß sie verzweifelt hervor. „Ich …"

Sie hatte den Schlag nicht kommen sehen. Miguels Faust traf sie ins Gesicht, und für einen Moment war ihr, als würde alles um sie herum in Dunkelheit versinken. Dann kam der Schmerz, so überwältigend und alles verzehrend, dass sie das Gefühl hatte, lichterloh in Flammen zu stehen.

Sie seufzte erstickt auf, als ihre Knie unter ihr nachgaben. Wie durch Nebel registrierte sie, dass Leander sofort bei ihr war. Er kniete neben ihr, stützte sie, als sie versuchte, sich aufzusetzen, und strich ihr beruhigend übers Haar.

Für einen kurzen Augenblick vergaß sie den Schmerz und

den Rest der Welt. Doch da tauchte Miguel in ihrem Blickfeld auf, legte mit einer blitzartigen Bewegung seinen Gehstock um Leanders Hals und drückte ihm damit erbarmungslos die Luft ab.

Wie aus weiter Entfernung hörte sie Leander aufkeuchen. Verzweifelt versuchte er, seine Finger unter den Stock zu bekommen, um ihn von seiner Kehle wegzuziehen, fand jedoch keinen Ansatzpunkt.

Dann riss Miguel ihn mit sich, fort von ihr.

Sie schloss kurz die Augen in dem Bemühen, genug Kraft zu sammeln, um auf die Beine zu kommen und etwas zu tun, womit sich das hier beenden ließe. Doch ihr Kopf fühlte sich seltsam schwer an, so, als würde er gar nicht zu ihr gehören. Und es war nicht nur ihr Kopf – nein: Ihr ganzer Körper schien ihr fremd. Sie konnte das Blut in ihren Adern rauschen hören und ihr war kalt, so schrecklich kalt. Dennoch schaffte sie es irgendwie, sich auf Hände und Füße aufzurichten. Ihr Blick verschwamm zunächst, klärte sich dann aber wieder – und was sie sah, ließ etwas in ihr zerbrechen.

Miguel hatte Leander nach wie vor im Würgegriff, und Leanders Abwehrbewegungen wurden schwächer. Die Augen hatte er weit aufgerissen, er rang nach Luft wie ein Fisch auf dem Trockenen. Nicht mehr lange, und er würde die Besinnung verlieren.

Dann, das wusste Charlotte ganz sicher, wäre alles aus.

Sie kannte Miguel. Er würde nicht zögern, Leander kaltblütig umzubringen. Wer würde ihn dafür verurteilen? Immerhin war Leander ein gesuchter Verbrecher! Der einzige Mensch, der das jetzt noch verhindern konnte, war sie selbst.

Verzweifelt umklammerte sie die Armlehne des Ohrensessels und zog sich daran hoch. Dann griff sie nach dem ersten Gegenstand, den sie in die Finger bekam: den schweren Quarzstein, den Miguel bei einem Ausritt über die Hazienda gefunden und stolz mit nach Hause gebracht hatte.

Mit zitternden Knien trat sie hinter ihn, hob den Stein mit beiden Händen an und ließ ihn mit aller Kraft, die sie aufbringen konnte, auf seinen Hinterkopf niedersausen. Bei dem dumpfen Geräusch, das dabei erklang, stieg unwillkürlich Übelkeit in ihr auf. Miguel verharrte einen Augenblick regungslos, ehe er zur Seite kippte und zu Boden fiel.

Der Stein entglitt ihren bebenden Fingern und prallte mit einem lauten Knall auf dem Boden auf. Erschrocken riss Charlotte eine Hand vor den Mund. Erneut spürte sie, wie Schwäche sie überfiel, und sie sackte haltlos zusammen.

„Charlotte?“ Leander rappelte sich auf und eilte zu ihr. Als er neben ihr kniete, nahm er ihre Hand und drückte sie. „Charlotte, geht es dir gut?“ Vorsichtig tätschelte er ihre Wangen. „Charlotte.“

Sie blinzelte. Ihr war, als würde sie aus einem düsteren Traum aufwachen. Nur dass das, was geschehen war, kein Traum gewesen war, sondern grausame Realität.

Tränen stiegen ihr in die Augen, und sie stieß ein ersticktes Schluchzen aus. Erst jetzt merkte sie, dass sie am ganzen Körper zitterte.

Sie ließ sich von Leander dabei helfen, sich aufzusetzen, zumindest so weit, dass sie es schaffte, sich mit dem Rücken an den Sessel zu lehnen. Ihr Blick fiel auf Miguel, der reglos am Boden lag, mit dem Gesicht nach unten. Das Haar auf seinem Hinterkopf war blutverklebt. Es war nicht zu erkennen, ob er atmete. Panik erfasste sie.

„Ist er …?“ Sie wagte es nicht, die Frage zu Ende zu bringen. Ihr Herz scheute vor der Möglichkeit zurück, dass sie ihn getötet haben könnte. Ja, sie fürchtete und verabscheute ihn. Vielleicht hasste sie ihn sogar. Aber sie würde es trotzdem nicht ertragen, sein Blut an den Händen kleben zu haben.

Leander verstand sie auch so. Er kniete neben Miguel nieder und tastete nach seinem Puls. Die ganze Zeit über wartete sie angespannt. Es darf nicht sein, dachte sie, es darf einfach nicht sein! Obwohl sie ihn verabscheute, weil er ihr das Leben zur Hölle machte, wusste sie nicht, wie sie damit umgehen sollte, ihn auf dem Gewissen zu haben.

Als Leander sich wieder zu ihr umwandte und sie die schreckliche Wahrheit in seinem Blick las, stockte ihr der Atem. Nein, sagte eine leise Stimme in ihrem Kopf, wieder und wieder. Nein, nein, nein! So, als könnte sie es ungeschehen machen, wenn sie es nur vehement genug verleugnete.

„Komm!" Leander half ihr auf die Beine. „Wir können nicht hierbleiben. Es ist ein Wunder, dass bisher niemand auf den Lärm, den wir gemacht haben, aufmerksam geworden ist."

Charlotte erwiderte nichts. Er konnte ja nicht wissen, dass derartige Geräusche in diesem Haus nichts Ungewöhnliches waren. Niemand mischte sich jemals ein, wenn der *patrón* mit seiner Ehefrau stritt.

„Glaubst du, dass du laufen kannst?" Leander musterte sie besorgt.

Sie nickte, obwohl sie sich alles andere als sicher war. Miguels Schläge hatten sie schwer mitgenommen, und nun, da der Schock und die Panik langsam abebbten, tobte der Schmerz hinter ihren Schläfen wie ein wütendes Monster. Es fühlte sich an, als wollte es sie innerlich zerreißen. Sie konnte nicht klar denken, ihr war übel und alles drehte sich.

Leander schob ihr einen Arm unter die Achselhöhle und stützte sie. Er zog sie mehr mit sich, als dass sie selbstständig ging.

„Wir müssen durchs Fenster", erklärte er und half ihr, sich auf das Fensterbrett zu setzen und die Beine nach draußen zu schwingen. Dann kletterte er mit einer geschmeidigen Bewegung selbst hinaus und streckte ihr seine Arme entgegen. „Vertraust du mir?", fragte er.

Seine Frage war der Antrieb, den sie gebraucht hatte. Ja, sie vertraute Leander mehr als jedem anderen Menschen auf der Welt. Und in diesem Augenblick war er ihr Rettungsanker.

Sie stieß sich von der Fensterbank ab und ließ sich in seine Arme fallen. Er hielt sie, presste sie an sich, als fürchte er, sie könne sich in Luft auflösen, wenn er sie losließ.

„Ich habe mein Pferd am Waldrand stehen gelassen", sagte er beinahe entschuldigend, als hätte er den Lauf der Ereignisse vorausahnen müssen. „Wir dürfen keine Zeit verlieren. Komm!"

Nach den ersten paar Schritten spürte Charlotte, wie etwas Leben in ihren Körper zurückkehrte. Zwar ließ der Schmerz nicht nach, doch sie musste sich zumindest nicht mehr mit ihrem ganzen Gewicht auf Leander stützen.

Trotzdem kamen sie alles andere als schnell voran. Als sie sich nach einer gefühlten Ewigkeit umblickte, war das Haus noch immer schrecklich nah. Ein eisiger Schauer durchlief sie. Sie konnte nach wie vor nicht begreifen, dass Miguel tatsächlich tot sein sollte.

Und du hast ihn umgebracht!

Unwillkürlich krümmte sie sich und jeder Muskel in ihrem Körper schien sich zusammenzukrampfen. Natürlich hatte sie nicht vergessen, wie schlecht er sie und jeden anderen Menschen in seinem Umfeld behandelt hatte, doch das erschien ihr plötzlich bedeutungslos. Ganz gleich, was gewesen war, sie hatte ihm nicht den Tod gewünscht.

Leander blieb stehen und musterte sie besorgt. „Charlotte? Ich weiß, du hast Schmerzen. Ein solcher Schlag hätte so manchen Mann umgeworfen. Aber bitte, du musst noch ein bisschen durchhalten, ja? Wir haben es bald geschafft, bis dahin darfst du nicht nachgeben."

Sie nickte – und bereute es sofort, da ihr Schädel zu explodieren schien. Doch sie drängte die Schwärze zurück, die sie wie Wasser umspülte. Leander hatte recht: Wenn sie sich jetzt gehen ließe, würde alles noch schlimmer werden. Es war nur eine Frage der Zeit, bis Miguel gefunden wurde. Früher oder später würde ihn jemand vermissen. Und von dem Moment an befand auch sie sich auf der Flucht vor dem Gesetz.

Sie hatten erst die Hälfte der Strecke bis zum Waldrand geschafft, als Charlotte hörte, wie sich ihnen von hinten ein Pferd näherte. Tränen schossen ihr in die Augen. Jetzt ist alles aus, dachte sie. Nicht nur für mich, sondern auch für Leander.

Der war stehen geblieben. Er wusste, dass es keinen Sinn hatte davonzulaufen. Nicht mit ihr, die wie ein Klotz an ihm hing und ihn behinderte. Sie wollte ihm zurufen, nicht auf sie zu achten, sie zurückzulassen, doch tief in ihrem Herzen war ihr klar, dass er das niemals tun würde, also schwieg sie.

Langsam drehte sie sich um und blinzelte verblüfft, als sie im fahlen Schein des vollen Mondes Hernanda auf dem Rücken eines der Ponys erblickte, die die Arbeiter bei ihren Patrouillen über das weitläufige Gelände der Hazienda benutzten.

Als die junge Frau sie und Leander erreichte, zügelte sie das Pferd und saß ab.

„Ich habe ihn gefunden, als ich nach Ihnen sehen wollte, Señora", sagte sie leise. „Als es plötzlich so still war, fürchtete ich, dass er Ihnen etwas angetan haben könnte, aber ..." Sie atmete tief durch. „Er war kein guter Mensch. Wissen Sie noch, was Sie zu mir gesagt haben, an dem Tag, an dem Sie eintrafen? Ich habe es damals nicht verstanden, aber ich verstehe es jetzt."

Charlotte brauchte einen Moment, um zu begreifen, dann wurde ihr alles klar. Also hatte Miguel sich in der Zwischenzeit an der Tochter des Vorarbeiters vergangen ... Sie spürte, wie bei dem Gedanken Übelkeit in ihr aufstieg. Wieso hatte sie nichts davon bemerkt? Hernanda hatte niemals auch nur einen Ton darüber verlauten lassen.

Ein trauriges Lächeln erschien auf dem Gesicht der jungen Frau, die ihre Gedanken zu erraten schien. „Was hätte es geändert, wenn ich es Ihnen erzählt hätte?", fragte sie. „Sie hätten ja doch nichts tun können. Aber jetzt ..." Sie reckte das Kinn. „Jetzt bin ich frei – und das habe ich Ihnen zu verdanken, Señora. Und ich finde nicht, dass Sie bestraft werden sollten für das, was geschehen ist. Sie haben lange genug gelitten. Es ist Zeit, dass Ihnen Gerechtigkeit widerfährt." Sie hielt ihr die Zügel des Ponys hin. „Hier", sagte sie. „Damit kommen Sie schneller voran. Ich habe das Arbeitszimmer des *patróns* von innen verriegelt, so wie er es immer tut, wenn er ungestört sein will, und bin durchs

Fenster hinausgestiegen. Es wird eine Weile dauern, bis jemand etwas merkt."

Ungläubig schaute Charlotte die junge Frau an. Mit einem zweiten Reittier würden sie sehr viel besser vorankommen, als wenn Leander und sie sich ein Pferd teilten. „Sie wollen mir helfen, zu entkommen?"

Hernanda nickte. „Ich kann nicht zulassen, dass Sie für etwas bestraft werden, was ich in meinen Träumen seit Monaten Nacht für Nacht getan habe." Sie trat auf sie zu und umarmte sie kurz. „Und jetzt gehen Sie", sagte sie. „*Buena suerte* – viel Glück!"

Charlotte nickte nur und ließ sich von Leander helfen, auf das Pony zu steigen. Ihr war noch immer furchtbar schwindelig, und sie wusste nicht, ob sie sich auf dem Rücken des Tieres würde halten können, doch sie musste es zumindest versuchen. Es ging hier nicht nur um sie selbst, sondern auch um Leander. Er steckte genauso tief in der Sache mit drin wie sie. Falls sie erwischt wurden, drohte ihnen beiden dasselbe Schicksal.

Hernanda lächelte ihr noch einmal zu, ehe sie sich umdrehte und zum Haus zurückeilte. Charlotte wusste nicht, was sie fühlen sollte. Sie war dankbar und traurig zugleich. Miguel hatte so vielen Menschen das Leben zur Hölle gemacht. Vielleicht hatte Hernanda recht, und er hatte nur seine gerechte Strafe erfahren. Trotzdem empfand sie weder Befriedigung noch Freude. Alles woran sie denken konnte, war, dass das Blut eines Menschen an ihren Händen klebte.

Mit ihr auf dem Pony kamen sie sehr viel schneller voran. Bald schon hatten sie den Waldrand erreicht. Da Leander offenbar nicht darauf vertraute, dass sie sich weiterhin aus eigener Kraft halten konnte, half er ihr abzusteigen und hob sie stattdessen auf sein Pferd. Die Zügel des Ponys knotete er an das Zaumzeug des Hengstes, stieg hinter ihr auf und trieb das Tier zu einem leichten Trab an.

Der Wald war in der Nacht stockdunkel. Das Mondlicht wurde von den Kronen der Bäume zurückgehalten, und Charlotte fragte sich, wie Leander sich darin zurechtfinden konnte.

Offensichtlich lebte er schon lange genug in der Gegend, um sich auszukennen.

Sie hatte keine Ahnung, wohin sie gehen sollten. Wahrscheinlich wusste auch Leander es nicht so genau. Wichtig war zunächst einmal nur, sich möglichst weit von der Hazienda zu entfernen. Wirklich in Sicherheit würden sie sich jedoch niemals befinden, solange sie sich auf chilenischem Boden aufhielten. Sie zweifelte nicht daran, dass Don Carlos, sobald er von der Sache erfuhr, eine Belohnung auf die Ergreifung der Mörderin seines Sohnes aussetzen würde. So angespannt die Beziehung zwischen Miguel und ihm auch gewesen sein mochte, er würde es gewiss nicht dulden, dass sie ungestraft davonkam. Da sie ohne ein Wort verschwunden war, würde unwillkürlich jeder annehmen, dass sie für seinen Tod verantwortlich war. Wie weit würden sie kommen, wenn an jeder Straßenecke Kopfgeldjäger nach ihnen Ausschau hielten?

Doch das waren Dinge, über die sie sich später Gedanken machen konnten. Jetzt mussten sie erst einmal von hier fort.

Sie ritten, bis auch Leander immer wieder die Augen zufielen. Auf einer kleinen Lichtung zog er die Zügel an, stieg vom Pferd und hob die schlafende Charlotte aus dem Sattel; dann bettete er sie auf einem weichen Teppich aus Moos und Laub. Es war ganz sicher nicht das, woran sie gewöhnt war, aber mehr konnte er ihr im Augenblick nicht bieten.

Das Risiko, zu seinem alten Lagerplatz zurückzukehren, war ihm zu groß. Er lag zu nah bei der Hazienda und in der entgegengesetzten Richtung zu der, die sie einschlagen mussten. Und so ließ er widerwillig alles zurück, was er besaß. Es mochte nicht viel sein, doch die Decken und zusätzlichen Kleidungsstücke hätten sie gut brauchen können. In den Nächten wurde es mitunter empfindlich kalt. Er fürchtete zwar nicht um sich, aber um Charlotte. Während ihm Kälte und Hunger kaum etwas ausmachten, weil er beides von Kindesbeinen an kannte, musste die Umstellung für sie unglaublich schwer sein.

Darauf konnte er jedoch keine Rücksicht nehmen. Es ging hier um mehr als um reine Bequemlichkeit – Charlottes Leben stand auf dem Spiel!

Er empfand es als seine Schuld, dass es überhaupt so weit gekommen war. Hätte er bloß seinen Mund gehalten und ihr nicht diesen Floh ins Ohr gesetzt, sie solle versuchen, etwas an der Haltung ihres Mannes zu ändern. Er wusste, wie sehr der Gedanke sie quälte, Miguel auf dem Gewissen zu haben.

Doch wenn sie es nicht getan hätte, wäre ich es, der jetzt tot wäre ...

Wie er es auch drehte und wendete – es war alles seine verdammte Schuld.

Er kümmerte sich noch rasch um die Pferde, dann bereitete er sich selbst ein improvisiertes Lager direkt neben Charlotte und legte die Arme um sie, um sie zu wärmen. Obwohl er todmüde war, fiel es ihm nicht leicht, zur Ruhe zu kommen. Die Ereignisse des Abends lasteten schwer auf seinen Schultern.

Die Strahlen der aufgehenden Sonne färbten den Himmel bereits rötlich, als Charlotte sich neben ihm zu rühren begann. Im ersten Moment schien sie nicht recht zu wissen, wo sie sich befand, dann kehrte die Erinnerung offenbar mit einem Schlag zurück, denn er spürte, wie sie schauderte.

„Leander?“, flüsterte sie. „Schläfst du?“

„Nein“, antwortete er leise. „Aber du solltest dich noch ein wenig ausruhen. Wir werden schon bald aufbrechen müssen, und ich fürchte, dass uns ein langer Ritt bevorsteht.“ Sanft strich er ihr übers Haar. „Wie fühlst du dich? Hast du Schmerzen?“

Sie schien einen Moment darüber nachzudenken. „Mein Kopf tut noch immer weh, aber es ist nicht mehr ganz so schlimm. Davon abgesehen ...“ Ihre Schultern fingen an zu beben. „Ich habe ihn umgebracht“, stieß sie mit erstickter Stimme hervor. „Miguel ist tot, und es ist meine Schuld.“

Ihre heftigen Schluchzer brachen ihm fast das Herz. Er verstand sie zwar, gleichzeitig hielt er ihre Selbstvorwürfe aber für überflüssig. Was geschehen war, war geschehen. Sie hatte ihren Ehemann nur angegriffen, um ihn, Leander, zu retten. Weil sie befürchtet hatte, Duarte würde ihn umbringen – was ohne ihr Eingreifen vermutlich auch geschehen wäre.

„Gar nichts ist deine Schuld“, sagte er und küsste sie auf den Nacken. „Er war ein furchtbarer Mensch, der dich mit seiner Grausamkeit und Brutalität bis zum Äußersten getrieben hat. Dir blieb doch gar keine andere Wahl!“

Einen Moment lang schwieg Charlotte, und er glaubte schon, dass sie wieder eingeschlafen war, doch dann sagte sie so leise, dass er die Ohren spitzen musste, um sie zu verstehen: „Was tun wir denn jetzt? Wo sollen wir hin?“

Darüber hatte er sich die ganze Nacht den Kopf zerbrochen und war zu dem Schluss gekommen, dass sie Chile verlassen mussten. „Wir sollten nach Norden reiten“, sagte er.

Sie rollte sich zu ihm herum und schaute ihn an. „Nach Norden?“

Er nickte. „Es wird wohl am sichersten sein, wenn wir über Peru und Kolumbien nach Mittelamerika und dann nach Kalifornien gehen. Aber zuvor müssen wir bei deiner Freundin Margot vorbei und Aurora abholen. Sie ist doch bei ihr, oder?“

„Ja“, erwiderte Charlotte. „Margot hat mir eine kurze Nachricht zukommen lassen. Aurora geht es gut.“

Schon der Gedanke daran, seine Tochter nach all der Zeit endlich wiederzusehen, ließ sein Herz schneller schlagen. Er sehnte sich so sehr nach der Kleinen, dass es ihm schier die Kehle zuschnürte. Die ganzen Monate allein im Wald hatte er immerzu entweder an Charlotte oder an Aurora gedacht und sich gefragt, wie es seiner Tochter in der Ferne erging. Ob sie nachts wach lag und sich fragte, wo ihr Vater wohl sein mochte und wieso er sie allein bei einer fremden Frau zurückgelassen hatte.

Er würde die Antworten darauf bald erhalten.

Seufzend schmiegte Charlotte sich an ihn – vielleicht nur, um sich an ihm aufzuwärmen. Es fühlte sich herrlich an, sie so nah zu spüren. Wie lange hatte er sich danach gesehnt, wie oft davon geträumt? Nun, da dieser Traum endlich wahr geworden war, konnte er ihn nicht wirklich genießen.

Die Welt war auf eine furchtbare Weise aus den Fugen geraten. Nicht erst jetzt, sondern schon in dem Moment, in dem er erfahren hatte, dass Maria ermordet worden war und ihm jemand die Schuld an ihrem Tod in die Schuhe schieben wollte. Oder vielleicht, wo er nun darüber nachdachte, bereits damals, als die *Güstrow* in den Fluten des Pazifiks gesunken war.

Er hatte geglaubt, sterben zu müssen. Und selbst in dieser Stunde der höchsten Not hatte er nur an Charlotte denken können. Daran, wie schwer die Nachricht von seinem Tod sie treffen musste.

Sie war der Grund für ihn gewesen, zu kämpfen, als er schwach und hilflos an Land gespült worden war – mehr tot als lebendig. Und nun, nach all der langen Zeit, waren sie endlich wieder vereint, doch Duartes Tod hing wie ein düsterer Schatten über ihnen.

Würde Charlotte mit der Schuld zurechtkommen, die auf ihren Schultern lastete? Er wusste, er konnte ihr noch so oft versichern, dass sie ein Opfer der Umstände geworden war und dass er ihr sein Leben verdankte, sie würde sich trotzdem immer Vorwürfe machen.

„Schlaf jetzt“, sagte er, legte einen Arm um sie und strich ihr über den Rücken. „Uns steht ein anstrengender Tag bevor.“

Es dauerte nicht lange, bis er ihren ruhig und gleichmäßig gehenden Atem an seinem Hals spürte, und nun endlich fand auch er Ruhe.

Doch die Erinnerung an die Geschehnisse des vergangenen Abends verfolgte ihn noch im Schlaf.

Hacienda Duarte, einige Stunden zuvor

Ein Stöhnen entrang sich seiner Kehle, als er allmählich aus dem Dämmerzustand erwachte. Jede Faser seines Körpers schmerzte, und hinter seinen Schläfen hämmerte es wie wild.

Miguel stöhnte erneut und rollte sich auf die Seite. Seine Wange berührte etwas Kühles, Klebriges, und als er mit den Fingern darüberrieb und sie sich vor die Augen hielt, erkannte er, dass es sich um halb angetrocknetes Blut handelte.

Sein Blut.

Mit einem erschrockenen Keuchen richtete er sich auf, was er jedoch augenblicklich bereute, da sein Blick verschwamm und sich alles um ihn herum zu drehen begann.

Charlotte, dieses verdammte Miststück!

Mit einem Mal erinnerte er sich wieder an alles. Wie sie ihn auf sein Vorgehen gegen die Indianer ansprach und wie dieser Mann plötzlich da war und ihn angriff …

Seine Arme und Beine fühlten sich schwer wie Blei an. Trotzdem schaffte er es irgendwie, sich auf alle viere aufzurichten und zur Tür zu kriechen, die, wie er feststellen musste, verschlossen war.

Er ballte die rechte Hand zur Faust und schlug gegen das Holz, da er zu schwach war, um den Schlüssel zu erreichen. Es war ein erbarmenswert leises Geräusch, das er damit produzierte. Auf diese Weise würde es Stunden dauern, bis ihn jemand bemerkte.

Mühsam räusperte er sich. Seine Kehle und seine Zunge waren trocken und rau, als würden sie aus Schmirgelpapier bestehen. „Hilfe“, krächzte er heiser, schloss die Augen und sammelte sich, bevor er noch einmal rief, dieses Mal lauter: „Hilfe!“

Er rechnete schon nicht mehr mit einer Reaktion, als er plötzlich Schritte im Korridor hörte. Wieder mobilisierte er all seine Kräfte und hämmerte erneut gegen die Tür. „Hilfe! So hilf mir doch jemand!“

„Señor Duarte?“

Erleichtert atmete Miguel auf, als er die Stimme von Javier Gonzales, seinem Vorarbeiter, hörte. „Machen Sie die verdammte Tür auf, Javier! Ich bin niedergeschlagen worden!“

Der Türgriff wurde heruntergedrückt. Einmal, zweimal. Dann erklang wieder Gonzales’ Stimme: „Treten Sie zurück, *patrón*“, sagte er. „Ich trete die Tür ein.“

Miguel beeilte sich, aus der Gefahrenzone zu kriechen. Im nächsten Moment ging ein Ruck durch die Tür. Holz splitterte, darauf folgte ein zweiter Ruck – und dieses Mal schwang sie wie unter Protest ächzend auf.

Sofort war Gonzales bei ihm. „*Madre de Dios!*“, stieß er entsetzt hervor. „Sie bluten ja, *patrón*! Was ist geschehen?“

„Charlotte“, knurrte Miguel. „Dieses Weibsstück hat mich hinterrücks niedergeschlagen, um ihren heimlichen Liebhaber zu beschützen!“ Suchend blickte er sich um. „Wo ist sie?“

„Ich habe die Señora nicht gesehen“, stammelte der Vorarbeiter, der sich noch immer nicht recht von seinem Schock erholt hatte. „Warten Sie, ich rufe meine Tochter. Sie soll Ihre Wunde versorgen und dann einen Arzt holen.“

„Nein, keinen Arzt!“, wehrte Miguel ab. „Ich brauche keinen Quacksalber, der am Ende alles nur schlimmer macht statt besser. Was ich wirklich brauche, ist etwas, womit ich meinen angeschlagenen Stolz wiederherstellen kann.“ Er schaute Gonzales an. „Helfen Sie mir auf – und dann trommeln Sie die Männer zusammen. Wir reiten den beiden nach. Allzu weit können Sie ja nicht gekommen sein.“

„Aber Ihre Verletzung, Señor …“

Miguel griff nach Gonzales’ Arm und ließ sich von ihm auf die Beine ziehen. Langsam fühlte er sich kräftiger. Der Schmerz war zwar immer noch da, doch wenigstens hatte sich das dumpfe Gefühl in seinem Kopf und in seinen Gliedern etwas gebessert.

„Lassen Sie das meine Sorge sein“, herrschte er seinen Vorarbeiter an. „Tun Sie einfach, was man Ihnen sagt!“

Gonzales senkte den Blick. „Sehr wohl, *patrón*. Ganz wie Sie wünschen.“

Er war schon halb aus dem Zimmer, da rief Miguel ihn zurück. „Schicken Sie, bevor Sie gehen, Hernanda zu mir. Es ist wohl doch besser, wenn sie die Wunde säubert und verbindet.“

Sein Angestellter nickte und beeilte sich davonzukommen. Miguel wartete, bis sein Vorarbeiter gegangen war, dann sank er kraftlos in den Sessel und kämpfte gegen das Gefühl von

Schwäche an, das ihn erneut zu übermannen drohte. Er würde sich dennoch nicht von seinem Körper davon abhalten lassen, das zu tun, was ihm wie Feuer auf der Seele brannte.

Charlotte und ihren Liebhaber zu finden und sie beide büßen zu lassen.

17. KAPITEL

Am ersten Tag war sie noch mit Leander zusammen auf dessen Pferd geritten. Am zweiten fühlte Charlotte sich stark genug, sich auf das Pony zu setzen. Zwar war das deutlich kleinere Tier dem Hengst in seiner Schrittlänge unterlegen, dennoch kamen sie auf diese Weise schneller voran, da das Pferd nun nicht mehr das Gewicht von zwei Menschen tragen musste.

Mit dem Planwagen hatten Miguel und sie Tage von Puerto Montt bis ins südliche Patagonien gebraucht – dieses Mal würde es länger dauern, weil Leander es für besser hielt, die Straße zu meiden.

Vermutlich hatte er recht. Es war nicht unwahrscheinlich, dass man bereits nach ihnen suchte. Immerhin ging es hier um nichts Geringeres als Mord. Und ihr Verschwinden, nachdem ihr Mann zu Tode gekommen war, sprach nicht gerade für sie. Natürlich würde sofort jeder annehmen, dass sie etwas damit zu tun hatte. Vor allem, da alle in ihrer näheren Umgebung wussten, wie Miguel sie behandelt hatte.

Wie üblich, wenn sie an jenen schicksalsschweren Abend zurückdachte, fühlte Charlotte eine schreckliche Leere in sich aufsteigen. Die Tatsache, dass sie einen Menschen auf dem Gewissen hatte, ließ sie nicht los. Ganz gleich, was für eine abscheuliche Person Miguel gewesen sein mochte – er hatte es nicht verdient, solch ein Ende zu finden. Niemand verdiente so etwas.

Sie schaute auf ihre Hände hinunter und begriff noch immer nicht wirklich, dass sie einem Menschen damit das Leben genommen hatte. Es erschien ihr unglaublich, und doch war es geschehen. Und es gab nichts, was sie tun konnte, um es rückgängig zu machen.

„Woran denkst du?“, fragte Leander, der neben ihr ritt. „Du bist so schweigsam.“

Sie schüttelte den Kopf. „Es ist nichts“, log sie.

„Es ist wegen ihm, nicht wahr?" Er schenkte ihr ein trauriges Lächeln. „Ich weiß, dass es dich belastet, du musst nicht versuchen, mir etwas vorzumachen." Fragend schaute er sie an. „Willst du darüber reden?"

Erneut schüttelte sie den Kopf. Dies war eine Sache, die sie mit sich selbst ausmachen musste. Niemand konnte ihr dabei helfen – nicht einmal Leander.

Schweigend ritten sie weiter. Charlotte fühlte sich zerschlagen, ihr Rücken tat weh, weil sie nachts auf dem nackten Boden schlief, und jeder Muskel schmerzte von den langen Stunden zu Pferde, doch sie wollte sich nicht beklagen. Es war so, wie es nun einmal war. Und sie musste sich daran gewöhnen, dass ihr Leben sich radikal verändert hatte.

Schließlich war nicht alles an der neuen Situation schlecht.

Sie blickte zu Leander auf, und ihr Herz klopfte heftig. Wie lange hatte sie davon geträumt, mit ihm zusammen sein zu dürfen? Was waren schon Dinge wie ein großes Haus und ein kleiner Hofstaat von Bediensteten im Vergleich zu dem, was sie von ihm erhielt? Es schien eine Ewigkeit her zu sein, seit sie zuletzt so etwas wie Liebe und Zuneigung von einem anderen Menschen erfahren hatte. Und wenn sie den Rest ihres Lebens als gesuchte Verbrecher auf der Flucht verbringen würden, war das immer noch besser als ein Leben ohne Leander.

„Wir müssen uns bald mit ein paar Vorräten eindecken", sagte er irgendwann in die Stille hinein. „Es wird nicht ständig einen Bach geben, an dem wir unseren Durst löschen können. Und sobald wir die Wälder erst einmal verlassen, wird die Nahrung knapp werden."

„Aber ist das nicht gefährlich? Jemand könnte schon von …" Sie schluckte. „Von dem erfahren haben, was geschehen ist. Womöglich sucht man bereits nach uns!"

„Es ist aber auch durchaus möglich, dass du überhaupt nicht verdächtigt wirst. Vielleicht nimmt man an, dass Miguels Mörder dich entführt hat. Wie auch immer – dieses Risiko werden wir eingehen müssen", erwiderte er. „Die Alternative wäre, dass wir verhungern oder verdursten. Hier ganz in der Nähe ist eine kleine Ortschaft – dorthin werden wir reiten."

Insgeheim wusste Charlotte, dass Leander sich anders hätte versorgen können, wäre er allein unterwegs gewesen. Sie war es, die ihn aufhielt. Ihre Bewegungen im Wald waren so laut, dass sie alle Tiere aufschreckte, weil sie nie gelernt hatte, wie man sich auf der Pirsch verhielt, doch das war nicht einmal das Schlimmste. Ohne sie würde er auch sehr viel schneller vorankommen. Er nahm Rücksicht auf sie – und brachte sich damit selbst in Gefahr.

Sie sagte nichts, denn er hätte ohnehin abgestritten, dass sie eine Belastung für ihn war, und stimmte zu. Bald näherten sie sich der Straße und erreichten schließlich den Ort, von dem Leander gesprochen hatte.

Es war im Grunde nur eine Ansammlung von Häusern entlang der Hauptstraße, doch es gab eine Schenke, einen Barbier und einen Gemischtwarenladen, in dem von Kleidung über Pferdefutter bis hin zu Lebensmitteln alles angeboten wurde, was eine kleine Dorfgemeinschaft benötigte.

„Ich gehe hinein", sagte er. „Du wartest mit den Pferden draußen, hörst du?"

Sie nickte, obwohl ihr alles andere als wohl bei dem Gedanken war, allein zurückzubleiben. Ihr war klar, dass Leander sie beschützen wollte. Es war gut möglich, dass sein Steckbrief hier an der Poststelle für jeden sichtbar aushing. Wenn man ihn erkennen sollte, bliebe ihr genug Zeit, um die Flucht zu ergreifen. Nicht, dass sie das tun würde. Sie war lange genug von ihm getrennt gewesen. Jetzt konnte nur noch der Tod sie auseinanderbringen. Falls Leander etwas zustieße, würde auch sie nicht mehr leben wollen.

Doch es schien, als würde alles gut gehen. Nachdem Leander sich bereits zehn Minuten in dem kleinen Geschäft aufhielt, ohne dass irgendetwas geschah, beruhigte Charlotte sich ein wenig und ließ ihren Blick über die Dorfstraße gleiten.

Es waren kaum Menschen unterwegs, und die, die sie sah, interessierten sich nicht für sie. Jeder ging seinem Tagewerk nach.

Charlotte hörte das Singen eines Hammers auf dem Amboss, auf dem der Schmied die glühenden Pferdeeisen formte. Ein Tischler stand auf einer Leiter und ersetzte einige Holzschindeln in der Vorderfront der Schankwirtschaft. Vor dem Gebäude hantierte ein Bursche, der einige Pferde versorgte und …

Mit einem Mal stockte ihr der Atem, und eisige Kälte pulsierte durch ihre Adern. Sie kannte den Jungen, der gerade die Pferde zur Tränke führte. Sein Name war Benito und er arbeitete als Stallbursche auf der Hazienda.

Aber wenn er hier war …

Nun erkannte sie auch die Pferde, und Panik erfasste sie. Sie stammten allesamt von der Hazienda – was nur bedeuten konnte, dass man bereits hinter ihr und Leander her war. Offensichtlich waren Miguels Männer über die Straße sehr viel schneller vorangekommen, obwohl sie zu Anfang einen Tagesritt Vorsprung gehabt haben dürften. Besonders erstaunlich war es nicht, dass ihre Verfolger ebenfalls den Weg nach Norden gewählt hatten, denn im Süden gab es nichts als Einsamkeit und Wildnis.

Einen Augenblick stand sie erstarrt da, unfähig, auch nur einen Finger zu rühren. Dann endlich setzte sie sich in Bewegung. Ihre Knie zitterten, als sie die drei Stufen zur Eingangstür des Gemischtwarenladens hinaufstolperte.

„Leander!“, rief sie in das Halbdunkel des Verkaufsraums hinein, der so mit Waren vollgestopft war, dass nur ein schmaler Bereich in der Mitte frei blieb. Leander und der Verkäufer befanden sich offenbar im hinteren Teil des Ladens, denn sie konnte die beiden nirgends erblicken. Also ging sie weiter und rief noch einmal seinen Namen – dieses Mal ein wenig lauter.

Als er plötzlich hinter einem schweren Vorhang am Ende des Ganges hervorkam, schnappte sie erschrocken nach Luft. Das Entsetzen musste ihr deutlich ins Gesicht geschrieben stehen, denn Leanders anfängliches Lächeln verblasste sogleich.

„Was ist?“, fragte er. „Stimmt etwas nicht?“

„Sie sind hier“, flüsterte Charlotte. „Hier im Ort. Wir müssen auf der Stelle verschwinden.“

Rasch kam er auf sie zu und umfasste ihre Schultern. „Wer, Charlotte? Wer ist hier?"

„Ein paar Männer von der Hazienda. Ihre Pferde stehen vor der Schenke. Der Weg durch den Wald hat uns unseren ganzen Vorsprung gekostet. Was sollen wir denn jetzt tun?"

Sie bewunderte Leander dafür, dass er trotz der gefährlichen Situation, in der sie sich befanden, die Ruhe bewahrte.

„Sie suchen nach uns", sagte er, „schon möglich. Aber sie haben keine Ahnung, dass wir hier sind. Hat dich irgendjemand gesehen?"

Sie schüttelte den Kopf. „Nein, aber ..."

„Gut", fiel er ihr ins Wort. „Dann bringen wir jetzt rasch unseren Einkauf zu Ende und sehen anschließend zu, dass wir von hier verschwinden."

Im ersten Augenblick wollte Charlotte protestieren, überlegte es sich dann jedoch anders. Leander hatte recht – noch war nichts geschehen. Und nun, da sie wussten, dass man ihnen dicht auf den Fersen war, konnten sie so bald nicht erneut das Risiko eingehen, sich einer Ortschaft zu nähern. Dies war ihre letzte Gelegenheit, sich mit Vorräten zu versorgen, und die mussten sie nutzen.

Zum Glück hatte der Ladenbesitzer nichts von ihrer Unterhaltung mitbekommen. Als er aus dem Hinterzimmer trat, balancierte er zwei schwere Wolldecken und eine Öllampe auf seinen Armen, die er auf der Theke neben dem Eingang ablegte. Außerdem kaufte Leander noch große Satteltaschen, jeweils einen Sack Mehl und getrocknete Bohnen und mehrere Flaschen, die sie mit Wasser befüllen konnten. Erst jetzt fiel Charlotte ein, dass sie das alles irgendwie bezahlen mussten. Sie waren so überstürzt von der Hazienda geflüchtet, dass sie nichts außer dem, was sie am Leibe trug, hatte mitnehmen können.

Als Leander dann auch noch sagte: „Meine Frau braucht etwas Wärmeres zum Anziehen für die Reise", protestierte sie halbherzig, doch er winkte ab. „Keine Sorge, ich habe auf dem Weg nach Patagonien hier und da gearbeitet, und im Wald konnte ich kaum etwas von meinem Verdienst ausgeben."

Der Ladeninhaber führte sie zu einem Regal mit verschiedenen einfachen Kleidungsstücken aus Wolle und Leinen. Charlotte entschied sich für ein schlichtes beigefarbenes Wollkleid, dazu noch eine Jacke, warme Unterwäsche und ein Paar Stiefel, die besser zum Reiten und Laufen geeignet waren als ihre eigenen.

In einer kleinen Nische mit Vorhang konnte sie sich sofort umkleiden, und als sie danach in den Spiegel blickte, erkannte sie sich selbst kaum wieder. Ihre Haut hatte von der vielen Zeit an der frischen Luft etwas Farbe angenommen, und ihr blondes Haar schimmerte golden. Obwohl der Stoff des Kleides rau und ein wenig kratzig war, fühlte es sich herrlich an, kein Korsett tragen zu müssen. Zwar wirkte ihre Taille nun nicht mehr ganz so schmal und filigran, doch das kümmerte sie nicht. Und zu ihrer Überraschung stand ihr das Kleid trotz des einfachen Schnitts und der unvorteilhaften Farbe recht gut.

Ob irgendjemand, den sie von früher kannte, sie so erkennen würde? Vermutlich nicht – und das war auch gut so.

Leander stopfte ihre alte Kleidung und alle Einkäufe in die neuen Satteltaschen und schwang sie sich, nachdem er die Rechnung beglichen hatte, über die Schultern. Als sie nach draußen traten, fing Charlottes Herz wieder an, wie verrückt zu klopfen. Doch nach wie vor war alles ruhig; die Männer von der Farm hielten sich anscheinend noch in der Schenke auf, und Benito versorgte die Pferde.

Als Charlotte stehen blieb, versetzte Leander ihr einen leichten Stoß zwischen die Schulterblätter. „Geh weiter", raunte er ihr zu. „Wir sollten nichts tun, womit wir irgendwelche Aufmerksamkeit erregen."

Sie tat, was er gesagt hatte, und stieg auf ihr Pony, während er die Taschen am Sattel seines Hengstes befestigte und dann ebenfalls aufstieg. Langsam und gemächlich, als hätten sie alle Zeit der Welt, wendete er sein Pferd und trabte in Richtung Ortsausgang davon, Charlotte dicht hinter ihm.

Jeden Moment rechnete sie damit, aufgebrachte Stimmen zu hören, die ihnen zubrüllten, dass sie stehen bleiben sollten. Aber nichts dergleichen geschah, und nach der nächsten Wegbiegung hatten sie den Ort bereits hinter sich gelassen.

Nun beschleunigte Leander das Tempo ihres Ritts, sodass Charlottes Pony fast galoppieren musste, um mit seinem Hengst mitzuhalten. Sie gönnten sich keine Atempause, bis sie den Waldrand erreicht hatten. Dort trabten sie langsamer durch das Unterholz, bis sie schließlich auf eine kleine Lichtung kamen.

„Wir haben es geschafft", stieß Charlotte halb verblüfft, halb erleichtert hervor. „Wir haben es tatsächlich geschafft!"

Leander lächelte, als er vom Pferd stieg und zu ihr kam, um ihr hinabzuhelfen. „Wir sind ihnen erst mal entkommen", entgegnete er und musterte sie ernst. „Es ist allerdings nur eine Schlacht, die wir gewonnen haben – der Krieg ist längst nicht vorüber."

Charlotte nickte. Er hatte recht, natürlich hatte er das, sie wusste es selbst. Doch sie wollte jetzt nicht darüber nachdenken, was vielleicht noch alles kommen würde. Es mochte nur ein kleiner Sieg sein, den sie errungen hatten, sie wollte ihn trotzdem feiern. Wer konnte schon sagen, wie oft sie in nächster Zukunft Gelegenheit dazu haben würden – oder Anlass.

Sie verwarf alle Bedenken, alle Sorgen, verdrängte ihre Schuldgefühle wegen Miguel und den Gedanken, dass sie sich auf der Flucht vor dem Gesetz befanden, und legte die Arme um Leander.

Zärtlich küsste sie ihn.

Einen Herzschlag lang zögerte er, dann umfing er sie mit seinen Armen und zog sie so dicht an sich, dass es sich anfühlte, als wären sie eins.

Sengende Hitze stieg in ihr auf, pulsierte wie flüssiges Feuer durch ihre Adern und ließ ihre Haut brennen. Es war so vollkommen anders als das, was sie je mit Miguel erlebt hatte. Für ihn war es nie wichtig gewesen, was sie dabei empfand. Alles, was er je gewollt hatte, war, seine eigene Lust zu befriedigen.

Zwischen Leander und ihr herrschte dagegen eine Art von Magie, die die Luft vibrieren ließ und jede noch so winzige Berührung in eine Liebkosung verwandelte.

Scheu öffnete sie den Mund ein wenig, und als ihre Zungen aufeinandertrafen, war es ein so überwältigendes Gefühl, dass Charlotte ein leises Seufzen nicht unterdrücken konnte.

Leander reagierte, indem er eine Hand in ihr Haar schob, während er mit der anderen durch den rauen Stoff ihres Kleides Kreise auf ihre brennende Haut zeichnete. Ihr wurde schwindelig, und sie musste sich an ihm festhalten, um nicht zu Boden zu sinken. Doch genau das schien er zu wollen, denn er ging in die Knie, zog sie mit sich und bettete sie auf dem weichen Teppich aus Moos, das auf der Lichtung wuchs.

Er bedeckte ihren Hals und ihr Dekolleté mit Küssen, die eine flammende Spur auf ihrer Haut hinterließen. Dann öffnete er die Schnüre, die das Oberteil ihres Kleides zusammenhielten, schob den Stoff zur Seite und sah sie mit einem beinahe schon traumwandlerisch wirkenden Blick an.

Ihre Brüste hoben und senkten sich stoßweise. Ihr Puls raste, so sehr sehnte sie sich nach seiner Berührung. Und als er dann – endlich! – die aufgerichteten Brustknospen nacheinander mit den Lippen umfing, keuchte sie heiser auf und bohrte ihre Fingernägel in seine Schultern, so fest, dass es ihm wehtun musste, doch kein Laut entrang sich seiner Kehle.

„Leander …"

Sie stieß seinen Namen hervor, der wie ein immerwährendes Mantra in ihrer Seele widerhallte. Es gab niemanden, nach dem sie sich jemals so gesehnt hätte wie nach ihm. Jeder Muskel, jede Faser ihres Körpers verlangte nach ihm. Nur er vermochte das Feuer, das in ihrem Inneren brannte, zu löschen. Sie konnte nicht mit Worten beschreiben, was sie fühlte. Nur, dass sie sich wünschte, dieser Augenblick würde niemals enden.

Nachdem er ihre Brüste liebkost hatte, ließ Leander seine Lippen über ihre Schultern und ihren Hals gleiten, bis er erneut ihren Mund eroberte. Die Gefühle, die in ihr tobten, waren eine völlig neue Erfahrung für sie. Miguel hatte sie gelehrt, dass körperliche Liebe etwas war, das man erdulden musste. Nichts, was auch nur im Entferntesten mit Lust und Leidenschaft für beide Seiten zu tun hatte. Er hatte immer nur genommen, niemals gegeben – und erst jetzt begann sie zu erahnen, dass es durchaus anders sein konnte.

Dass es mit Leander anders sein würde.

Mit zitternden Fingern zog sie das Hemd aus dem Bund seiner Hose und knöpfte es auf. Dann strich sie über die Haut, die darunter heiß und glatt zum Vorschein kam.

Ein Schauer durchrieselte sie, als sie die Umrisse von Narben unter ihren Fingerspitzen spürte. Ob sie nun während des Überlebenskampfes nach dem Untergang der *Güstrow* entstanden waren oder später im Gefängnis konnte sie nicht sagen, doch sie zeichneten ihn. Jede einzelne eine Erinnerung an das, was er in seinem Leben bisher durchgemacht hatte.

Mit einem Mal verspürte Charlotte das brennende Verlangen, sie zu küssen. Sie richtete sich auf, schob das Hemd über Leanders Schultern zurück und presste die Lippen auf eine der glatten Erhebungen.

Er atmete scharf ein, fasste in ihr Haar und zog sie an sich.

„Großer Gott, Charlotte!"

Dann küsste er sie wieder, hart und leidenschaftlich diesmal, sodass sie alles andere vergaß. Sie konnte nur noch an eines denken.

Daran, dass sie Leander ganz spüren wollte.

Leander ließ seine Hände über Charlottes Körper gleiten und kleidete sie dabei langsam aus. Stundenlang hätte er einfach nur dasitzen und sie anschauen können. Sie war so wunderschön, dass ihm allein bei ihrem Anblick der Atem stockte, doch er wollte mehr, als sie nur anzuschauen. Und er spürte, dass auch sie sich nach etwas anderem sehnte.

Als sie endlich nackt vor ihm lag, ihre Haut milchig weiß, glatt und samtig weich, entledigte er sich ebenfalls seiner Kleidung. Ein heiseres Stöhnen entrang sich seiner Kehle, als sie sich an ihn schmiegte und ihren erhitzten Körper an seinen presste.

Es war genau so, wie er es sich in seinen kühnsten Träumen vorgestellt hatte. Nein, sogar sehr viel besser als das. Sie war so sinnlich und anschmiegsam, alles an ihr war perfekt.

Erneut küssten sie sich, und wieder war es wie ein neues erstes Mal. Seine Sinne waren wie benebelt, gleichzeitig fühlte er sich so klar wie noch nie zuvor in seinem Leben. Als er eine Hand auf das weiche Dreieck zwischen ihren Schenkeln legte und sie dort mit den Fingerspitzen liebkoste, hörte er Charlotte aufstöhnen.

Sengende Hitze erfüllte seinen Körper. Er wusste nicht, wie es passiert war, und auch nicht, wann, aber er hatte sich an Charlotte verloren. Er gehörte ihr, mit Haut und Haaren. Sie hielt sein Herz in ihren Händen, und seine Seele lag ihr zu Füßen. Alles, was er wollte, war, sie glücklich zu machen.

„Leander, bitte …“, stieß sie schluchzend hervor, doch er lächelte nur und zog eine Spur von Küssen über ihren zitternden Bauch und tiefer hinunter, bis sie sich schließlich unter ihm aufbäumte und ihre Finger in seine Schultern krallte.

Voller Hingabe erkundete er ihren Körper, obwohl sie sich wand und ihn mit heiserer Stimme anflehte, ihr das zu geben, wonach sie sich sehnte. Er verschloss ihren Mund mit seinen Lippen, während er in sie eindrang, trank ihr kehliges Aufstöhnen und umfing sie fest mit seinen Armen.

Endlich, nach so langer Zeit, waren sie eins.

Ihr Herzschlag an seiner Brust pochte im selben Rhythmus wie seiner. Für einen Moment hielt er inne und gestattete sich, ihre Wärme zu spüren und ihrem leisen Seufzen zu lauschen. Dann begann er, sich langsam in ihr zu bewegen, und als sie sich ihm voller Verlangen entgegendrängte, beschleunigte er seine Stöße. Er drang tiefer in sie, beseelt von dem Gedanken, eine vollkommene Einheit mit ihr zu bilden, und sie klammerte sich an ihn und flüsterte seinen Namen.

Er fühlte, wie sich tief in seinem Inneren eine Spannung aufbaute, die er nicht zu kontrollieren vermochte. Schneller und schneller bewegte er sich, während Charlotte sich ungestüm an ihn schmiegte und ununterbrochen seinen Namen hervorstieß. Von einem Strudel der Lust ergriffen presste er sie an sich und spürte, wie auch sie vor Leidenschaft erschauerte.

Als er schließlich schwach und kraftlos neben ihr zu Boden sank, stöhnte er heiser auf.

Schwer atmend lag Charlotte da und schaute zum strahlend blauen Himmel hinauf, der zwischen den Kronen der Bäume hindurchblitzte. Tränen strömten ihr über die Wangen, doch es waren keine Tränen der Traurigkeit, sondern ausnahmsweise einmal Tränen des Glücks.

Ja, sie war glücklich. So glücklich wie noch nie zuvor in ihrem Leben.

Mit Leander zusammen zu sein, in seiner Nähe zu sein, war alles, was sie sich jemals gewünscht hatte. Und nun war es endlich so weit, und sie beschloss, jede einzelne Sekunde zu genießen, als wäre es ihre letzte.

Dieser Gedanke holte sie auf den Boden der Tatsachen zurück, denn in der Tat konnte es jederzeit zu Ende gehen. Wenn die Männer von der Hazienda sie aufgriffen oder irgendjemand Leander, dessen Steckbrief inzwischen vermutlich im ganzen Land verbreitet war, erkannte, würde dieser wunderbare Traum schnell vorbei sein. Doch darüber wollte sie nicht nachgrübeln. Nicht jetzt, wo das letzte Echo der Glückseligkeit noch in ihr widerhallte.

Sie schloss die Augen und genoss das Gefühl, in Leanders Armen zu liegen. Seinen Herzschlag an ihrer Wange, seine Wärme auf ihrer Haut zu spüren. Irgendwann, als die Sonne längst hinter den Kronen der Bäume verschwunden war und die Dämmerung einsetzte, wurde es kühl im Wald, und sie fröstelte.

Leise seufzend richtete Leander sich auf. „Wir sollten zusehen, dass wir noch ein bisschen weiterkommen, ehe es richtig dunkel wird."

Charlotte nickte. Schweigend kleideten sie sich an und schwangen sich wieder auf die Pferde.

Am Vormittag des nächsten Tages erreichten sie das Ende des Waldes. Vor ihnen lag die offene Pampa, flach und nur mit Gräsern und niedrigen Büschen bewachsen, im Hintergrund die schroffen Gipfel der Berge. Hier gab es so gut wie keine Deckung. Nichts, wohinter man sich verbergen konnte. Auf der Ebene würden sie weithin sichtbar sein.

Charlotte sah Leander deutlich an, wie wenig ihm die Vorstellung behagte. Doch sie hatten keine andere Wahl: Puerto Montt lag nur zwei Tagesritte entfernt – so nah, dass es schon beinahe greifbar erschien, und doch so fern, noch dazu mit einer Gruppe von Verfolgern dicht auf ihren Fersen.

„Bald kannst du Aurora in die Arme schließen“, sagte sie und lächelte ihn an. Sie wusste, wie sehr seine kleine Tochter ihm fehlte und wie sehr er sich wünschte, sie wieder um sich zu haben.

Er nickte. „Also schön, dann los.“

Die folgenden achtundvierzig Stunden verbrachten sie zum größten Teil auf dem Rücken ihrer Pferde und legten nur eine kurze Rast ein, wenn sie es vor Müdigkeit und Erschöpfung nicht mehr aushielten. Charlotte schmerzte schon bald jeder einzelne Muskel im Leib, sie fühlte sich wund und zerschlagen, doch sie zwang sich, es stumm zu erdulden. Sie wollte nicht, dass Leander sich ihretwegen Sorgen machte. Er würde nur versuchen, Rücksicht auf sie zu nehmen, und sie wollte auf keinen Fall zulassen, dass sie deshalb noch weiter zurückgeworfen wurden.

Ihre Befürchtungen, im offenen Gelände entdeckt zu werden, schienen unnötig gewesen zu sein. Während der ganzen endlosen Stunden zu Pferde begegneten sie nie auch nur einer Menschenseele. Die Gegend war so einsam, so verlassen, dass es ihr fast so vorkam, als wären sie beide die einzigen Menschen weit und breit.

Als schließlich die erste Farm in Sicht kam, schlugen sie einen großen Bogen um sie. Um kein Risiko einzugehen, wie Leander sagte. Charlotte hatte ihm angesehen, dass er dabei an die Männer von der Hazienda dachte, und sie fragte sich, ob sie ihnen noch immer folgten.

Sie wusste es nicht, aber sie musste Leander zustimmen: Es war besser, es nicht darauf ankommen zu lassen. Nicht, wo sie sich schon so nah bei ihrem ersten Etappenziel befanden.

Schließlich, nach einer Ewigkeit, wie es ihr erschien, kam das Farmhaus in Sicht, in dem Margot mit den Waisenkindern lebte.

Charlottes Herz flatterte bei dem Gedanken, ihre alte Freundin gleich wiederzusehen. Im selben Augenblick fürchtete sie sich aber auch davor. Was würde Margot sagen, wenn sie erfuhr, was mit Miguel geschehen war? Würde sie sie für das, was sie getan hatte, verurteilen?

Es war eines der Mädchen, das sie zuerst bemerkte. Es spähte aus einem der niedrigen Fenster, zog sich dann rasch zurück und verschwand im Inneren des Hauses. Kurz darauf wurde die Tür geöffnet, und mehrere Kinder drängten heraus auf die Veranda. Sie stießen sich gegenseitig an, lachten leise und tuschelten aufgeregt miteinander, wirkten weniger ängstlich als neugierig.

„Aurora!“, rief Leander atemlos, als er zwischen all den dunklen Gesichtern ein hellhäutiges Mädchen mit Lockenkopf erblickte. Sofort trieb er sein Pferd an. „Aurora!“

Charlotte folgte ihm, ein glückliches Lächeln auf den Lippen. Sie erreichte das Haus, als er längst vom Pferd gesprungen und die drei Stufen zur Veranda hinaufgelaufen war.

„*Papá!*“, erklang eine helle Kinderstimme, und im nächsten Moment flog die Kleine auch schon in Leanders Arme. „*Papá ...*“

Inzwischen war Margot auf den Tumult aufmerksam geworden. Sie erblickte zuerst Leander, dann Charlotte, und ein Strahlen glitt über ihr Gesicht. Mit Freudentränen in den Augen kam sie auf ihre alte Freundin zugeeilt und umarmte sie.

„Oh, ist das schön, Sie zu sehen.“ Die ehemalige Zofe schluchzte, ergriff sie bei den Händen und trat einen Schritt zurück, um sie besser ansehen zu können, nur um sie gleich wieder in ihre Arme zu ziehen. „Und auch noch alle beide zusammen! Kommen Sie geradewegs aus Patagonien?“

Charlotte nickte, und als Margot sie fragend anschaute, seufzte sie. „Es ist eine lange Geschichte."

„Nun, dann kommen Sie erst einmal herein – bei einer guten Tasse Tee redet es sich gleich sehr viel leichter."

Sie ließen Leander bei seiner Tochter zurück. Die beiden hatten einander so viel zu erzählen und brauchten ein bisschen Zeit für sich. Außerdem wollte Charlotte das, was sie Margot zu sagen hatte, lieber allein hinter sich bringen.

„Also?", fragte Margot, nachdem sie sich an den Küchentisch gesetzt hatten. Vor ihnen standen zwei dampfende Becher.

Charlotte schaute hinab auf die dunkle Flüssigkeit, als würde sie darin die Lösung ihrer Probleme finden. Schließlich sprach sie aus, was ihr wie ein Felsbrocken auf der Seele lag: „Miguel ist tot, Margot. Und …" Ihre Stimme brach. „Ich habe ihn auf dem Gewissen!" Sie senkte den Blick noch weiter. Tränen schossen ihr in die Augen und hinterließen ein brennendes Gefühl.

Einen Moment herrschte Schweigen; dann schob Margot abrupt ihren Stuhl zurück und stand auf. Einen Herzschlag lang befürchtete Charlotte, sie würde einfach gehen, zu entsetzt über das, was sie soeben erfahren hatte. Stattdessen trat Margot zu ihr und umarmte sie.

Es war ein schönes, ein tröstliches Gefühl, das ihr erneut die Tränen in die Augen trieb. Keine von ihnen sagte etwas. Die einzigen Geräusche waren die, die von draußen in die kleine Küche drangen, und das leise Tropfen ihrer Tränen, die auf die Tischplatte fielen.

„Was genau ist geschehen?", fragte Margot nach einer Weile. „Was hat er Ihnen angetan, dass Sie keine andere Wahl hatten, als ihn zu töten?"

Charlotte entging nicht, dass ihre Freundin keine Sekunde daran zu zweifeln schien, dass sie aus Notwehr gehandelt hatte. Sie wollte etwas sagen, doch ihr fehlten die Worte, und so hob sie nur die Schultern.

„Er war wie ein tollwütiger Hund", sprach Margot weiter, als hätte sie ihre Gedanken gelesen. „Früher oder später hat etwas

Derartiges geschehen müssen. Was ich wirklich bedaure, ist die Tatsache, dass ausgerechnet Sie es sein mussten, die ihn zur Strecke bringt. Es hat weiß Gott genügend Frauen gegeben, denen er übel mitgespielt hat."

Als Charlotte sie fragend anschaute, seufzte sie.

„Sie wissen nicht, was in den Hurenhäusern der Stadt über ihn getuschelt wird. Seien Sie bitte nicht schockiert, aber unter den Unterstützern meines Waisenhauses finden sich auch einige käufliche Damen der gehobenen Klasse. Und was die mir erzählt haben, spricht nicht gerade für den Charakter Ihres verstorbenen Gatten." Sie senkte den Blick. „Wie es scheint, bevorzugt er es, sich seine Gespielinnen mit Gewalt zu Willen zu machen ..."

Charlotte nickte stumm. Das, was Margot sagte, schockierte sie weit weniger, als es eigentlich der Fall sein sollte. Irgendwie hatte sie immer gewusst, dass Miguel tief in seinem Herzen ein Sadist gewesen war, dem es Freude bereitete, andere Menschen bis aufs Blut zu quälen.

„Er wollte mich wieder schlagen, doch dieses Mal ist Leander dazwischengegangen", sagte sie nach einer Weile des Schweigens leise. „Er hat versucht, mich zu beschützen, aber Miguel konnte ihn überwältigen. Er hätte Leander umgebracht, wenn ich nicht ..."

Margot legte ihr eine Hand auf die Schulter. „Grämen Sie sich nicht, Charlotte. Wer bin ich, Ihnen einen Vorwurf zu machen? Ich weiß, wie sehr Sie unter diesem Mann gelitten haben – und ich weiß auch, wie sehr Sie Ihren Leander lieben. Glauben Sie mir, ich hätte unter diesen Umständen wahrscheinlich ganz genauso gehandelt. Aber nun erzählen Sie mir lieber, was Sie jetzt vorhaben. Wo wollen Sie hin? Zurück nach Puerto Montt doch wohl kaum. Das wäre viel zu gefährlich für Sie beide."

„Nein", entgegnete Charlotte. „Leander und ich sind uns einig, dass wir so weit wie möglich aus dem Einflussbereich der Duartes herauskommen sollten. Wir haben uns überlegt, nach

Kalifornien zu gehen, aber vielleicht ändern wir unsere Meinung unterwegs noch. Allerdings …“ Sie zögerte.

„Sie wollen Aurora mitnehmen, natürlich“, schloss Margot aus ihrem Schweigen. „Die Kleine wird mir schrecklich fehlen, das gebe ich zu. Aber Leander ist ihr Vater, und ich habe kein Recht, mich zwischen ihn und sein Kind zu stellen.“

Charlotte war erleichtert. Sie erhob sich nun ebenfalls, und sie umarmten sich noch einmal herzlich. „Wir würden gern länger bleiben“, sagte sie schließlich. „Allerdings …“

„Sie müssen sich nicht rechtfertigen“, erwiderte Margot. „Natürlich sollten Sie schnell von hier fortkommen. Einige Menschen wissen, dass wir uns kennen, und früher oder später wird sicher jemand auf den Gedanken kommen, hier nach Ihnen zu suchen.“ Sie nahm Charlottes Hände. „Aber Sie müssen mir versprechen, gut auf sich achtzugeben, ja?“

Charlotte lächelte. „Ich verspreche es.“

Der Abschied von Margot lief nicht ohne Tränen ab. Vor allem für Aurora, die alle ihre Spielgefährten zurücklassen musste, war es hart. Auch Charlotte fragte sich, ob sie ihre ehemalige Zofe und engste Freundin jemals wiedersehen würde.

Das Herz war ihr schwer, als sie sich von der Farm entfernten, bis sie schließlich nur noch ein kleiner Punkt am Horizont war. So vieles hatten Margot und sie miteinander durchgemacht. Dass es damit jetzt endgültig vorbei sein sollte, machte ihr Angst, war Margot doch immer so etwas wie ein rettender Anker, ein Fels in der Brandung für sie gewesen.

Dann fiel ihr Blick auf Leander, der mit Aurora vor ihr ritt, und sie wusste, dass sie alles schaffen würde, solange sie nur mit ihm zusammen sein konnte.

Etwa zur selben Zeit erreichte Miguel mit seinen Männern sein Elternhaus in Puerto Montt – und schon als er durch den breiten Torbogen ritt, ahnte er, dass etwas nicht stimmte. Vom geschäftigen Treiben, das hier sonst herrschte, war nichts zu spüren. Es war so still, man hätte eine Stecknadel fallen hören können.

Beunruhigt stieg er vom Pferd und drückte dem Burschen, der die Gruppe begleitet hatte, den Zügel in die Hand. Dann betrat er, schwer auf seinen Stock gestützt, das Haus.

„Vater?“, rief er. „Mutter?“

Zunächst erhielt er keine Antwort, dann erschien eines der Mädchen in der Halle und knickste tief, als es ihn erkannte.

„Doña Isabella ist in ihren Räumlichkeiten“, erklärte es. „Sie hat mich strikt angewiesen, niemanden zu ihr vorzulassen, aber …“

Miguel runzelte die Stirn. „Was soll das heißen, sie lässt niemanden vor?“ Er drängte sich an dem verschüchterten Mädchen vorbei. „Ich spreche selbst mit ihr – lass mich gefälligst durch!“

Er eilte die Stufen zur Galerie hinauf und dann den Korridor entlang, bis er die Gemächer seiner Mutter erreichte. Ohne sich mit Anklopfen aufzuhalten, öffnete er die Tür und blinzelte überrascht, als er in ein fast vollkommen abgedunkeltes Zimmer trat.

„Mutter?“, rief er. „Mutter, bist du hier?“

Er bemerkte eine Bewegung im hinteren Teil des Raumes, wo, wie er wusste, ihr Bett stand.

„Miguel? Miguel, *mi hijo*, bist du es wirklich?“

Es raschelte, und kurz darauf tauchte sie aus der Dunkelheit auf, ganz in Schwarz gekleidet und bleich wie ein Gespenst.

„Ich hätte nicht geglaubt, dass dich die Nachricht so tief im Süden so rasch erreichen würde.“ Sie schluckte hörbar und hob eine Hand an den Mund, wie um ein Schluchzen zu unterdrücken. „Es ist schrecklich, nicht wahr? Er stand doch mitten in der Blüte seines Lebens und …“

Miguel runzelte die Stirn. „Wer stand in der Blüte seines Lebens? Mutter, was ist los? Wovon redest du überhaupt?“

Sie starrte ihn an, die Augen vor Überraschung weit aufgerissen. Dann flackerte so etwas wie Begreifen über ihre Züge. „Du weißt es also noch gar nicht“, stieß sie heiser hervor. „Oh mein Gott, Miguel! Dein Vater, er ist …“

„Was? Was ist mit Vater?“ Er packte sie bei den Schultern. „Nun rede doch endlich, um Himmels willen!“

„Er ist tot“, flüsterte sie.

„Tot?“ Es dauerte eine Weile, bis die Worte in sein Bewusstsein sackten. Miguel schüttelte den Kopf. „Aber – wie ist das geschehen?“

„Es ist drei Tage her, *mi hijo*. Im einen Moment stand er da und instruierte die Dienstboten für einen kleinen Empfang, den wir am Abend geben wollten, im nächsten lag er auf einmal reglos am Boden. Der Arzt sagt, dass ihn der Schlag getroffen hat. Er lebte noch ein paar Stunden, ehe er schließlich …“ Sie brach ab. „Es war schrecklich, mein Junge. Ich kann dir gar nicht sagen, wie schlimm es wirklich war. In seinen letzten Stunden hat dein Vater sehr gelitten, und es gab nichts, was ich für ihn tun konnte. Und als er merkte, dass es mit ihm zu Ende ging, hat er mir etwas Ungeheuerliches erzählt, *mi hijo*. So ungeheuerlich, dass ich noch immer nicht ganz begreifen kann, dass es tatsächlich wahr sein soll.“

Das Entsetzen in der Stimme seiner Mutter ließ ihn ahnen, dass es sich um etwas von großer Tragweite handeln musste. „Was ist das für eine Ungeheuerlichkeit, Mutter? Nun rede doch endlich!“

„Es geht um Charlotte“, flüsterte sie.

„Charlotte?“ Er hob eine Braue. Das überraschte ihn allerdings. Was sollte sein Vater für eine Neuigkeit gehabt haben, die seine Schwiegertochter betraf?

Die Frau, die ihren Ehemann kaltblütig niedergeschlagen hatte!

Er spürte, wie Wut in ihm aufstieg, doch er beherrschte sich. Jetzt galt es erst einmal herauszufinden, wovon seine Mutter die ganze Zeit redete.

Sie deutete auf die Sessel am Fenster. „Wollen wir uns nicht setzen?“

„*Concho!*“, stieß er ungeduldig hervor und fuhr sich mit beiden Händen durchs Haar. „Nein, Mutter, ich will mich nicht setzen! Und jetzt sag mir endlich, was zum Teufel los ist!“

Sein harscher Ton ließ Doña Isabella erschrocken zurücktaumeln, doch sie fing sich rasch wieder. Betont würdevoll nahm sie in einem der Sessel Platz. Ihr Blick war zum Fenster, nicht zu ihm gewandt, als sie zu erzählen begann.

„Wie du weißt, wurde der Grundstein unseres Reichtums einst durch den Onkel deines Vaters, Ramón Duarte, gelegt."

Miguel nickte. „Natürlich weiß ich das."

„Und du weißt auch, dass Ramón Duarte einen Sohn hatte."

„Ja", erwiderte Miguel nervös. Was sollte das alles? Worauf wollte seine Mutter hinaus? „Hector Duarte. Er verschwand bei einer Reise in Europa spurlos und wurde für tot erklärt, weshalb Vater schließlich alles erbte." Er runzelte die Stirn. „Die Geschichte ist allgemein bekannt. Was ist daran so ungeheuerlich?"

Seine Mutter funkelte ihn ärgerlich an. „Wirst du mir wohl zu Ende zuhören, *mi hijo*?"

„*Sí, madre*", antwortete er widerwillig.

„Viele Jahre waren vergangen, und dein Vater hatte aus eigener Kraft das Vermögen unserer Familie gemehrt, als er plötzlich herausfinden musste, dass seine gesamte Existenz – unsere Existenz! – auf einer Lüge aufgebaut war."

„Wie das?", hakte Miguel nach, nun ernsthaft interessiert.

„Durch eine junge Frau, die eines Tages vor seiner Tür stand und behauptete, die Tochter von Hector Duarte zu sein."

„Was sagst du da?" Jetzt musste er sich doch setzen. Schwer ließ er sich auf den Sessel gegenüber seiner Mutter fallen. „Aber es hieß doch, Hector sei tot!"

„Nun, er war wohl auch in Europa gestorben, allerdings erst viele Jahre, nachdem er Chile verlassen hatte. Er und sein Vater Ramón waren im Streit auseinandergegangen. Hector hatte mit seiner Familie gebrochen, ehe er nach Europa ging. Dort lernte er dann offenbar eine Deutsche kennen und heiratete sie. Bei dem Kind, das sie zusammen hatten, handelte es sich angeblich um diese junge Frau, die bei deinem Vater vorsprach. Und ihr Name war …"

„Ja?“ Miguel beugte sich angespannt vor. „Nun rede doch schon, Mutter!“, forderte er.

„Ihr Name war Frederike von Grünau zu Meersberg.“

Miguel riss die Augen auf. „Du meinst … Charlottes Mutter? Sie war die Enkelin vom alten Ramón?“

Seine Mutter nickte stumm, und Miguel starrte nachdenklich in die Luft. Jetzt wurde ihm so einiges klar – zum Beispiel, wieso Don Carlos so vehement darauf bestanden hatte, dass er Charlotte heiratete. Es war ihm gar nicht so sehr um die Kontakte ihres Vaters gegangen, sondern vielmehr darum, das Erbe der Familie für alle Zeiten zu sichern. Denn wenn es wirklich stimmte, was seine Mutter sagte, stand in Wahrheit Charlotte das gesamte Vermögen der Duartes zu.

„Du weißt, was das Testament des alten Ramón besagt, nicht wahr?“, fragte Doña Isabella nun.

Er nickte. In seinem Letzten Willen hatte der alte Mann festgehalten, dass sein Neffe als Alleinerbe eingesetzt wurde. Für den Fall jedoch, dass Hector oder einer seiner leiblichen Abkömmlinge jemals zurückkehren sollte, würde stattdessen alles an diesen gehen.

„Was ist aus dieser Frau, Charlottes Mutter, geworden?“

Doña Isabella schaute kurz zu ihm auf, ehe sie den Blick rasch wieder abwandte. „Dein Vater hat … sie aus dem Weg geschafft.“

Das wiederum überraschte Miguel nicht. Sein Vater war noch nie zimperlich gewesen, wenn es darum ging, seinen Vorteil zu wahren. Dafür hatte er auch nicht davor zurückgeschreckt, über Leichen zu gehen.

„Er hat sie also beseitigen lassen“, wiederholte er nüchtern. „Hoffentlich von jemandem, dem man vertrauen kann und der nicht eines Tages versuchen wird, uns einen Strick daraus zu drehen.“

Seine Mutter schüttelte den Kopf. „Keine Sorge, der Mann ist längst tot. Außerdem war er stumm, sodass keine Gefahr bestand, dass er irgendjemandem später von der Angelegenheit berichteten konnte.“

Langsam nickte Miguel. „Schön“, sagte er schließlich. „Dann ist Charlotte also die Erbin des Familienunternehmens. Und deshalb hat er sie hierher nach Chile geholt?“

„Er wollte durch deine Heirat mit ihr sicherstellen, dass in Zukunft niemand unsere Rechte anzweifeln kann.“

Miguel betastete seine Stirn. „Und nun? Was, wenn sie die Wahrheit herausfindet?“

„Genau deshalb solltest du alles tun, um sie an dich zu binden.“

Fragend schaute Miguel sie an.

„Du hast sie in Patagonien zurückgelassen?“

Er schnaubte. Bisher hatte er noch keine Gelegenheit gehabt, Doña Isabella von den Eskapaden seiner Ehefrau zu berichten. „Sie ist durchgebrannt“, knurrte er wütend. „Mit einem Kerl, den sie wohl schon eine Weile gekannt hat.“ Er verzog das Gesicht. „Hörner hat sie mir aufgesetzt, das Miststück, kannst du dir das vorstellen?“

Seine Mutter wirkte schockiert. „Bedeutet das, du weißt nicht, wo sie ist? Um Himmels willen! Was, wenn sie nun einen Bastard von diesem anderen Mann bekommt? Laut dem Testament ihres Urgroßvaters würde das Erbe dann nach ihrem Tod an den fallen. Die Rede ist von *leiblichen* Nachkommen – nicht von ehelichen!“

Miguel zog die Brauen zusammen. Nun war auch er besorgt. Der Tod seines Vaters bekümmerte ihn nicht sonderlich. Er und der alte Mann waren nie besonders gut miteinander ausgekommen. Es gab für ihn keinen Grund, ihm bittere Tränen nachzuweinen. Viel wichtiger war indes, das Erbe für sich zu bewahren. Seine Mutter hatte recht – Charlotte konnte ihm wirklich gefährlich werden.

Aber hatte er sich nicht ohnehin geschworen, sie sich vorzuknöpfen? Warum es dann nicht gleich richtig machen und sie ein für alle Mal loswerden? Er würde Cristóbal mitnehmen, denn auf ihn war Verlass. Und wenn dieses Problem erst einmal erledigt war, würde keine Menschenseele erfahren, dass es abgesehen von ihm jemals einen rechtmäßigen Erben des Familienunternehmens gegeben hatte.

Mein Erbe …

Allein der Klang des Wortes zauberte ein Lächeln auf seine Lippen. Endlich vermochte ihn sein Vater nicht mehr davon abzuhalten, das zu bekommen, was er verdiente.

Jetzt galt es nur noch, Charlotte zu finden.

18. KAPITEL

Je weiter sie in den Norden vordrangen, umso höher stiegen die Temperaturen. In einem kleinen Ort hatte Leander noch zusätzliche Wasserflaschen besorgt, die sie regelmäßig befüllten. Doch je weiter sie ritten, desto seltener stießen sie auf einen Bach oder einen Brunnen.

Für Aurora, die vor ihrem Vater auf dessen Pferd saß, war das alles ein großes Abenteuer. Leander indes fing langsam an, sich Sorgen zu machen. Es würde nicht mehr lange dauern, bis sie die ersten Ausläufer der Atacamawüste erreichten, und von dort an würde es sich noch schwieriger gestalten, ihre Wasservorräte aufzufüllen. Zwar gehörte die Atacama nicht zu den heißesten Regionen auf dem Kontinent, aber die Temperaturunterschiede waren gewaltig, und die Nächte wurden empfindlich kalt.

Immer wieder fragte er sich, ob es eine gute Idee gewesen war, ausgerechnet diese Strecke auszuwählen. Doch auf die Weise konnten sie Chile unbemerkt verlassen und in Arica, einer kleinen Hafenstadt im Norden, ein Schiff nehmen, das sie nach Kalifornien bringen würde.

Der erste Tag in der Wüste war eine einzige Qual. Aurora quengelte stundenlang, bis sie zum Nachmittag hin schlapp und kraftlos vor ihm im Sattel hing. In der folgenden Nacht wurde es dann so kalt, dass ihnen trotz ihrer Decken und der Tatsache, dass sie sich alle dicht aneinanderdrängten, die Zähne klapperten.

Am zweiten Tag war ihr Wasservorrat bereits zur Hälfte aufgebraucht – und das, obwohl sie nach Leanders Rechnung noch mindestens drei Tage unterwegs sein würden. Die Sonne brannte erbarmungslos vom strahlend blauen Himmel und brachte die Luft über dem aufgeheizten Wüstenboden zum Flirren. Die Pferde schleppten sich vorwärts – bei den Tieren musste das Wasser eingespart werden, das ihnen fehlte. Immer wieder stieg Leander ab und führte seinen Hengst am Zügel, um ihn ein wenig zu schonen.

Als der dritte Tag zur Hälfte vorüber war, verloren sie das Pony. Es sackte einfach in sich zusammen, blieb schwer atmend am Boden liegen und weigerte sich aufzustehen.

Es war nicht das erste Mal, dass Leander so etwas sah. Die Augen des Tieres waren fahl und glanzlos. Es hatte den Kampf ums Überleben aufgegeben. Zwecklos, es dazu anzutreiben, die Reise fortzusetzen.

Sie mussten es zurücklassen. Charlotte und Leander wechselten sich nun mit dem Reiten ab. Oft gingen sie auch einfach nur nebeneinanderher. Dabei sprachen sie nicht viel. Jedes überflüssige Wort schien eine zu große Anstrengung zu sein. Charlotte war deutlich anzusehen, dass sie am Ende ihrer Kräfte war. Tiefe Ringe lagen unter ihren Augen, das Haar klebte ihr in feuchten Strähnen im Gesicht. Wie lange mochte sie diesen Gewaltmarsch wohl noch durchstehen? Und was würde geschehen, wenn ihr Körper schlappmachte? Wenn sie nicht mehr weiterkonnte? Das Pferd würde ihr Gewicht auch nur für eine begrenzte Zeitspanne tragen können, ehe die Kräfte es verließen. Und dann?

In dieser Nacht bereute Leander zum ersten Mal, dass das Schicksal Charlotte und ihn zusammengeführt hatte. Nicht, weil es ihn nicht glücklich machte, sie in seiner Nähe zu haben, oder weil er festgestellt hätte, dass er sie doch nicht genug liebte. Nein, gerade *weil* er sie liebte, bereute er es. Denn nur durch ihn war sie überhaupt in diese Situation geraten. Hätten sie sich nicht kennengelernt, wäre sie jetzt zumindest in Sicherheit.

In Sicherheit? Sie wäre bei ihrem Mann, der sie schlägt und misshandelt. Einem Mann, der sie nie auch nur eine Sekunde lang so behandelt hat, wie sie es verdient. Würdest du wirklich wollen, dass er ungehindert damit weitermachen kann? Denn das würde er, wenn nicht geschehen wäre, was geschehen ist.

Es erschien ihm wie ein kleines Wunder, als sie am Nachmittag des nächsten Tages im grellen Sonnenlicht die flimmernden Umrisse einer Stadt ausmachten.

Arica. Sie hatte es geschafft.

Früher als erwartet, und doch nicht einen Augenblick zu früh.

Der Anblick gab ihnen neue Kraft. Bald schon würden sie sich wieder unter Menschen befinden. Sie würden trinken, essen und sich im Schatten ausruhen können. Nach den endlosen Tagen in der Wüste erschien ihm dies wie das Allergrößte auf der Welt. Auf Charlottes von der Hitze aufgesprungenen Lippen lag ein Lächeln, und Aurora wirkte so wach und quirlig wie schon lange nicht mehr.

Sie hatten es geschafft. Sie hatten es tatsächlich geschafft.

Erleichtert atmete Leander auf. Es war mehr als unwahrscheinlich, dass ihnen noch immer jemand folgte. Sie hatten ihre Spuren verwischt. Niemand würde auf den Gedanken kommen, dass sie ein solches Wagnis eingegangen waren. Ein Mann, eine Frau und ein Kind, die die Wüste durchquerten. Es war verrückt gewesen, einfach verrückt, doch sein Plan war aufgegangen.

Sie waren gerettet.

Miguel studierte noch einmal die Karte, die vor ihm auf dem Felsblock lag, und schüttelte den Kopf. „Nein, sie sind ganz gewiss nicht durch die Wüste gegangen“, sagte er bestimmt. „Nicht, wenn sie wirklich dieses Kind bei sich haben, wie der Bauer, der sie gesehen haben will, behauptet hat.“

„Aber er sagte auch, dass sie in Richtung Atacama unterwegs waren“, gab Cristóbal zu bedenken.

Es war zwei Tage her, dass die beiden Männer in Begleitung einiger der Arbeiter von dem Anwesen in Puerto Montt aufgebrochen waren, um Charlotte zu verfolgen. Die Worte seiner Mutter hallten noch immer in seinen Ohren nach.

Wenn er nicht Gefahr laufen wollte, alles zu verlieren, musste er Charlotte finden – und dafür sorgen, dass sie ihm niemals wieder in die Quere kam. Sie war die einzige Person auf der Welt, die sich zwischen ihn und sein Erbe stellen konnte. Das Testament seines Großonkels ließ keinen Zweifel daran, wer den gesamten Besitz der Duartes erhalten sollte. Doch so weit würde er es nicht kommen lassen. Es würde ihm Befriedigung verschaffen, sie um ihr Leben betteln zu hören. Doch so, wie er sie kannte, würde sie nicht mal dabei an sich selbst denken, sondern ihn darum bitten, ihren Liebhaber und das Kind zu verschonen.

Sie sollte es besser wissen. Er konnte es kaum erwarten, es diesem Mistkerl heimzuzahlen. Um keinen Preis der Welt wollte er darauf verzichten. Aber ehe es dazu kam, musste er zunächst einmal herausfinden, wo sich die beiden aufhielten.

Mit einem frustrierten Stöhnen fuhr er sich durchs Haar. *Wo steckst du, Charlotte? Wo steckst du?*

Erneut blickte er auf die Karte. Die Atacamawüste zog sich entlang der Küste bis tief in den Norden nach Peru. Sie lag im Windschatten der Anden, was bedeutete, dass jeder Versuch, sie zu umgehen, einen großen Umweg darstellte. Und Zeit war ein entscheidender Faktor, wenn man sich auf der Flucht befand.

„Also schön", wandte er sich schließlich an Cristóbal. „Was denkst du, haben sie vor?"

Der ältere Mann zuckte die Achseln. „Ich an ihrer Stelle würde die Wüste wählen. Es ist der kürzeste Weg aus dem Land hinaus – und über Arica oder einen der anderen Seehäfen könnten sie sich schon bald außerhalb unserer Reichweite befinden."

Miguel unterdrückte einen Fluch. Cristóbal hatte recht – und das bedeutete, dass nun sie es waren, denen nicht mehr viel Zeit blieb. Wenn er den Worten des Bauern Glauben schenken durfte, der Charlotte erkannt zu haben meinte, hatten die drei einen Vorsprung von immerhin vier Tagen.

„Dann soll es Arica sein", sagte er und tippte mit der Fingerspitze auf den kleinen Punkt, der die Hafenstadt auf der Karte darstellte. „Ich nehme an, dass wir es ebenso gut dort versuchen können wie anderswo. Gehen wir also durch die Wüste."

Charlotte, Leander und Aurora übernachteten in einer Herberge in der Nähe des Hafens. Das Zimmer, das sie sich zu dritt teilten, war klein und einfach eingerichtet. Ein Bett, ein Tisch und ein Stuhl. Nach all den Entbehrungen in der Wüste kam es Charlotte trotzdem beinahe luxuriös vor.

Am nächsten Morgen ging sie mit Leander zu den Docks, um sich um Plätze für eine Überfahrt nach Kalifornien zu kümmern. Die Pensionswirtin hatte sich bereit erklärt, solange auf Aurora aufzupassen.

Sie versuchten es bei mehreren Reedereien, aber keine von ihnen würde in den nächsten Tagen ein Schiff in Richtung Nordamerika entsenden. Mit jedem Misserfolg wurde Leander stiller und nachdenklicher. Und auch Charlotte war besorgt. Sie mochten sich vorerst in Sicherheit befinden, doch diese Sicherheit war trügerisch. Sie waren sich einig, dass sie so bald wie möglich weiterreisen sollten. Die Frage war nur, wann das sein würde.

Es hieß, entweder an ihrem Plan festzuhalten, nach Kalifornien zu gehen und auf ein entsprechendes Schiff zu warten, oder sich ein anderes Ziel zu suchen. Keine der beiden Optionen wollte ihr wirklich gefallen. Natürlich bestand auch die Möglichkeit, nach Europa zurückzukehren, da wären sie vor einer weiteren Verfolgung sicher, denn so weit reichte nicht einmal die Macht der Duartes.

Charlotte hatte sich aber schon vor Jahren von ihrer alten Heimat verabschiedet. Sie fühlte sich dort nicht mehr zu Hause. Ihr Leben fand hier statt, in der Neuen Welt – ganz gleich, ob nun in Süd- oder Nordamerika. Und was ihre Familie betraf, so legte sie keinen Wert darauf, ihren Vater und ihren Bruder jemals wiederzusehen.

„Das hat doch keinen Sinn“, sagte Leander irgendwann und riss sie damit aus ihren Grübeleien. „Wir sollten uns überlegen, was wir jetzt tun wollen. Das nächste Schiff in Richtung Kalifornien sticht erst in etwa einem Monat in See. Wir können unmöglich so lange hierbleiben.“

Charlotte seufzte. „Und wenn wir nun kein Schiff nehmen, sondern über Land gehen?“

„Das ist ein furchtbar weiter Weg“, gab Leander zu bedenken. „Vergiss nicht, dass wir zwei nicht mehr allein unterwegs sind. Ich möchte Aurora die Strapazen einer solchen Reise nur sehr ungern zumuten. Davon abgesehen ist es gefährlich. Die politische Lage in vielen der Länder, die wir durchqueren müssten, ist alles andere als stabil."

Das sah sie ein, sie war jedoch nicht bereit, ihren gemeinsamen Traum so schnell aufzugeben. „Es gibt noch ein paar Reedereien, bei denen wir nachfragen können. Lass uns das erst mal tun. Vielleicht haben wir ja Glück."

Leander wirkte zwar nicht zuversichtlich, zuckte aber mit den Schultern. „Versuchen können wir es – was haben wir schon zu verlieren?"

Sie erlebten weitere Enttäuschungen, ehe sie bei der dritten Reederei tatsächlich Glück hatten. Es handelte sich um ein kleines Unternehmen, das lediglich zwei eigene Schiffe besaß, die laut Aussage des Angestellten, der in dem schäbigen Büro saß, ständig zwischen Arica und San Francisco pendelten.

„Eigentlich befördern wir an Bord unserer Dampfer nur Waren, keine Passagiere", erklärte der Mann. „Wenn Sie also wirklich bei uns mitfahren wollen, müssten Sie mit einer Koje im Mannschaftsbereich vorliebnehmen." Er betrachtete Leander von oben bis unten. „Sofern Sie bereit sind, beim Be- und Entladen mit anzupacken, bin ich jedoch sicher, dass wir eine Einigung finden werden."

Charlotte war so glücklich über diese unerwartete Entwicklung, dass es ihr egal war, ob sie zusammen mit der Besatzung des Schiffes in einem großen Raum würde schlafen müssen. Es handelte sich ja schließlich nicht um einen Dauerzustand – die Überfahrt dauerte nur ein paar Tage.

Leander hingegen wirkte skeptisch. „Wann läuft das Schiff aus?"

Der Mann blätterte kurz in einigen Unterlagen, ehe er wieder aufblickte. „Die *Santo Domingo* wird in sechs Tagen zurückerwartet. Einen Tag benötigen wir zum Löschen der Fracht, einen weiteren für das erneute Beladen. In etwas mehr als einer Woche könnte die Reise also beginnen."

„Eine Woche ..." Leander runzelte die Stirn.

Charlotte wusste, was ihn beschäftigte. Eine Woche war eine lange Zeit, wenn man sich auf der Flucht befand. In einer Woche konnte viel passieren. Vielleicht wurden sie schon jetzt landesweit gesucht – seit der Einführung des Telegrafen machten Neuigkeiten auch in Südamerika rasch die Runde. Arica lag unmittelbar an der chilenischen Grenze, mit jedem Tag, den sie länger hier verweilten, stieg das Risiko, entdeckt zu werden.

Zugleich war dieses Schiff, die *Santo Domingo*, die größte Chance, die sie hatten. Es würde sie in die Freiheit bringen. Wenn sie erst einmal in Kalifornien wären, könnte ihnen niemand mehr etwas anhaben. Leander hatte ganz recht – der lange Weg über Mittelamerika war riskant. Sehr viel riskanter und langwieriger als der Seeweg.

„Würden Sie uns bitte einen Augenblick entschuldigen?", wandte sie sich an den Mann hinter dem Schreibtisch, ergriff Leanders Hand und zog sich mit ihm ein Stück zurück. „Ich weiß, dass du mit der Wartezeit nicht glücklich bist", sagte sie. „Aber ich finde, wir sollten es trotzdem tun. Es ist doch nur eine Woche …"

Einen Moment zögerte er noch, dann nickte er. „In Ordnung. Wenn wir es bis hierhin geschafft haben, schaffen wir es auch weiter." Gemeinsam gingen sie zu dem Reedereiangestellten zurück. „Wir sind einverstanden", sagte Leander. „Wir wohnen in einer kleinen Pension ganz in der Nähe. Ich schreibe Ihnen die Adresse auf. Wenn die *Santo Domingo* eintrifft, können Sie uns dort erreichen."

Sie hatten fünf Tage gebraucht bis Arica, und nun wendete Cristóbal sein Pferd und kam zu ihrer Gruppe zurück, die an der Straße auf ihn wartete. Miguel sah ihm fragend entgegen.

Sein Diener nickte. „Sie sind gesehen worden. Etwa vor einer Woche", erklärte er. „Ein Mann, eine Frau und ein Kind. Die Beschreibung passt exakt auf Ihre Frau und deren Begleiter. Sie haben also tatsächlich die Wüste durchquert."

Miguel wischte sich mit dem Handrücken den Schweiß von der Stirn. Der Ritt durch die Wüste war anstrengend gewesen, und er sehnte sich ebenso nach einem kühlen Bier wie seine Männer, doch Cristóbals Neuigkeiten ließen diesen Wunsch auf seiner Prioritätenliste weit nach hinten rutschen.

Charlotte war also zumindest hier durchgekommen, damit hatte sich Cristóbals Riecher als richtig erwiesen. Doch eine Woche war eine lange Zeit. Sie konnten von hier aus praktisch überall hingegangen sein. Blieb nur zu hoffen, dass das Gespür seines Kammerdieners auch dieses Mal zuverlässig war.

Arica.

Es war die erste größere Stadt nach der Wüste. Eine Hafenstadt noch dazu. Gab es einen besseren Ort für Flüchtlinge, um in ein neues Leben aufzubrechen? Die Möglichkeiten waren praktisch unbegrenzt. Zwar könnte Charlotte sich schon jetzt auf einem Schiff zurück ins Deutsche Reich befinden, sein Gefühl sagte ihm jedoch, dass es sie nicht nach Europa zog.

„Weiter", wies er die Gruppe an. „Eine Rast einlegen können wir, wenn wir die Stadt erreicht haben."

Die Männer wirkten alles andere als glücklich, einige murrten verhalten, doch sie parierten. Sie wussten, wem sie zu Loyalität verpflichtet waren – und sie kannten Miguel gut genug, um zu wissen, dass er keine Gnade mit denen hatte, die sein Missfallen erregten.

Charlotte hätte ebenfalls gut daran getan, das zu bedenken, schoss es ihm durch den Kopf. Aber für sie war es zu spät. Er würde sie zur Strecke bringen, und Gott wusste, es würde ihm das größte Vergnügen bereiten.

Sobald das endlich erledigt war, würde er als einzig verbliebener Nachkomme von Ramón Duarte nach Puerto Montt zurückkehren und die Geschäfte der Familie übernehmen.

Dann war es so weit, dann konnte ihm niemand mehr in seine Angelegenheiten hineinreden.

Charlotte pflückte gerade mit Aurora in dem winzigen Garten der Pension, in der sie seit ihrer Ankunft in Arica wohnten, Blumen, als ein Laufbursche mit einer Nachricht der Reederei eintraf.

Die *Santo Domingo* war früher als geplant eingelaufen und lag bereits im Hafen. Man erwartete Leander umgehend dort, damit er wie vereinbart beim Löschen der Fracht half.

Charlotte war froh, denn sie wollte so schnell wie möglich fort. Nicht nur wegen Miguel, dessen drohenden Schatten sie hinter jeder Straßenecke zu sehen glaubte. Nein, seit ihrer Ankunft in Arica hatte es immer wieder unterschiedlich starke Erdstöße gegeben, die sie in Sorge versetzten. Zwar hatte ihr die Pensionswirtin versichert, dass solche leichten Beben in dieser Gegend nicht ungewöhnlich waren. Wohler fühlte Charlotte sich deswegen jedoch nicht.

Leander war nicht da, als sie die Botschaft vom Eintreffen ihres Schiffes erhielt, und Charlotte wusste auch nicht, wo sie ihn finden konnte. Er ging jeden Morgen in aller Frühe zu den Docks, um sich als Tagelöhner zu verdingen. Da er jung und kräftig war, fand er zumeist eine halbwegs anständig bezahlte Tätigkeit. Für wen er arbeiten würde und als was, entschied sich allerdings erst in dem Moment, in dem er und sein jeweiliger *patrón* das Geschäft per Handschlag besiegelten.

Die Besitzerin der Pension bemerkte ihre Aufregung und bot an, auf Aurora aufzupassen. Wie es schien, hatte sie die Kleine ins Herz geschlossen, was Charlotte gut verstand. Leanders Tochter war wirklich ein goldiger Schatz.

„Vielen Dank“, sagte sie auf dem Weg zur Tür. „Ich bin so schnell ich kann zurück.“

Sie stand kaum draußen auf der Straße, als ihr klar wurde, dass sie nicht einmal wusste, wo sie mit ihrer Suche nach Leander beginnen sollte. Sie überlegte eine Weile, schließlich entschied sie sich dafür, zu den Docks zu gehen. Dorthin, wo die Tagelöhner jeden Morgen in aller Herrgottsfrühe darauf warteten, angesprochen zu werden.

Als sie den entsprechenden Kai erreichte, war jedoch niemand mehr zu sehen. Charlotte unterdrückte einen Fluch. Was nun? fragte sie sich. Denk nach, Charlotte! Denk nach!

Da erblickte sie ganz in der Nähe einige Männer, die dabei waren, ein Segelschiff zu entladen. Sie alle waren etwa in Leanders Alter und auf drahtige Weise muskulös. Das mussten sie wohl auch sein, denn das Gewicht der Kisten, die sie auf ihren Schultern schleppten, schien enorm zu sein. Sie ächzten und keuchten, und der Schweiß ließ ihre nackten Oberkörper schimmern.

Charlotte räusperte sich. „Ent... Entschuldigung, aber ... Ich bin auf der Suche nach einem Mann."

Einige der Arbeiter blieben stehen, lachten und warfen ihr anzügliche Blicke zu.

„Tja, Schätzchen, hier bei uns findest du ganz bestimmt ein paar ansehnliche Prachtstücke", rief einer von ihnen und zwinkerte ihr aufreizend zu.

Ihr wurde jetzt erst klar, wie zweideutig ihre Worte geklungen haben mussten. Ihre Wangen brannten, doch sie zwang sich, die Ruhe zu bewahren. „Tut mir leid, aber so hatte ich das nicht gemeint. Ich bin auf der Suche nach jemand Bestimmtem. Sein Name ist Leander, und er muss heute Morgen hier gewesen sein, um nach Arbeit zu fragen."

„Leander? So ein großer Kerl mit dunklen Locken und hellen Augen?", fragte einer nach.

„Ja", erwiderte Charlotte aufgeregt. „Genau den meine ich. Wissen Sie, wo er angeheuert wurde? Ich muss ihn dringend sprechen."

Der Mann stellte die Kiste, die er getragen hatte, auf dem Boden ab und wischte sich mit dem Unterarm den Schweiß von der Stirn. „Wenn mich nicht alles täuscht, müsste er beim alten Jiminéz sein."

„Und wo finde ich den?"

Der Mann nickte in die entsprechende Richtung. „Er hat ein Lager nicht allzu weit von hier, direkt am Dock vierundzwanzig. Ich würd's an Ihrer Stelle mal dort versuchen."

Charlotte dankte ihm freundlich und eilte davon. Zum Glück war der Hafen von Arica nicht so groß wie der von Puerto Montt, sonst hätte ihre Suche wohl eine kleine Ewigkeit gedauert. So hatte sie das entsprechende Lagerhaus bald gefunden und fragte sich zu Leander durch.

Der blinzelte überrascht, als er sie bemerkte. Er war gerade dabei gewesen, einige Säcke, die der Aufschrift nach indischen Tee enthielten, auf einen Wagen zu verladen. Nun wuchtete er den letzten davon hinauf und runzelte die Stirn.

„Was ist los, Charlotte?", fragte er besorgt. „Ist etwas mit Aurora?"

Rasch schüttelte sie den Kopf. „Nein, mach dir keine Sorgen, es geht ihr gut. Aber die Reederei hat sich gemeldet. Die *Santo Domingo* ist früher als erwartet eingetroffen, und man hat nach dir geschickt."

Leander unterdrückte einen Fluch. „Hätte ich das gewusst, wäre ich heute Morgen nicht auf Arbeitssuche gegangen. Ich fürchte, ich kann hier auch nicht einfach so verschwinden. Jiminéz, der *patrón*, hat mich schon für den ganzen Tag bezahlt."

„Und was nun? Du weißt so gut wie ich, dass deine Hilfe beim Löschen der Fracht und beim Beladen ein Bestandteil unserer Vereinbarung mit der Reederei war. Was, wenn sie uns jetzt nicht mitfahren lassen?"

Leander nickte. „Ich spreche mit Jiminéz. Vielleicht lässt er mit sich reden, wenn ich ihm den Lohn für den ganzen Tag zurückgebe. Lauf du zur *Santo Domingo* und sag Bescheid, dass ich so schnell wie möglich komme. Wenn sie uns erst so spät informieren, müssen sie sich wohl oder übel damit abfinden, dass ich nicht sofort zur Stelle bin."

Genauso gingen sie vor. Charlotte lief zum Büro der Reederei und erklärte die Situation. Etwa eine Stunde später traf dann endlich auch Leander ein.

Er zog sie in seine Arme und küsste sie zum Abschied. „Wir sehen uns später."

Sie strahlte glücklich. „Jetzt wird doch noch alles gut!"

Wenn alles gut lief, würden sie sich schon in zwei Tagen auf dem Weg nach Kalifornien befinden. Ein Lächeln glitt über ihr Gesicht. Es war seltsam, aber allein der Name des Landes war zu einem Synonym für Freiheit für sie geworden. Dort hätte ihre Flucht endlich ein Ende, und sie würden das Leben führen können, von dem sie beide träumten.

Ein Leben als Familie. Vater, Mutter und Kind. Es störte sie nicht im Geringsten, dass Aurora nicht ihr eigen Fleisch und Blut war, denn sie liebte sie, als wäre sie ihre eigene Tochter.

Sie würde den Albtraum, der ihre Vergangenheit war, hinter sich zurücklassen. Und im Laufe der Zeit würden selbst die düsteren Schatten verblassen und die Erinnerungen an Miguel verschwinden. Vielleicht würde sie eines Tages sogar herausfinden, was mit ihrer Mutter geschehen war – vielleicht nicht. Es war nicht mehr so wichtig. Hauptsache, sie konnte mit den Menschen beisammen sein, die sie liebte.

Als sie nach einem langen Fußmarsch, bei dem die Erde erneut mehrfach leicht bebte, die Pension erreichte, hörte sie gleich beim Eintreten die aufgeregte Stimme der Besitzerin aus der Küche.

„Nein, nein, nein!“, rief die Frau. „Ich habe Ihnen doch schon gesagt, dass ich nichts über diese Leute weiß. Sie wohnen nur vorübergehend gegen Bezahlung bei mir. Auf die Kleine passe ich nur auf, weil die nette Señora mich darum gebeten hat.“

Der hysterische Tonfall reichte schon aus, um Charlotte stutzig zu machen, doch als kurz darauf ein Mann sprach, war ihr, als würde ihr das Blut in den Adern zu Eis gefrieren.

Sie kannte diese Stimme, kannte sie sogar sehr gut. Gleichzeitig wusste sie, dass das nicht möglich war, denn der Mensch, den sie da zu hören glaubte, war tot. Sie war selbst dabei gewesen, als er zu Tode kam. Sie hatte ihn mit ihren eigenen Händen getötet.

Nein, dachte sie, und das Wort hallte wie ein Mantra in ihrem Kopf wider. Nein. Nein. Nein!

Andererseits war sie sich vollkommen sicher, dass sie sich unmöglich täuschen konnte, denn sie hätte diese Stimme unter Tausenden wiedererkannt.

„Miguel“, flüsterte sie entsetzt.

„Sie sollten uns sagen, was Sie über die beiden wissen, Señora“, sagte er jetzt. „Ich versichere Ihnen, dass es besser für Sie wäre. Und es soll Ihr Schaden auch nicht sein. Ich habe nichts gegen Sie, Señora, und dieses Kind ist mir gleichgültig. Ich will nur den Mann und die Frau. Also?“

Ein heiserer Aufschrei erklang, und Charlotte zuckte zusammen. Dann fing die Pensionswirtin an zu schluchzen, und der Widerstand der Frau war vermutlich gebrochen.

„Ich weiß nur, dass heute Vormittag eine Nachricht für den Señor eingetroffen ist. Es ging um ein Schiff, das früher eingelaufen ist als erwartet. Die Señora hat sich daraufhin sofort auf die Suche nach ihm gemacht.“ Sie schluchzte erneut. „Mehr weiß ich wirklich nicht, *por el amor de Dios*!“

Langsam und vorsichtig wich Charlotte in Richtung Haustür zurück. Noch hatte Miguel sie nicht bemerkt. Es bestand eine verschwindend geringe Chance, dass es ihr gelang, unbemerkt aus dem Haus und zur *Santo Domingo* zu gelangen.

Leander würde wissen, was zu tun war. Er wusste immer, was zu tun war!

Sie hatte die Ausgangstür fast erreicht, als sie mit dem Rücken gegen etwas Weiches, Nachgiebiges stieß. Ein erstickter Aufschrei entrang sich ihrer Kehle, ehe sie ihn zurückhalten konnte. Doch das war jetzt ohnehin nicht mehr wichtig, denn im nächsten Augenblick legte sich ein Arm fest um ihren Hals, und eine heisere Stimme flüsterte ihr ins Ohr:

„Na, wen haben wir denn da? Ich bin sicher, der *patrón* wird hocherfreut sein, Sie zu sehen …“

Miguel war immer noch dabei, die alte Frau zu befragen, bei der Charlotte und ihr Liebhaber untergekrochen waren, als plötzlich die Tür zur Küche aufgestoßen wurde.

„*Malhaya!* Habe ich nicht klar und deutlich zu verstehen gegeben, dass ich nicht gestört wer…“ Er drehte sich um und verstummte mitten im Satz, wobei er ein triumphierendes Grinsen nicht unterdrücken konnte, als er erkannte, wen Cristóbal ihm da brachte. „Charlotte“, sagte er leise, mit einer Stimme, die warm und süß wie Honig klang. „Was für eine Überraschung. Wie nett, dass du dich zu uns gesellst!“

Charlotte warf den Kopf zurück und erwiderte seinen Blick, doch er sah ihr deutlich an, wie überrascht sie war. Sie schaute ihn an, als würde sie einem Gespenst gegenüberstehen. Und dann begriff er, dass sie vermutlich genau so empfand. Hatte sie geglaubt, er sei tot? Aber natürlich! Sie hatte angenommen, ihn – ihren eigenen Ehemann – umgebracht, ihn erschlagen zu haben.

„Nein, *mi corazón*, ich bin nicht tot“, sagte er lächelnd. „Das ist es doch, was du gedacht hast, nicht wahr?“ Er schnalzte missbilligend mit der Zunge. „Eine Schande, wirklich – nicht einmal das hast du vernünftig hinbekommen. Wenn du jemanden umbringen willst, musst du schon ein wenig fester zuschlagen …“

Charlotte starrte ihn an wie das Kaninchen die Schlange. Gleichzeitig wirkte sie so stark, so kämpferisch, dass es ihn in den Fingern kribbelte, ihr Gehorsam beizubringen. Doch er zügelte sich. Noch war nicht der richtige Zeitpunkt.

Noch nicht.

„Was willst du?“, fauchte sie ihn an. „Was willst du von mir, Miguel?“

Er lachte spöttisch. „Ist das die Begrüßung, die du deinem geliebten Ehemann angedeihen lässt? Ich bin wirklich enttäuscht von dir, *mi corazón*. Sehr, sehr enttäuscht.“ Mit diesen Worten trat er auf sie zu und packte sie bei den Schultern. „Du wirst noch bereuen, was du getan hast, Charlotte. Jede einzelne Sekunde, die du mit diesem *cabrón* – diesem Mistkerl – verbracht hast. Aber zuvor sagst du mir, wo er ist. Ich würde mich gern bei ihm dafür bedanken, dass er mir vor Augen geführt hat, was für eine Schlange ich geheiratet habe.“

„Nein!“, stieß Charlotte heiser hervor. „Ich werde dir nicht sagen, wo er ist. Niemals!“ Sie schüttelte den Kopf. „Wie hast du uns überhaupt gefunden?“

Er grinste. „Das war gar nicht so schwer, *mi corazón*. Als wir nach Arica kamen, habe ich meine Männer losgeschickt. Sie sollten Augen und Ohren nach euch offen halten. Es stellte sich heraus, dass dein Herzallerliebster ein paar Tagelöhner bei den Docks verärgert hat, indem er ihnen die Arbeit vor der Nase wegschnappte. Sie waren nur allzu gern bereit, uns Auskunft darüber zu geben, wo wir euch finden können."

Charlotte atmete tief durch. Dann blickte sie sich nach Aurora um, die zusammen mit der Pensionswirtin im hintersten Winkel der Küche kauerte. „Was ist mit dem Kind? Willst du es auch in deine schmutzige Rache hineinziehen?"

Miguel grinste. „Nun, eigentlich ist das Mädchen mir vollkommen egal, aber ich bin sicher, dass es mir nützlich sein wird, um dich und deinen Liebhaber bei der Stange zu halten. Und jetzt setz dich!" Er drehte sie herum und gab ihr einen Stoß zwischen die Schulterblätter, sodass sie in Richtung Küchentisch taumelte. „Du musst mir gar nicht sagen, wo dein Liebster sich aufhält – früher oder später wird er schon hier auftauchen. Und ich habe es nicht eilig. Wenn es sein muss, warten wir eben den ganzen Tag."

Er sah, wie Charlotte sich nur mit Mühe unter Kontrolle hielt. Ihr stand förmlich auf die Stirn geschrieben, was sie dachte. Die Kleine und sie saßen in der Falle, und es war nur eine Frage der Zeit, bis auch ihr Geliebter hineintappte. Zweifelsohne fragte sie sich, was dann geschehen würde.

Nun, wenn sie ihn so gut kannte, wie er glaubte, wusste sie eines mit absoluter Gewissheit.

Von ihm, ihrem Ehemann, hatte sie so etwas wie Milde oder Vergebung nicht zu erwarten.

19. KAPITEL

Es war schon recht spät am Abend, als Leander vom Hafen zurückkehrte, und die Sonne färbte den Himmel magentarot. Er fühlte sich zerschlagen, spürte jeden einzelnen Muskel in seinem Körper, doch es war kein schlechtes Gefühl. Fast musste er ein bisschen über sich selbst lächeln. Die Arbeit auf der *Güstrow* hatte ihn offenbar vergessen lassen, was es bedeutete, hart anzupacken. Das Löschen der Ladung eines Dampfers war echte Knochenarbeit, doch er wusste, wofür er es tat. Charlotte und Aurora waren alle Strapazen dieser Welt wert.

Außerdem sah es so aus, als würde alles gut werden. Die *Santo Domingo* war ein anständiges Schiff. Kein luxuriöser Dampfsegler wie die *Güstrow*, jedoch solide und in einem guten Zustand. Er hatte sogar Gelegenheit gehabt, sich die Unterbringung der Mannschaft anzusehen. Es waren schmale, enge Kojen, aber für die Überfahrt nach Kalifornien würde es schon reichen.

Frohen Mutes, nach so langer Zeit endlich ein Licht am Ende des Tunnels zu erblicken, stieg er die Stufen zu der kleinen Pension hinauf, in der sie wohnten. Doch schon, als er die Tür öffnete, spürte er, dass etwas nicht stimmte. Es war eine Art Instinkt, nichts wirklich Greifbares. So, als würde ein eisiger Atemhauch ihn im Nacken streifen.

Unwillkürlich dachte er an Charlotte und Aurora und beschleunigte seine Schritte – nur um im nächsten Augenblick eine Hand auf seiner Schulter und die kalte Klinge eines Messers an der Kehle zu spüren.

Leander erstarrte. Tausend Gedanken schossen ihm durch den Kopf. Was ging hier vor? Wer war das, und wo befanden sich Charlotte und seine Tochter? Ging es ihnen gut?

„Was wollen Sie?", stieß er heiser hervor. „Wenn Sie es auf Geld abgesehen haben – hier gibt es nichts zu holen. Ich ..."

„Dein Geld interessiert mich nicht", hörte er jemanden sagen – doch es war nicht der Mann, der hinter ihm stand. Die

Stimme kam aus der Küche, die in der entgegengesetzten Richtung lag – und sie kam ihm bekannt vor. Aber woher nur? Woher?

Dann trat jemand hinter dem Vorhang, der die Küche vom Korridor abgrenzte, hervor, und Leander blinzelte überrascht. Das war unmöglich! Der Mann, der ihm gegenüberstand, war tot. Er hatte ihn selbst am Boden liegen sehen, hatte seinen Puls gefühlt und nichts finden können.

Sollte er sich so getäuscht haben? Konnte es sein, dass Miguel Duarte lebte?

Schwer auf seinen Stock gestützt kam der andere Mann auf ihn zu, und nun gab es für Leander keinen Zweifel mehr.

Vor ihm stand Charlottes Ehemann.

Hass flackerte in ihm auf wie eine gleißende Flamme, und nur die Klinge, die sich noch immer in die empfindsame Haut an seiner Kehle bohrte, hielt ihn davon ab, sich auf Duarte zu stürzen.

„Wen haben wir denn da?“, fragte der, und in seinen Augen blitzte es boshaft auf. „Wir haben dich alle schon sehnsüchtig erwartet. Jetzt kann unsere kleine Familienwiedersehensfeier ja beginnen. Komm her!“

Leander hätte dem Kerl sein hämisches Grinsen am liebsten aus dem Gesicht gewischt, doch im Moment blieb ihm nichts anderes übrig, als sich den Anweisungen zu fügen; der leichte Druck der Klinge machte es mehr als deutlich. Er wäre Duarte jedoch ohnehin gefolgt, denn er ahnte, dass sich dort, wo er hinging, auch die beiden Menschen befanden, die er über alles liebte.

„*Papá!*“ Aurora, die zwischen Charlotte und der äußerst unglücklich aussehenden Pensionswirtin am Küchentisch saß, wollte aufspringen, als sie ihn erblickte, doch Charlotte hielt sie zurück.

„Es ist alles in Ordnung, mein Schatz“, sagte er, darum bemüht, seiner Stimme einen beruhigenden Klang zu verleihen. „Diese Leute werden euch nichts tun.“ Er wandte sich an Duarte. „Lassen Sie die beiden gehen. Ich kann verstehen, dass Sie sich rächen wollen. Niemandem gefällt es, wenn ihm Hörner aufgesetzt werden. Aber das ist doch eine Sache, die wir unter uns Männern ausmachen können, oder nicht?“

Duarte lachte. „Ist das so?“ Seine Miene verfinsterte sich. „Nun, ich denke gar nicht daran, mir von dir den ganzen Spaß verderben zu lassen. Es ist schließlich nicht nur so, dass Charlotte mich mit dir betrogen hat, nein. Sie hat darüber hinaus auch versucht, mich zu töten! Und ich finde nicht, dass ich ihr das so einfach durchgehen lassen kann – du etwa?“

Leander reckte das Kinn vor. „Was wollen Sie tun? Uns alle umbringen?“ Er sah, wie Charlotte erschrocken zusammenzuckte. Mit Blicken flehte sie ihn an, still zu sein, doch er musste versuchen, Duarte aus der Reserve zu locken. Es war die einzige Chance, die sie hatten – wenn sie überhaupt eine hatten.

Duarte ließ sich nicht darauf ein. „Ich schlage vor, dass wir jetzt alle einen hübschen langen Spaziergang machen“, sagte er und nickte seinem Helfer zu, der Leander mit einem leichten Druck der Klinge dazu brachte, sich in Bewegung zu setzen.

„Was ist mit ihr?“, hörte er den Mann hinter sich fragen, und er sah, wie die Pensionswirtin erschrocken zusammenzuckte. „Nehmen wir sie mit?“

Als Duarte den Kopf schüttelte, spürte Leander zum ersten Mal seit einer gefühlten Ewigkeit, wie der Druck des Messers verschwand. Obwohl die Gefahr längst nicht gebannt war, durchflutete ihn Erleichterung. Doch seine Anspannung stieg sofort wieder, als er sah, wie der zweite Mann Aurora unter den Achseln packte, um sie vom Stuhl zu zerren.

Heiße Wut kochte in ihm empor. „Lass das, du …!“

Er kam nicht dazu, den Satz zu beenden, denn Duartes Helfer zückte augenblicklich wieder sein Messer und setzte es ihm an die Kehle. Er wandte gerade genug Druck an, dass die Haut über seinem Adamsapfel leicht angeritzt wurde, als er schluckte.

„Du solltest dich besser ruhig verhalten, *amigo*. Es ist keine gute Idee, sich mit jemandem anzulegen, der eine tödliche Waffe in der Hand hält.“

Leander wich zurück, sein Blick ließ jedoch keinen Zweifel daran, wie zornig er war und was er mit seinem Gegenüber tun würde, wenn er es noch einmal wagte, Aurora anzurühren. Doch anstatt die Konfrontation zu suchen, bei der er am Ende nur den Kürzeren ziehen konnte, ging er in die Knie und streckte die Arme nach seiner Tochter aus. „Komm her, mein Schätzchen. Komm zu *papá*."

Das kleine Mädchen rutschte von der Sitzfläche und kam auf ihn zugelaufen. Es barg das Gesicht an seiner Schulter und schluchzte herzerweichend.

Leander presste Aurora an sich und stand auf, woraufhin Duartes gefährlicher Begleiter die Pensionswirtin am Arm packte und sie auf die Füße zerrte.

„Auf, Mütterchen", sagte er und schob sie vor sich her in Richtung Vorratskammer, deren Tür er öffnete. „Dort hinein mit dir. Und dann verhältst du dich ruhig, wenn du weißt, was gut für dich ist. Bilde dir nur nicht ein, dass du in Sicherheit bist, nur weil wir nicht mehr in der Nähe sind ..."

Die alte Frau stieß ein ängstliches Wimmern aus und ließ sich widerstandslos in den winzigen Raum sperren.

Charlotte erhob sich nun ebenfalls. Sie kam zu Leander herüber, ergriff seine Hand und drückte sie sanft.

Er schaute sie kurz an und versuchte, ihr allein mit seinem Blick Zuversicht zu schenken. Es funktionierte nicht wirklich, aber das hatte er auch nicht erwartet.

„Was hast du nun mit uns vor, Miguel?", fragte sie.

Duarte lachte. „Sagte ich das nicht bereits? Wir machen einen hübschen Spaziergang zusammen, und dabei erzähle ich eine Geschichte, die euch interessieren dürfte." Er nickte ihnen auffordernd zu. „Was ist? Kommt schon."

Durch die Hintertür traten sie hinaus in den Garten. Duarte ging vor, dann folgten Leander und Charlotte, die Aurora an der Hand hielt, und zuletzt Duartes Helfer, dessen Messer nun zwar verborgen war, doch immer in Griffweite blieb.

Fieberhaft blickte Leander sich um, versuchte irgendeine

Möglichkeit zu finden, wie sie heil aus dieser Sache herauskommen könnten. Wenn nötig wäre er bereit, sich selbst zu opfern, um Charlotte und Aurora zu beschützen, aber er konnte nichts tun. Nicht, solange die Gefahr bestand, dass die beiden bei einem Fluchtversuch zu Schaden kamen.

Vom Garten aus verlief ein schmaler Weg zwischen Häuserreihen entlang. Wäsche baumelte an darüber gespannten Leinen im Wind. Es gab nur zwei Richtungen, in die man sich bewegen konnte – vorwärts oder zurück. Und der Rückweg war ihnen von Duartes Helfer abgeschnitten.

Ihnen blieb nichts anderes übrig, als fürs Erste zu gehorchen.

War Charlotte zunächst für einen winzigen Augenblick erleichtert gewesen, dass Miguel nicht tot und sie somit keine Mörderin war, so hatte sich diese Erleichterung rasch verflüchtigt. So sehr, dass sie jetzt wünschte, sie hätte fester zugeschlagen, als sie die Chance dazu gehabt hatte.

Was war er bloß für ein Mensch, dass er die kleine Aurora benutzte, um ihren Vater unter Druck zu setzen? Wie konnte man nur so herzlos sein? Doch im Grunde überraschte es sie nicht einmal so sehr. Für Miguel hatte es immer nur einen Menschen gegeben, der zählte: ihn selbst.

Ihre Gedanken rasten, doch ganz gleich, wie sehr sie sich auch das Hirn zermarterte – sie fand keinen Weg, wie es ihnen gelingen sollte, Miguel und den mit einem Messer bewaffneten Cristóbal zu überwältigen.

Sie waren den beiden auf Gedeih und Verderb ausgeliefert – und tief in ihrem Inneren spürte sie, dass Miguel nicht vorhatte, sie den nächsten Tag noch erleben zu lassen.

Aber warum?

Wozu das alles?

Er mochte ein egoistischer Schuft sein, für den ein Menschenleben nichts zählte, doch sie konnte sich nicht vorstellen, dass er ihr über den halben Kontinent nachgejagt war, nur um sich an ihr zu rächen.

Es musste noch etwas anderes dahinterstecken.

Nur was?

Und dann fing Miguel an zu sprechen, und auf einmal ergab alles einen Sinn.

„Mein Vater ist übrigens gestorben“, sagte er. „Der alte Mistkerl hat sich immer für unverwundbar gehalten – bis ihn aus heiterem Himmel der Schlag traf. Einige Stunden hat er wohl noch gelebt. Zeit genug, dass er meiner Mutter eine interessante kleine Geschichte erzählen konnte.“ Er drehte sich zu ihr um. „Die Geschichte von einer jungen Frau, die nach Chile kam, um ein neues Leben anzufangen. Die im Haus meines Vaters auftauchte, weil sie hoffte, im Schoße ihrer Familie väterlicherseits Aufnahme zu finden.“ Er grinste ihr zu. „Kannst du dir vorstellen, wie diese Frau hieß?“

Charlotte entgegnete nichts, obwohl sie sehr wohl ahnte, von wem Miguel sprach. Unwillkürlich suchten ihre Finger das Medaillon, das sie unter ihrer Bluse verbarg.

Das Medaillon ihrer Mutter.

Offenbar sah Miguel ihr an, dass sie begriffen hatte.

„Ja, genau“, sagte er. „Ihr Name war Frederike von Grünau zu Meersberg.“

Charlotte riss die Augen auf. Das Herz klopfte so heftig in ihrer Brust, dass es sich anfühlte, als wolle es zerspringen. „Dein Vater … er kannte meine Mutter?“, stieß sie mit heiserer Stimme hervor.

„So könnte man sagen“, erwiderte er und lachte leise. „Sie war die Enkelin von Ramón Duarte. Sein Sohn verließ in jungen Jahren Chile nach einem Streit mit seinem Vater. Er verliebte sich in eine Frau und sie zeugten ein Kind. Deine Mutter. Als der alte Ramón sein Ende kommen sah, glaubte er, dass sein Sohn in der Ferne gestorben war. Er hinterließ ein Testament, in dem er alles, was er besaß, meinem Vater, seinem Neffen, vermachte – mit einer Einschränkung: Sollte sein Sohn oder einer seiner Nachfahren jemals nach Chile zurückkehren, würde alles an den fallen.“

Aus weit aufgerissenen Augen starrte Charlotte ihn an. Sie war abrupt stehen geblieben. „Aber … Was ist mit meiner Mutter passiert?“ Sie konnte kaum atmen. „Was habt ihr mit ihr gemacht?“

„Mein Vater hat sie verschwinden lassen“, erklärte Miguel ungerührt. „Sie war ihm im Weg, hätte ihm gefährlich werden können.“ Er grinste. „Ja, so war er, mein lieber Vater. Er hat nie davor zurückgeschreckt, sich andere Menschen vom Hals zu schaffen, wenn sie ihm unbequem wurden. So war es übrigens auch bei der Frau deines Freundes hier, wie ich von Cristóbal erfahren habe. Sie hatte wohl ein wenig zu tief in der Vergangenheit unserer Familie gegraben und dabei Geheimnisse zutage befördert, die ihr besser nicht zu Ohren gekommen wären.“ Er neigte den Kopf. „Tja, ich fürchte für dich, dass es schließlich doch ein paar Dinge gibt, die ich mit meinem Vater gemeinsam habe. Ich mache ebenfalls kurzen Prozess mit denjenigen, die mir gefährlich werden könnten.“

Er schaute ihr tief in die Augen, und mit einem Mal wurde Charlotte klar, was das bedeutete.

„Du willst mich auch töten“, sagte sie. Es war kaum mehr als ein Flüstern. „Solange ich lebe, musst du stets befürchten, dass ich zurückkehre und dir alles nehme, was dein Vater sich unrechtmäßig angeeignet hat. So ist es doch, nicht wahr? Du fürchtest dich vor mir, und deshalb musst du mich loswerden!“

„Es war eine der wenigen großen Dummheiten, die mein Vater sich geleistet hat, dich hierher zu holen. Er glaubte, unsere Heirat würde endlich jegliche Unklarheit im Bezug auf das Erbe seines Bruder beseitigen. Die beiden Zweige der Familie wären vereint, und niemand könnte uns das, auf das wir ein Anrecht haben, je wieder fortnehmen.“ Er seufzte. „Aber wir wissen ja beide, wohin uns das geführt hat.“

Cristóbal versetzte ihr von hinten einen Stoß, der sie nach vorn taumeln ließ.

Miguel grinste boshaft, bevor er fort fuhr. „Tut mir wirklich leid, *mi corazón*, aber auf diesem Kontinent ist einfach nicht genug Platz für uns beide …“

Charlotte fühlte sich, als hätte man sie kopfüber in eisiges Wasser getaucht. Ihre Mutter war tot. Umgebracht worden von Don Carlos oder in dessen Auftrag. Aber machte das einen Unterschied? An seinen Händen klebte das Blut von Frederike von Grünau zu Meersberg. Und sein Sohn war ein ebenso rücksichtsloser Mensch wie er.

Verzweifelt suchte sie nach einem Ausweg, fand aber keinen. Alles worauf sie hoffen durfte, war, dass Aurora und Leander mit dem Leben davonkamen – doch wirklich daran glauben konnte sie nicht. Miguel war kein Mann, der ein solches Risiko einging. Die beiden waren unliebsame Zeugen, deshalb würde er schließlich auch sie töten.

„Ich fürchte, das Schicksal meint es nicht gut mit dir, *mi co...*"

Er kam nicht dazu, den Satz zu beenden, denn in diesem Moment fing der Boden unter ihren Füßen an zu bocken wie ein ungestümes Pferd.

Der Aufschrei, den sie erschrocken ausstieß, vermischte sich mit Cristóbals ersticktem Aufkeuchen, da Leander die Gunst des Augenblicks nutzte, um Miguels Diener das Messer aus der Hand zu schlagen.

Kurzzeitig ließen die Erdstöße nach, nur um dann mit neuer Heftigkeit wieder einzusetzen. Der Boden bewegte sich, als ob er flüssig wäre. Im nächsten Moment rumpelte es grollend, und das Haus unmittelbar neben ihnen stürzte in sich zusammen.

Miguel schien vor Schreck wie erstarrt zu sein, nur sein Kinn zitterte. Seine Augen waren weit aufgerissen und blickten ins Leere. Schließlich humpelte er auf ein Wohnhaus ganz in der Nähe zu. Charlotte sah, wie er durch den Torbogen verschwand, dann ließ ein heftiger Ruck die Erde erbeben, und das Gebäude fiel wie ein Kartenhaus in sich zusammen und begrub ihn unter sich.

Sie konnte kein Mitleid mit Miguel empfinden, sie musste sich um Leander und Aurora kümmern.

„Kommt!", schrie sie gegen den tosenden Lärm an, der von überall zu kommen schien. Sie packte Aurora und drückte das Mädchen an ihre Brust. „Wir müssen weg von hier! Schnell!"

Leander war immer noch mit Cristóbal beschäftigt. Die beiden umkreisten sich wie wilde Tiere, die darauf warteten, dass der andere den ersten Schritt machte, doch ehe einer von ihnen angreifen konnte, rumpelte es erneut unter ihren Füßen.

Mit einem Mal tat sich ein klaffender Spalt im Boden auf, der steil senkrecht in die Tiefe führte.

Cristóbal, der mit dem linken Bein auf der einen und mit dem rechten auf der anderen Seite der Spalte stand, riss die Augen auf. Ein erstickter Schrei entrang sich seiner Kehle, während er verzweifelt mit den Armen ruderte, um das Gleichgewicht zu bewahren.

Es half ihm nichts. Einen Ausdruck fassungslosen Entsetzens im Gesicht, kippte er hintenüber und stürzte in die Tiefe.

Sofort war Charlotte bei Leander. „Komm!", rief sie erneut, packte ihn am Arm und riss ihn aus der Lethargie, die ihn befallen hatte, als er seinen Kontrahenten fallen sah. Er nahm Charlotte die immer noch schluchzende Aurora ab und presste sie schützend an sich. Dann rannten sie, während um sie herum die Welt unterzugehen schien.

Trümmer polterten neben ihnen herab, und der Boden wankte mit unverminderter Heftigkeit. Es war so schlimm, dass Charlotte das Gefühl hatte, überhaupt nicht vorwärtszukommen.

Panik erfasste sie. Sie wollte nicht sterben. Nicht hier. Nicht jetzt.

„Schneller!", rief Leander ihr zu, seine Stimme kaum laut genug, um den Lärm um sie herum zu übertönen.

Er griff nach ihrer Hand, während er mit einem Arm die weinende Aurora fest an seiner Brust hielt. Charlotte nahm diese kleine Berührung kaum wahr, aber sie genügte, um ihr neuen Mut einzuflößen. Noch einmal mobilisierte sie all ihre Kräfte und lief schneller, als sie je zuvor im Leben gelaufen war.

Plötzlich hörte sie ein Brausen, das lauter war als das tiefe Grollen der Erde und das Tosen zu Boden fallender Trümmer. Charlotte blickte über ihre Schulter zurück – und schrie auf, als sie das Wasser kommen sah.

Eine Welle, so hoch wie zwei übereinandergestellte Häuser, rollte über die Stadt hinweg und riss alles mit sich, was ihr in den Weg kam. Schäumend türmten sich die Wassermassen höher und höher, bis sie den Himmel über ihnen zu berühren schienen.

„Schneller", trieb sie Leander an. „Auf den Hügel!"

Sie blieben erst stehen, als sie ein Plateau erreichten, das oberhalb von Arica lag. Unzählige Menschen hatten sich bereits dort eingefunden. Ungläubig schauten sie hinunter, dorthin, wo es vor wenigen Minuten eine Stadt gegeben hatte und wo nun nur noch Chaos herrschte.

Das Wasser walzte über alles hinweg – Straßen, Häuser, Kirchen. Charlotte erblickte ein Schiff – kein kleines Segelboot, sondern einen ansehnlichen Dampfer! –, der von der Welle vom Hafen her weit ins Inland getrieben wurde. Die Mannschaft sah von ihrem erhöhten Standpunkt aus wie Ameisen, die aufgeregt an Deck herumliefen. Die Wasserwand rollte darüber hinweg, und sie waren alle fort. Davongespült in den sicheren Tod.

Tränen sammelten sich in Charlottes Augen, doch sie fand nicht die Kraft zu weinen. Schwer klammerte sie sich an Leander, ihren Fels in der Brandung, und er legte einen Arm um sie, ihr den Trost spendend, den sie so dringend brauchte.

Aurora, die ihr Köpfchen an die Brust ihres Vaters gelegt hatte, streckte ebenfalls einen Arm nach ihr aus. Charlotte schloss die Lider, atmete tief durch und spürte, wie die eisige Kälte in ihrem Inneren von Wärme vertrieben wurde.

Sie waren am Leben. Und in diesem Moment wusste sie eines mit absoluter Gewissheit: Gemeinsam würden sie alles schaffen, was auch immer sie sich vornahmen. Endlich, nach einer fast ewig währenden Reise, hatte sie das Gefühl, zu Hause angekommen zu sein.

Zu Hause in den Armen der Menschen, die sie mehr liebte als alles andere auf der Welt.

EPILOG

Drei Wochen später

Charlotte trat am Bug des Schiffes, das Leander, Aurora und sie nach Kalifornien bringen würde, an die Reling. Die Sonne stand bereits tief am Himmel, bald würde es dunkel werden. Schon glitzerten die ersten Sterne am Firmament über ihr.

Gedankenverloren schaute sie hinaus aufs Wasser, das im Abendrot wie Feuer zu brennen schien. Es war ein wunderschöner Anblick, doch mit ihren Gedanken war Charlotte woanders. Sie dachte an die Menschen, die ihrem Leben in den vergangenen Jahren eine neue Wendung gegeben hatten.

Einige davon zum Guten, einige zum Schlechten.

Für Miguel konnte sie kein Mitgefühl empfinden. Sie glaubte nicht, dass er das Erdbeben und die Flutwelle, von der Arica und etliche andere Städte entlang der Küste verwüstet worden waren, überlebt hatte. Und es war ihr gleichgültig. Dieser Mann hatte sie durch die Hölle gehen lassen, und sie weinte ihm keine Träne nach.

Dass sie ihren Vater und ihren Bruder im fernen Deutschen Reich nicht wiedersehen würde, bedauerte sie nicht. Die beiden hatten sich nie wirklich für sie interessiert. Es gab im Grunde nur eins, wofür sie dem Baron dankbar sein musste, und das war, dass er sie auf der *Güstrow* nach Chile geschickt hatte. Wenn man es so sehen wollte, verdankte sie es ihm, dass sie Leander kennengelernt hatte.

Ihre Gedanken gingen zu Margot, und ein Lächeln umspielte ihre Lippen. Sie würde sie vermissen. Sehr sogar. Doch sie wusste auch, dass ihre Freundin mit dem Leben, das sie führte, glücklich war. Und selbst falls es womöglich eine Trennung für immer sein mochte – Margot würde stets einen Platz in ihrem Herzen behalten.

Sie hörte Schritte hinter sich, drehte sich aber nicht um. Auch ohne hinzusehen wusste sie, dass es Leander war. Und als er sich von hinten an sie schmiegte und sie mit seinen Armen umfing, schloss sie die Augen und genoss für einen Moment das berauschende Gefühl, ihm so nah zu sein.

„Wo ist Aurora?", fragte sie nach einer Weile. „Hast du sie schon ins Bett gebracht?"

Leander nickte, dann küsste er sie auf den Scheitel. „Sie schläft selig, aber erst musste ich ihr das Lied vorsingen, das du ihr beigebracht hast."

Wohlige Wärme breitete sich in ihr aus. Bei Leander fühlte sie sich geborgen wie bei keinem anderen Menschen zuvor. Er war ihr Fels in der Brandung. Ihr Herz. Ohne ihn, das spürte sie, würde ihre Seele verdorren wie eine Pflanze ohne Wasser.

„Kommst du auch?", fragte er und legte seine Hände auf ihre Schultern. „Es ist schon spät, und wir laufen morgen in San Francisco ein."

Sie drehte sich halb zu ihm um und schenkte ihm ein Lächeln. „Ja", sagte sie. „Gleich. Gib mir nur noch ein paar Minuten, ja?"

Er nickte, hauchte ihr einen Kuss auf die Lippen und zog sich zurück.

Charlotte wartete, bis sie allein war; dann nahm sie die Kette ab, die sie schon seit so langer Zeit um ihren Hals trug.

Versonnen betrachtete sie das Amulett, das rötlich im Licht der schwindenden Sonne glänzte. Es war ein Symbol für ihre Mutter, aber es stand auch für die Vergangenheit. Für all die Dinge, mit denen sie abschließen wollte.

Das Erbe der Duartes interessierte sie nicht. Es hatte sie nie interessiert. Zu viele schmerzliche Erinnerungen waren damit verknüpft. Erinnerungen, die sie lieber vergessen wollte.

Ein letztes Mal hob sie das Schmuckstück an ihre Lippen; dann beugte sie sich über die Reling, atmete tief durch und ließ es von ihrer Handfläche gleiten.

Es landete im klaren Wasser des Pazifiks und war noch einen Moment lang zu sehen, ehe es in der Dunkelheit versank.

„*Adiós*“, flüsterte Charlotte und blinzelte die Tränen fort, die ihr in die Augen traten. Schließlich wandte sie sich um und ging zu der kleinen Kabine, die sie zusammen mit Leander und Aurora bewohnte.

Zurück zu ihrer Familie.

– ENDE –

Lesen Sie auch von Danielle Stevens:

Danielle Stevens
Wo die Nelkenbäume blühen

Trauernd reist Lena nach Sansibar – in das Land, in dem die Nelkenbäume blühen. Auf der Gewürzplantage der Bennetts will sie das Werk ihres verstorbenen Verlobten beenden …

Band-Nr. 25727
8,99 € (D)
ISBN: 978-3-86278-865-1
eBook: 978-3-86278-907-8
384 Seiten

Danielle Stevens
Das Geheimnis der Maori-Frau

Auf der Flucht vor der Vergangenheit zieht die Tierärztin Shelly mit ihren beiden Kindern nach Neuseeland, wo sie hofft ein neues Leben anfangen zu können …

Band-Nr. 25644
8,99 € (D)
ISBN: 978-3-86278-499-8
eBook: 978-3-86278-571-1
432 Seiten

Bella Andre

Ein unmöglicher Mann

Megan wünscht sich einen Mann, der jeden Abend zu ihr nach Hause kommt. Der einen langweiligen, sicheren Job hat. Einen Mann also, der ganz anders ist als Feuerwehrmann Gabe Sullivan …

Band-Nr. 25832
9,99 € (D)
ISBN: 978-3-95649-173-3
304 Seiten

Bella Andre

Nicht verlieben ist auch keine Lösung

Marcus Sullivan kein Typ für einen One-Night-Stand. Und so gibt es für Nicola nur einen Kaffee und einen warmen Händedruck anstatt wildem Sex. Erst später erfährt er, wen er da von der Bettkante gestoßen hat …

Band-Nr. 25818
9,99 € (D)
ISBN: 978-3-95649-112-2
304 Seiten